암스테르담
가라지세일
두번째

김 솔은 1973년 광주에서 태어나 2012년 『한국일보』 신춘문예로 등단했다. 2013년 제3회 문지문학상(구 웹진문지문학상)을 수상했다.

김 솔 소설집

암스테르담 가라지세일 두번째

펴낸날 2014년 10월 6일

지은이 김 솔
펴낸이 주일우
펴낸곳 ㈜**문학과지성사**
등록번호 제1993-000098호
주소 121-894 서울 마포구 잔다리로7길 18(서교동 377-20)
전화 02) 338-7224
팩스 02) 323-4180(편집) / 02) 338-7221(영업)
전자우편 moonji@moonji.com
홈페이지 www.moonji.com

© 김 솔, 2014. Printed in Seoul, Korea
ISBN 978-89-320-2663-3

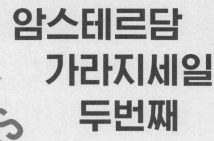

암스테르담 가라지세일 두번째

김 솔 소설집

문학과지성사
2014

차례

이 책을 호르헤 루이스 보르헤스에게 읽어주는 걸 결코 허락하지 않겠다.

내기의 목적

— Code of Honor

인도인 프로젝트 매니저 뿌따는 자신이 인종과 피부색, 종교 차이 때문에 부당한 차별을 받았다며 부하직원인 나를 월요일 아침 회사 감사팀에 고발하였고 수요일 오후에 나는 두번째로 인사 위원회에 참석하였다.

나는 유태인 드레퓌스 중위보다도 더 결백하지만 유감스럽게 도 나를 변호해줄 에밀 졸라는 주위에 없다.

이 사건은 인도와 한국의 문화적 차이에서 비롯되었다기보다 는, 영국이 인도와 해결하지 못한 역사적 부채에서 시작되었다는 데 이견이 없다 —— 실제로 인도 직원들이 격렬하게 항의한 대상 은 한국인 동료들이 아니라 영국인 경영자들이었다 —— 그래서 누구는 이 사건을 두고 '제2의 스와라지 운동'이라고 명명하였다. 하지만 회사가 공식적인 조사를 벌이는 동안 진실에 영향을 미칠 수 있는 어떠한 집단행동도 금지되었으므로 나는 더욱 고립될 수밖에 없었다.

나는 뿌따의 터번과 미간 사이의 붉은 표지와 수염에 대해 호기심을 보인 적이 없고, 회식 자리에서 그에게 소고기나 술을 강권하지도 않았으며, 파키스탄과의 국경분쟁에 대한 의견을 피력한 적도 없다. 다만 인도식 영어가 아직도 익숙지 않아 "Pardon?"이라는 대구를 연발했으며 크리켓 게임의 규칙을 이해하기가 너무 어렵다고 말한 적은 있다.

안산 소재의 회사 건물에는 인도인뿐만 아니라 일본인과 벨라루스인과 체코인도 함께 일하고 있다. 사장은 미국 뉴저지 출신이고 연구개발센터를 총괄하는 부사장은 영국에서 왔다. 하지만 그들을 대하는 나의 태도는 국적이나 지위와 상관없이 공정했다고 자부한다— 물론, 미국식 영어가 영국식 영어보다 더 친근하다는 사실은 인정하지만 그것마저 내 잘못으로 간주하는 건 너무 부당하다.

뿌따는 그저 U3 프로젝트의 전자패널 개발을 담당하고 있는 매니저일 따름이고 영국식 민주주의자로 개종한 순간부터 숙명에 대한 패배감을 버렸을 것이다. 그리고 결과만이 사회적 계급을 결정하지만 쉽사리 대물림되지 않는 시스템을 이해했을 것이다.

지난 금요일 저녁 뿌따와 함께 샌드위치를 먹으면서 텔레비전 퀴즈쇼를 보다가 무심코 내뱉은 말에서 비극이 탄생하였다. 퀴즈의 정답은 '불가촉천민'이었는데 그게 힌두어로 어떻게 번역되는지 나는 정확히 알지 못했다. 그래서 "크샤트리아"라고 외쳤고, 한때 크샤트리아 출신이었던 뿌따가 심한 모욕감을 느꼈다고, 수요일이 되어서야 듣게 되었다.

뿌따는 내가 기억하지 못하는 상황과 언행을 자세히 증언하면서 자신의 인내심과 포용력을 입증하려고 노력했다. 기억할 수 없는 것들은 부정할 수 없었고, 부정하지 않은 것들은 사실로 인정되어 판결에 부정적인 영향을 미치고 있는 게 분명했다.

나의 가장 큰 실수라면, 토론과 합의를 중요하게 여기는 인도인 매니저에게 업무 진행 사항을 수시로 보고하면서 의견을 교환하지 않은 것이었다. 불필요한 말보다 변함 없는 침묵이 갈등을 줄이고 사고의 영역을 넓혀줄 것이라는 나의 기대는 크게 빗나갔다.

이로써 나에겐 두 가지의 선택이 남았다. 무죄를 증명하면서 명예롭게 퇴직하느냐 아니면 무례를 인정하고 불명예스럽게 전출을 수용하느냐. 어느 쪽을 선택하더라도 인사위원회는 사건의 전모를 공개하지 않을 것이고 내 빈자리로 쏟아지는 소문들로 나는 매일 부관참시를 당하게 될 것이다.

뿌따는 외국계 회사의 수평적 질서를 지켜낸 공로로, 일종의 노벨평화상처럼, 전 직원 앞에서 포상을 받게 될 것이고 몰디브나 하와이에서 가족과 함께 휴가를 보낼 것이며 국제적 정치 감각을 가지고 있는 직원들을 보강하여 U3 프로젝트를 성공시킬 것이다.

내가 뿌따라면, 무역업을 하는 아버지 덕분에 미국에서 고등학교와 대학교를 졸업한 M과장보다는, 호주와 이스라엘에서 각각 1년씩 봉사활동에 참여한 C사원을 중용할 것이다.

여러 가지 과민성 질병을 앓고 있는 M과장과 더 이상 일하지 않아도 되는 판결은 우선 환영한다. 그는 단 한 번도 불평 없이 나의 지시를 수용한 적이 없으며 내 기대를 절반 이상 만족시킨 적도 없다. 하지만 미국 시민권과 유창한 영어 실력이 M과장에게 치외법권을 주었다. 설령 예상치 못한 기적 덕분에 설화舌禍에서 극적으로 구제되더라도, 나는 더 이상 그를 제어할 수 없게 될 것이고, 머지않아 임원으로 승진할 그는 한때 내가 자신의 상사였다는 사실부터 까맣게 잊어버릴 게 분명하다.

C사원과 헤어지는 건 못내 아쉽다. 신입사원인 그는 사막을 건너온 카라반 같아서 세대를 뛰어넘어 벌어지는 문화 현상들을 자세히 설명해주었다. 게다가 그는 나의 귀와 혀의 자격으로 뿌따가 주관하는 회의에 참석하기도 하였다. 나와 달리 C사원은 사소한 안건을 두고도 뿌따와 의논하였으며, "Pardon?"이란 단어도 연발하지 않았다. 와인을 즐기는 M과장과는 달리 C사원은 삼겹살과 소주를 주문하여 회식에 참석한 모두를 기쁘게 만들 줄 알았다.

만약 지난 금요일 저녁 내가 뿌따와 함께 샌드위치를 먹으면서 텔레비전 퀴즈쇼를 보고 있을 때, C사원이 함께 있었더라면, 내가 "크샤트리아"라고 외치기 전에, 그는 스마트폰으로 정답을 검색하여 "하리잔, 또는 달리트"라는 단어를 찾아주었을 것이다. M과장만 있었어도, 나는 성급하게 말을 뱉는 대신 그의 얼굴을 빤히 쳐다보며──테스트와 경멸의 목적으로──그의 대답을 기다렸을 것이다.

하지만 이것이 인생이다. 수천만 가지 사건들이 각각 높은 개연성을 가지고 주위에 득실거리지만 정작 간절해졌을 땐, 결코 일어나지 않기를 바랐던, 가장 절망적인 사건 하나만이 허탈하게 벌어진다. 그리고 일단 벌어진 사건에 이끌려 얼마간의 생명이 소진되는 것이다.

소위 삼류 대학을 졸업하고 어학연수는커녕 영어학원조차 다니지 않았던 내가 졸지에 외국계 회사의 과장으로 변신하는 데엔 창업주 아들들의 권력 싸움이 결정적인 영향을 미쳤다. 각각 미국과 영국의 유명 대학에서 MBA를 마치고 돌아와 조직의 주요 자리를 차지한 그들은 현재의 사업을 지키는 일보단 새로운 사업을 시작하는 일에 더욱 열광한 나머지 기존의 캐시카우^{cash cow}를 통째로 잡아먹는 실수를 저지르고 말았다. 결국 그들은 아버지와 재산과 인생을 모두 탕진한 채 실직자가 되었다. 물론, 부자들의 습관을 즉시 버려야 할 만큼 곧바로 가난해졌다는 뜻은 아니다.

기억은 늘 회한의 힘으로 불어난다. 아무 소용도 없는 것들이 자신을 더욱 소용없게 만든다. 상황은 늘 개인보다 앞서고 개인은 역사를 통시적으로 감지할 수 없다. 더욱이 외국계 회사의 상황 논리는 전적으로 세계사에 기초하기 때문에 해독은 거의 불가능하다. 학살자들을 피해 많은 동료들이 유태인처럼 떠났고, 가구처럼 남은 자들은 넉 달의 체불 임금이 조만간 해결되길 기대하며 영어학원에 등록했다.

새로운 외국인 경영진의 합리적인 경영 철학과 엄격한 다원주의에 잠시 도취되기도 하였으나, 시장 점유율이 급속히 떨어지고 설상가상으로 신제품 개발 일정까지 늦어지면서 회사의 존폐가 오직 패전국 직원들의 희생과 헌신에 달려 있다는 상황 인식이 널리 퍼지게 되자, 외국인 상사들에게 거짓말까지 하면서 야근과 주말 근무를 자청하는 기이한 상황이 이어졌다.

매일 U3 프로젝트의 진도를 확인하고 문제를 해결해야 하는 매니저로서 뿌따가 이런 사실을 몰랐을 리 없다. 하지만 나에게 아무런 경고나 격려의 말을 건네지 않은 것으로 짐작하건대, 조직원들의 희생으로 인해 자신이 얻게 되는 이익만큼은 이미 계산해두었으리라. 하지만 나와 뿌따 중 어느 누구도 인사위원회에서 이 사실까진 증언하지 않았다.

모든 게 잘된 일인지도 모른다. 꽃은 늘 끝에서 핀다. 선택할 수 없는 순간이란 너무 많은 선택을 한 뒤에 더 이상 선택할 수 없게 된 순간이다. 10여 년을 헌신했건만 올해까지 3년째 차장 진급 대상자에서 나를 누락시키고 있는 회사에 더 이상 미련 따윈 없다. 영어 점수를 높이기 위해 가족들에게서 시간을 빼앗고 싶지도 않다. 2년마다 전셋집을 떠도는 처지에서 벗어나고 싶은 아내 또한 꽃처럼 끝에서 깊게 체념한 다음에야 가장의 선택을 이해하게 될 것이다. 하지만 매달 이틀씩 병원에 입원하여 신장 투석을 해야 하는 장인의 병원비만큼은 나의 실직과 상관없이 다달이 자동적으로 송금될 것이다.

그렇다고 퇴직금 몽땅 털어 가게라도 차릴 작정은 아니다. 내 옹졸한 성격으로는 치킨 한 마리는커녕 커피 한 잔조차 팔지 못한다는 걸 인정한다. 그저 내게 익숙한 일을 계속할 수 있는 기회를 찾아보겠다는 뜻이고, 더 정확히 말하자면 외국인 상사에게 인종과 피부색, 종교적 차이 때문에 부당한 차별을 받지 않는 회사로 이직하겠다는 뜻이다.

그래서 오랫동안 머뭇거리다가 술기운을 빌어 O에게 전화를 걸었다. 수백 킬로미터 떨어진 울산의 밤에 홀로 갇혀 일을 하다가 그는 잠시 스톱워치를 멈추었다.

그와의 인연은 1997년 11월 21일 저녁 10시 15분 참담한 표정으로 기자회견장에 나타난 경제부 장관의 성명서에서 시작되었다. 그는 어려움, 유동성, 요청, 지원, 하락, 사태, 노력, 대책, 환율, 전망, 자금, 조건, 불안, 해결, 합리, 국민, 협조, 합심, 정상, 이해, 당부 등과 같은 단어를 사용하였는데, 갑작스레 중단된 텔레비전 드라마가 끝내 속개되지 않아 국민들에게 공분을 샀다.

성명서에 따라 가장 먼저 아버지들이 타격을 받았고 자식들의 꿈이 가장 나중에 거세되었다. 수십 년씩 근무한 회사의 부당한 해고 조치에 제대로 항의 한번 하지 못한 채 불명예스런 숙명을 받아들인 아버지들을 자식들은 전혀 이해할 수 없었다. 믿었던 자들에게 배신당하고 새로 시작한 사업마다 실패하면서도 아버지들은 가장의 권위만큼은 존중받고 싶었다. 그래서 아내와 자식이 자신을 버리는데도 그들은 그저 술을 마시고 어금니를 뽑을 뿐이었다.

역설적이게도 아버지들의 순종적인 퇴장과 자기혐오가 나와 O에게 일자리를 주었다.

그때 나에게 필요한 것은 전 생애가 아니라 눈앞에서 신기루처럼 어른거리는 미래의 1분이었고 그것을 선점하기 위해 필사적으로 버둥거렸건만 단 한 순간도 성공하지 못한 채 선술집의 화장실 바닥에서 발견되곤 하였다. 당장 무엇이라도 시작하지 않는다면 혈관 속에 맹독처럼 흐르고 있는 젊음이 나를 화석으로 전락시킬 것 같아 초조했다.

입사지원서를 채우는 일에도 넌더리가 날 무렵 울산 소재의 회사에서 합격 통지를 받았다. 그곳엔 친구나 친척은커녕 추억조차 없었지만 거부할 이유도 없었다. 2인용 텐트 같은 자취방을 구하고 이발을 하고 통근버스에 실려 처음 출근하는 날부터 나는 첫 단추를 잘못 끼웠다는 사실을 깨달았다. 그리고 4년 뒤 대리로 진급하자마자 그곳을 떠났다. 그동안 살림살이는 거의 늘어나지 않았고 슬픈 로맨스도 없었다.

O는 최근 입사 동기들과 술을 마시다가 나에 대해 잠시 이야기했다고 말했다. 내 근황이 궁금해서 전화를 걸었으나 낯선 여자의 목소리가 들려와 성급히 끊었다고. 나는 그곳을 떠나 결혼을 했고 딸아이를 키우고 있으며 외국계 회사의 차장이라고 대답했다—아직도 과장이라고 고백하지 못할 만큼 나는 세파에 충분히 닳았다—한때 뒷골목의 룸살롱을 전전하며 음란한 유희를 일삼던 우리는 이제 너무 낯설어져서 작별 인사조차 제대로 끝마칠 수가 없었다.

전세 구하기도 어려운데 지방으로 내려갈까? 유치원에 들어가면 은미에게도 방을 만들어주어야 하고 당신에게도 튼튼한 화장대가 필요하겠지? 그래도 지금보단 여유가 생겨날지도 몰라.

역한 술냄새를 피해 낚아채듯 양복을 받아 든 아내는 남편의 술추렴이 끝나기가 무섭게 반박했다. 은미에겐 술 안 마시고 영어를 잘하는 아빠가 더 필요하다는 거 몰라? 난 절대로 은미를 우리의 과거로 만들진 않을 거야.

M과장의 아버지처럼 나도 딸의 미래를 위해서라면 기꺼이 미국이든 호주로 이민을 떠나 청소부부터 시작할 각오는 되어 있

다──가족은 서로에게 시간을 나누어 주는 관계다──하지만 나는 여전히 M과장의 미래를 마뜩찮게 생각한다. 그는 고작 자동차 부품을 만드는 외국계 회사의 임원이 되더라도 조직원들이나 이웃에게 존경받는 인품을 갖추진 못할 것이다. 나는 나의 외동딸이 인종과 성별과 국가와 언어에 구애받지 않고, 상식과 습관에도 굴복하지 않으면서, 아직 완성되지 않은 가치를 위해 끊임없이 도전하는 사람으로 자라나길 진심으로 바란다.

그리하여 훗날 외국계 회사의 인사위원회에 참석하여 영국인 부사장과 뿌따 앞에서 나의 무죄를 변호해줄 에밀 졸라*가 되어주길.

월요일 세번째 인사위원회에 참석한 나는 퇴근하면서 이틀간의 연차 휴가를 냈다. 그리고 아내에게는 지방 출장으로 둘러대고 다음 날 울산행 고속버스에 올랐다. 10여 년 만의 방문은 차창 위로 실제보다 더 많은 얼굴과 풍경 들을 등장시켰으나 이름이나 사연을 거의 기억할 순 없었다. 버스 안에서 읽으려고 준비했던 에밀 졸라의 문고판 책은 잘 읽히지 않았다.

경제부 장관의 성명서 발표 이후 수도권 부근의 연구소가 폐쇄되면서 울산 공장으로 이동하게 된 직원들은 오직 월급날만을 기다리며 따뜻한 굴욕을 참아내고 있었기 때문에, 나처럼 신입사원

---

* 아직 이해관계나 인간관계 뒤얽힌 이전투구에 휩싸이지 않은 그대들, 아직 어떤 비열한 사건에도 연루되지 않은 그대들, 순수와 선의로 목청껏 외칠 수 있는 그대들이 아니라면, 도대체 누가 정의의 완성을 위해 일어날 것인가?(에밀 졸라, 『나는 고발한다』, 유기환 옮김, 책세상, 2005, p. 67)

들에게 길라잡이가 될 열의나 애정은 거의 보여주지 않았다. 그들은 무기수들처럼 업무가 지겨웠고 일상이 따분했으며 상사의 꾸지람을 들어도 쉽게 좌절하거나 흥분하지 않았다. 퇴근 후 함께 술집으로 몰려가는 대신 기숙사에서 저녁 식사를 챙겨 먹고 혼자 운동을 하다가 텔레비전 앞에서 잠드는 편을 선호했다. 그리하여 입사한 지 두 달 만에 방파제 부근의 횟집에서 열린 신입사원 환영식은 6시에 시작하여 8시에 끝났고, 신입사원 네 명과 S과장만이 소주를 세 잔 이상 마셨던 것으로 기억한다.

4년 동안 나와 같은 젊은이들이 그곳에서 할 수 있는 것이라곤 위험한 연애를 하거나, 쫓기듯 결혼하거나, 폭음하거나, 이직하는 것이 전부였다.

내가 떠날 무렵 O는 창원 소재의 대기업으로 이직하기 위해 면접을 준비하고 있었다. 우리는 프랑스령 기아나의 감옥에서 유일하게 탈출한 빠삐용과 드가가 될 수도 있었다. 하지만 갑자기 여자친구에게 임신 사실을 통보받은 O는 탈주 계획을 스스로 폐기하였고 반년 뒤 나는 그의 결혼식에 참석하기 위해 두번째 직장의 상사에게 거짓말을 해야 했다. 그땐 격주 토요일마다 근무하던 시절이었고 부하직원의 월차는 반조직적 행동으로 간주되곤 하였다.

O는 자신의 둘째딸 사진을 보여주었다. 정수리에서 머리카락이 많이 사라진 그는 아이들을 통해 생의 볼륨감을 겨우 감지하고 있는 것 같았다. 어느새 상사의 꾸지람을 들어도 쉽게 좌절하거나 흥분하지 않는 나이가 되어 있었다. 그는 내가 겪고 있는 불편함을 이해하는 것 같았으나 이직까지 고민할 만큼 부당한 사건이라고는 생각하지 않는 게 분명했다. 그는 내 딸의 나이와 아내의 직업과 전셋값을 묻고 혀를 차더니 묵직한 침묵에 앞서 막걸리잔을 건넸다.

S과장의 죽음에 대해 알게 된 건 핑크색 오두막 형상의 케이크를 O의 손에 쥐여준 다음이었다——그것이 한국인에게 보편적인 행동강령code of conduct이다——우리는 뒷골목의 룸살롱 대신 일본식 선술집 앞에서 헤어졌고 나는 24시간 편의점에 들러 맥주 두 캔을 샀다.

마누라야, 여기가 거기보다 더 따뜻한 것 같긴 한데, 은미를 키우기엔 너무 우울할지도 모르겠어. 우리도 미국이나 호주로 이민 갈까? 하지만 우리가 떠나 있는 사이 또 누군가 우리 몰래 죽어갈까 봐 너무 두려워.

러브호텔의 물침대에서 깨어나 천장의 거울에 비친 나와 마주하고 누웠을 때, 수도원의 원장에게 속아서 다시 감옥으로 붙잡혀

온 빠삐용처럼, 나는 울고 싶었다. 추억은 이미 사라진 제국의 유물에 불과했고 내 인생을 의탁하기에 서사의 힘은 너무 미약했다. 두개골을 으깰 것 같은 두통과 노래기처럼 식도를 오르내리는 갈증은 나와 S과장이 각각 속해 있는 세계를 구분 짓고 있었다.

S과장은 울산으로 내려오기 전까진 담배를 피우지 않았다. 하지만 그 수상한 시절의 중요한 정보들이 옥외 재떨이 주위로 모여든다는 사실을 알게 된 다음부터 담배를 피우는 동료들 주위를 기웃거리기 시작하더니 끝내 담배를 입에 물었다. 물론 자신의 주머니보다 동료들 주머니 속의 담배를 더 선호했고, 불씨를 더 빨아올릴 수 있는 꽁초는 함부로 버리지 않았으며, 공짜 담배를 얻기 위한 내기를 즐기고, 해외 출장을 떠나는 동료들을 찾아가 담배 선물을 부탁했다. 그래서 옥외 재떨이 주위에 모인 사람들 사이에서 그는 "한대만"과장으로 불렸다. 그는 몸집이 작고 민첩해서 옥상 출입구 앞에 세워둔 망꾼들을 허탈하게 만들곤 하였다.

뿌따가 나의 직속 상사인 것처럼, 그때 S과장은 O의 직속 상사였다. 나와 S과장은 같은 부서가 아닌 데다가 나는 담배를 피우지 않았기 때문에 회사에서 마주칠 일은 거의 없었다. 하지만 나의 가장 절친한 술벗인 O가 S과장과의 내기에서 가장 많이 졌기 때문에 술자리에서 자연스레 S과장과 친해졌다.

S과장에겐 친한 동료나 친구가 없었다. 그래서 주로 신입사원들과 어울렸다. 우리는 그에게 저녁의 술 약속을 들키지 않기 위해 보안 유지에 각별히 주의하였건만 번번이 그의 습격을 받았다. 그는 초대를 받건 그렇지 않건 간에, 일단 자신에게 주어진 기회를 스스로 포기하는 법이 없었다. 특히 술자리 거절은 곧 손해를 의미했다. 공짜라면 그는 무엇이든 받아들였다. 심지어 자신을 괴롭히기 위해 고안된 고약한 제안일지라고 그는 모른 척했다. 그러고는 러시안룰렛을 즐겼다.

그런 S과장이 2년 전 자살했다. 프로이트의 격언*에 따라 그는 목숨을 걸고 누군가와 마지막 내기를 걸었던 것이고, 나는 그가 이겼으리라 확신한다. 너무 기뻐서 술을 한잔 걸쳤지만 더 이상 내기를 걸 대상이 없다는 생각이 들자 갑자기 우울해져서 죽살이의 경계를 나눌 수 없게 되었을지도 모른다. 그래서 그는 일요일 저녁 고속버스를 타고 울산으로 내려오다가, 휴게소에 내려 어묵 꼬치 두 개를 사 먹었고, 바지 주머니 속에 각각 담배 한 갑씩 쑤셔 넣은 다음, 마치 길을 잃은 살쾡이처럼 자동차의 헤드라이트 속으로 뛰어들었다.

빈부의 격차 없이 누구나 원하는 만큼 얻고 쓸 수 있는 낙원에서도, 내기적 인간인 S과장은 복권을 만들어 팔고 있지 않을

---

* "산다는 게임에서 가장 큰 판돈인 삶 자체가 걸려 있지 못할 때 삶의 흥미는 줄어든다."(『자살의 연구』, 알프레드 알바레즈, 최승자 옮김, 청하, 1982, p. 19).

까—이건 나와 내기를 걸어도 좋다. 몇 차례의 죽음으로 숙명론자가 된 유령들마저도 자신들이 여전히 살아 있다는 착각 속에서 생의 무료함을 잠시나마 잊기 위해 독배를 돌려 마실 것이고, 낙첨의 불운에 크게 낙담할 것이다. 그리하여 진노한 신은 명계의 질서를 어지럽힌 그를 이승으로 다시 추방할 수도 있다.

지위 고하를 막론하고, 인종과 종교를 뛰어넘어, 남녀의 차별 없이, 모든 인간은 서로에게 이웃이라는 사실만으로 존중받아야 한다. 배려하기 위해 희생을 감내하지는 않더라도 정당한 이유 없이 상대의 생각과 행동을 방해하거나 강요해서는 안 된다. 비록 당신이 S과장의 내기에서 여러 차례 패했다고 하더라도 그의 소통 방법을 매도해서는 결코 안 된다.

하지만 나는 그렇지 못했다. 첫번째 직장을 그만두고 두번째 직장으로 떠나기 전날 마지막 회식을 준비하면서 나는 빈객을 초대하지 않았다. 물론, 어떻게 알았는지 그는 늦게 운동복 차림으로 부둣가 횟집에 나타났고 내게 간단한 석별의 인사를 건넨 뒤 먼저 돌아갔다.

터미널 부근의 식당에서 콩나물해장국을 먹고 있는데 회사에서 전화가 걸려왔다. 습관적으로 상사의 권위를 침해하여 조직원들에게 부정적인 영향을 끼친 이유로 감봉 3개월에 면직 처분의 징계가 확정되었으며 내가 원한다면 다른 부서로 이동시켜주겠다는 내용이었다. 전혀 신원을 알 수 없는 목소리였으나 모국어로 설명해주는 것만큼은 고마웠다.

안산행 고속버스의 출발 시간까지는 두어 시간 남아 있었기 때문에 나는 가까운 지하 PC방으로 들어가 취업사이트에 접속하였다. 수십 개의 공란에 내 신상 정보를 채우고 있자니 서글프기도 하고 멀미가 나서 난생 처음으로 담배까지 피워 물었다. 이로써 나는 돌연사할 조건을 모두 갖추게 되었다.

목적도 없이 인터넷 사이트를 돌아다니다가 나는 문득 세상 사람들에게 내가 어떻게 알려졌는지 궁금해져서 검색엔진에 내 이름을 입력하였다—옥스퍼드 사전에 에고서핑egosurfing이라는 단어가 등록된 것이 2003년도라는 사실도 그때 알게 되었다— 한글과 영어를 바꾸어가면서 내가 알고 있는 나의 모든 신상 정보들로 나의 과거를 추적하였다. 만약 취업사이트 담당자가 구직자들의 동의 없이 검색엔진으로 찾아낸 개인정보까지 회사에 제공하는 게 관례라면, 뿌따의 모함은 자칫 카인의 표시가 되어 평생 나를 따라다닐 위험도 있었다. 하지만 다행히 나의 죄목은 수많은 동명이인들의 이력 속에서 가장 덜 알려져 있었다.

하지만 10년 전까지만 해도 인터넷 검색엔진의 기능이 초보적 수준에 머물러 있었고 익명의 개인들이 제공하는 정보들도 신뢰할 수 없었기 때문에, 매일 야근과 음주에 찌들어 있던 S과장이 어떻게 내기에서 그토록 높은 승률을 유지할 수 있었는지는 여전히 미스터리다—그의 기숙사 방에는 책과 신문은 거의 없고 2주일 분량의 옷가지와 낡은 카세트플레이어와 빈 소주병 몇 개만 흩어져 있었다—내가 두번째 직장에 안착할 무렵에야 비로소 인터넷 검색엔진으로 다양한 정보들을 접할 수 있게 되었고 사람들은 얄팍한 상식을 밑천 삼아 내기하는 걸 꺼리기 시작했다.

S과장이 내기적 인간으로 성공했던 이유를 누군가는, 그가 3년 동안 과장 승진에서 누락되었던 경험 때문이라고 추측했다. 처남의 사업 실패 이후 자신을 찾아오는 빚쟁이들에게 시달리느라 제대로 업무에 집중할 수 없는 그가 높은 인사고과 점수를 받지 못한 건 당연했다. 하지만 역설적이게도 다급한 금전적 변통을 위해서라도 S과장에겐 진급이 절실했고, 불리한 상황을 극복할 유일한 방법은 승진 시험에서 높은 점수를 받는 것뿐이었다. 그래서 그는 한 달 동안 기숙사 도서관에 틀어박혀 시험 준비를 했고 삼수 끝에 목표를 달성하였는데, 상식 과목에서 응시자 중 최고 점수를 받았다는 소문이 돌았다고, 나는 들었다.

자존심이 강하고 원칙에 예민하며 과묵했던 S과장이 내기를 고안했던 원래의 목적은 진실을 판별하려는 것이 아니라 불필요한 언쟁의 피로감에서 도망치려는 것이었다. 국가 파산 이후 계속된 건기乾期 동안 사람들은 하나같이 초조해져서 조그만 불씨에도 달아오르며 입속에 숨긴 칼로 검투와 자해를 시도하였으니, 누구도 반박할 수 없는 사실들을 앞세워 오해와 갈등의 싹을 처음부터 잘라내는 것보다 더 효과적인 처신은 없었다. 하지만 시간이 지나면서 그는 거창한 철학을 버리고 단지 공짜 술을 얻어마시기 위해 내기를 제안하였다.

내기의 주제는 결코 거창하거나 진지하지 않았다. 그래서 설령 내기에서 졌다고 해도 수치심을 느낄 필요는 없었다. 다만 '우리나라 고속도로에서 가장 긴 터널'* 따위를 모른다고 해서 수 만 원의 술값을 혼자서 부담해야 하는 게 너무 가혹하다고 생각했을 따름이다. 그래서 한번은 내가 S과장에게 술잔을 건네면서, 부하직원의 얄팍한 지갑이나 털지 말고 차라리 텔레비전의 퀴즈프로그램에 출연하여 떳떳하게 상금을 타는 게 어떻겠냐고 권유한 적이 있었는데, 느리게 손사래를 치면서 그는, 자신보다 내기의 승률이 낮은 인간들에게 양보하는 게 도리며 만약 상금을 받게 된다면 채권자들은 더욱 악랄한 방법으로 자신을 괴롭힐 것이라고 말했다.

S과장은 절대 자신이 확실하게 알지 못하는 주제를 두고 내기를 거는 법이 없었다. 대신 자신이 확실하게 알고 있는 사실들의

---

* 둔내터널(약 3,300m)이라고 답했지만, S과장의 설명대로 죽령터널(약 4,500m)이 더 길다.

일부만을 자신 없게 말하면서 주변 사람들의 호승심을 부추겼고 그들이 내기를 걸도록 유도하였다. 피해자는 몇 순배의 술을 마신 뒤에야 자신의 성급함과 우둔함을 후회했지만 이미 너무 취해서 S과장을 다음 내기로 끌어들일 수 없었다. 게다가 S과장은 탐욕스럽게 2차나 3차까지 따라나섰다가 자신이 술값을 도맡게 되는 상황을 피해갈 만큼 주도면밀했다. 그는 승리자였음에도 불구하고 상석을 피해자에게 양보했고 늘 조용하고 겸손하였으며 자신의 기호에 맞춰 음식을 주문하지도 않았다.

퇴직을 결심한 이상 흉흉한 소문이 명예마저 훼손하는 걸 막고 싶어서 나는 1997년 11월 21일 저녁 10시 15분 참담한 표정의 경제부 장관처럼, 희생, 헌신, 부당함, 고마움, 영어, 동료, 명예, 양심, 가족, 시작, 내기, 행운 등과 같은 단어들이 포함된 메일을 작성하였다. 그걸 누구에게 보낼까 고민하다가 — 한글로 작성되어 있으므로 뿌따는 수신인으로 적절하지 않았다 — 오래전 S과장이 남긴 메일 주소로 보냈다. 유령들과의 내기에서 이기려면 저승에 잘 알려지지 않은 진실들이 많이 필요하지 않을까. 곧이어 안산행 고속버스가 터미널 플랫폼으로 들어왔고 O에게 작별의 문자메시지를 남겼다. 차창에 잠시 담겼다가 사라진 것들을 다시는 만날 수 없을 것 같아 쓸쓸했다. 에밀 졸라를 조금 읽다가 잠이 들었다.

안산 터미널에 내릴 무렵 O에게 전화가 왔다. 자신의 딸이 핑크색 오두막 형상의 케이크를 아주 좋아했다는 사실과 함께 S과장이 묻혀 있는 납골당의 위치를 차례대로 말했다. 나는 은미를 위해 똑같은 케이크를 샀다.

S과장은 아내와 이혼하면 처남의 빚을 탕감받을 수도 있었으나 조강지처를 버리고 딸을 혼자 돌볼 자신이 없었다. 그래도 빈 월급봉투에 가끔씩 자괴감이 치밀어 오를 때면 아내에게 전화를 걸어 상스러운 욕설을 퍼부었다고 O는 증언하였다. 하지만 굴욕에 더 잘 적응한 쪽은 S과장이 아니라 그의 아내였고 S과장의 마지막 내기 이후에도 살아남아서 억대의 보험금을 받게 되었다고, 나는 또 들었다.

잠든 딸과 아내를 내려다보며 나는 스스로에게 질문들을 연거푸 던졌다. 질문을 아는 한 답도 알 수 있다는 잠언은 결코 사실이 아니었다. 질문이 이어질수록 밤은 더욱 깊어지면서 출구는 더욱 희미해져갔다. 가능하다면 나는 오두막 케이크 속으로 숨어들어가 아침까지 쉬고 싶었다. 은미는 케이크 반 조각도 채 먹지 않고 잠자리에 들었다.

거의 뜬눈으로 밤을 샌 나는 샤워를 하고 왁스로 머리카락을 가지런히 정리한 다음 붉은 넥타이를 골라 매었다. 이유를 궁금해하는 아내에게 부사장과의 회의가 있다고 둘러대었다. 그리고 회사 앞 구둣방에 들러 구두를 닦았다. 설령 회사 로비에 들어서다가 인사위원회의 징계 결과를 알리는 대자보를 발견한다고 하더라도 결코 주춤거리지 않고 당당하게 내 책상 앞까지 걸어갈 것이다. 끝까지 냉정함을 유지한 채 육아휴직 신청서를 작성하리라. 그리고 부당한 징계 덕분에 나는 따뜻한 가족을 되찾을 것이라는 사실을 만방에 공표하리라.

하지만 이상하리만치 사무실은 고요했고 인사 발령의 징후는 나타나지 않았다. 뿌따는 U3 프로젝트의 중간보고를 준비하느라 아침부터 자리를 비웠고 M과장은 인도에서 방문한 엔지니어들과 점심까지 거르면서 회의를 계속했다. C사원은 내가 잠시 자리를 비우는 동안 해결했던 업무들에 대해 간단히 보고하더니 오후에 대전으로 출장을 갔다. 하지만 나는 언제 누가 나를 찾아올지 알 수 없었기 때문에 자리를 오래 비우지 않았고 전화벨이 울릴 때마다 마치 최후의 유언을 앞둔 사형수처럼 목소리를 가다듬었다. 육아휴직 신청서는 반려되었다. 옥외 재떨이 주위에서 내게 처음으로 라이터를 빌려준 동료들만이 나의 갑작스런 변화를 불길하게 받아들이는 것 같았다.

울산의 터미널 부근에서 콩나물해장국을 먹다가 전화로 들은 이야기는 사실 물침대 위에 누워서 꾼 꿈의 일부에 지나지 않은 것일까. 또는 조직 내부에 숨어 있던 에밀 졸라가 역사적 오류를 수정하기 위해 인사위원회에 항소한 것은 아닐는지. 복귀한 지 수일이 지났는데도 파국의 징후는 나타나지 않았다. 물론 헤드헌터에게서 전화 한 통 걸려오지도 않았는데, 불경기에다 고급 실업자들의 숫자를 감안하면 이해하지 못할 결과도 아니었다.

그때부터 나도 S과장처럼 옥외 재떨이 주위의 동료들에게 내기를 걸기 시작했다. 오해와 갈등을 막기 위해 필요한 건 어느 누구도 부정할 수 없는 진실이 아니라, 자신이 알고 있는 지식을 의심할 수 있을 만큼의 여유였다. 동료들은 주머니 속에 들어 있는 스마트폰의 도움 없이 선뜻 내기에 참여하는 것을 두려워했으나 돌아서서 곧장 정답을 확인하고는 사라진 행운을 아쉬워했다. 번번이 내기가 성사되지 않았지만 일단 내기에 참여한 자들은 정답보다는 자신의 답이 틀렸다는 사실에만 온통 정신을 팔았기 때문에 나는 항상 내기에서 이겼다. 설령 확실하게 대답할 수 없는 질문에도 나는 내기의 목적을 훼손하지 않았다—이것은 야바위꾼이 100퍼센트 승률을 가지고 행인의 주머니를 뒤지는 방법과 같다. 즉, 행인은 세 개의 종지 중 하나 속에는 반드시 주사위가 들어 있다고 간주하고 돈을 걸지만 사실은 세 개의 종지 어디에도 주사위는 없다. 다만, 행인이 고르지 않은 두 개의 종지를 끝까지 들춰 보이지 않음으로써 야바위꾼은 내기의 공정함을 유지하는 것이다.

나도 S과장처럼 승자의 지위를 내세워서 패자의 슬픔을 착취하지 않았다. 나는 허름한 음식 앞에서도 겸손하였고 동료들의 투정을 이해하였다. 그렇다고 허기가 사라질 때까지 침묵하거나 사무적인 화제들을 이어가지도 않았다. 합리적인 경영 철학과 엄격한 다원주의가 권장되는 외국계 회사에서 퇴근 후 술자리를 마련하기 위해 벌이는 사적 내기는 적어도 한국 직원들 사이의 팀워크를 강화시킬 수 있다는 명분도 그럴듯했다. 그래서 나는 S과장과는 달리 2차나 3차 술자리까지 기꺼이 따라나섰고 내 차례가 되어 지갑을 꺼내는 데 조금도 머뭇거리지 않았다.

나는 어느덧 문딜러로 불리기 시작했다. 문씨 성을 가진 딜러라는 뜻이겠으나, 틈만 나면 엄지와 검지를 문질러대면서 내기를 제안하기 때문에 붙여진 별명일 수도 있었다. 하지만 나는 달 거래자Moon dealer라는 의미로 해석했다. 미국인들에게 달은 가끔씩 몽상의 원천으로 간주되기도 한다.

점점 나는 국제적 수준의 행동 강령을 체득하고 있었다. 인도인 프로젝트 매니저인 뿌따는 인종과 피부색, 종교 때문에 부당한 차별을 받았다는 사실도 잊은 채 내가 이룩한 성과들을 칭찬하기도 하였다— 눈에 보이지 않는 동료들이 일손을 돕고 있어서 우리의 프로젝트는 일정보다 더 빨리 진행되었다— 하지만 언제나 파국은 번개처럼 왔다가 모든 걸 끝내고 자취도 없이 사라진다. 자, 이제 나의 종말을 이야기할 테니 맘껏 즐기고 조롱하시라. 당신과 나 둘 중 누가 더 절망적인지 내기해도 좋다.

파국에 닿기 전에 S과장이 잠들어 있는 벽제의 납골당에 다녀오지 못한 걸 진심으로 후회한다. 그리고 O에게 전화로라도 고맙다고 말하지 못한 나의 졸렬함에 용서를 구한다.

어느 날 오후 옥외 재떨이 부근에서 사소한 내기가 벌어졌고 누군가 나를 이겼다. 가을비가 쏟아지려는 찰나였기 때문에 마음이 급해서 어떤 질문과 어떤 대답이 오갔는지는 전혀 생각나지 않는다. 스마트폰을 꺼내 정답조차 확인하지 않은 채 나는 서둘러 패배를 시인하였다. 그래봤자 높은 승률의 명성에 흠집이 남을 것 같지는 않았다. 그래서 나는 그날 저녁 회사 앞 호프집에서 치킨과 맥주를 대접하였다—그러고 보니 그가 B과장이라는 것 이외에 어느 부서에서 어떤 일을 하는지도 알지 못했다—맥주 한 잔에서 시작된 한기가 몸을 비틀기 시작하자 서둘러 술자리를 파하고 귀가하려는데 헤드헌터에게서 전화가 걸려왔다. 여자 목소리였다. 서울에 위치한 전자회사가 나의 이력서에 관심을 갖고 있으며 부장의 직위와 업계 최고 수준의 연봉을 제시했다는 것이었다. 솔깃한 제안이었으나 즉답을 피한 채 나는 아내와 상의해서 연락하겠다고 말했는데 전화를 끊고 나서야 그 오만한 대답이 완곡한 거절로 이해될 수도 있겠다고 생각했다. 하지만 내기의 습관 덕분에 나는 현재의 일상에서 평온을 완전히 되찾았으므로 이번 기회를 잃게 되어도 별로 아쉬울 건 없었다. 그보다 더 파격적인 제안이 이어질 것이라고 기대했던 것도 사실이다. 집에 도착하니 아내와 은미가 없었다. 아내는 전화를 받지 않았다. 샤워를 끝내고 감기약을 삼켰을 때 아내로부터 문자메시지가 도착했다. 자초지종도 없이 당분간 은미와 목포의 친정으로 내려가 있겠다는 것이었다. 곧바로 아내는 휴대전화의 전원을 껐고 장모를 깨우기엔 너무 늦은 시간이어서 나는 일단 잠자리에 들었다. 하지만 새벽에 다시 찾아온 한기가 나를 비몽사몽의 틈새에 밀어 넣고 눌러대는 바람에 잠을 설쳤고 토막잠을 자다가 자명종 소리를 듣지 못했다. 규정보다 한 시간이나 늦게 출근하였는데도 다행히 사무실에는 단 한 명의 목격자도 없었다. 가쁜 숨을 고르며 달콤한 행운을 만끽하고 있을 때 마치 수렵물이 덫 속으로 들어오길 기다린 사냥꾼처럼 인사팀장이 불쑥 나타나서는 영문으로 작성된 징계명령서를 건넸다. 인사팀장의 해독에 따르면, 습관적으로 상사의 권위를 침해하여 업무를 지연시킴으로써 회사에 중대한 손해를 끼쳤을 뿐만 아니라, 동료들과 도박을 즐겨 위화감을 조성했으며, 경쟁업체에 회사의 주요 기술 정보를 건네려 했기 때문에 회사는 나를 즉시 해고하고 민사소송을 진행할 예정이라는 내용이었다. 온몸의 피가 정수리로 모여들었지만 나는 즉각 반박하지 않았다. 말은 오해만을 늘려갈 따름이다. 차라리 소송의 결과를 두고 내기를 제안하고 싶었지만 상대가 너무 많고 모호하여 일일이 대응하는 게 쉽지 않을 것 같았다. 그저 생각을 정리할 수 있는 시간이라도 달라고 부탁했다. 인사팀장이 사라지자 사무실은 안전한 무인도가 되었다. 잠시나마 고립감을 떨쳐버릴 작정으로 인터넷에 연결되어 있는 세상을 유영하다가 문득 불길한 생각에 사로잡혔다. 그래서 에고서핑을 시도하였는데, 8년 전 작성된 신문기사 앞에서 나도 모르게 비명을 지르고 말았다—울산의 PC방에서는 발견하지 못했던 것이었다—나의 첫 번째 직장이 경쟁사로 이직한 직원을 상대로 기술 유출의 소송을 제기했다는 내용이었는데, 실명만 거론되지 않았을 뿐 범인의 신상명세는 나의 것과 정확히 일치하는 게 아닌가. 하지만 정작 나는 그런 송사에 휘말린 적이 없었던 데다가 그 소송을 담당했던 실무자가 바로 S과장이었다니 도저히 그 신문기사를 믿을 수 없었다. 이건 분명 악몽이었다. 아니면 누군가 악의를 품고 나의 과거를 조작하였을지도 모른다. 인터넷이라는 가상의 공간 속에서는 미래가 과거보다 앞서는 일도 얼마든지 가능하지 않을까—그러니까 누군가 최근에 작성한 신문기사의 날짜를 바꾸어 옛 신문 파일 속에 끼워 넣었을 수도 있다—그런데 더욱 기함할 사건은 2년 전 죽은 S과장이 내가 보낸 메일을 읽고 어제 퇴근 무렵에 답장을 보냈다는 것이었다. 나는 그것이 S과장의 부인에게서 발송되었다고 추정했다—죽은 자들의 이메일 계정은 일정 기간 동안 유가족들이 관리할 수 있도록 허락해준다고 들었다—메일의 내용은 내가 S과장을 협박해서 뜯어낸 2천만 원을 이번 달 말까지 돌려주지 않는다면 회사와 가족에게 나의 비밀을 모두 폭로하겠다는 것이었는데, 내가 어떤 여자와 다정하게 찍은 사진까지 첨부되어 있었다. 그런데 이메일의 수신인으로 나뿐만 아니라 회사 인사팀장과 아내의 이름까지 지정되어 있는 게 아닌가. 여전히 휴대전화의 전원을 꺼놓은 아내에게 에둘러 닿기 위해 여기저기 전화를 걸고 있을 때 뿌따가 M과장과 C사원을 대동하고 사무실로 돌아왔다. 나는 많은 인도인들이 천재적인 능력을 발휘하면서 세계의 정보기술 분야를 좌지우지하고 있다는 사실을 떠올리고 다시 그의 알리바이를 의심하지 않을 수 없었다. 특히 뿌따는 U3 프로젝트의 전자패널 프로그램을 개발하기 위해 미국의 경쟁업체에서 사장이 직접 영입한 베테랑 프로그래머였다.

소설 작법

오후 3시 생선 굽는 냇내가 잠시 걷힐 때쯤 골목에 나타난 노인은 〈서천집〉의 미닫이문을 열고 들어가 고등어구이와 막걸리를 주문하였다. 〈서천집〉 주인은 노인을 알아보고 접시에 꽁치 한 마리를 덤으로 담았지만 노인은 고작 고등어 반 토막과 막걸리 반병만을 해치운 채 자리에서 일어났다. 그리고 골목 끝의 구멍가게에서 아이스크림을 사더니 전태일 동상 앞으로 걸어가 아이스크림의 포장을 벗기고 그의 오른손 앞에 내려놓은 다음 벤치에 앉아 담배 한 개비를 물었다. 그러나 불을 붙이진 않았다. 두번 다시 분신하지 못하도록 청동 구속복을 껴입힌 전태일은 아이스크림을 집어 들지 못했다. 전태일의 손은 재봉 바늘을 쥐기엔 너무 크고 뭉뚝해서 그의 경력뿐만 아니라 조각가의 미적 감각까지 의심하게 만들었다. 차라리 그것은 깃발을 쥐는 데 더 적합해

보여서 그 손으로 깃발을 들어 허공에 한 바퀴 크게 휘저으면 수만 명의 민중들이 몇 세대를 단번에 뛰어넘어 그의 앞으로 몰려올 것만 같았다. 회한과도 같은 식곤증으로 노인의 시야가 흐려진 틈을 타서 서너 마리의 비둘기들이 아이스크림 주변으로 모여들었으나, 반대편 벤치에 앉아 줄곧 노인을 지켜보던 남루한 사내의 죽비 소리에 놀라 일제히 목을 꺾고 날아올랐다. 노인마저 담배를 떨어뜨린 채 전태일의 그림자 밖까지 물러나자, 비둘기의 천적인 사내는 아이스크림을 집어 들고 행복한 표정으로 핥기 시작했다.

그런데 정말 그 노인이 전태일의 동료였을까요? 사실 확인도 없이 그 노인의 말만 믿고 글을 썼다가 나중에 명예훼손으로 고발당할 수도 있지 않을까요? 스승님의 말씀처럼 진실이란 고작, 만화경 속을 들여다보면서 우연의 의미를 찾는 자들에게만 잠시 드러나는 무늬에 불과할 테니까요.

나는 공손승과 도메크의 얼굴을 번갈아 쳐다보았다. 하지만 도메크의 뜨악한 표정 앞에서 곧 후회하였는데, 그는 자신의 이야기를 받아 적는 데 필요한 질문 이외의 호기심을 불쾌하게 여겼기 때문이다. "그 당시 동대문 평화시장엔 2만 명의 피복 노동자들이 있었지. 설령 전태일이 그들을 모두 알지 못했더라도, 전태일의 분신 이후 안팎으로 생겨난 변화에 영향을 받지 않은 자는 단 한 명도 없었을 테니까, 명예훼손을 들먹이는 자들이야말로 오히려 전태일을 욕보였다는 비난을 받아 마땅하겠지. 게다가 나는 〈서천집〉에서 노인의 이런 넋두리를 똑똑히 들었다네. '결국 태일의 죽음을 헛되이 하고 말았군.' 그때 나는 노인이 숨긴 서사의 진가를 확신할 수 있었단 말일세. 노파심에서 다시 말하지만, 우린 지금 무협소설이나 야설을 쓰는 게 아냐. 특히, 마사오, 자네는 지금 자신이 쓰고 있는 이 글에 좀더 집중할 필요가 있어. 작가가 화자를 의심하는 순간, 독자는 작가의 면상을 향해 책을 집어 던지고 말 테니까. 자, 이제 공손승, 자네가 쓴 글을 읽을 차례로군."

전라도 출신인 노인은 중학교를 마치자마자 무일푼으로 상경하여 동대문 평화시장의 피복 노동자가 되었다. 타고난 손재주와 온화한 성정, 그리고 성실한 기질 덕분에 그는 스무 살이 되기도 전에 미싱사로서 명성을 얻게 되었다. 하지만 전태일의 분신 소식은 그의 안정적인 삶을 단숨에 무너뜨렸고 1년여 동안의 방탕으로도 허무감을 제압하지 못하자 그는 미련 없이 동대문을 떠났다. 그의 빈자리를 채운 수많은 소문들 중에는, 그가 전태일의 배후로 지목되어 남산 대공분실에서 가혹한 고문을 받았고 사지가 비틀린 채 간신히 풀려나 고향 입구에 버려졌다는 것도 포함되어 있었다. 하지만 그는 동대문을 떠나 5년여 동안 강원도에서 하사관으로 복무하였고 전역한 뒤로는 서울 근교에서 전통 가죽신을 만드는 장인의 집에 사숙하며 일을 배웠다. 전통을 아편 정도로 여기는 세태를 거슬러 찾아온 청년의 이력과 목적이 몹시 의심스러웠지만, 몇 차례의 혹독한 테스트를 통해 그의 재능과 의지를 확인한 화혜장靴鞋匠은 그를 첫번째이자 열두번째 제자로 삼고 세상의 모든 이해관계를 끊은 채 산업화의 대홍수 이후에도 살아남을 방주를 만들기 시작했다. 한 달에 하루 쉬는 날이면 안동까지 내려가 누비장縷緋匠을 사사하는 제자에게서 청출어람의 보람을 느낀 것도 잠시, 스승은 곧 불편한 경쟁심과 조급함에 사로잡히게 되었고, 제자의 반대에도 불구하고 자신의 전 재산에다 은행 대출금까지 보태어 여러 사업들에 의욕적으로 투자하였으나, 세상 사람들의 몰이해와 유전적 불운에 부딪혀 치명적인 실패를 거듭하고 말았다. 채무자들에게 자신을 죽은 자로 위장하기 위해 무덤보다도 더 어두운 골방으로 숨어든 스승의 부활을 위해, 제자는 전태일의 망령이 사라진 동대문으로 되돌아왔다.

내가 공손승 자네라면 이 단락을 무조건 절반 분량으로 줄일걸세. 물론, 이런 배경 설명이 독자들의 이해를 도울 수는 있겠지만 곧 그들은 작가의 오지랖에 싫증 나고 말 거야. 게다가 우린 지금 위인전을 쓰고 있는 게 아니잖나? 한 인간의 일생을 통째로 담기에 소설책의 지면은 늘 부족한 법이지. 그리고 내가 여러 번 강조했듯이, 아무리 흥미로운 이야기라도 그것이 실제로 존재하는 인물의 경험에서 비롯된 것이라면 필경 표절 시비에 휘말릴 수밖에 없다는 사실을 명심하게나. 인터넷과 개인 통신 장비들의 발달은 개인이라는 사금을 대중이라는 감흙으로 환원시키고 있다네. 독자들은 이미 자신들이 읽고 싶은 이야기대로 살아가고 있기 때문에, 굳이 작가와 책을 찾을 필요가 없게 된 것이지.

도메크는 난처한 표정으로 우리를 번갈아 쳐다보았고 우리는 동곳을 뺀 채 어디서부터 다시 퇴고를 시작해야 할지 몰라 연신 거위침을 삼켰을 따름이다. 하지만 거기서 오전의 창작 시간은 중지되고 말았는데, 작가 지망생들을 대상으로 하는 도메크의 문학 강의가 10시로 예정되어 있어서 나와 공손승은 강의실을 정리하고 출석을 확인해야 했기 때문이다. 그 전에 우리는 옥상에서 각각 담배 두 개비씩 피웠다.

꼰대의 잔소리 없이 홀로 터득한 무림 최고의 방술로 대륙 곳곳의 이름난 협객들을 하나씩 쓰러뜨려가던 소요강호의 시절이 요즘은 너무 그리워.

공손승公孫勝은 『수호지』에 등장하는 서른세 명의 천강성天罡星 중 한 명이자 양산박의 네번째 두령으로서 도술에 능하며 송문고정검松文古定劍을 지니고 다닌다. 일본 관능소설의 시조인 단 오니로쿠團鬼六의 소설 『오욕의 꽃』에는 추남에다 대학 중퇴자인 마사오가 주인공으로 등장하는데, 그는 대가도 받지 않고 자신에게 숙식을 제공했던 친구의 약혼녀와 언니를 차례대로 능욕할 만큼 파렴치하다. 그렇다고 이 소설을 쓰고 있는 우리가 현실 세계에서 진짜로 그런 재주와 악덕을 지녔다는 건 결코 아니고, 한때 무협소설과 야설을 썼던 우리가 자극적이고 기괴하지 않으면 결코 주목받을 수 없는 사이버 세계 속에서 살아남기 위해서 그런 필명들을 사용했던 것뿐이며, 조회수에 따라 원고료가 지급되는 시스템에 반하는 개연성과 윤리 따위는 전혀 괘념치 않았음을 고백하겠다. 하지만 현실감 없는 망상에 사로잡혀 점점 괴물로 변해가고 있는 자신들을 미궁 밖으로 탈출시키기 위해, 우리는 소위 순수 작품들을 완성하여 야곱의 사다리 같은 문학상에 수차례 응모해보았지만 단 한 번도 심사위원들의 호명을 받지 못한 채 소태 같은 패배감을 맛보아야 했다. 나중에 도메크가 진단하길, 우리의 글에는 순차적 서사와 기승전결의 리듬이나 교훈적 메시지가 부족한 반면, 전형적 인물들의 모호한 대립과 상투적인 표현들만이 넘쳐나기 때문에 거듭 실패를 한 것이었다. 하지만 공손승은 박진감 넘치는 동작 묘사에서 나를 앞서 있고, 나는 감정의 미세한 흐름을 읽어내는 데 공손승보다 낫기 때문에 야곱의 사다리로 오를 희망이 전혀 없는 것도 아니라고 말해서, 스승은 우리를 감동시켰다.

도메크Domecq의 본명은 오노리오 부스토스 도메크Honorio Bustos Domecq인데, 호르헤 루이스 보르헤스Jorge Luis Borges와 아돌포 비오이 카사레스Adolfo Bioy Casares가 함께 탐정소설을 쓰면서 만들어낸 필명이었다. 그렇다고 우리의 스승이 탐정소설을 썼던 것은 아니다. 주로 중산층 인물들의 권태와 부조리한 윤리 의식을 고발하는 데 지면을 많이 할애했던 그는 자신이 표절 작가로 낙인찍힌 뒤로 더 이상 공개적인 활동을 할 수 없게 되자 불가피하게 그런 이름 뒤에 숨었으며, 나와 공손승처럼 재능 있는 작가들을 발굴하고 지도하여 화려하게 등단시키는 것으로 회개와 함께 복수를 실천하고 있다고 고백했다.

우리는 인터넷으로 그의 원래 이름과 학력과 등단 연도와 작품들과 수상 경력을 사진과 함께 확인하였다. 그리고 그의 필화와 관련된 신문 기사들을 모두 읽고 난 뒤부터 그의 가르침을 전혀 의심하지 않게 되었다.

인사동 막걸리집에서 공손승과 함께 처음 만난 도메크가 말했다. "표절을 피하는 방법은 1인 창작에서 공동 창작으로 소설 작법을 바꾸는 것이지. 모든 경전들이 그렇게 탄생하였고 바흐나 고흐도 그런 방식이 아니고선 그토록 많은 작품을 남길 수 없었을 거야." 그러곤 막걸리 두 병을 비운 뒤 거나하게 취해서 소리쳤다. "좋아. 내가 표절했다는 건 인정한다. 하지만 그 문장은 원래 그런 상황을 설명하기 위해서 신이 만들어놓은 것이니까 누구든 죄책감 없이 공짜로 가져다 쓸 수 있는 거야. 다만 그 스페인 작가가 먼저 사용했을 뿐. 왜냐하면 내가 운 나쁘게도 그보다 늦게 태어났으니까. 만약 가능했다면, 마치 특허나 실용신안 권리를 빌리듯, 나는 정당한 돈을 지불해서라도 그 문장을 사 왔을 거야. 하지만 그는 이미 4백 년 전에 죽었고 그의 유족들 중 몇 명이 아직까지 살아남아 있는지는 아무도 알지 못하지. 제대로 변론할 기회조차 주지 않은 채 내 이름과 작품만을 화형대 위에 세우고 매일 마녀 재판이 벌어지는데, 그땐 내가 머무는 곳마다 지옥이었고 출구는 술독 안에서 잠시 반짝였으나 바닥이 드러나면 또다시 고통이 생채기를 깨워댔지. 설령 할복자살을 했더라도 부관참시에다 화형마저 피하진 못했을 거야. 물론 그 문장의 출처를 떳떳하게 밝히고 패스티시ᵖᵃˢᵗⁱᶜʰᵉ 기법이라고 우길 수도 있었지만, 그럴 경우 내 소설은 누더기가 되었을 것이고 나의 병적인 결벽증이 끝내 그것을 미완성 상태로 내 서랍 속에 처박았을 게 분명해. 그래서 도박을 한 것인데, 문예지에 실려 한 달 정도 굴러다니다가 조용히 묻힐 줄 알았던 작품이 문학상까지 받게 되리라고는 미처 상상하지 못했어. 파국은 가히 찬란했지. 주홍글씨를 새기는 것만으로는 분이 풀리지 않았는지 평론가와 독자 들은 나의 이전 소설들과 개인사까지 파헤치기 시작하더군. 의심스러운 문장들과 거짓 이력이 인터넷을 타고 곳곳에 효시曉示되었어. 하지만 내 아들이 혼외정사로 태어났다는 사실과 내 소설들 사이에 도대체 무슨 연관이 있다는 거야?"

강의실엔 이미 스무 명가량의 사람들이 앉아 있었다. 하나같이 나이와 성별이 모호한 그들은 독자의 역할을 대사 없이 사라지는 단역배우 정도로 여기고, 스스로 작가가 되어 자신들이 읽고 싶은 이야기들을 글로 퍼뜨리기 위해 모여들었다. 정작 그들의 목적은 욕조 같은 서재에 처박혀 나르시시즘으로 번질거리는 자신의 삶을 홀로 반추하는 것이지, 광장 같은 곳에 사람들을 불러 모으고 자신의 이야기가 인간의 진화에 어떤 영향을 미칠 수 있는지 설명하는 것은 아니었으므로, 설령 문단의 관변 단체가 지원자들에게 가입 증서와 가입비를 접수하고 그들의 나이와 학력에 따라 1급 또는 2급 자격증을 발급해준다고 한들 소돔과 고모라의 재등장을 부추길 것 같지는 않았다. 그런데도 여전히 갖가지 등용문들 앞에 험상궂은 문지기를 세우고 서서 통행자들의 숫자를 엄격하게 제한하고 있는 걸 보면, 아직도 문제적 작가와 전복적 책 들의 신성한 가치를 신봉하는 예술지상주의자들이 득세하고 있는 게 분명했다. 하지만 우리 앞에는 형형한 혁명가의 광채를 지닌 자들 대신 갖가지 콤플렉스로 고통을 받고 있는 스무 명가량의 사회 부적격자들만이 서로를 경계하며 사시나무처럼 앉아 있을 따름이었다. 우리는 도메크가 강의 내내 불편해하지 않도록 수강생들의 책걸상들을 원고지의 사각 칸 속에 하나씩 나란히 맞추고 모자나 요란한 액세서리를 제거하였다. 우리는 이미 등단한 작가들로 소개되었기 때문에 준엄한 서열 의식에 의해 존경과 복종의 예를 갖추지 않는 자는 없었다. 장로교 목사처럼 등장한 도메크를 향해 우레와 같은 박수가 쏟아지자 우리는 강의실을 빠져나왔다. 그리고 옥상에서 담배 두 개비씩을 또 해치웠다.

독자들이 다 사라지고 작가들만 남으면, 우린 누구한테 책을 팔지?
그땐 책 대신 독자들을 팔면 되지.

20여 년 전 동대문 평화시장에서 재봉 솜씨가 가장 뛰어났던 미싱사를 기억하는 사람은 없었다. 전태일이 분신한 이후에도 노동자들의 삶은 크게 나아지지 않았고 일자리 하나를 두고 근로기준법이 적용되지 않는 기계들과 경쟁하지 않으면 안 되었다. 하지만 냉전 종식 이후 평화와 풍요에 대한 기대감 덕분에 패션 산업이 크게 성장하면서, 지적 재산권과 최저임금의 윤리에서 격리된 동대문 주변의 의류 공장들이 불야성을 이루었다. 귀 막고 입 닫은 채 수상한 시절을 용케 버텨낸 미싱사들은 제 이름의 옷가게와 중형 아파트를 갖게 되었고 그것들 사이를 매일 중형 승용차로 오갔다. 노인은 그들을 찾아가 옛 기억들을 담보로 자금을 변통하려 하였으나 곳간에서 인심 난다는 속담의 용도를 확인할 수 없었다. 그리하여 노인은 외국 관광객들을 상대로 전통 가죽신을 팔려던 계획을 일시적으로나마 포기하지 않으면 안 되었다. 대신 그는 소규모의 가방 공장에 취업하여 가죽을 재단하고 바느질하는 일을 시작하였고 고작 2년 만에 대기업에 가방을 납품하는 중소기업의 공장장으로 스카우트되었다. 그는 거기서 세상의 모든 명품 가방들의 비밀과 마케팅 전략을 샅샅이 뜯어본 뒤 유행의 패턴과 사업성을 발견하였다. 그리하여 다시 2년 뒤 퇴직하자마자 자신이 만든 가짜 명품 가방을 들고 동대문시장 제일의 재력가를 찾아가서는 공장을 세우고 옷가게를 얻는 데 필요한 돈을 빌렸다. 기계나 저임금 이주 노동자들의 도움 없이 노인 혼자서 만들어낸 가짜 명품 가방은 진짜 같은 품질과 진짜보다 훨씬 싼 가격 때문에 웃돈이 내걸린 채 거래되었으나, 어느 누구도 노인의 행색과 밥상 위의 반찬만으로는 그의 재산을 짐작할 수 없었으니, 그가 재력가와 약속한 날짜보다 1년이나 일찍, 그것도 빌린 돈의 세 배나 되는 이자까지 갚았고, 공장과 가게를 정리하고 남은 돈을 직원들에게 공평하게 나누어준 다음 빈손으로 동대문을 떠났다는 소문을 들었을 때, 놀라지 않는 자들은 단 한 명도 없었다. 노인의 잠적 이후로 가짜 명품 가방을 만들고 파는 장사꾼들이 우후죽순처럼 늘어났지만 그들의 조악한 제품들은 눈썰미 있는 단속반들을 속이지 못한 채 전량 압수 폐기되었으며 어마어마한 추징금을 내느라 동대문 제일의 재력가에게서 고리 빚을 져야 했다.

네 말대로 『신新허생전』을 쓰고 싶다면, 노인이 동대문시장 제일의 재력가를 만난 장면에서 허생이 장안의 갑부인 변 씨卞氏를 찾아가 1만 냥을 빌릴 때의 당당하고도 뻔뻔스러운 모습을 고스란히 재현해야 했어.

어차피 우리 이외엔 아무도 읽지 않을 소설인데 뭐라고 쓴들 누가 관심이나 갖겠어?

설마 도메크의 약속을 벌써 잊은 건 아니겠지? 그는 우리가 함께 만든 소설책을 전국의 서점들에 배포하겠다고 했잖아? 그러면 누군가는 분명히 그걸 읽고 우리에게 연락해올 거야. 그때 궁색한 변명이라도 늘어놓으려면 원고를 인쇄소에 넘기기 직전까지는 최선을 다해 퇴고하는 수밖에. 일단 책이 등장하고 나면 작가조차 그것의 운명에 개입할 수가 없을 테니까. 네가 맡아서 완성하기로 한 단락이었지만 나라면 이렇게 쓰겠어.

전태일이 분신한 지 20여 년이 지나고 노인은 동대문시장으로 다시 돌아왔다. 이젠 모든 노동자들이 근로기준법의 목적에 대해 알고 있었고 한 달에 한 번씩 휴가를 얻게 되었으며 나이 어린 노동자들과 그들을 은밀하게 고용하는 사업주들을 찾아볼 수 없었으나, 노동환경은 전태일의 기대와는 달리 여전히 열악했고 만능 직조 기계들의 보급으로 고임금 숙련자들은 매일 퇴출의 공포에 시달리고 있었다. 한때 강철 같은 노동자였으나 용케 시대의 광기에서 벗어날 수 있었던 미싱사들은 이미 살찐 자본가들로 변신하여 가난한 이주 노동자들의 비극을 직조하고 있었다. 노인은 부조리한 세상을 조롱하기로 결심했다. 그래서 우선 가방 공장에 취업하여 실력과 경험을 쌓았고 2년 만에 주머니 속의 송곳처럼 동종업계 최고의 기술자로 명성을 날리게 되었다. 이후 대기업에 가방을 납품하는 중소기업의 공장장으로 스카우트되어 세상의 모든 명품 가방들을 뜯어보면서 명품의 비밀과 그것을 둘러싼 사회계층 간의 권력투쟁에 대해서도 이해할 수 있게 되었다. 그리고 지적 재산권을 앞세운 자본주의가 심화될수록 가짜 명품을 사고파는 시장도 필연적으로 성장하리라고 확신하게 되었다. 2년여의 시간이 흐르고 마침내 자신의 뜻을 펼칠 준비를 끝낸 노인은 공장장을 그만두고 동대문시장 제일의 재력가를 찾아가 자신이 만든 가짜 명품 가방을 건넸다. 재력가는 코웃음을 치며, 수백만 원에 육박하는 명품 가방을 살지언정 그 가격의 절반에 육박하는 가짜 명품 가방으로 허영심을 해결할 사람들은 없을 것이라고 장담했지만 노인의 명성과 누비장 장인의 담보를 확인하자 3년 안에 원금의 세 배를 이자로 지급하는 조건으로 돈을 빌려주었다. 노인은 곧 손바닥만 한 지하 공장에 재봉틀 한 대를 놓고 혼자서 가짜 명품 가방을 만들기 시작하였고, 상품을 유통시킨 지 2년 만에 소비자와 상인 사이에서 루이비통 공장의 수석 기술자로 알려지면서 큰돈을 벌게 되었다. 노인은 재력가와의 약속보다 1년이나 일찍 빚을 갚았고, 공장과 가게를 처분한 돈은 직원들에게 똑같이 나누어준 다음 미련 없이 동대문을 떠났다. 노인의 성공 신화에 고무된 미싱사들이 앞다투어 가짜 명품 사업에 뛰어들었지만 진품의 절반 수준에도 못 미치는 품질과 진품에 육박하는 가격 때문에 소비자와 상인의 원성을 사더니 결국 상표

법 위반으로 고발되어 대부분 파산하고 말았다.

하지만 네 글 속에는 도메크가 말하지 않았던 사실까지 포함되어 있어. 더군다나 명품의 실제 이름까지 들먹이다니. 그걸 알게되는 즉시 도메크는 너에게 명품 잔소리를 늘어놓을 게 틀림없어. 생각만 해도 벌써 머리가 아파온다.

표절 시비에 휘말리지 않기 위해서 실제 존재하는 인물들의 이야기를 피하라고 도메크는 강조했지만, 실재하는 이름들이 소설 속에서 소구訴求 장치이자 거짓 리얼리티의 소도구가 되어줄 수 있다고 우리에게 가르치기도 했다는 사실을 넌 떠올려야 해.

하지만 가공하기에 앞서 도메크에게 허락 정도는 받아야 하는게 아닐까? 그건 그렇고 여전히 쉽게 이해 안 되는 사실이 있어. 만약 노인의 기술이 명품 제작자들의 그것과 필적했다면 굳이 가짜를 만들어 위험을 자초할 필요 없이, 자신의 고유한 브랜드를 달아 합법적으로 파는 게 훨씬 낫지 않았을까?

난 네가 『신허생전』을 쓰겠다고 호언장담하기에 그 이유 정도는 이해했을 줄 알았는데.

도메크의 이야기 속에서 나는, 엉성하기 이를 데 없는 세상에서 반영웅이 등장하는 건 의외로 쉽다는 메시지를 읽었던 거지. 그게 허생전의 주제가 아니었던가?

노인의 이데올로기를 이해하려면 도메크의 각주부터 기억해야하지. 내가 수첩에 옮겨 적은 걸 그대로 읽어줄게. "자본주의가 팔지 못하는 건 없다. 가짜는 민주주의를 실천한다. 그리고 가짜 명품의 수요가 줄어들었다는 것은 곧 중산층과 민주주의가 공멸의 위기에 처했다는 걸 의미한다."

점심시간이 되었다. 그 전에 우리는 강의실로 돌아갔다. 도메크는 어제와 다름없이 불멸하는 문학의 위대함과 작가로서의 고단한 삶과 평론가와 출판 편집자들의 무능함에 대해 차례로 이야기했을 것이다. 그리고 이곳에서 자신이 주도하고 있는 획기적인 프로젝트가 문학의 종말을 막고 작가와 독자 사이의 거리를 좁힐 수 있을 것이라고 강변했으리라. 강의실 앞에서 서성거리는 우리를 발견하자 도메크는 서둘러 강의를 마치고 강단을 우리에게 양보하였다. 공손승은 의자에서 일어서려는 작가 지망생들을 공손히 앉혔고 나는 홈쇼핑 채널에 등장한 바람잡이처럼 공지 사항을 장황하게 읊었다.

인터넷과 개인 통신 장비들의 발달은 작가와 독자를 더 이상 순수한 상태로 존재할 수 없게 만들었다. 작가는 그저 그 책을 가장 먼저 읽은 독자일 뿐이고, 독자는 아직 자신의 글을 완성하지 못한 작가일 따름이며 그 둘을 분명하게 구별할 수 있는 방법은 없다. 그래서 우리는 게으른 작가와 겁 많은 독자를 자극하기 위해 의기투합하였다. 우리는 문학이 위태로워진 이유가, 작가와 독자 사이에 평론가나 출판사 편집자가 끼어들어 소통을 방해하고 메시지를 왜곡하고 있기 때문이라고 확신한다. 그래서 우리는 작가와 독자 사이에 오직 책들만을 놓아두고 서로 역할을 바꾸어가면서 직접 대화할 수 있도록 도우려 한다. 작가인 당신들이 10만 부의 책을 팔기 위해서 직접 10만 명의 독자를 구한다. 그러고 나면 10만 명의 독자들이 모두 작가가 되고 다시 각각 10만 명의 독자들을 모집한다. 이런 과정을 반복하면 결국 모든 작가는 수백만 명의 독자들을 거느리게 될 것이고 모든 독자는 역시 수십만 명의 작가들과 친분을 쌓게 될 것이니, 작가나 독자 어느 쪽도 더 이상 충성스런 동지와 안정된 수입원이 없다고 불평할 필요는 없다. 우리의 프로젝트를 성공하기 위해선 오늘 여기 모인 여러분의 투철한 사명감과 동료애가 필수적이다. 특히 여러분이 2기 수강생들이고, 1기 수강생이라고 해보았자 겨우 나와 저 친구 두 명뿐이었다는 사실을 기억해주기 바란다. 여러분이 각자 열 명씩의 작가이자 독자인 사람들을 확보해 오면 우리는 여러분 각자가 책을 출판할 수 있도록 교육과 자금을 적극 지원할 것이다. 물론 음습한 골방에 숨어서 책을 쓰고 읽던 여러분에게 가장 어려운 일들 중 하나가 새로운 사람들을 만나고 관계를 유지하는 것이리라. 그래서 여러분의 글은 대부분 경험이 아닌 상상의 산물이라는 걸 우린 잘 알고 있다. 하지만 인내심을 가지고 스스로를 천천히 변화시키려고 노력한다면 곧 놀라운 성과를 얻게 될 것이다. 앞으로 한 달간 진행될 강의의 수강료는 없다. 하지만 해박한 강사의 고급 강의에 무난히 적응하려면 여러분에겐 소위

예습과 복습이 필요할 것으로 생각된다. 그리고 훌륭한 작가이자 독자가 되려면 모름지기 브리태니커 백과사전 정도는 늘 가까이 두고 스스로 끊임없이 질의응답을 시도해야 할 것이다. 그건 여러분의 가족들을 위해서도 필요하다. 그래서 우리는 모든 책들의 책인 그것을 특별한 가격으로 제공하려 한다. 한 질은 여러분의 고독한 창작을 위해서, 또 한 질은 여러분의 고독한 창작 때문에 고독해진 가족들의 이해와 인내를 위해서. 머지않아 종이에 인쇄된 사전들은 절판될 예정이므로 서둘러야 한다. 선택은 오로지 여러분의 몫이고 우리의 임무는 그저 여러분의 분명한 의사만을 확인하는 것이다. 구매 의사가 있는 자들부터 이 강의실을 나가서 점심시간의 여유를 즐겨라.

도메크와 우리는 가까운 중국집에 가서 짜장면 세 그릇과 양장피와 고량주를 주문했다. 두 순배쯤 돌았을 때 공손승이 도메크에게 물었다. "혹시 이번 마사오의 소설책에 붙일 만한 제목을 생각해두셨나요?" 두 시간 남짓 작가 지망생들 앞에서 장광설을 펼치느라 기진맥진해진 도메크에게 허기는 갈증의 형태로 찾아온 것 같았다. 자신 앞에 놓인 짜장면은 거들떠보지도 않은 채 그는 또 한 잔의 고량주를 들이켰다. 평소 질문받기를 싫어하는 그였지만 술기운이 그의 과민함을 완화시켜주었다. "글쎄, 뭐가 좋을까? '신허생전'이라는 제목은 너무 고리타분한 것 같아 싫어. 사실 나는 세상의 모든 소설들에게 가장 잘 어울리는 제목이라곤 오직 '라만차의 재기 발랄한 시골 기사 돈키호테'뿐이라고 생각하는 사람이지. 하지만 그렇게 성스러운 이름을 붙이기엔 우리 소설의 미덕은 너무 부족한 것 같아 유감이네. 하긴 이럴 시간마저 아껴서 퇴고하는 데 쓰는 게 나을 것 같군. 서둘러 잔을 비우고 돌아가세."

도메크가 『라만차의 재기 발랄한 시골 기사 돈키호테』에서 무단으로 차용했다가 발각된 문장은 이러하였다. "그게 전부요? 사랑 때문에 갤리선으로 보내진다면, 난 벌써 한참 전부터 그곳에서 노를 젓고 있었을 것이오."*

갤리선이 뭐죠?

막걸리 두 병에 사지가 풀린 도메크는 그때 우리가 처음으로 만났다는 사실도 잊은 채 자신이 들고 있던 막걸리를 공손승의 얼굴에 끼얹었다. 그러고는 육두문자를 퍼부어대더니 계산도 하지 않고 막걸리집을 나가버렸다. 그 이후로 갤리선이란 단어는 우리에게 악마의 단어로 취급되었는데, 후대 작가들에 의해 끊임없이 이어지는 표절의 악순환을 멈춰 세우기 위해 누군가 현실 속의 갤리선들을 모두 파괴해버렸기 때문에 우리 같은 후손들에겐 그 단어가 생소해졌을 수도 있겠다 싶었다.

* 미겔 데 세르반테스, 『돈키호테』, 박철 옮김, 시공사, 2004, p. 28.

가짜 명품 가방을 만들다가 체포된 사람들은 하나같이 자신들을 그 전설 같은 노인의 제자라고 소개하였다. 하지만 노인에 대한 그들의 증언에는 공통점이 전혀 없었고 그들이 장인이 되려면 수십여 년 동안의 시행착오가 족히 필요할 것 같았다. 재료 구입부터 제작, 판매까지 거의 혼자서 해치웠던 노인에게 그토록 많은 제자들이 있었을 리 없다. 공장과 가게를 정리하고 남은 돈을 노인에게서 나누어 받았다는 사람들 중 한 명만이라도 나타나서 가짜 제자들을 내쫓아주었던들 그토록 오랫동안 혼란이 계속되지는 않았을 것이다. 조악하기 이를 데 없는 가짜 명품들이 적발되어 폐기될 때마다 노인이 만든 가짜 명품 가방의 가격은 더욱 올랐고, 동대문시장 상인들은 불행이라도 들이닥쳐 그를 강제로 귀환시키기를 희망하였다. 특히 동대문시장 제일의 재력가는 그 노인의 호기가 너무 그리운 나머지, 수십 명의 흥신소 직원들까지 동원하여 수개월 동안 그의 소재를 추적하였지만, 강원도 산골에서 배추 농사를 짓고 있다는 소문이나 지방의 요양 병원에서 호스피스를 하고 있다는 소문이 모두 거짓임을 확인하고 크게 실망하였다.

난 이런 이야기를 노인에게서 들은 적이 없는 것 같은데? 아마도 자네들에게 일종의 소설적 허용이 필요했던 모양이군. 좋아. 이야기의 진행상 필요한 단락이긴 한데, 그보다 먼저 노인의 이야기를 통해 자네들이 전달하고 싶은 메시지부터 분명하게 설정할 필요가 있을 것 같아. 노인들이야 하나같이 자신의 삶을 영웅의 일대기와 혼동하여 기억하는 버릇들이 있으니까 곧이곧대로 옮겨 적을 필요는 없겠지. 그러니까 내가 하려는 말은, 그 노인은 그저 시대를 잘못 만나 자신의 뜻대로 인생을 펼치지 못한, 평범한 무명씨에 불과하다는 거야. 물론 젊어서 거창하게 생각한 바야 있었겠지. 그리고 전태일의 죽음을 목격하고 전통 장인을 사사할 때만 해도 그의 열정은 순수했을 거라네. 하지만 어떤 이유에서건 가짜 명품을 만들기 시작하면서 그의 명분은 궁색해졌을 것이고, 성공을 수치스럽게 여겼을 수도 있지. 아니면 추악한 방법으로 긁어모은 재산을 도박과 계집질로 모두 탕진하고 야반도주했다는 게 진실에 더 가까울지도 모르지. 그래서 아직까지도 동대문시장 제일의 재력가가 흥신소 직원들을 동원해서 그를 추적하고 있는 건 아닐까? 사실 난 노인에게서 더 많은 이야기를 들었지만 수상한 부분들까지 자네들에게 들려주진 않았다네. 우리의 소설에는 명확한 주제와 그것을 형상화할 몇 가지의 사건들만 있으면 충분하지. 그리고 노인들의 삶은 소설로 담기엔 너무 길고 겨우 담은 것들은 식상하기 그지없지. 왜냐하면 노인들의 삶이란, 마치 갓난아이들의 삶이 그러하듯이, 수세기 동안 거의 변하지 않았기 때문이야. 마사오, 자네 소설의 독자들은 지금, 동대문시장 제일의 재력가에게 돈을 빌려 세상에 통쾌하게 복수한 노인이 5년여 뒤 왜 또다시 가짜 명품 가방을 만들게 되었는지 궁금해할 거야. 어서 이야기를 마무리 짓고 공손승을 위한 소설을 시작하자고. 내가 어제 술집에서 만난 여자의 이야기가 싸그리 잊히기 전에.

전통 가죽신을 만드는 스승에게 다시 돌아간 노인의 헌신 덕분에 화혜장은 중요 무형문화재로 지정되었고 스승은 매달 국가에서 전승지원금을 받게 되었다. 지방 단체와 독지가들에게서 금전적 지원이 이어졌고, 무덤보다도 더 어두운 골방에서 죽은 자처럼 지내고 있는 스승의 이야기가 언론에 알려지면서 은행들은 스승의 빚을 탕감해주지 않을 수 없었다. 스승의 부활은, 그가 기술 자문으로 참여하여 제화업체와 함께 제작한 신사화 시리즈가 공전의 히트를 치면서 완성되었다. 고집스럽고 무능한 가장을 떠났던 가족과 친척이 다시 모여들면서 제자의 공적은 스승의 혈족들에 의해 완전히 부정되었다. 급기야 스승의 아들이 공식적인 전수자로 지명되어 매달 생활비를 수령해갔고 공방의 운영은 맏사위에게 맡겨졌다. 문화재 기술의 유출을 막겠다는 명분으로 그들은 노인을 2년 동안 행랑채에 구금하였으나, 슬픔은 늘 행복과 함께 찾아오지만 늘 행복보다 늦게 드러난다는 사실을 너무나 잘 알고 있는 그는 결코 스승을 원망하지 않았다. 그리고 스승의 재산을 둘러싸고 혈족들 사이의 추악한 싸움이 벌어졌을 때, 노인은 스승의 뜻에 따라 스승의 손때 묻은 공구들을 챙겨 들고 행랑채를 빠져나왔다. 그러고도 노인은 곧장 가짜 명품 제작의 명인으로 돌아오지 않고 두 차례의 자살을 시도했다가 실패하였으며,

여생의 쓸모를 다하기 위해 우시장으로 유명한 지방에다 공방을 차리고 다시 가짜 명품 가방을 만들기 시작했다.

그렇지. 이제야 이야기의 얼개가 좀더 치밀해진 것 같군. 좀더 바란다면, 내가 여러 차례 반복해서 말했던 이 문장들을 빠뜨리지 않았으면 좋겠어. "무형문화재로의 등재는 동물원으로의 편입과 같다. 한동안 멸종을 피할 수 있겠지만 인위적인 격리와 보호는 본성을 잃게 만들어 나중엔 우리 안에서 괴물을 발견할 위험이 높다." 내가 그 노인에게서 들은 문장 중 가장 감동적인 것이었다네. 그래서 수첩에 받아 적으면서 꼭 소설에 실어주겠노라고 노인과 약속까지 했지. 비록 자네 이름 뒤에 숨어 있긴 하나, 내 체면도 있고 하니, 제발 잊지 말고 꼭 넣어주시게. 그건 그렇고 진도가 이렇게 더뎌서야 일정에 맞추지 못할 것 같아 걱정이군. 늦어도 내일 아침까지 자네가 퇴고를 끝내주어야 내가 오후에 검토하고 인쇄소로 넘길 수가 있을 텐데, 아직까지 우린 여기밖에 못 왔고, 설상가상으로 오늘 저녁엔 작가 지망생들과 저녁 식사 약속까지 잡혀 있으니 더욱 절망적이군. 매월 말 신간 서적들이 서점에 일제히 진열되는 기회를 놓친다면 다시 한 달을 기다려야 하는데 그러면 공손승의 데뷔도 자연히 늦어지게 될 테지. 공손승 자네야 어떻게든 설득한다지만, 스무 명 남짓 대기자들의 불만은 누가 어떻게 누를 수 있을런고? 그들을 모두 등단시키고 3기 수강생들을 받으려면 족히 2년은 기다려야 할지도 몰

라. 그래선 절대 안 되지. 차라리 이렇게 하면 어떻겠나? 지금부터 내가 그 노인에게서 들은 이야기를 다시 들려줄 테니까, 마사오 자네는 타이핑을 하고, 공손승 자네는 녹음을 하게나. 요즈음엔 녹음한 내용들을 그대로 타이핑해주는 컴퓨터 프로그램도 있다고 들은 것 같은데. 아무튼 내일 점심 식사 전까지 최종 원고를 가져다주면 내가 마지막으로 검토해서 인쇄소로 직접 넘기겠네. 마사오 자네의 열정은 충분히 이해하지만 어찌 첫술에 배부를 수 있겠나? 이야기의 힘이 작가의 작은 실수 따윈 감쪽같이 덮어줄 거야. 게다가 우린 자네의 책을 읽게 될 독자들에 대해 잘 알고 있지 않은가? 베스트셀러를 만드는 건 마케팅보다는 타이밍이라네. 나를 굳게 믿어야 자네가 책을 완성할 수 있고, 그래야 독자들도 자네를 믿게 되겠지. 공손승 군, 녹음 준비가 끝나면 알려주게나.

도메크가 잠시 화장실에 간 사이 우리는 옥상에서 담배를 한 개비씩 피웠다. 내겐 담배를 피웠다는 표현보단 씹어 삼켰다는 표현이 더 어울릴 것 같았다. "그래도 이건 엄연히 나의 첫번째 소설책인데 이렇게 시간에 쫓겨 날림으로 마무리 짓는 게 옳다고 생각해? 시간이 없는 쪽은 늘 작가지 독자가 아니잖아? 그들은 김장김치를 꺼내 먹듯 아주 조금씩 내 소설을 읽으면서 흠을 찾아내고 실컷 조롱하겠지. 그러고 나면 은밀하게 네 소설로 옮겨 갈 거야." 공손승이 대답했다. "결국 우린 책이 아니라 독자를 팔게 될 거니까 소설의 교졸 따위에 크게 신경 쓸 필요는 없어. 우리에게 지금 절실한 건 작품을 끝내는 것이고, 도메크의 도움 없인 그게 불가능하다는 사실만 명심하면 좋겠어."

마사오의 이야기가 어디에서 끝났더라? 그렇지. 전설적인 노인이 환갑 직전에 다시 가짜 명품의 세계로 돌아왔지. 그다음엔 이런 사실들을 포함시켜야 한다네. 우선 노인의 귀환은 곧 중산층의 몰락을 의미한다는 것. 그리고 중산층의 몰락은 필연적으로 민주주의를 후퇴시킨다는 사실. 전태일의 투쟁은 실패했고 소득의 양극화는 고스란히 소비의 양극화로 이어졌지. 상류층이 새로운 명품 브랜드를 발굴해내고 상표법을 앞세워 가짜 명품들을 적발해낼수록 중산층과 하류층은 가짜 명품의 소비에 더욱 집착하게 되는데, 중산층도 하류층하고는 구별되고 싶어서 가짜 명품에도 등급을 매기게 되는 것이지. 전설적인 노인이 만드는 제품이야말로 중산층의 욕망을 가장 충실하게 담았다는 걸 강조할 필요가 있어. 노인은 명품 속에 반영되어 있는 장인들의 철학과 삶의 태도와 습관과 역사와 제작 과정을 완벽하게 이해하고 있기 때문에 최고의 재료만을 엄선하여 가위질 한 번, 바느질 한 땀 허투루 하지 않았고 마음에 흡족하지 않은 상품들은 결코 시장에 내놓지 않았을 뿐만 아니라, 눈앞의 이익을 좇아 제작 시간을 줄이거나 생산량을 늘리지도 않았어. 심지어 원자재 가격 상승으로 진짜 명품 가방의 가격이 올랐는데도, 그의 가방은 10여 년 전 가격을 여전히 고수하고 있으니, 로고만 흉내 내는 얼치기 제작자들이 어찌 그와 경쟁할 수 있었겠나? 탐욕과 질투심에 사로잡힌 몇 명의 경쟁자들이 경찰에게 그 노인의 범죄를 밀고하였지만 군침 도는 현상금에도 불구하고 용의자는 끝내 잡히지 않았어. 분명히 그의 사업을 돕는 사람들이 주위에 있었을 텐데도 단 한 명의 유다조차 나타나지 않은 걸 보면, 노인은 사이비 종교 집단의 교주처럼 군림하고 있었을지 몰라. 물론 이건 내 짐작이니까 자네가 적당히 바꿔 써도 좋아. 자신의 성공에는 자기희생적인 아내의 내조가 결정적이었다고 노인이 말한 것 같기도 한데 정작 자세하게 들은 바는 없으니, 주부 대상 월간지들을 참고해서 한 단락 정도 러브스토리를 채워 넣는 것도 나쁘진 않겠지. 하지만 노인이 매달 익명으로 세 곳의 고아원에 수백만 원의 후원금을 보냈다는 일화와 전태일의 희생을 섣불리 연결하는 상투적 실수를 범하지 않길 바라네. 노인은 내게 분명하게 말했어. 그렇게라도 자신에게 불필요한 잉여를 덜어내지 않으면 자신의 스승처럼 가장 가까운 사람들에게서 치명적인 상처를 입게 될 것 같아 몹시 두려웠다고. 하지만 그의 선행으로도 아내를 향해 돌진하는 트럭의 방향이나 속도를 어찌할 순 없었지. 아내의 장례식과 함께 노인의 공장과 두 곳의 고아원이 영원히 폐쇄되었지. 씁쓸한 건, 그가 남긴 가짜 명품 가방들은 전 세계에 한정 판매된 진품으로 둔갑하여 중고 명품 시장에서 여전히 거래되고 있다는 사실이야.

자, 이쯤해서 녹음이 잘 되었는지 확인해주겠나, 공손승 군?

도메크는 저녁 식사 약속 시간에 맞춰 사무실을 떠났다. 그 전에 나와 공손승은 강의실로 올라가 스무 명의 작가 지망생들이 제출한 소설 원고들을 모으고 그들을 돌려보냈다. 가장 마지막까지 강의실에 남아 있던 여자 두 명이 우리에게 술자리를 제안했지만 공손승의 기대와는 달리 나는 정중히 거절하였다. 강의실 정리를 끝내자마자 공손승은 여자들이 기다리는 호프집으로 달려갔고 나는 근처 식당에서 국수 한 그릇을 비운 뒤 사무실로 돌아와 원고를 갈무리했다.

동대문시장 제일의 재력가에게 돈을 빌려 가짜 명품 가방을 만들기 시작한 쉰 살 이후로 노인은 늘 누군가에게 쫓겼다. 경찰들은 프랑스 사업가들의 재산권을 보호해주기 위해 한국인들이 납부한 세금으로 현상금까지 내걸고 노인을 추적하였고, 가짜 명품 시장의 엄청난 성장 잠재력을 간파한 사업가들은 그의 솜씨를 선점하기 위해 경쟁하였다. 노인은 그저 자신이 공들여 만들어낸 가방들을 시간 순서대로 늘어놓으며 자신의 삶을 기록하고 싶었을 뿐이다. 그래서 단 한 순간도 자신이 가짜를 만들고 있다고 자책한 적은 없었다. 세상에서 가장 아름다운 가방 하나를 만들기 위해서 자신의 영혼까지 덜어내고 있는 장인들의 숙명 의식과 성실함에 깊이 동감하며, 그들의 철학과 삶의 태도와 습관과 역사와 제작 과정을 더욱 발전시켜서, 숨은 동료로서 자신의 존재를 그들에게 알리고 싶었다. 그래서 그는 항상 최고의 재료만을 엄선하여 가위질 한 번, 바느질 한 땀 허투루 하지 않았고 마음에 흡족하지 않은 상품들은 결코 시장에 내놓지 않았을 뿐만 아니라, 눈앞의 이익을 좇아 제작 시간을 줄이거나 생산량을 늘리지도 않았다. 심지어 원자재 가격 상승으로 진짜 명품 가방의 가격까지 오르는데도, 노인은 10여 년 전 자신이 처음 내걸었던 가격을 그대로 유지할 만큼 탐욕을 경계했다. 하지만 지명수배자 명단에 오른 뒤부터 노인은 하루 종일 골방 안에서 지내야 했으며 새벽에 잠깐 외출을 할 때에도 가짜 신분증을 챙겨 넣어야 했다. 취미나 기호도 없었고 친구나 가족도 없었으며 가졌거나 버릴 것도 없었다. 나중엔 자신의 정체마저 모호해졌다. 그러다가 우연히 노인은 집시법 위반으로 도망 중이던 여자를 식당에서 만났다. 그들은 한눈에 서로의 불안한 처지를 알아보았고 서른 살 남짓의 나이 차이를 뛰어넘어 아늑한 동거를 시작하였다. 노인의 몸에 배인 조심성 덕분에 여자는 죽음 전까지 감옥을 피할 수 있었다. 한때 서울 소재 대학에서 경영학과를 전공하였기 때문에, 중산층의 몰락이 필연적으로 민주주의를 후퇴시킨다는 주장과 가짜 명품이야말로 한 나라의 민주주의 정도를 측정할 수 있는 지표라는 궤변은 충분히 이해할 수 있었으리라. 제작비를 변통하고 판매하는 역할을 여자가 맡게 되면서 노인의 사업은 더욱 번창하였으나, 그들이 벌어들인 돈의 절반은 어김없이 세 곳의 고아원에 익명으로 보내졌다. 도망자 처지 때문에 차마 아이를 가질 수 없었던 그들에게 고아원 아이들의 감사 편지는 하루치 삶을 축복해주는 비타민과 같았다.

노인의 러브스토리가 너무 작위적인 것 같은데? 식상한 이야기는 오히려 표절보다도 독자들에게 더 환영받지 못하지. 게다가 나는 이렇게 시작하는 시를 읽은 적이 있어. "한 사나이가 있다. 그는 도망 중이었다." 인터넷으로 찾아보면 금방 확인할 수 있겠지.

한 사나이가 있다. 그는 도망중이었다./한 사나이는 새침한 여자와 만난다 그녀는/예뻤고 그녀는 귀여웠고 도망중이었고/사나이는 그녀가 좋다. 한 남자가/한 여자를 사랑할 때, 사내는 매일/구두를 반짝거리게 닦지요 붉은 장미를/사지요 비오는 공원에서 기다리지요./그러던 어느 날 사내는 그녀에게/구혼을 한다. 그들은 결혼을 하고 신접/살림을 차린다. 그 살림은 도망중이었다.*

아니, 내 부모님의 이름을 걸고 맹세하건데, 공손승, 난 그런 시를 절대 읽은 적이 없어.

물론, 난 누구보다도 마사오 널 굳게 믿어. 하지만 자연이 인간을 모방하는 경우도 있다고 하잖아? 중요한 건 작가의 변명이 아니라, 독자의 판정일 테지. 작가는 한 명이고 독자는 수만 명이니까, 결국 누군가는 나처럼 네 소설과 그 시와의 유사성을 찾아내

* 장정일, 「도망중」 부분, 『햄버거에 대한 명상』, 민음사, 2002. p. 52.

고 시비를 걸어올 거야.

하지만 네 말처럼 우리가 책을 파는 게 아니라 독자들을 파는 거라면, 그들의 묵인 아래 모든 글들이, 심지어 표절한 글들까지도 가능하지 않을까?

스무 명 남짓의 작가 지망생들이 강의실로 모여들기 직전까지 나는 사무실에 처박혀 원고를 수정하였으나, 그럴수록 더욱 기괴해지는 이야기 때문에 쓰고 지우기를 반복하느라 귀한 시간을 모조리 소진하고 말았다. 도메크의 녹음 파일이나 공손승의 충고도 전혀 도움이 되지 않았다. 결국 나는 입영 구령에 혼비백산하여 애인을 바닥에 떠민 채 위병소를 향해 뛰기 시작한 신병처럼 최종 원고와 작별했다. 강의실에 먼저 도착한 공손승은, 아직까지 브리태니커 백과사전을 주문하지 않은 작자들을 한 명씩 불러내어 무섭게 을러댔는데, 왕년의 유명한 무협소설 작가답게 그가 표창처럼 던져대는 언어들에 급소를 맞은 자들은 유언장을 남기듯 주문 요청서에 서명했다.

아직 이야기 전부를 읽어보진 않았지만, 가짜 명품을 만드는 사내 역시 가짜 인생을 살 수밖에 없었다는 발상은 아주 그럴 듯했어. 〈서천집〉에서 처음 만났을 때 그 노인의 유령 같은 표정을 자네들도 봤어야 하는데. 제 기억과 의지는 있지만 제 몸이 없어서 결코 제 삶을 살 수 없는 존재가 유령이 아니겠나? 첫번째 소설책을 이 정도로 완성할 수 있는 실력이라면 마사오 자네의 두번째 소설은 가히 초대형 태풍을 일으켜 문단의 모든 상들을 휩쓸 게 틀림없어. 그동안 너무 수고했고, 이제 엄연한 작가가 되었으니 다음 달부턴 나를 도와 강의의 일부를 맡아주게나. 나 혼자서 감당하기엔 수강생들이 너무 많은 것 같아. 물론, 공손승 자네가 맡아야 할 강의도 이미 생각해두었으니까, 자네 이름의 소설책을 출판하는 데 서둘러야 할 거야. 솔직히 말해서, 난 아직도 강의실에 앉아 있는 작자들의 심리를 완전히 이해하지 못하고 있다네. 남들의 글은 읽지 않으면서도 제 글은 한 사람도 빠짐없이 읽히고 싶어서 안달이니, 적어도 자본주의 윤리 강령의 핵심 모토인 '기브 앤 테이크'조차 모르고 있는 것 같아. 개인화, 정보의 홍수, 디지털치매, 불평등 등의 단어들을 어떤 순서로 묶어야 작금의 현상을 설명할 수 있을까? 네트워크 기술의 발달이 오히려 빅브라더를 탄생시킬 것만 같아 불안해. 아무튼 마감 시간을 잘 지켜줘서 고맙네. 게다가 백과사전 판매 수익마저 지난달보다 두 배 이상 늘어났으니 내가 자네들에게 뭘 불평할 수 있겠나? 그래서 오늘 점심은 내가 근사한 일식집을 예약했으니 늦지 않게 가세.

우리는 이쯤에서 헤어져 누구의 간섭도 받지 않고 무협소설이나 야설을 쓰는 건 어떨까?

그럴 순 없지. 그건 엄연히 계약 위반이야. '기브 앤 테이크'의 모토를 너부터 잊지 마. 너와 도메크는 내 소설을 함께 완성해야 할 의무가 있어. 무협의 세계에선 신의를 저버리는 순간 피비린 내 나는 전쟁이 일어난다고.

하지만 내 소설책이 서점에 배포되는 즉시 내가 가짜 작가라는 사실이 만천하에 들통 나고 말거야.

아니, 그런 상황이 오히려 네게 유리하게 작용할 수도 있어. 가짜 작가의 가짜 이야기는 적어도 식상하진 않을 테니까. 그리고 도대체 어느 누가 자신의 삶을 백 퍼센트 소유할 수 있겠어? 우리가 존경해 마지않는 뱅크시*의 일갈을 떠올려봐. "익명의 예술가만이 세상의 부조리에 저항하여 진실을 되찾아올 용기를 지닌다." 작가가 스스로를 믿어야 독자도 작가를 믿는다잖아? 난 너와 도메크를 굳게 믿어. 그러니 너도 내 말을 믿어주면 좋겠어.

토요일이 되자 우리는 공손승이 미리 호프집에서 인연을 쌓아 둔 두 명의 여자들과 함께 강화도로 피크닉을 갔다. 전등사 나무 그늘에서 오후 3시부터 시작된 술자리는 9시가 넘어서야 끝이 났고 우리는 이미 이 나라의 문학을 이끌고 있는 양대 거목이 되어 여자 한 명씩을 선택할 권리를 부여받았다. 가난해서 더욱 위대해진 예술가들을 위해 여자들은 기꺼이 모텔방 값까지 지불해주었다. 두 개의 문들이 동시에 닫히자마자 공손승은 여자를 침대 위에 쓰러뜨리고 자신이 알고 있는 모든 무협 기술들을 동원하여 여자의 성감대를 공격했다. 벽을 흔드는 신음 소리 때문에 나와 여자는 순수문학의 미래에 집중할 수 없었다. 만약 내가 한때 유

---

* 1974년 영국 출생. 백인. 그래피티 화가. 본명은 로버트 뱅크스Robert Banks로 추정됨. 그의 벽화는 저작권이나 가격이 없지만 일단 자신의 벽에 그려진 그림이 뱅크시의 그림으로 판명되면 집주인은 영국 관광청과 문화재 지정을 위해 흥정을 하거나 벽을 통째로 떼어내서 소더비 경매에 내놓는다.

명한 야설 작가였다는 사실을 알게 되었더라면 여자는 나의 빈약한 애무 기술에 실망하여 방을 뛰쳐나갔을 뿐만 아니라 내 첫 소설책을 겨냥하여 악의적 소문들을 무차별적으로 퍼뜨렸을 것이다. 하지만 그 여자는 작가가 되기를 간절히 희망하였기 때문에 내 몸을 샅샅이 더듬어 욕망의 배출구를 찾아주었다.

강의를 끝낸 도메크는 우리에게 강단을 양보하면서 어설프게 윙크까지 던졌다. 강단 아래에는 열 개의 종이 상자들이 놓여 있었다. 자리에서 일어서려는 수강생들을 내가 강제로 앉히자 공손승이 이야기를 시작하였다.

드디어 우리가 1년 전 의기투합하여 시작한 프로젝트의 첫번째 결실이 저 상자들 속에 담겨 여기에 놓여 있도다. 여기 서 계신 마사오 선생이 우리가 모두 기억해야 할 첫번째 영광의 주인공이시다. 3초간 열렬한 박수를! 그만! 너무 부러워하지 마라. 여러분 모두에게 기회는 공평하게 주어질 것이다. 물론 브리태니커 백과사전 두 질을 구입한 사람들이 우선될 것이다. 지금부터 마사오 선생의 신성한 소설책을 한 사람당 열한 권씩 나누어 줄 것이니, 한 권은 여러분의 미래를 위해 투자하고 나머지 열 권은 각자 지정받은 서점에다 내일 저녁까지 진열하기 바란다. 신간 서적들은 이미 제자리를 할당받아 진열되었고 당분간 서점 주인이나 종업원들은 재고 조사를 하지 않을 것이니 모두 안심해도 좋다. 여러분은 그저 그들의 감시를 피해 진열대 열 곳에 이 책을 한 권씩 끼워두고 나오면 된다. 두 권 이상을 나란히 진열하면 발각될 위험이 높으니 절대 삼가라. 노파심에서 말하는데, 이건 결코 범죄가 아니다. 그리고 서점이 보유한 책들의 숫자가 저절로 늘어난 셈이니 그 주인이 굳이 싫어할 이유도 없다. 마사오 선생의 소설책에는 가격표나 바코드가 붙어 있지 않기 때문에 당장 이익을 얻을 순 없겠지만, 이 비밀스런 책들의 존재가 세상에 알려지게 되면, 보물찾기에 참가하기 위해 몰려든 독자들에 의해 양서들이 새롭게 주목받을 수도 있을 테니까, 나중엔 분명히 이익을 얻게 될 것이다. 실제로 이 실험은 이미 영국과 프랑스, 미국에서 성공하였다. 혹시 뱅크시라는 화가를 아는가? 그는 자신의 그림을 미술관에 몰래 전시하면서 유명해졌다. 그리고 지금은 최소 수십만 달러의 가격표들이 그의 작품마다 붙어 다닌다. 너무 부러워하지 마라. 우리의 작품들도 머지않아 정당한 가치를 인정받게 되어 작가 스스로 가격표를 적어 넣는 날이 올 것이다. 우리가 스스로를 믿어야 독자도 우릴 믿는다. 명심하라. 내일 저녁까지는 배포를 끝내야 한다. 그렇다고 동료들끼리 무리 지어 서점을 순례하는 것도 권장하지 않겠다. 만약 현장에서 붙들리더라도 결코 신분을 노출해선 안 된다. 이 임무의 성패가 작가로서의 여러분의 미래를 결정하게 되는지 누가 알겠는가.

작가 지망생들이 떠나고 종이 상자에 남은 책들을 챙겨 사무실로 돌아와서야 비로소 나는 내 첫번째 소설책을 살펴볼 수 있었다. 그런데 그 책을 쓴 작가의 이름이 마사오가 아니라 노병규가 아닌가. 그것이 로버트 뱅크스를 음차音借한 이름이란 걸 단번에 알아차릴 수 있었다. 마사오 역시 내 본명은 아니지만, 노병규라는 이름으로는 이곳에서 석 달 동안 지켜왔던 나의 정체성과 역사를 전혀 설명할 수 없었다. 그것은 차라리 도메크에게 어울리는 것 같았다. 노인을 만난 그가 구술한 이야기를 나는 대필 작가처럼 받아 적었을 따름이므로. 게다가 책에 담긴 이야기 역시 내가 마무리 지은 것과 너무 많이 달랐다. 이야기의 끝은 이렇다.

노인은 동대문 평화시장과 연관된 기억을 완전히 잘라내기에 앞서 막걸리집에서 처음 만난 남자—그는 소설가다—에게 이렇게 말했다. "내가 공들여 만든 가방이 명품은 아닐지라도 진품인 것만은 확실하오. 물론 진품이라고 모두 명품은 아닐 거요. 반대로 명품으로 보이지만 사실은 진품이 아닌 것들도 많소. 진짜 현실에서도 가짜들은 필요한 법이오. 하지만 우리가 위험해지는 순간은 가짜가 진짜 행세를 할 때와, 진짜가 가짜 취급을 받을 때지. 그런데 단순히 가짜가 진짜 행세를 한다고 해서 위험해지는 건 아니고, 가짜가 진짜 행세를 하면서 진짜 권력을 행사할 때 비로소 위험해지는 것이라오. 내가 만든 가방으로 진짜 명품의 권력을 탈취했다면 그건 분명 용서받지 못할 잘못이겠지. 하지만 진품을 모방하되 의도적으로 그것과 구별 가능한 표시까지 추가해서 소비자들의 혼동을 막았으니 누구도 나에게 죄를 물을 수는 없을 것이오. 진정으로 단죄되어야 할 자들은, 내가 일부러 설치해둔 장치들을 애써 제거하여 진품과 아주 흡사하게 개조하고 폭리를 취했던 사람들이 아니겠소?"

그리고 책의 마지막 페이지에는 작가의 후기를 갈음하여 이런 문장이 적혀 있었다. "작가가 되고 싶은 분들은 언제든 아래의 메일 주소로 연락주세요. 독자란 프랑스 혁명의 실패와 함께 역사에서 사라진 족속에 불과하니까."

은각사

隱刻寺

마침내 그들은 모두 열세 살이 되었으므로 머지않아 흉악범이나 마약 중독자가 되어 교도소 운동장에서 다시 만나게 될 것이고 햇볕을 나누어 받으면서 열세 살 이전의 삶을 반추할 것이다. 4월의 벚꽃처럼 타락한 자신들에게는 조금의 연민도 허락하지 않고, 어둠을 빛의 원단으로 여기는 대신 빛이 어둠의 상처라고 주장할 것이다. 그리고 죽은 자들의 관습과 언어에 따라 자신들이 저지른 죄악의 무게만큼 나이를 먹고 늙어갈 것이다. 그러니 가장 오래 살아남은 자가 용서에서 가장 멀리 떨어지게 될 것이다. 섣부른 자살이 그들을 순수의 시절로 되돌릴 수는 없다. 허영과도 같은 아련한 추억 때문에 그들은 안락한 죽음 속에서 영원히 봉인되지도 못할 것이다. 이승을 떠나고 있는 그들에게 가족들이 뿌려주는 임종의 물末期の水도 벚나무 뿌리에 닿아 꽃을 날

리고 씨앗을 떨어뜨렸을 터이므로. 그래서 그들은 악수조차 나누지 않은 채 기차에 올랐던 것이다. 그래도 매년 벚꽃이 필 때쯤이면 손바닥의 손금을 따라 열두 살의 그들이 잠시 교토京都로 돌아오는 밤도 있을 것이다. 하지만 그보다 앞서

야마다 다로山田太郎는 아마노하시다테天橋立 사진이 인쇄되어 있는 엽서를 보여주었다. 육지와 섬 사이에 놓인 긴 모래톱은 소나무들로 빼곡히 덮여 있어서 송충이처럼 보였다. 그는 엽서를 바닥에 내려놓고 뒤돌아서 허리를 굽히더니 가랑이 사이로 그것을 내려다보았다. 그러자 사진 속의 바다가 하늘로 바뀌고 모래톱은 다리橋가 되었다. 그는 다리를 향해 뒷걸음쳤다. 하지만 곧 그는 자신이 어머니의 가랑이를 가로지른 음모 속에서 길을 잃었다는 착각에 사로잡혔다. 자신의 무덤이 어머니의 자궁 속에 근종처럼 자라날 걸 생각하니 다리에서 힘이 빠져 바닥에 꼬꾸라지고 말았다. 풍장을 하고 있는 시체처럼 꼼짝하지 않고 누워서 소녀 소년들의 얼굴을 차례로 올려다보며 별자리를 떠올렸다. 하지만 그보다 앞서

야마다 하나꼬山田花子의 붉은 손톱 끝에서 자라난 불씨는 잠시 동안 바람에 날려 허공을 헤매다가 문고판『금각사金閣寺』속으로 숨어들었다. 이윽고 정오의 결투를 알리는 매캐한 안개가 펄럭이고 신성한 황소들은 투우사보다 먼저 나타나 객석을 향해 돌진하

였다. 회중은 혼비백산하여 허리띠처럼 두르고 있던 연대감을 풀어헤친 채 제각각 시서늘한 그늘 속으로 몸을 피하였건만, 금각사 승려들과 방화범과 소설가는 끝내 접이식 문 같은 책갈피를 빠져나오지 못하였고, 카타르시스를 억누르지 못한 하나꼬가 책 위로 번지는 붉은 상처를 발로 짓이겼을 땐 이미 다섯번째 『금각사』는 복원할 수 없을 정도로 불탄 뒤였다. 하지만 일단 출간된 책은 교졸을 막론하고 또 다른 책의 존재 근거가 되어 무한 복제되기 때문에, 한 권의 책을 없애는 것보단 차라리 하나의 종족을 없애는 게 더 쉽다는 사실을 이해하고 있던 그녀에겐 조금의 죄책감도 깃들지 않았다. 그녀의 "그래도 살아야지"라는 말을 끝으로 우리는 그들이 되었고 그들은 더 이상 나를 기억하지 못했다. 하지만 그보다 앞서

　호즈가와保津川의 물길을 따라 아라시야마嵐山를 빠져나가는 벚꽃들을 내려다보면서 우리는 담배를 나누어 피우고, 오줌을 갈기고, 하나꼬의 치마 속을 차례대로 들여다보다가, 다섯번째 문고판 『금각사』의 갈피를 가르고 게걸스레 문장을 핥았다. 야마다 시로山田四郎가 울면서, 이별한 뒤 홀로 청승맞게 늙어가느니 차라리 미시마 유키오三島由紀夫처럼 한꺼번에 할복자살하자고 제안하였으나, 죽음에 닿을 만큼 칼을 깊게 쑤셔 넣을 수 있는 근육과 의지가 열세 살짜리에겐 부족하다는 이유로 야마다 다로는 반대했다. 그래도 우리가 차례대로 야마다 하나꼬와 프렌치키스를 할

땐 그녀의 영혼에 닿을 수 있도록 자신의 혀를 최대한 깊게 밀어 넣었다. 하지만 그보다 앞서

호린지法輪寺를 빠져나와 비틀즈의 「Here Comes the Sun」을 「Here Comes the Moon」으로 바꾸어 흥얼거리면서 도게츠 교渡月橋를 한 줄로 건넜다. 그리고 다리 끝에서 우리는 야마다 다로의 신호에 맞춰 일제히 뒤돌아보았는데, 그렇게 하면 열세 살 분량의 지혜가 모조리 사라진다는 전설을 확인하기 위해서였다. 지혜는 인간의 한계를 규정짓는 전기 울타리와 같다. 쾌락을 경험할수록 고통도 함께 무거워질 뿐이다. 불고불락不苦不樂의 세계는 늙은 중들의 머릿속에 있지 않고 열세 살 이전의 소녀 소년의 현실 속에만 있다. 눈동자가 쏟아질 정도로 힘을 주어 다리 반대쪽의 세상을 노려보았으나, 먼 곳부터 투명해지는 허공은 고작 우리가 마지막 허물을 벗고 있는 물잠자리에 불과하다는 비애감만을 확인시켜주었다. 새벽녘의 달처럼 크게 낙심한 우리는 다리 밑으로 내려가 각자의 목구멍에 손가락을 밀어 넣고 선악과처럼 삼킨 마메모치豆餠를 게워내었다. 하지만 그보다 앞서

보살 중 열세 번째로 태어나 허공과도 같은 지혜를 관장하게 된 허공장보살虛空藏菩薩에게서 지혜를 전수받는 전통 의식에 부모 없이 참석한 우리는, 인간의 위선을 고발하기 위해 신이 발명한 원숭이들처럼 몰려다니면서, 열세 살이 되었는데도 여전히 부모

의 손을 꼭 잡은 채 사탕이나 빨고 있는 아이들을 위협하고, 그들의 부모들에게서 동전을 구걸하고, 경내 곳곳에 오줌을 갈겼다. 원래의 계획은 허공장보살이 혼자 남겨지는 순간을 기다려 그것의 목을 잘라내는 것이었으나, 인산인해 속에서 계획을 변경하여, 야마다 사부로山田三郎가 그것을 향해 자신의 똥이 담긴 비닐봉지를 투척하는 것으로 마무리했다. 그리고 자신을 카메라에 담으려던 외국 노부부에게 격렬히 항의하였는데, 그들이 사과의 표시로 건넨 초콜릿을 하마터면 "Thank you very much"라고 말하면서 받을 뻔하였다. 야마다 하나꼬가 그의 뺨을 갈겼다. "우린 일본원숭이가 아냐." 하지만 그보다 앞서

턱없이 부족한 분량이나마 연장자 순으로 담배와 맥주를 돌려 피우고 마시면서 우리는 원숭이가 아니라는 사실을 증명하였다. 바로 인류학자들이 에티오피아의 마른 계곡에서 흙먼지를 뒤집어쓴 채 원숭이에게서 최초로 태어난 인간을 여전히 찾고 있다지만, 태어나기 전부터 고아였던 우리는 결코 부모를 찾지 않을 것이다. 야마다 하나꼬는 열세 살에 초경을 시작할 것이고 누구든 콘돔 없이 그녀를 강간한다면 기꺼이 어머니가 되어 제 아비에게 복수할 테러리스트를 길러낼 것이다. 야마다 지로山田二郎는 자신이 강간한 모든 여자들에게서 원숭이가 태어날까 봐 몹시 두렵다. 자신의 아이들을 동물원이나 서커스단에 팔아서 큰돈을 벌수도 있겠지만, 이 기괴한 가계도에 대해 듣게 된 인류학자들이

그를 에티오피아로 납치하여 해부하려 할 것이고, 그의 몸속에서 발견된 인류의 추악한 역사를 은폐하기 위해서 그의 시체를 원숭이 서식처 안에다 던져버릴지도 모른다. 그래서 그는 결코 여자를 강간하지 않을 것이며 열세 살이 되면 스스로 거세를 할 작정이다. 하지만 그보다 앞서

악귀를 막고 수명을 늘려준다는 마메모치를 하나씩 나누어 주면서 야마다 다로는 죽음을 앞둔 패장답게 말했다. 열세 살이 되면 우리에겐 더 이상 혁명이 불가능해질 것이라고, 그때부터 가장 어리석은 선택만을 하게 될 것이고 손해를 만회하기 위해 끊임없이 거짓말을 발명해야 할 것이며, 혼자 포기하는 대신 함께 멸망하는 길을 택하게 될 것이라고, 그래도 삶에서 하나씩 잃는 것들은 죽음으로 한꺼번에 얻는 것에 비하면 아무것도 아니라고, 허공장보살의 목을 자르고 호린지를 불태우지 못하면 훗날 사람들에게 진 빚을 갚느라 세상을 더욱 타락시키게 될 것이라고. 마메모치를 삼킨 우리는 도게츠 교 앞에서 마지막 가족사진을 찍었다. 불타고 있는 호린지를 뒤로 한 채 도게츠 교 끝에서 열세 살 이후의 삶에 전혀 필요하지 않은 지혜를 걸어낸 뒤에도 여전히 가족만큼은 기억하고 싶었기 때문이다. 하지만 그보다 앞서

아라시야마행 전차는 이층집들 사이를 스치듯이 통과했다. 그러면 철길을 마주하고 있는 집들이 번갈아 심호흡을 하고 —— 주

기적으로 지나가는 전차는 우리 몸속의 폐를 부풀리는 횡격막과 같다——그 안에서 흰개미처럼 살고 있는 사람들도 하루 분량의 생명을 얻는다. 철길은 생의 안팎을 규정하는 행정구역선이다. 밥냄새는 어둠보다도 옅다. 담배 연기로 허기를 채우고 덜 마른 속옷을 입은 채 가족들은 제각각 길을 떠난다. 그들에겐 충동 대신 습관만 발견된다. 희망은 죽은 자들의 몸속에서 자라는 시반일 뿐이다. 그때 경적이 울리고 우리는 누가 먼저라고 할 것도 없이 일제히 고개를 숙였다. 저 먼 2층 건물에서 손을 흔들며, 열세 살이 된 뒤에도 생의 조건들은 전혀 달라지지 않을 것이라고 소리치는 누군가를 깨우게 될까 두려웠기 때문이다. 누구도 우리를 잉태해서는 안 되었다. 잉태했더라도 자궁 밖의 빛에 닿기 전에 낙태시켜야 했다. 설령 낳았더라도 열세 살이 되기 전에 갖은 방법으로 죽였어야 했다. 그랬더라면 지금 우리가 우스꽝스러운 유카타浴衣를 입고, 추위와 악취를 참아가면서, 아무도 깨뜨릴 수 없이 단단한 망각의 자비를 찾아, 전차에 올라타지 않아도 되었을 것이다. 하지만 그보다 앞서

교토역 앞에서도 우리는 폴라로이드 사진을 남겼다. 야마다 시로가 필름을 너무 빨리 흔드는 바람에, 검은 진흙 바닥 속에 감추어져 있던 우리의 몸뚱이는 갑작스런 수압 변화를 견뎌내지 못하고 일그러지거나 뒤섞인 채 수면 위로 떠올랐다. 설상가상으로 교토역마저 빙하처럼 녹아내리고 있어서 일주일쯤 지나면 사진

속 배경을 알아볼 수 없을 것 같았다. 성마른 야마다 지로가 야마다 시로의 멱살을 그러잡고 허공의 높이를 가늠하는 동안 야마다 다로는 그 사진에서 눈을 떼지 않은 채 미소를 지었다. "추억이 가족을 서로 닮아가게 만들지." 그의 말뜻을 가장 먼저 알아들은 야마다 하루꼬가 사진을 건네받았고 야마다 사부로는 우리가 와이키키 해변으로 피서 나온 백인들 같다고 거들었다. 그제야 야마다 지로는 자신의 행동을 돌이킬 수 없는 과거로 치부하였고, 야마다 시로는 아폴로 13호의 우주인처럼 천천히 바닥으로 내려와 감격의 눈물을 흘렸다. 하지만 그보다 앞서

  야마다 지로와 야마다 시로, 야마다 하루꼬와 야마다 사부로로 두 팀을 만들어 우리는 교토역 주변을 한 시간가량 어슬렁거리면서 여비를 마련하였다. 야마다 다로는 대장의 위엄을 해치는 모든 임무에서 제외되었다. 야마다 하루꼬가 속옷을 벗어던지고 허벅지가 드러나도록 유카타 끝자락을 들어 올려 행인들의 발걸음을 세우는 동안 야마다 사부로는 호루라기를 손에 쥐고 만약의 사태에 대비했다. 반면 야마다 지로와 야마다 시로는 중산층 아이들을 뒤란으로 끌고 가 갖은 욕설과 과장된 발길질로 위협하였으나 겨우 동전 몇 개를 얻어내었을 뿐이다. 한 시간 뒤 우리는 회전초밥집에 들어가 마지막 만찬을 즐겼다. 야마다 하루꼬를 사랑하는 야마다 사부로는 겨우 두 개의 접시를 비운 다음 자신의 몫을 그녀에게 양보하였다. 피사의 탑처럼 위태롭게 쌓인 접시들

을 배경으로 우리는 또 한 장의 사진을 남겼는데, 다행히 야마다 시로가 초밥 접시에 한눈을 팔고 있었기 때문에 성공적으로 인화할 수 있었다. 종업원에게 팁까지 쥐여주고 의기양양하게 식당을 나온 우리는 정작 매표소 앞에서 단 한 푼의 동전을 찾기 위해 서로의 몸을 샅샅이 뒤져야 했고 하는 수 없이 아마노하시다테 대신 아라시야마로 향하는 전차 티켓을 사야 했다. 야마다 지로는 손목시계를 팔아 담배와 라이터를 마련하였다. 하지만 그보다 앞서

　우리는 교토역 앞에서 야마다 다로를 기다리며 야마다 하루꼬의 문고판 『금각사』를 번갈아 읽었다. 하지만 불안감 때문에 문장 사이를 쉽게 건너가지 못했다. 글을 배우지 못한 야마다 시로에겐 고통스런 시간이었다. 하지만 언덕에 앉아 자신이 불태운 『금각사』를 내려다보면서 "그래도 살아야지"라고 중얼거리는 주인공의 독백을 이해할 수 있는 자는 아무도 없었다. 작가의 탐미주의는 극우주의자들이 쉽게 빠져드는 자폐 증상과 다르지 않았다. 책 밖에서 실제로 금각사를 불태운 청년과 인터뷰한 정신과 의사는 사회적 반감이나 미에 대한 증오를 발견하지 못했다. 방화범은 유명해지고 싶었거나 생을 모독하려 했던 것이 아니라, 그저 간절히 죽고 싶었고, 스스로를 죽일 용기가 없어 제 주변 세상을 함께 파괴하려고 했던 것이리라. 반면 우리는 각자의 목적대로 살기 위해 기꺼이 방화를 시도하였다. 그리고 실패한 혁명

때문에 목숨을 잃지는 않을 것이다. 약속한 시간까지 야마다 다로가 나타나지 않는다면 우리는 유카타를 입은 채 각자의 집으로 돌아가 하룻밤의 일탈을 용서받고 열세 살의 평범한 소녀 소년으로 살아가면 그만이다. 나중에 흉악범이나 마약 중독자가 되어 교도소 운동장에서 마주치더라도 운명을 탓하진 않을 것이다. 하지만 멀리서 환하게 웃으며 흰 비닐봉지를 들고 다가오는 야마다 다로를 가장 먼저 발견한 야마다 시로는 자신의 운명이 적혀 있다는 별의 존재를 뱃사람처럼 믿게 되었다. 하지만 그보다 앞서

교토에서 가장 맛있는 마메모치를 만드는 떡집 앞은 자기 아이들의 무병장수를 기원하려는 부모들로 북적였다. 야마다 다로는 그들과 눈이 마주치지 않도록 고개를 숙인 채 제일 앞줄까지 헤쳐 가서 여자에게 말했다. "제가 오늘 열세 살이 되었는데 축하해줄 어머니가 없어요. 오늘만 제 어머니가 되어주시겠어요? 아니면 마메모치 다섯 개만 사주신다면 내일쯤 감옥에 들어가 얌전히 있을 게요." 여자가 동정심과 의구심 사이에서 선택을 고민하는 사이 야마다 다로는 그녀의 손에 들린 흰 비닐봉지를 낚아채어 내달렸다. 앞사람과의 간격을 유지하면서 자신의 차례를 기다리는 것 말고는 별로 할 일이 없었던 부모들 중 단 한 명도 줄을 벗어나 어린 장 발장Jean Valjean을 뒤쫓지 않은 까닭도 자기 아이들의 무병장수를 진심으로 바랐기 때문은 아니었을까. 하지만 그보다 앞서

야마다 시로를 제외한 우리는 혁명의 완전한 실패를 인정하고 급히 은각사銀閣寺를 빠져나왔다. 벚꽃에서 시작되는 안개 때문이라도 불씨가 쉽게 자라지 못할 수 있다는 생각을 간과한 게 큰 실수였다. 정류소 앞에 길게 줄지어 서 있는 택시들 속에는 훗날 우리에게 불리한 증언을 할 목격자들이 숨어 있었으므로 우리는 무리를 이루지 않고 한 명씩 외국 관광객들 속에 섞여 걸었다. 나비 같은 벚꽃들이 어깨에 내려앉을 때마다 그것을 경찰의 묵직한 손바닥으로 간주하고 뿌리치기 위해 필사적으로 몸을 떨었다. 일본 전공투全共鬪의 성지인 교토대학 안의 벤치에서 우리를 기다리고 있던 야마다 시로는 젖은 바지를 입은 채 쭈그리고 앉아 내장을 끊어낼 듯 울먹였다. 완전히 불타지 않고 현관 바닥에 떨어져 있던 문고판『금각사』에서 우리의 지문도 발견될 것이다. 하지만 책의 운명은 창녀의 그것과 같아서 한 명의 주인만을 지목할 순 없지 않을까. 야마다 하루꼬는 그를 여자화장실로 데리고 가 유카타를 벗기고 화장지로 그의 아랫도리에 묻어 있는 여죄를 모조리 닦아주었다. 교토대학을 한 명씩 빠져나와 우리는 서로 다른 시내버스에 올라 교토역으로 향했다. 하지만 그보다 앞서

시내버스를 타고 야마다 사부로가 가장 먼저 은각사 입구에 도착하였고, 그다음에 도착한 야마다 하루꼬는 주머니에서 문고판『금각사』를 꺼내 보이면서 난처한 표정을 지었으며, 버스 정류장

에서부터 달려온 야마다 지로는 거친 숨을 쉬느라 헤코오비兵兒帶
가 풀어지고 팬티가 드러나 보이는 줄도 몰랐다. 야마다 다로는
교토에 큰불이 날 때마다 나타났다는 천문天文을 찾고 있었다. 야
마다 지로와 야마다 시로가 각각 불태운 『금각사』들 중 어떤 것
이 성공했는지 확인하려면 시간이 한참 흘러야 했다. 우리가 서
있는 자리는 어느 누구의 『금각사』에서 시작될 하나비花火라도 확
인할 수 있을 만큼 높았으므로 성패를 두고 서로 다툴 필요는 없
었다. 다만 예상보다 빠른 속도로 번져가고 있는 여명 때문에 불
꽃의 신명이 줄어들까 봐 야마다 다로는 걱정될 따름이었다. 우
리는 모두 미어캣처럼 몸을 곧추세우고 우리의 운명을 이끌 빛을
기다렸다. 하지만 그보다 앞서

　아침이 밝았다. 그보다 앞서 경찰차가 방송 중계차보다 먼저
도착하였다. 그보다 앞서 소방차가 도착하였고 우동가게 주인 남
자는 소화기를 든 이웃들보다 늦게 나타났다. 철학의 길哲學の道을
따라 산책을 하던 구경꾼들은 기분 좋게 허기를 느끼고 있어서
귀가를 서둘렀다. 현관 바닥에 떨어진 한 권의 책에서 시작된 불
길은 실내의 가구들을 포섭하지 못한 채 슬리퍼 두어 개를 겨우
태운 뒤 기세를 잃고 사그러들었다. 최초로 화재를 신고한 이는
우동가게와 마주하고 있는 신사神寺의 늙은 문지기였다. 그는 오
미쿠지おみくじ처럼 신사 입구에 쌓인 벚꽃 무덤을 빗자루로 옮기다
가 냇내를 맡았는데 시력이 너무 약해 방화범의 얼굴을 알아보지

는 못했다고 진술하였다. 반쯤 귀신이 되어 있는 노인의 증언을 이웃들은 절반만 믿었다. 하지만 그보다 앞서

　야마다 시로는 네번째 문고판 『금각사』의 갈피를 창녀의 가랑이처럼 벌리고 매독으로 부풀어 오른 뱃사람의 성기 같은 성냥개비의 불씨를 찔러 넣은 다음, 몇 차례의 요분질이 둘을 융합시킬 때까지 침착하게 기다렸다. 이윽고 절정에 이르러 연기가 걷히고 순수한 불꽃만이 남게 되자 그는 우동가게의 환기구 틈새로 그것을 던져 넣었다. 현관문 바닥에 곧추선 『금각사』는 실내의 어둠을 서서히 밝히기 시작했다. 하지만 승려 복장의 무리들이 창녀의 가랑이와 뱃사람의 성기 속에서 한꺼번에 쏟아져 나오면서 『금각사』를 쓰러뜨렸고, 불꽃은 연기 때문에 불순해졌을 뿐만 아니라 얼음보다도 더 차가운 적막에 휩싸여 점점 쪼그라들었다. 야마다 시로는 바닥에 엎드린 채 문틈 사이에 입을 대고 연신 바람을 불어 넣었으나 문고판인 탓에 불꽃은 더 이상 웃자라지 않았고, 현관 유리창을 깨고 안으로 들어가 기꺼이 자신을 불쏘시개로 태우겠노라고 다짐하는 순간, 새된 목소리에 뒤통수를 세차게 얻어맞고 바닥에 꼬꾸라지고 말았다. 돌아다보니 신사의 늙은 문지기가, 마치 야마다 시로가 꿈꾸고 있는 악몽의 출구를 알려주려는 것처럼, 빗자루로 한곳을 가리키고 있었다. 혁명가 대신 방화범으로 채포되는 게 두려워진 야마다 시로는 오줌에 바지가 젖는 줄도 모른 채 노인의 빗자루가 가리킨 방향과는 반대로 달

리기 시작했다. 하지만 그보다 앞서

　야마다 사부로는 담배에 불을 붙이고 두부를 실은 화물차가 키요미즈데라清水寺 주변의 골목에서 사라지기를 기다렸다. 콩의 구수한 냄새는 범죄를 모의하고 있는 뇌까지 물컹거리게 만드는 것 같았다. 매일 아침 그 냄새 주위에 둘러앉아 살을 불려가고 있을 사람들을 생각하니 죄책감과 조바심이 섞였다. 태초 이전의 시간이 조금 흐른 뒤 그의 세번째 문고판『금각사』가 별똥별처럼 불꽃 꼬리를 흘리며 허공을 갈라 오차야お茶屋 마당에 떨어졌다. 새벽 무렵에 겨우 잠든 게이코芸妓와 마이코舞妓의 노루잠을 방해하고 싶지는 않았기 때문에 그는 일부러 문 옆에 놓아둔 쓰레기봉투를 겨냥하였다. 그리고는 허기진 길고양이 같은 불꽃이 쓰레기봉투 안을 깨끗이 비운 뒤 트림과도 같은 연기를 피어 올릴 때까지 기다렸다가 은각사 행 시내버스에 올랐다. 헤이안진구平安神宮 앞을 지나치면서 그는 야마다 형제들의 무병장수를 기원하며 머리를 조아렸다. 하지만 그보다 앞서

　료안지龍安寺 앞의 기념품 가게 안으로 던져진 두번째『금각사』의 불꽃이 자신을 뒤쫓아오는 것 같아 야마다 지로는 달리기 시작했다. 머리뼈를 두드리는 심장 소리와 피부를 찢고 새어 나오는 날숨 때문에 그는 자신이 왜 그곳을 교토의 아궁이로 지목했는지 기억해낼 수 없었다. 그곳의 문 앞에 붙어 있는 부적이 그의

눈에 거슬렸던 것만큼은 분명했다. 그것은 마치 악마가 자신의 은신처를 표시해둔 표지 같아 그의 착한 영혼이 부지불식간에 반응하였을 수도 있다. 차갑게 식은 잿더미 위에서 필경 자신의 죽음을 도모하게 될 주인을 걱정하지 않은 것은 아니었으나 불운에는 윤리가 없는 법. 그나마 보험사가 최소한의 윤리를 회복시켜줄 것이라고 생각하니, 달리는 속도를 줄여도 될 것 같았다. 굽이치던 혈관 속의 피들은 가모가와鴨川의 아우라지에 이르러 느려졌다. 어쩌면 수천 년 된 목조 건물들이 아직까지 불씨에 면역력을 지닐 수 있었던 까닭이 가모가와의 물소리 때문일는지도 모른다. 하지만 그것 때문에 많은 사람들이 우울한 삶을 견뎌내지 못한 것도 사실이다. 그래서 강이 가로지르고 있는 도시의 자살률이 월등히 높다고 들었다. 겨우 다리 위에 1분 정도 서 있을 뿐이었는데 벌써 윤리를 회복하게 되다니. 이 또한 가모가와의 저주는 아닐까. 하지만 그보다 앞서

야마다 하루꼬는 기온시조祇園四條역 주위에서 외국인들에게 잘 알려진 식당 몇 군데를 발견하였으나 야마다 다로와 약속한 시간에 맞춰 첫번째 『금각사』를 불태우지 못했다. 그녀는 첫번째 『금각사』를 건네받을 때부터 아무도 자신의 성공을 기대하지 않는다고 확신했고, 태양처럼 거대한 불덩이를 교토 허공에 띄워 형제들의 편견을 없애겠노라고 여러 차례 다짐하였으나, 막상 어두운 거리에서 버펄로 무리 같은 건물들을 홀로 마주하고 있자니,

마치 안데르센 동화의 성냥팔이 소녀처럼 외롭고 춥고 허기지고 무서워져서, 성냥불을 하나씩 받쳐들고, 유황 냄새가 만들어내는 환각에 빠져, 일본인 취객들이 접근해온 줄도 미처 모르고 있다가, 말 한마디 통하지 않는 외국 청년의 인류애 덕분에, 팬티를 빼앗기는 재앙을 간신히 피할 수 있었다. 그러자 그녀는 자신이 결코 혁명가가 될 수 없는 운명을 지녔다는 사실을 깨닫게 되었다. 하지만 그보다 앞서

야마다 다로가 잠에서 깨어났을 때 이미 새벽은 거의 끝나가고 있었다. 새벽 중에서 가장 불꽃이 순수해진다는 시간도 지나버렸다. 마지막 불침번을 깨우지 않은 자가 야마다 지로라는 사실이 곧 밝혀졌다. 여전히 잠의 진흙 밭에서 빠져나오지 못한 야마다 지로는 눈을 감은 채 울먹이면서 변명했다. 하긴 열두 살의 소녀 소년들이 저항하기에 봄밤은 너무 고요하고 푹신했다. 게다가 잠들기 전에 나누어 마신 맥주가 그들의 경계심을 간단히 무장해제시켰다. 하지만 야마다 다로의 정확한 발길질은 야마다 지로의 울음은 물론이고 우리의 취기와 몽환까지 한꺼번에 박살내었다. 그러고는 각자의 위치와 귀환 시간을 상기시켰다. 팔레스타인의 자살 폭탄 순교자들처럼 각각 문고판 『금각사』를 몸에 숨기고 떠나는 우리를 야마다 다로는 일일이 포옹까지 하였다. 야마다 시로가 느껍게 우는 바람에 또다시 출발이 지체되었으나 야마다 하루꼬의 모성애 덕분에 혁명 전사들의 위엄을 곧 회복할 수 있었

다. 그리하여 우리는 교토대학 잔디밭을 고양이처럼 맨발로 가로질러 갔다. 하지만 그보다 앞서

맥주를 마시면서 야마다 다로는 중국 우화를 이어갔다. 소녀 소년들의 열정과 헌신으로 중앙 권력을 회복한 마오쩌둥은 금전적 보상이나 윤리적 사면 없이 홍위병을 해산시켰다. 하지만 이미 괴물이 된 소녀 소년들에게 돌아갈 가족이나 고향은 남아 있지 않았다. 그래서 그들은 인도로 떠나는 기차를 타기 위해 서부의 성도成都로 모여들었다. 구걸을 하고 한뎃잠을 자는 어린 혁명가들이 훗날 역사가들에 의해 월계관을 되찾게 되리라고 굳게 믿고 뜨거운 호의를 베풀던 주민들은 메뚜기 떼처럼 불어나는 무법자들의 횡포가 점점 심해지자 위협을 느끼고 하나둘씩 도시를 떠나기 시작했다. 급기야 시장마저 야반도주를 했다는 소식까지 접한 소녀 소년들은 도시의 질서를 회복하기 위해 열세 살의 시장을 새로 선출하고 어른들의 사정大人の事情 때문에 파괴된 자신들의 미래를 복원하기 위해 노력했다. 하지만 미국 대통령의 역사적 방문을 준비하던 마오쩌둥은 자신의 치부를 감추기 위해 군대를 동원하여 도시를 포위하고 열다섯 살 이하의 소년들을 모두 죽이라고 명령하였다. 공황 상태에 빠져든 소녀 소년들은 자신이 몇 살이고 자신의 손에 무엇이 들려 있는지도 모른 채 탱크와 전투기에서 쏟아지는 죽음을 들이키지 않을 수 없었다. 그리하여 폐허는 다시 어른들만의 아름다운 현실이 되었고 중국과 미국 사이에 평화조

약이 채결되었다. "그럼 우리도 모두 죽는 거야?" 야마다 시로의 질문에 "우린 모두 촉법소년觸法少年들이라는 걸 잊지 마." 야마다 사부로는 의뭉스럽게 대답하였다. 하지만 그보다 앞서

9시가 넘어 우동가게 앞에 내걸린 등불이 꺼졌다. 여종업원이 테이블과 의자를 정리하는 동안 주인 남자는 쓰레기봉투를 들고 나와 입구 한쪽에 쌓았다. 그러고는 철학의 길 위에 거룻배처럼 떠 있는 벤치에 앉아 담배를 피웠다. 벚꽃이 반딧불이처럼 흩날릴 때마다 그의 주름이 함께 출렁거렸다. 주기적으로 바람의 방향이 바뀌어 거룻배는 그의 회상이 미치는 원 안에서 맴돌 뿐이었고 수로를 사이에 두고 마주 앉아 있는 우리를 아지랑이와 구별하지 못했다. 혹시 그게 아니라면 소녀 소년들의 호기심을 성장통 정도로 간주했을지도 모른다. 하지만 우리는 그가 봄의 한가운데에서조차 생의 볼륨감을 느끼지 못하는 까닭이 그의 숨겨진 죄악 때문이리라고 굳게 믿었다. 우리가 나서서 그를 정화해주지 않는다면 그는 극적인 죽음을 위해 더욱 잔혹한 범죄를 계획할 것이다. 그가 불로써 얻은 것들만 우리는 불로써 빼앗을 작정이다. 그에게서 빼앗은 것을 돌려받게 될 자는 없다. 국가가 만든 감옥이나 병원에 갇혀 그가 참회 대신 분노로 여생을 탕진하는 것도 바라지 않는다. 그저 그가 고루한 박물관 같은 교토를 떠나 새로운 삶을 시작하게 되길 바랄 뿐이다. 실내 정리를 끝낸 여종업원이 옷을 갈아입고 작별 인사를 건네자 주인 남자는 가게로

되돌아가 문을 걸어 잠그고 실내등을 껐다. 하지만 그보다 앞서

　우동가게 주인 남자를 징벌하자고 가장 먼저 제안한 자가 야마다 사부로였으므로 당연히 그가, 가장 먼저 혁명에 성공한다면 자신의 목숨을, 실패한다면 자신의 미래를 내놓아야 했다. 형형한 눈빛의 형제들 앞에서 당위성을 설명하면서 야마다 사부로는 답답함을 느꼈다. 함정에 빠져들었다는 억울한 생각도 들었다. 형제들 중 유일하게 가톨릭 신자인 자신만이 감내해야 하는 고난일 수도 있었다. 교토에 방화가 일어날 때마다 유력한 용의자로 지목되어 경찰서에서 자신의 알리바이를 증명하느라 엉망이 되어갈 삶을 그가 상상하고 있을 때 야마다 시로가 나섰다. 교토의 다섯 곳을 동시에 태우면 어떨까? 그 아이디어는 그가 열 살 때 자신의 부모와 함께 금각사 뒤의 오키다야마大北山에서 불타오르는 큰 대大 자를 보았던 추억에서 나왔다. 무카에비迎え火를 보고 이승으로 찾아왔다가 오쿠리비送り火를 따라 저승으로 돌아가는 조상들을 진혼하기 위해 교토의 다섯 산에서 동시에 불꽃들을 피어 올리는 때는 8월이지만, 우리 야마다 형제들은 그것들을 4월에 미리 개화시키기 위해 교토 시내 다섯 곳에 봉화대를 세우기로 결정하였고, 야마다 사부로가 아닌 야마다 시로에게 우동가게가 맡겨졌던 것이다. 하지만 그보다 앞서

　우동가게의 주인 남자는 계산대 앞에 앉아 만화를 보면서 맥주

를 마셨다. 그는 마치 자신의 기억을 떠올리기라도 하는 사람처럼 미간에 힘을 주고 아주 느리게 페이지를 넘기면서 문장을 중얼거렸는데, 머리에 흰 수건을 두르고 있었더라면 영락없이 코란을 읽는 무슬림으로 보였을 것이다. 유예된 처벌과 권태로운 긴장감이 수배 전단지 속의 스무 살 청년을 어떻게 파괴해왔는지 그의 쓸쓸한 저녁 풍경으로부터 충분히 짐작할 수 있었다 — 노인들이 모두 닮아 있다는 소문은 사실이 아니다 — 비록 그가 항공기를 납치하거나 외국 대사관을 점령할 만큼 유명한 테러리스트는 아니더라도, 헤이안진구를 불태우고 수십 년째 잠적한 방화범들 중 한 명일 가능성은 매우 높았다. "저 책은 『내일의 조あしたのジョ』가 틀림없어." 후쿠오카에 도착해야 할 항공기를 납치하여 조선민주주의인민공화국의 심장에다 착륙시킨 적군파赤軍派들이 스스로를 '내일의 조'라고 선언하게 만들 만큼 깊은 영감을 주었던 그 만화책이야말로, 우동가게 주인 남자의 과거와 적군파의 죄악을 연결시킬 결정적인 증거라고, 출입구 옆 테이블에 앉아 우리를 감시하고 있던 스무 살 남짓의 여종업원이 엿듣지 못하도록 조용히, 그러나 흥분을 억누르지 못한 채 야마다 다로가 속삭였다 — 그러나 정작 그녀는 야마다 시로가 맥주 세 병을 훔쳐 품속에 숨기는 것을 알아차리지는 못했다 — "'내일의 조'가 고아였다는 사실을 떠올리면, 우린 열세 살 이전에 부모에게 빼앗긴 게 너무 많아." 야마다 하루꼬의 표정에서 무전취식의 불길한 낌새를 감지한 여종업원이 다가오자 야마다 다로는 급히 주머니에

서 동전 한 움큼을 꺼내어 부적처럼 흔들어 보였고, 흠칫 놀란 하이에나는 애써 딴청을 피우면서 자신의 자리로 돌아갔다. 하지만 그보다 앞서

　우리는 철학의 길 위를 어슬렁거리면서 교토의 모든 범죄가 벚꽃 때문에 우발적으로 일어난다는 범죄학자들의 주장에 동조하지 않을 수 없었다. 벚꽃의 개화로 촉발된 상실감은 결코 자기 파괴의 열정만으로는 극복되지 않는다. 교토의 벚꽃이 사흘을 넘기지 못한다는 믿음은, 벚꽃이 사람들 마음속에 남기는 화인花印 또는 화인火印의 유효기간을 고려하지 않은 편견에 불과하다. 철학의 길을 걸었던 사카모토 료마坂本龍馬나 도조 히데키東條英機, 니시다 기타로西田幾多郎, 미시마 유키오, 그리고 시오미 다카야鹽見孝也의 영혼 속에 주기적으로 역사적 채무감을 주입하던 이론가들도 벚꽃이었을 것이다. "니시다 키타로 교수가 누구지?" "철학의 길을 만든 교수." "토목학과 교수였나 보군." "그러면 시오미 다카야는 또 누구야?" "주차장 관리인." "쳇, 그런 사람까지 철학에 관심이 있는지는 몰랐어." 야마다 지로는 침을 내뱉었다. "이 길을 오래 걷다 보면 나중엔 뛰게 되어 있지. 왜냐면 모든 철학 사상과 인간에게는 치명적 단점이 있기 마련이고 그것을 폭력으로 극복하려고 하니까. 적군파들처럼 말이야." 이미 철학자가 된 듯 야마다 다로가 중얼거렸다. 걷기조차 불편한 유카타 차림이 아니었다면 우리 역시 몸속에 순수한 허기만이 남을 때까지 달렸을

것이다. 하지만 그보다 앞서

철학의 길을 따라 은각사로 관광객들을 이끌던 가이드에게서 우리는 이와 같이 들었다. "1970년대 전공투 세력들의 방화와 테러 속에서도 이 지역의 건물들이 무사할 수 있었던 까닭은 그것들 대부분이 하숙집과 술집으로 사용되었기 때문이지요." 거위들 같은 관광객들이 사라지자 비로소 벤치를 차지하게 된 신사의 문지기 노인은 우리 형제들 역시 관광객의 일행으로 여기고는 빗자루로 우동가게를 가리켰다. "저 가게 주인도 그 당시 교토대학을 다녔으니까 특별히 말해줄 게 있을 거야." 마침내 우리는 열세 살이 되기 전에, 즉 천국과 지옥 사이의 연옥에 갇혀 무엇을 하거나 무엇이 될 수도 없게 되기 전에, 공공의 미래를 위해 헌신할 수 있는 기회를 얻었도다. 같은 뜻을 세우고 같은 적을 만난 이상 우리 야마다 형제들은 뜻이 적을 쓰러뜨리기 전까진 결코 헤어지지 않을 것이다. 하지만 그보다 앞서

마루야마円山 공원은 거대한 벚꽃 노천탕으로 변해 있었다. 산란기의 공작새들처럼 화려하게 치장한 채 봄의 시원始原을 향해 모여든 상춘객들은 자신들과 몸을 부비고 있는 자들이 누구인지 전혀 괘념치 않으면서 음란한 상념에 빠져들어 있었다. 설령 칼에 사카모토 료마가 동료들의 등에 업혀 급히 지나쳐 가더라도 상춘객들은 자신들의 역사에 전혀 개입하고 싶지 않았으리라. 그

들의 몸속에서 심장 같은 석양이 빠져나간 지는 이미 오래다. 그리고 우리 역시 그들 속에서 유전자 가족이나 불알친구를 만나게 되리라고는 전혀 기대하지 않았다. 우리가 기대하는 건, 30년이란 세월이 몇몇의 인간에겐 전혀 흘러가지 않아서, 흑백의 지명수배 전단에서 방금 전에 걸어나온 자들이 우리들에게 교토대학이 어느 쪽이냐고 물어오게 되는 우연뿐. 하지만 그건 마루야마 공원의 수천 그루 벚나무들에서 벚꽃이 터지는 순서를 맞추는 일만큼이나 불가능한 일이었다. 그나마도 심란하게 흩날리는 꽃비 때문에 시계視界는 사과푸딩 속처럼 흐려 있어서 무엇이 나무이고 무엇이 인간인지 구분할 수조차 없었다. 그래서 우리는 료마의 무덤이 안치되어 있는 로젠 고코쿠신사護國神寺로 자리를 옮겼고 벚꽃이 떨어지지 않은 자리를 골라 형제의 결의를 다시 다졌다. 하지만 그보다 앞서

일본인이라면 누구든지 자신의 신념에 따라 행동할 수 있는 권리를 가지고 있으므로, 설령 적군파가 국가를 전복하려고 하였더라도 그들이 일본인인 이상 최소한의 존엄을 보호받아야 마땅하다. 물론 반대 세력 역시 부당하게 배척되어서는 안 된다. 비실체적인 국가는 관용과 협력 위에서만 존립하기 때문이다. 그러므로 우리 야마다 형제는 흑백논리나 변증법에 의지하여 어느 한쪽을 승리자로 만들려는 게 아니다. 단지 우리의 목적은 사악한 궤변으로 사람들을 속인 자들을 단죄하여 세상을 떠받들고 있는 두

개의 기둥을 지켜내는 데 있다. 항상 역사의 바퀴를 진흙 구덩이 안으로 밀어 넣는 건 위선과 비겁이었고 그것은 흑사병보다도 인류에 더 끔찍한 결과를 남겼다. 그래서 우리는 가짜 혁명가들을 추적하여 참회의 증언을 받아내려 한다. 만약 나중에라도 신념을 바꿀 자들이 있다면 시작부터 참여하지 말라고 야마다 다로는 형제들에게 경고하였다. 그리고 우리의 선한 분노를 확인하자 그는 수배 전단을 바닥에 펼쳐놓고 한 명씩 관상을 풀이하기 시작했다. 하지만 그보다 앞서

열두 살의 야마다 지로는 자신이 실업야구팀 2군 선수와 파친코 지배인으로 살다가 기진맥진해져서 끝내 자살하게 될 것이라고 확신했다. 세상의 모든 이야기들이 범죄자와 창녀에게서 태어난다고 믿는 열두 살의 야마다 사부로는 훗날 소설가의 상상력으로 용인받을 수 있을 만큼의 폭력과 음란을 모두 경험해보겠다고 선언했다. 세상의 모든 남자들은 열세 살에 초경을 시작한 자신을 발가벗기고 가랑이 사이에다 불임의 욕망들을 쏟아내려고 시도할 것이므로, 열두 살의 야마다 하루꼬는 수녀원 대신 성인비디오 제작사를 찾아가 포르노배우로 거듭나겠다고 말하면서 치마를 들췄다. 열두 살의 야마다 시로는 부모의 연금으로 성인이 되어 택시를 운전할 수 있을 때까지, 열 달 전에 동반자살한 부모의 시체가 발견되지 않기를 희망하며 안절부절 못했다. 열두 살의 야마다 다로는 자신의 아버지가 공무원이기 때문에 자세한 신

상을 밝힐 수 없지만 나이에 비해 너무 많은 책들을 읽은 탓에 이미 인생의 절반을 살아본 것 같다며 우쭐거렸다. 12란 숫자는 시계 한 바퀴를 의미했으니 그들은 열두 살에 삶을 끝낼 수도, 아니면 시작할 수도 있다고, 그가 어른들의 현학을 자랑하였다. 하지만 그보다 앞서

우리는 야스이콘피라구安井金比羅宮에 들러 구멍 뚫린 바위 앞에서 줄을 섰다. 그곳에 부적을 붙이고, 앞으로 통과하면 악연이 끊기고 반대로 통과하면 좋은 인연을 만들 수 있다는 전설에 따라, 우리는 각각 두 번씩 방향을 바꾸어 구멍을 통과한 뒤 야마다 가족이 되었다. 행정 서류의 견본에 흔히 적혀 있는 야마다 가문의 이름보다 악의 평범성banality of evil과 더 잘 어울리는 이름도 없었다—모든 범죄자들은 행정 서류를 갖는다. 즉, 행정 서류가 없으면 그들의 범죄를 증명할 수도 없다—다섯 명의 소녀 소년들 중 그 이름을 가장 먼저 생각해낸 자가 으뜸인 야마다 다로가 되었고, 가장 키가 큰 자는 야마다 지로, 가장 비열한 자는 야마다 사부로, 가장 어리게 보이는 자를 야마다 시로 삼았으며, 유일한 소녀인 야마다 하루꼬의 서열은 야마다 사부로와 야마다 시로 사이에 배정되었다. 그리고 헌책방에 들러 문고판『금각사』네 권을 사서—야마다 다로의『금각사』를 제외하고— 한 권씩 나누어 가졌다. 그것은 마치 중국의 문화혁명 당시 홍위병들이 들고 다녔던 붉은 수첩을 연상시켰다. 그리고 나자 우리는 서로 헤어

지지 않기 위해서라도 무슨 일이든 서둘러 저질러야 한다는 강박 관념에 사로잡혔다. 하지만 그보다 앞서

나는 사카모토 료마의 원대한 꿈을 추종했던 것은 결코 아니고, 그저 열세 살 이전의 촉법소년으로서 최대한의 일탈을 즐기기 위해 유카타 복장의 소녀 소년들과 함께 아마노하시다테행 마지막 기차를 기다리고 있었다. 출발 시간까지 아무런 사건도 일어나지 않는다면 우리는 호린지 대신 그곳으로 가서 신비로운 룬 문자 같은 문신을 몸 안쪽에 새겨 넣은 다음 각자의 집으로 돌아갈 작정이었다―열세 살짜리 삶에 꼭 필요한 지혜라곤 오직 영원한 죽음에 이르는 가장 확실한 방법과 관련된 것뿐이었다―우리를 풍선처럼 부풀리고 있던 지루함을 터뜨리려는 듯 소녀가 꼬챙이 같은 집게손가락을 뻗어 벽에 붙은 수배 전단을 가리켰다. 일본 적군과 일곱 명은 붉은색 배경, 요도호淀號 납치범 일곱 명은 녹색 배경으로 나뉘어 있었는데, 후자들이 훨씬 평화로워 보였다. 그리고 7이라는 숫자가 그들의 행운을 보장해주는 듯했다. 하지만 실패한 혁명가는 1급 범죄자일 따름이다. 이미 검거되어 수배 전단에서 지워진 자들도 있겠지만, 이웃의 무관심 속에서 안락한 노인으로 살고 있는 이들도 섞여 있을 게 분명했다. 가장 몸집이 크지만 우둔해 보이는 소년이 몇 명의 수배범들과 어제 교토 시내에서 마주친 것 같다고 증언하였다. 그리하여 우리는 교토역을 빠져 나와 교토 시내로 은밀하게 숨어들었다. 하

지만 그보다 앞서

　어른들은 소녀 소년들의 미래를 강탈하여 현재의 안락을 누린다. 그리고 과거에 숨어서 징벌을 피한다. 일본헌법은 열두 살의 소녀 소년들에게 합법적인 직업을 허락하지 않는 반면 예순 살 이상의 노인들에겐 연금과 사회복지사들을 제공하고 있다. 그러므로 천애 고아거나 가족 이데올로기를 거부한 소녀 소년들은 생존을 위해 조로증_{早老症}에 감염되거나 법의 경계 밖으로 밀항하지 않으면 안 된다. 다행히 열세 살이 안 된 어린 범죄자들에게 속죄의 기회를 제공하기 위해 가혹한 실형 대신 말랑말랑한 교화형_{敎化刑}을 선고하고 있지만, 메두사의 방패 같은 어른들의 편견이 어린 범죄자들의 갱생을 불가능하게 만들고 있는 데다가, 갈수록 흉포해지는 소년 범죄를 예방하려면 촉법소년의 연령을 낮추어야 한다는 여론까지 들끓고 있어서, 새로운 세상에 대한 희망은 아사 직전까지 내몰리고 말았다. 하지만 서커스단이 야생동물들의 발명품이 아니듯, 모든 범죄는 어른들의 사정에서 비롯되었으며, 심지어 촉법소년들로 구성된 갱단의 우두머리 어른들이 맡고 있다는 소문도 들었다. 그래서 나는 경계심을 풀지 않은 채 소녀 소년들의 일거수일투족을 감시하였고 만약의 경우에 대비하여 가장 먼저 도움을 받을 수 있는 경찰의 위치를 파악해두었다. 하지만 문고판『금각사』를 번갈아 소리 내어 읽으면서 점점 정화되어가는 그들의 표정을 보자 불신의 벽이 스르르 무너져 내렸다.

열세 살 이후의 삶에 필요한 건 부모가 아니라 친구와 나이 어린 부하들이다. 어른들에게 미래를 강탈당하지 않기 위해선 서둘러 어른이 되는 수밖에 없었다. 우선 동정童貞부터 버려야 했다. 하지만 그보다 앞서

뒷골목의 소녀 소년들은 마치 훌치기낚시를 하듯 집게손가락들을 허공에서 까딱이며 멀리서 나를 불렀다. 물러나기에도, 그렇다고 다가가기에도 애매한 거리만큼 떨어져 있었다. 그들의 유카타 차림이 나를 안심시켰다. 그리고 적당히 어둡고 서늘한 그 골목은 내가 탯줄을 따라 본성으로 거슬러 올라가고 있다는 착각을 만들어주었다. 우두머리로 보이는 소년이 건넨 담배를 받아들고 힘껏 연기를 빨아들이자 몸속에 숨어 있던 모든 생채기들이 일제히 입을 열더니 뜨거운 숨을 뱉어내었다. 연이은 맥주 한모금에 다시 입들은 모두 닫혔으나 일시적인 무호흡 증상 때문에 나는 바닥에 주저앉고 말았다. 나의 우스꽝스러운 반응에서 그들은 내가 열세 살이 될 만큼 성숙했음을 확인하고 경계심을 풀었다. 우두머리는 마지막 통과의례인 듯 문고판 책 한 권을 보이며 그걸 읽어본 적이 있느냐고 물었다. 누드 사진집이나 포르노 잡지를 기대했던 나는 『금각사』라는 소설을 읽은 적이 없었지만 읽은 지 너무 오래되어서 줄거리가 거의 기억나지 않는다고 둘러대었다. 그러나 그의 음흉한 미소는 이미 나의 거짓을 꿰뚫고 있는 것 같았다. 그는 곧 비장한 표정으로 그 책을 소리 내어 읽기 시작

했는데 결코 열두 살 소년의 낭독이라고는 믿을 수 없을 만큼 부드럽고 자신감이 넘치는 목소리에 저항할 수 없었다. 하지만 나는 세상의 모든 유혹을 무턱대고 수용할 만큼 결코 어리석지 않다는 사실을 증명해 보이기 위해 신발을 벗어 들고 그들을 겨냥하면서, 절체절명의 위기에 맞닥뜨린 도마뱀처럼, 언제든 스스로 제 팔을 자르고 도망칠 기회만을 엿보았다. 하지만 그보다 앞서

　어머니가 걸인에게 영성체 같은 동전을 나누어 주고 있는 동안 나는 슬그머니 그녀의 손을 놓았다. 그러자 마치 닻이 끊긴 고깃배처럼 행인들의 조류에 휩쓸려 길 아래로 떠내려갔다. 물론 나는 무엇이든 붙잡고 몇 분 정도는 견뎌낼 수도 있었다. 하지만 멀어져가는 어머니를 향해 소리를 치거나 물살을 거슬러 오르지는 않았다. 어머니의 손을 잡은 채 열세 살이 된다는 건 평생을 걸쳐 결코 지울 수 없을 만큼 수치스러운 일이 분명했다. 그리고 세상은 결코 무균실이 아니므로 제 스스로 몸속에 바이러스를 투여하여 환한 고통 속에서 항체를 얻어내지 못한다면 병든 몸과 마음이 나의 존재를 끊임없이 왜곡하고 부정할 것이다. 그래서 오늘은 집 밖에서 홀로 봄밤의 몽마夢魔와 싸울 작정이며, 내일 아침이 밝는 대로 호린지를 찾아가서 천상천하 유아독존을 선언하려고 한다. 그런 다음 어머니에게 전화를 걸어 미래의 계획에 대해 말하리라. 극한의 슬픔과 기쁨 사이를 오가며 몸속에 전기를 충전하는 전기뱀장어처럼 치열하게 살다가 훗날 정부情婦와 함께 저

수지로 뛰어드는 소설가가 되겠노라고, 소년을 단련시키는 건 지혜가 아니라 일탈과 후회이므로 도쿄 가부키쵸歌舞伎町의 뒷골목에 임시 거처가 마련되는 대로 곧 짐을 챙기러 잠깐 돌아가겠노라고, 결코 울먹이지 않고 말할 것이다. 제 사지가 잘려나간 듯 고통스럽게 나를 찾아 지난밤의 모든 솔기를 뒤졌을 어머니는 혼자서 열세 살이 된 나를 훗날 대견스럽게 여길 것이다. 어차피 사내들의 원대한 꿈을 품기에 여자들의 가슴은 너무 작지 않은가. 하지만 그보다 앞서

아홉 살 봄날에 어머니와 나는 은각사에 있었다. 뚜렷한 이유도 없이 몸이 아파올 때마다 어머니는 절이나 신사에 들러 청명한 적요 속에 몸을 담그고 세상의 더께를 벗겨내곤 하였다. 가끔씩 그녀는 마치 자신의 원죄라도 되는 것인 양 나를 대동하였는데, 그곳 역시 학교만큼이나 규율들로 가득 차 있어서 따분하기이를 데 없었다. 방화의 위험에 항상 노출되어 있는 금각사에서는 아무런 위안도 얻지 못한 그녀에게 은각사銀閣寺는 태곳적 시간이 숨어 있는 은각사隱刻寺였다. 그래서 그녀는 관음전의 마루에 앉아서 모래 정원 위로 흘러가는 윤슬들을 하염없이 들여다보곤 하였다. 그러면 그녀의 영혼을 옭죄고 있던 태엽이 서서히 풀리고 그녀의 안팎을 채우고 있던 통증들이 서로 섞이며 아련해졌다. 평온해지다 못해 낯설어진 어머니의 표정을 들여다볼 때마다, 나는 그녀가 나를 낳기 이전의 시간으로 돌아가 평생 나를 낳

지 않고 늙어갈 것만 같아 불안해졌다. 그래서 갑자기 간질병이라도 발작하여 그녀의 고요를 파괴하고 어제보다 더욱 단단하게 태엽을 조이게 되길 바랐다. 나중엔 중과 관광객 들을 모두 살해하고 은각사의 역사마저 불로 지워버리고 싶은 충동에 전율하기도 하였다. 물론 어느 기억은 관음전 마루 위로 떨어진 벚꽃을 깔고 앉았다가 빠져든 춘몽에 불과할 것이다. 하지만 그보다 앞서

어른들의 사정을 이해하려면 신쥬心中라는 단어부터 익혀야 한다. 일본어 사전에 의하면 그것은 네 가지 의미로 동시에 해석될 수 있다. ① 남에게 의리를 앞세우는 일. ② 사랑하는 남녀가 진심을 보여주는 일. ③ 사랑하는 남녀가 함께 자살하는 일. ④ 일반적으로 두 명 이상이 함께 자살하는 일. 그러니까 어른들의 마음 한가운데는 늘 죽음이 자리 잡고 있으며 그것에 이르려면 사랑할 사람과 그 사랑을 질투할 사람이 필수적이다. 그리고 요즈음 일본인의 비극은 무리신쥬無里心中라는 단어로 설명 가능하다. 경제 침체에 따른 군국주의자들의 득세는 자신의 자살을 미화하기 위해 무고한 자들에게까지 억지로 자살하게 조장하는 전통을 부활시켰다. 그리하여 치매에 걸린 부모를 살해하고 목을 맨 아들이나, 우울증 때문에 갓난아이를 품고 아파트에서 투신한 아내나, 자신의 아이들이 잠들어 있는 고아원에 불 지르고 자신도 함께 분신한 아버지와, 불륜 관계의 남자와 함께 독극물을 나누어 삼킨 어머니와 함께, 우리가 한때 생의 기쁨을 열렬히 찬양하였다

는 사실을 잊어가고 있다. 그래서 나처럼 너무 어려서 죽음에 제대로 저항할 수 없는 자들은 어른들에게서 가능한 한 멀리 떨어져 그들의 접근을 경계하지 않으면 안 된다. 나는 죽음에 대해 아는 것이 너무 없어서 두렵다. 아버지가 유서 한 장 없이 작은어머니와 함께 신쥬를 드러냈을 때 나는 겨우 여섯 살이었고, 일곱 살 이전의 아이들은 신神의 자식으로 간주되었기 때문에 나는 아버지의 장례식에 참석하지 못했다. 그렇다고 세상의 모든 부모들이 신의 적대자라는 뜻은 아니고, 세상의 모든 아이들은 부모의 사유물이 아니라는 뜻이다. 하지만 그보다 앞서

어느 누구도 자신의 탄생과 죽음을 기억할 수는 없다. 단지 누군가의 탄생과 죽음을 통해 자신의 탄생과 죽음을 미루어 짐작할 따름이다. 그러니 홀로 고립되는 순간 탄생과 죽음은 한 인간의 삶에서 결코 일어나지 않는 사건이 되는 것이다. 문득 선생님에게 들었던 이야기가 생각났다. 어린아이들은 내일에 대한 개념이 분명하지 않기 때문에, 깊은 밤과 잠이 자신을 가족들에게서 영원히 격리시킬까 봐 두려워 목이 꺾이는데도 잠들지 않기 위해 완강히 버틴단다. 매일 밤 아이들과의 전쟁을 끝내고 싶은 부모라면 시간과 강물의 연관성을 설명해주어지 않으면 안 된다. 자신의 앞을 이미 지나친 것이나, 아직 지나치지 않은 것은 서로 연결되어, 무한한 순환 운동을 하고 있어서 결코 그것들을 구분할 수 없다는 사실을. 하지만 대부분의 부모들조차 무한의 길이를

짐작하지 못하기 때문에 그저 신이 있다고 믿는 방식으로써 신을 만들어갈 따름이다. 그러다가 갑작스레 아이를 낳거나 가족을 잃게 되면 부모들은 이전에 태어난 아이들을 모두 어른으로 간주하는 것이고, 아이들은 유년기의 상실감을 극복할 목적으로 부모들을 상대로 범죄를 공모하는 것이다. 다행히 깊은 밤과 잠 속에 숨어 지내던 부모 덕분에 어른들의 비극적 사정으로부터 안전하게 격리되었던 나는 열두 살이 될 때까지 아무런 상실감도 감지하지 못했다. 그래서 범죄자 대신 소설가가 되는 미래를 선택하려 하는 것이다. 하지만 그보다 앞서

봄의 종말을 알리는 징후들이 사방에서 드러났고, 유카타의 벚꽃 무늬 위에서 잠들었다가 깨어난 나는 고통스런 두통과 함께, 나의 일생은 모두 거짓이며, 어쩌면 자살을 앞두고 있는 어느 유명 작가—이를테면 미시마 유키오—가 자신의 일생을 반추하다가, 자신의 대표작이 아직 완성되지 않았음을 수치스럽게 여기면서, 급히 써 내려가기 시작한 소설의 일부에 불과하다는 생각을 떨칠 수가 없었다. 그러므로 지금 신칸센에 나를 태우고 호린지로 함께 자살하러 떠나는 여자가, 한때 교토역 주위를 어슬렁거리다가 적군파들의 혁명선언문에 감동받아 기꺼이 가랑이를 벌렸던 창녀였다고 한들, 내 일생과는 전혀 상관없었다. 그리고 그보다 앞서는 사건은 아직 시작되지 않았다.

피그말리온 살인 사건

"나는 당신으로 하여금
끝까지 이 이야기를 듣도록 하기 위해
그런 식으로 말했던 거요."

— 보르헤스, 「칼의 형상」에서

며칠 전에, 아주 끔찍한 살인 사건이 있었어요. 어느 유명한 성형외과 의사의 주검이 자신의 병원에서 온몸의 피부가 벗겨진 채 발견되었죠. 살인범은 다음 날 저녁에 자수했는데, 스무 살은 애오라지[1] 넘었을까요? 그런데도 그의 표정은 도명[2]을 이미 정리한 듯 한없이 고요했어요. 애써 얼굴을 감추려 하지 않았는데도 경찰들은 모자를 벗지 못하게 하려고 그의 정수리를 누르고 있었지요. 하지만 팔뚝에 새긴 문신까진 숨기지 못했어요. 붉을 단丹. 그 살똥스런[3] 살인범은 그걸 보여주기 위해서 한겨울에 반소매 차림으로 경찰서에 나타난 게 틀림없어요. 그 문신은 마치 살인 현장에서 사라진 라스콜리니코프의 벼린 도끼처럼 섬뜩해서, 그러고 보니 생김새도 서로 닮았네요, 옴나위할[4] 수 없었어요. 그는 하동하동,[5] 모든 인간은 붉은색 아래 평등하다고, 왜냐하면 흑인

---

1 애오라지: 조금 부족하나마 겨우. **2** 도명(徒命): 기약이 없는 목숨. 또는 아무 쓸모없는 목숨. **3** 살똥스럽다: 말이나 행동이 독살스럽고 당돌하다. **4** 옴나위하다: 꼼짝할 만큼의 적은 여유밖에 없어 간신히 움직이다. **5** 하동하동: 어찌할 줄을 몰라 갈팡질팡하며 조금 다급하게 서두르는 모양.

이든 백인이든 젊은이든 노인이든, 피부 한 겹만 벗겨내면 모두 붉은 인간이 되니까,라고 악다구니를 쳤다지요. 아담이 히브리어로 '붉은 인간'을 뜻한다는 것도 신문에서 처음 알았지요. 범행 동기는 장대하여, 인간의 영혼까지 오염시킨 성형외과 의사들의 위선을 들추려 했다는군요. 한때 마이클 잭슨의 팬클럽 사이트를 운영했다는 살인범은, 오, 억울한 죽음에서 예수가 그러했듯 검은 오르페우스도 네버랜드를 살아서 걸어 나오길, 명성과 재산 어느 것 하나 부족한 것 없던 팝의 황제에게 박탈감을 주입시켜 성형 중독자로 전락시킨 미신들은 인종차별주의자인 성형외과 의사들이 유포했다고 주장했는데, 듣고 보니 일리가 없는 것도 아니었어요. 무너지고 있던 얼굴과 권위를 잃어가던 노래는 같은 운명을 부여받았죠. 오랫동안 그 회색 인간은, 흑인이나 백인 어느 쪽에도 포함되지 못하니까 그렇게 부를 수밖에, 백색 인간들을 위해, 그리고 하얀 가면을 쓴 검은 인간들까지 포함하여, 노래를 부르지 않으면 안 되었어요. 회색은 자신의 이데올로기를 지켜낼 수 없을 만큼 모호해서, 들라크루아는 회색을 모든 색의 적으로 선언했다는데, 회색 인간은 늘 선택을 강요받죠. 하얀 피부 아래 여전히 꿈틀거리는 검은 유전자를 은폐하기 위해 수백 곡의 비틀스 음악 판권을 수집하고 엘비스 프레슬리의 외동딸과 결혼까지 했지만, 혼자서 그리스적 비극을 막아설 수 없었어요. 아래 층의 미장원 여주인의 증언에 따르면, 끔찍한 살인 사건이 벌어지는 동안 비틀스의 노래가 반복해서 들렸다던데, 어쩌면 비틀스의 원곡에 마이클 잭슨이 코러스를 덧입힌 것인지도 모르겠네요. 마치 비틀스 최후의 멤버가 다섯 명이라도 되는 것처럼, 또는 살해된 존 레논의 빈자리를 자신이 채운 것처럼. 그러니까 팝의 황제는 자신의 일대기 속에 비틀스와 엘비스를 동시에 담아 팝의 역사를 완성하고 싶었던 것이고, 그러기 위해서 흑마술을 부리는 백색 마법사들을 쫓아다니다가 끝내 회색 육신의 감옥에 갇히고 만 것이죠. 오, 회색 인간에게도 삶과 죽음 중 하나만 선택할 자유를! 도스토옙스키의 일그러진 사생아가 죄를 숨길 수 있도록 밤이 좀더 어둡고 길었다면, 우리는 음침한 재즈클럽에서 만나 회색 인간을 추모할 행사라도 준비했을 텐데. 모방 범죄를 일으킬 위험이 있다는 이유로 살인자가 운영하던 팬클럽 사이트는 이미 폐쇄되었더라고요. 하지만 붉은 인간이 성형외과 의사들을 추방시키지 못하는 이상, 마이클 잭슨의 노래와 춤은 결코 사라지지 않을 거예요. 물론 비틀스나 엘비스도 함께 영원할 테죠.

그래요, 동생이 저보다 노래를 훨씬 잘 부른다는 건 인정하겠어요. 하지만 세상이 항상 노래 잘하는 가수만을 필요로 하는 건 아니니까, 제게도 공평한 기회가 주어질 거라고 생각했죠. 그래서 그곳까지 찾아간 거예요. 어쩌면 그 미장원의 문을 열고 들어서는 순간 우리의 가년스런[6] 운명은 이미 여기까지 흘러와서 우리가 도착하길 기다리고 있었는지도 모르겠어요. 운명이란, 스스로 사라질 줄 모르는 자들을 통제하기 위해 신들이 묻어놓은 자

---

6 가년스럽다: 보기에 가난하고 어려운 데가 있다.

살 유전자 같아서, 때가 되면 우리를 절벽 끝에 세우죠. 그렇다고 사는 동안 절망만 하고 있을 필요도 없어요. 신들도 가끔씩은 주 사위를 던져 자신의 의지를 확인할 만큼 유쾌한 존재들이니까. 혹시 '피그말리온 효과'라고 들어보신 적이 있는지? 피그말리온 이라는 조각가가 자신이 만든 상아 조각상을 너무 사랑한 나머지 아내로 삼게 해달라고 간절히 기도하였더니 신이 소원을 들어주 었다는 전설에서 비롯되었지요. 하긴 암곰이 백일기도 끝에 여자 가 되는 이야기보단 훨씬 더 굴침스럽지만.[7] 부모나 선생이 "너 니까 잘할 수 있다"라고 자꾸 말해주면 아이 스스로 자기최면을 걸어 기대 이상의 학습 효과를 나타낸다는군요. 어쩌면 백설공주 의 계모를 마녀로 만든 건 거울 속의 말하는 정령인지도 몰라요. 그 정체불명의 최면술사는 단 한 번도 그녀에게 "어떤 면에선 당 신이 백설공주보다 훨씬 더 아름답습니다"라고 말해준 적이 없 으니까요. 그리고 어미 없이 자란 딸에게 한없이 다정다감했던 왕은 왜 뇌쇄적인 아내를 광막한[8] 거울의 방 안에 가두고 실뚱머 룩해진[9] 것일까요? 저희 자매에겐 그 미장원의 여주인이야말로 왕과 같은 존재였어요. 왜냐하면 성형외과의 원장선생님에게 우 리를 데려다 주고 약간의 소개료를 받은 뒤로는 단 한 번도, 되알 진[10] 슬픔에 잠긴 우리를 위로하기 위해 찾아온 적이 없었으니까. 그곳의 이름이 〈피그말리온 성형외과〉였고, 입구 맞은편 벽은 거 울로 뒤덮여 있었어요. 원장선생님은 자신의 외동딸이 다니는 중 학교에 수십 개의 거울을 기증하셨다는데, 혹시 그 거울들은 2차

7 굴침스럽다: 어떤 일을 억지로 하려고 애쓰는 듯하다. 8 광막(廣漠): 끝없이 넓음. 9 실뚱머룩 하다: 마음에 내키지 아니하여 덤덤하다. 10 되알지다: 몹시 올차고 야무지다.

성징이 나타나기 시작한 여자아이들에게 이렇게 말하지 않았을까요? "미래가 궁금하거든 피그말리온 성형외과를 찾아가보렴. 그러면 네가 너무 늦게 찾아왔다는 걸 깨닫게 될 거란다." 처음 만났을 때 원장선생님은 이렇게 말하셨죠. 이 시대의 대중 예술가이기도 한 성형외과 의사를 완전히 신뢰할 때 비로소 자신 안에 숨어 있던 아름다움이 스스로 빛을 발산하게 될 것이라고. 그러면서 직접 그렸다는 누드화 몇 점을 보여주셨어요. 여러 번 덧칠하고 긁어내면서 수정할 수 있는 유화의 특성이야말로 그의 직업적 성격을 잘 설명하고 있었어요. 다만, 하나같이 눈동자를 지니지 않은 모델들을 두고, 수술대 위에 누운 제가 유언하듯 데퉁스럽게[11] 물었을 때 원장선생님은 한참 동안 웃기만 하셨어요. 그렇다고 미완성 작품들도 아니어서 귀퉁이마다 화가의 서명이 선명하게 적혀 있었지요. 하지만 마취 기운 때문에 그의 대답은 듣지 못했고, 저는 곧 상아 속에 갇힌 것 같은 착각에 빠져들었죠. 아름다움에 대한 피그말리온의 신념을 잠시라도 의심하는 순간, 결코 저는 살아서 상아 밖으로 빠져나갈 수 없을 것만 같아, 그의 예리한 조각칼이 제 눈두덩 위에서 붉은빛으로 녹아들 때까지 혀를 삼키고 있었지요.

프랜시스 베이컨이란 화가도 모델의 눈을 그려 넣지 않는 것으로 유명하다죠. 얼굴 대신 머리를 그리기 때문에 푸줏간에서 신성해지는 화가라 불린다지요. 감각기관들이 잘려나간 고깃덩어

---

[11] 데퉁스럽다: 말과 행동이 거칠고 미련한 데가 있다.

리를 이젤 위에 걸어놓고 그는 시망스럽게[12] '십자가'라는 제목
을 붙였더군요. 원장선생님의 그림이 생각나서, 한때는 성우 씨
라고 불렸지만, 서점에 진열된 화첩에서 몰래 몇 장을 찢어와 그
에게 보여주었죠. 제가 저지른 죄는 미워해도 그 그림만큼은 좋
아할 줄 알았는데, 성우 씨는 눈을 곧추뜨더니[13] 손바닥으로, 마
치 영혼 속의 내용물을 확인하려는 듯, 제 등을 내리치기 시작
했어요. 에부수수한[14] 상아 조각들이 비늘처럼 쏟아져 내리는데
도, 그가 공들여 세운 코끝이나 이마는 오히려 더욱 도도록해졌
어요.[15] 소파 위로 널브러진 저를 왁달박달[16] 파헤치며 텅 빈 중심
속으로 파고 들어오는 그에게 고해성사를 하듯 한참 동안 중얼
거렸던 것 같아요. 내용은 기억나지 않지만, 과민한 윤리 의식 따
윌 잠시 마비시킬 일종의 주문에 불과했겠죠. 거스르려 하지 않
으면 파도는 결코 물고기들에게 상처를 입히진 않으니까. 그래도
여전히 그에게 진심으로 감사해요. 첫 수술이 끝나고 진실의 입
속 같은 거울을 들여다보았을 때, 제 목구멍 속에서 가랑거리던
[17] 감정들을 아직도 어떻게 설명해야 할지 모르겠어요. 살아서 처
음으로 시서늘한[18] 외로움을 느꼈다면 믿으시겠어요? 더욱이 그
외로움이 초경의 핏자국보다도 더 개인적이었다면요? 늘 외롭다
고 불퉁거리는[19] 당신들의 빈약한 상상력으로는 결코, 저희 자매
처럼 일란성쌍둥이에게는 두 쪽으로 명확히 나눌 수 있는 세상이
얼마나 열렬하게 환영받을 수 있는지 짐작할 수도 없을 거예요.
대나무 그림자에 섬돌이 닳는다고, 저희 자매는 서로에게 그림자

12 시망스럽다: 몹시 짓궂은 데가 있다. 13 곧추뜨다: 눈을 부릅뜨다. 14 에부수수하다: 쌓인 물
건이 찹찹하지 못하고 엉성하다. 15 도도록하다: 가운데가 솟아서 조금 볼록하다. 16 왁달박달:
성질이나 행동이 곰살갑지 못하며 조심성 없이 수선스러운 모양. 17 가랑가랑: 액체가 많이 담
기거나 괴어서 가장자리까지 찰 듯한 모양. 18 시서늘하다: 음식 따위가 식어서 차다. 19 불퉁
거리다: 자꾸 불퉁불퉁 말하다.

를 드리운 채 서로의 생을 쉼 없이 소진시키고 있지요. 함께 자라면서 드러내놓고 내색하진 않았지만, 동생은 자신의 그림자 속에 숨는 제가 부담스러웠고 저 역시 그런 동생을 모른 척하는 게 쉽지만은 않았어요. 그래서 수술대 위에서 정신을 잃어가면서도 저는 성우 씨에게 제 그림자마저 동생의 것과 다르게 재단해달라고 부탁했답니다. 동생은 성우 씨의 제안을 무람없이[20] 거절했어요. 마이크 이외의 액세서리는 일체 몸에 달지 않겠다고 시먹게[21] 소리치더니 마취 준비가 끝나기 전에 수술실을 뛰쳐나갔지요. 저라고 왜 수술이 무섭지 않았겠어요? 하지만 제 미래를 두고 주사위나 던지는 신들보다야 성우 씨가 훨씬 믿을 만했죠. 그가 말했어요. 일란성쌍둥이 가수들이 똑같은 복장을 입고 똑같은 춤을 추면서 화음을 맞추던 시대는 지났다, 비슷하지만 전혀 다른 개성으로 무장해야 대중들을 열광시킬 수 있다고. 그러니까 저희 자매가 너무 닮아서 오히려 불리하다는 뜻이었는데, 동생이 싫다면 저라도 나서는 수밖에. 그렇다고 지금 후회한다고 말하는 건 아니에요. 다만, 그때부터 동생과 성우 씨 사이에서 자라기 시작한 불화의 징후들을 일찍 솎아내지 못한 게 안타까울 따름이에요. 그 뒤로 성우 씨는 연예계 사람들과 사적인 자리에서 만날 때마다 퉁바리맞던[22] 그날의 기억을 떠올리면서 배은망덕한 동생에 대해 지분거렸고,[23] 그럴수록 더욱 독살스러워진[24] 동생은 술기운을 빌어 〈피그말리온 성형외과〉에서 생겨나는 비밀들을 독버섯의 포자처럼 은밀하게 퍼뜨렸어요. 지리멸렬한 암투에서 매번

20 무람없다: 예의를 지키지 않아 삼가고 조심하는 것이 없다. **21** 시먹다: 나이 어린 사람이 주제넘고 건방지다. **22** 퉁바리맞다: 무엇을 말하다가 매몰스럽게 핀잔 당하다. **23** 지분거리다: 자꾸 짓궂은 행동이나 말로 남을 자꾸 성가시게 하다. **24** 독살스럽다: 모질고 사나운 기운이 있다.

패배하는 쪽은 성마른[25] 성우 씨였고, 술에 취해 재갈이 물려지지 않는 언어들을 침대 위에다 어지럽게 풀어놓다가, 저를 동생으로 착각했는지, 제 온몸이 음란한 소리로 가득 찰 때까지 밤새 두드리기도 했죠. 저의 감각기관들은 진통제들로 이미 무뎌져 있어서 쾌락과 고통을 구별해낼 수 없었지만, 그래도 술에서 깨면 그는 늘 저에게 용서를 구했어요. 이 그림을 봐라, 도대체 무엇을 세우고 어디를 무너뜨려 아름다움을 꺼낸단 말이냐, 아름다워지려 하지 않는 예술은 오구잡탕[26]의 배설에 불과하다, 형상이 기능을 완성한다, 너는 아름답고 나는 그렇지 않다, 원한다면 내가 너보다도 더 큰 구멍을 지닌 채 살고 있다는 사실을 증명해 보이겠다, 하지만 그 전에 내 몸의 중심 위에서 쓰러진 십자가부터 일으켜다오, 믿음이 없으면 기적도 없다, 제발, 부탁한다.

겨드랑이를 벌려 실리콘 팩을 가슴에 집어넣고 밀봉한 다음 날엔 어깨며 목이며 허리가 너무 아파서 하루 종일 목관 같은 침대 위에 누워 있어야 했어요. 수레바퀴 같은 고통이 저를 짓누르고 지나갈 때까지 죽은 척하고 피그말리온의 기적에만 집중하려 했건만 제 몸의 생채기들은 악몽을 너무나 많이 알고 있었어요. 그래서 성우 씬 사흘 동안이나 잠을 설치며 물수건으로 제 몸을 닦아주고 음식과 진통제를 번갈아 먹여야 했죠. 잉여의 상아를 덜어내면서 피그말리온도, 여자는 태어나는 것이 아니라 만들어진다고 속삭였겠지만, 성우 씨 목소리만큼 뜨겁고 곰살갑진 못했을

---

25 성마르다: 참을성이 없고 성질이 조급하다. 26 오구잡탕(烏口雜湯): 온갖 못된 짓을 거침없이 하는 잡놈. 오사리잡놈.

거예요. 죽음 이외엔 지상의 어느 아우슈비츠도 그에게서 저를 빼앗아갈 수 없을 것 같았어요. 그러니 어찌 유부남이라고 해서 그를 사랑하지 않을 수 있겠어요? 그가 원한다면 푸줏간의 도마 위에라도 벌거벗고 누워 반달리스트들에게 변태의 전 과정을 보여줄 수도 있었어요. 설령 존엄의 최소 조건마저 스스로 포기하는 꼴이 되더라도 기꺼이. 그가 저를 통해 완성한 인류 공통의 아름다움을 그에게 양도하는 게 당연하다고 생각했는데, 자의식이 강한 동생의 생각은 달랐어요. 그녀도 자신의 미래와 관련된 사람들 앞에선 시설궂게[27] 행동하였지만, 예상치 못한 허방다리[28]에 빠졌다고 판단되면 어기차게[29] 탈출구를 찾았죠. 그래서 이런저런 언턱거리[30]를 대고 연습에 자주 빠지기 시작하더니 이를 불평하던 백댄서들과 말다툼이 잦아져 어느 날은 드잡이[31]로까지 커지기도 하였죠. 술에 취해 돌아와 연습실 벽의 거울들을 발로 차 깨뜨린 적도 두 번이나 된답니다. 그때마다 분기탱천한 성우 씨가 연예기획사의 사장으로서 계약서를 들이대며 비나리치거나[32] 또는 다그쳤건만 아무런 소용도 없었어요. 결국 가방 하나 들지 않고 야반도주한 동생의 행방을 추적하느라 〈피그말리온 성형외과〉 입구엔 2주 동안의 휴무를 알리는 공고가 붙었지요. 그리고도 한 달이 더 지나서야 지방의 재즈클럽에서 동생이 발견되었는데, 도난 신고 된 성우 씨의 신용카드로 편의점에서 라면을 사려 했던 게 실수였지요. 서른 평도 안 돼 보이는 지하 재즈클럽의 실내는 매캐한 담배 연기와 역겨운 땀내로 가득 차서 노래는커녕

---

27 시설궂다: 싱글싱글 웃으면서 수다스럽게 자꾸 지껄이다. **28** 허방다리: 함정. **29** 어기차다: 한번 마음먹은 뜻을 굽히지 아니하고, 성질이 매우 굳세다. **30** 언턱거리: 남에게 무턱대고 억지로 떼를 쓸 만한 근거나 핑계. 언턱. 턱거리. **31** 드잡이: 서로 머리나 멱살을 움켜잡고 싸우는 짓. **32** 비나리치다: 아첨하면서 남의 비위를 맞추다.

숨조차 삼키기 힘들었는데도, 동생은 마치 범죄자 인도 협약에 가입되어 있지 않은 중립국의 시민권이라도 얻어낸 듯 노래하는 내내 흠흠한[33] 표정을 지어 보였어요. 물론 그 중립국은 일몰과 함께 사라지는 신기루에 불과했지만. 적어도 자신의 권위가 건재한 동안엔 동생의 음악 활동을 모두 막겠다며 헐근헐근[34] 소리치는 성우 씨를 클럽 밖으로 데리고 나오느라 얼마나 진땀을 뺐던지, 아직도 어깨며 목이 결리네요. 그 정도로 순순히 물러날 동생은 아니었어요. 노예가 되느니 차라리 혀를 뽑겠노라고, 그러면서 객석 테이블 위에 놓인 촛불을 쳐들고 혓바닥에 뜨거운 촛농을 떨어뜨려, 저와 관객들을 모두 경악시켰죠. 그날 새벽까지 이어진 두 영웅의 적벽대전은 관객의 신고로 출동한 경찰들의 중재로 끝났지만, 그 후 며칠 동안 베갯밑공사[35]를 하느라 전 제대로 먹거나 걸을 수도 없었답니다. 동생의 계약 파기로 성우 씨가 입게 된 손해는 제 계약서의 몇몇 조항과 숫자 들을 바꾸어서 충당하기로 합의하였죠. 주사위를 던지는 신들은 어차피 저희 자매가 가야 할 길을 달리 정해놓았을 테니까 그렇게 이별하는 것이 서로에게 덜 해로울 수도 있었어요. 그래서 동생은 합법적으로 해고되었고, 새로운 기획안에 따라 저는 치열 전체를 교정하는 세번째 수술을 받고 회복하느라 반년이 시위적시위적[36] 지나가는지도 몰랐지요. 그러다가 한 달 전에 연습실에서, 이미 설면해진[37] 동생에게서 걸려온 전화를 받았어요. 하지만 제 데뷔 음반 작업이 자금 사정으로 인해 중단될 위기에 처해 있던 터라 반갑게 대

33 흠흠하다: 얼굴에 매우 흐뭇한 표정이 나타나 있다. **34** 헐근헐근: 숨이 가빠 헐떡이며 자꾸 그렁거리는 모양. **35** 베갯밑공사: 아내가 자신이 바라는 바를 잠자리에서 남편에게 속삭여 청하는 일. **36** 시위적시위적: 일을 힘들여 하지 아니하고 되는대로 천천히 하는 모양. **37** 설면하다: ① 자주 만나지 못하여 낯이 좀 설다. ② 사이가 정답지 아니하다.

할 수만은 없었어요. 만약 성우 씨가 그때 그곳에 함께 있었더라면 전화기를 박살내고 말았을 거예요. 서둘러 전화를 끊긴 했지만 핏줄을 당기는 연민까진 끊을 수가 없었지요. 그래서 성우 씨가 지방으로 출장 간 사이에, 동생조차 알아볼 수 없을 정도로 변장을 하고, 그녀가 매주 두 번씩 공연하고 있다는 재즈클럽을 찾아갔는데, 기억이 맞는다면, 그때 그녀는 비틀스의 노래들을 재즈로 편곡해서 불렀던 것 같아요. 나른해진 관객들의 박수 소리를 나볏이[38] 물리면서 그녀가 무대 뒤로 사라지는데도 차마 따라 일어날 수가 없었답니다. 마침내 동생의 몸에서 완전히 분리된 제 그림자를 끌고 홀로 되돌아오는 길이 어찌나 어둡고 푸슬푸슬하던지.[39] 그날 저녁 연습실로 돌아와서 저도 모르게 거울에 대고 이렇게 말했답니다. "거울아, 거울아, 이 세상에서 누가 제일 아름답니?" 그랬더니 놀랍게도, 마치 제 질문을 오래전부터 기다리고 있었다는 듯 굵은 목소리가 곧장 벽을 넘어오는 게 아니겠어요? "동생의 노래도 아름답지만 당신의 얼굴은 더욱 아름다워요." 그래서 저희 자매는 둘 다 바닥에 쓰러질 때까지 거울의 정령이 연주하는 피아노 선율에 맞춰 노래를 부르고 춤을 추었죠. 잠시 정전인가 싶더니 자정을 넘겨 실내가 다시 밝아졌고 동생이 사라진 자리에 옹송그린 채 제가 울고 있었어요. 외로움보다는 오히려 충만감 때문이었죠. 카타르시스라고 간주해도 좋아요. 드디어 저와 동생 사이의 시공간은 12분에서 1년 남짓 벌어지게 되었고, 제가 동생보다 12분 먼저 태어났다는 뜻이에요, 그만큼의

38 나볏이: (됨됨이나 태도가) 반듯하고 어엿하다. **39** 푸슬푸슬하다: 물기가 적어 잘 엉기지 못하고 부스러지기 쉬운 상태이다.

간극이라면 지구와 달처럼 충돌하거나 분리되는 일 없이 서로에게 지속적으로 영향을 미칠 수 있을 테니까요. 어, 그런데도 지금 당신의 심드렁한 표정은 제 말을 믿지 못하겠다고 말하는군요. 하지만 진실을 두려워하지 않는 당신조차 왜 거울이 늘 반목만을 조장한다고 생각하시는지 모르겠네요. 그리고 저 같은 사람도 은혜와 원한을 누구에게 대갚아야[40] 하는지는 어렵지 않게 알 수 있지요. 아무튼 그날 밤 성우 씨는 연습실로 돌아오지 않았으니까 굳이 제 알리바이를 증명할 필요는 없었어요. 아마도 성우 씨는 밤새 옥니박이[41] 아내의 나신을 거짓으로 위로하면서, 제 음반 녹음을 마무리 짓는 데 필요한 목돈을 변통하고 있었겠죠. 그래도 그가 아침의 전조처럼 저의 침대로 되돌아왔다면 전 기꺼이 그의 십자가를 일으켜 세우고 서로가 완전히 탈진할 때까지 속죄하였을 겁니다.

약속을 지키지 못한 저의 잘못이 가장 크지요. 시간에 맞춰 그곳에 도착했어야 했는데. 아니면 전화를 걸어서 이곳으로 찾아오지 못하게 했던지. 하지만 정말 이상한 일이었어요. 반 시간 남짓 옷장을 샅샅이 뒤졌건만 단 한 개의 모자도 찾을 수가 없었답니다. 수술이 끝날 때마다 성우 씨는 사교계 여자들에게나 어울릴 법한 모자를 선물해주었거든요. 이번 수술은 그에게도 무척 각다분했기[42] 때문에 꿰맨 자리가 외부 자극에 터지지 않도록 더욱 조심해야 한다고 말했어요. 태엽처럼 얼굴 피부를 당겨 시간을 돌

---

40 대갚다: 남에게 입은 은혜나 남에게 당한 원한을 잊지 않고 그대로 갚음. **41** 옥니박이: 옥니가 난 사람을 낮잡아 이르는 말(옥니: 안으로 옥게 난 이). **42** 각다분하다: 일을 해나가기가 몹시 힘들고 고되다.

리는 동시에 턱뼈를 깎아 좀더 지적인 이미지를 만들어냈죠. 통증의 실타래는 아주 느리게 풀렸어요. 하지만 생일 케이크는커녕 축하 편지 한 장 없이 혼자서 사리물고[43] 있을 동생을 생각하니 황후의 침대 위에 가만히 누워 있을 수만은 없었답니다. 물론, 저의 생일이기도 했죠. 그래서 성우 씨에게 받은 생일선물을 다시 포장하고 거의 3주 만에 외출복으로 갈아입었는데, 사라진 모자들 때문에 방을 나서지 못했던 거예요. 해거름이라 햇빛의 적의는 많이 수굿해졌겠지만 얼굴에 붕대를 휘감은 여자에게 쏟아질 중인환시[44]의 걱정은 조금도 누그러들지 않았어요. 그렇다고 동생에게 연락할 방법을 아는 것도 아니고. 시간이 얼마쯤 지났을까요? 여전히 저는 외출복 차림에 선물 상자를 든 채 방 안을 서성거리고 있었는데, 갑자기 방 밖이 시끄러워지더니 동생과 성우 씨의 다투는 소리가 들려왔죠. 성우 씨와 관련된 일이라면 하나같이 뇌꼴스럽게[45] 여기는 동생이 이번에도 오해한 게 틀림없었어요. 세상에 남은 유일한 피붙이라고 제 깐엔 애를 쓰는데 너무 지나쳐서 오히려 저를 곤란하게 만들 때가 있지요. 동생 이야기만 나오면 얼굴부터 붉히는 성우 씨가 자기 사무실에서 사기꾼에 호색한이라는 욕설까지 들었으니 얼마나 기가 막혔을까요? 하지만 동생의 말은 모두 틀렸어요. 전 거울의 방에 갇힌 게 아니라 스스로 걸어 들어온 거예요. 피그말리온 효과, 잘 아시죠? 인큐베이터 같은 곳에서 매일 노래를 듣고 따라 부르면서 저의 몸과 영혼은 가수의 그것으로 탈바꿈하고 있답니다. 만약 누군가

---

43 사리물다: 이를 악물다. **44** 중인환시(衆人環視): 여러 사람이 둘러싸고 지켜봄. **45** 뇌꼴스럽다: 보기에 아니꼽고 못마땅하다.

그 방으로 쳐들어와 저의 최면을 깨우는 순간, 몸 안에 위태롭게 잉태되고 있던 희망들은 모두 도사리[46]가 될 것이라고 성우 씨는 충고했지요. 그래서 제가 먼저 동생을 만나지 않겠다고 선언했답니다. 동생에 비해 음악적 재능이 부족한 제가 콤플렉스를 이겨내려면 스스로를 가두고 단순한 삶을 견뎌내는 방법 밖에 없었으니까요. 그런 저를 동생이 조금이라도 이해할 수 있었다면 성우 씨의 마뜩찮은[47] 표정쯤은 한 시간 정도 꾹 참아낼 수도 있지 않았을까요? 그것도 서로의 생일이었는데. 적어도 제가 매를 맞고 지낸다는 소문만큼은 동생 스스로 부정할 수 있어야 했어요. 이런 이야기까지 언죽번죽[48] 꺼내는 게 민망하지만, 잠자리에서 성우 씨는 호기심 많은 모험가로 변하거든요. 가끔은 너무 격렬하게 타올라서 서로의 몸에 상처나 멍이 맺히는데도 전혀 감지하지 못하죠. 모름지기 예술가라면 늘 새로운 방식에 열광할 것이고 대중과 성적 기호가 다르다고 해서 비난받을 이유는 없는 것 아닌가요? 동생에게 그렇게 말하고 싶었는데 차마 그럴 수는 없었어요. 끝내 생일 케이크는 바닥에 짓이겨지고 동생의 새된[49] 욕지거리가 성우 씨를 먼저 찔렀어요. 그러자 성우 씨의 머릿속에 묻혀 있던 뇌관이 터지고 말았지요. 하지만 동생은 그저 언니의 안위를 두고 투상스런[50] 방식으로 경고하려 했던 것일 뿐, 이틀 뒤 일어날 살인을 예고하려 했던 건 결코 아니었어요. 섟[51]을 삭이지 못한 채 몸싸움까지 벌이고 있는 그들을 진정시키기 위해 방에서 나가려고 했지만 거울과 문을 구별할 수가 없었어요. 행망쩍게[52]

---

46 도사리: 다 익지 못한 채로 떨어진 과실. **47** 마뜩찮다: 마음에 들 만하지 아니하다. **48** 언죽번죽: 조금도 부끄러워하는 기색이 없고 비위가 좋아 뻔뻔한 모양. **49** 새되다: 목소리가 높고 날카롭다. **50** 투상스럽다: 툽상스럽다. 말이나 행동 따위가 투박하고 상스러운 데가 있다. **51** 섟: 불끈 일어나는 감정. **52** 행망쩍다: 정신을 잘 차리지 못해 좀 어수선하다.

성대를 오르내리던 언어들은 끝내 혀뿌리에 닿지 않고 부서져 내렸어요. 이윽고 거울의 방은 침묵과 어둠으로 가득 차더니 기어이 저를 혼절시키더군요. 그리고 기괴한 꿈들이 이어졌는데, 마치 서너 겹의 영화필름을 겹쳐놓은 것 같아서 각각의 서사를 이해하지 못하면 결코 전체를 이해할 수 없었지요. 아무튼 성우 씨의 취한 발소리가 문턱을 넘어오고 제 몸뚱이가 심하게 흔들리면서 끔찍했던 스물일곱번째 생일은 끝이 났죠. 전 그의 슬픔을 충분히 이해해요. 물론, 동생의 슬픔도 이해하죠. 그 감정들은 자석의 같은 극에서 발산되고 있는 자기력 같기 때문에 결코 융합될 수 없는 거예요. 한시라도 빨리 눈에 감긴 붕대를 풀게 해달라고 기도했어요. 그들을 화해시킬 수 있는 건 저뿐이었으니까. 그런데 이렇게 팔을 뻗으면 사방에서 닿아야 할 거울들은 모조리 또어디로 사라진 것일까요?

눈이 멀면, 눈동자에선 푸른색이 도는 걸까요? 그래서 청맹과니라고 부르는 건 아닐는지. 어쩌면 너무 투명해져서 아무것도 각막에 걸리지 않기 때문인지도 몰라요. 드맑은[53] 유리에서 검은 바닥이 생겨나야 비로소 거울이 되는 거랍니다. 그리고 푹신한 환상을 제공하는 한 거울은 결코 파괴될 리 없겠죠. 권력자들의 가계도를 따라 청동거울이 대물림되었던 이유도 어렴풋이 알 것 같아요. 노예들에겐 실존 의식 따위 필요하지 않으니까요. 그저 조상들의 업보 때문에 이 세상에 유폐된 자신을 신들이 죽음

---

53 드맑다: 몹시 맑다.

으로 위무할 것이라고 기대했겠죠. 신성한 제물 대신 신성한 노동을 바치면서 재즈가 시작되었대요. 그러니 그 음악을 듣다가 해감[54]을 빼내지 않은 우울과 연민에 흠뻑 몸이 젖게 되어도 수치스러워 할 이유는 없지요. 하지만 제 동생의 음악은 달랐어요. 몰개성의 진창 속으로 가라앉는 자신을 끊임없이 추어올리려는[55] 절규 같았어요. 그녀가 예명을 "단아"라고 지은 것부터가 그래요. 붉을 단丹에 아이 아兒. 푸른 물결처럼 일렁거리는 재즈의 선율 속에선 검거나 흰 인간들보단 붉은 인간이 더 선명하게 드러나지 않을까요? 끝 단端 자나 자를 단斷 자까지 생각한다면 동생의 하냥다짐[56]을 읽어낼 수도 있을 거예요. 주머니 속의 송곳처럼 가감 없이 자신의 존재감을 드러내는 그녀가 전 늘 부러웠어요. 부모님의 무덤을 납골당으로 이전하자고 제가 제안했을 때, 그것이 죽은 자에 대한 산 자의 기억들을 정형화시켜 나중엔 누가 죽었는지조차 모르게 만들 것이라며 동생은 반대했지요. 그리고 대중문화 생산 시스템 역시 예술가들의 영혼에 바코드를 붙인다고 확신하자 안차게[57] 성우 씨를 떠났답니다. 고백하건대, 일란성쌍둥이로 태어났다는 사실이 제겐 가끔씩 천형으로 여겨지곤 한답니다. 늘 제 크기만큼의 거울을 들고 다닌다는 생각. 그래서 매순간 감시당하고 있다는 강박감. 가끔은 그걸 깨뜨리고 싶은 충동에 사로잡히기도 했지요. 아니, 정확히 말하자면 거울 속의 말하는 정령만을 죽이고 싶었는데, 결국 동생을 피그말리온의 궁전 밖으로 야살스레[58] 내쫓고 말았지요. 제 몸의 절반을 덜어낸 아픔도

---

54 해감: 물속에서 흙과 유기물이 썩어 생기는 냄새나는 찌꺼기. **55** 추어올리다: 정도 이상으로 칭찬하여 주다. 추어주다. **56** 하냥다짐: 일이 잘 안 되는 경우에는 목을 베는 형벌이라도 받겠다는 다짐. **57** 안차다: 겁 없고 당돌하다. **58** 야살스럽다: 보기에 얄망궂고 되바라진 데가 있다.

잠시뿐이었고, 곧 홀가분함을 느꼈던 게 사실이지요. 하지만 더이상 거울로 복제할 수 없는 운명이 동생에게 덜퍽진[59] 기쁨들을 가득 안겨주길 진심으로 바랐어요. 그리고 지금까지는 기대 이상으로 동생이 노련한 조련사처럼 야생의 운명을 잘 다루고 있는 것 같아 기뻐요. 비록 스무 명 남짓에 불과했지만 지하 재즈클럽을 가득 메운 채 앙코르를 외치는 우꾼한[60] 청중들을 향해 동생을 대신해서 인사라도 하고 싶었다니까요. 아, 그때 무대 위에서 약간은 배때벗게[61] 서 있을 동생을 볼 수 있었다면 저는 지금 얼마나 행복해졌을까요? 깊게 눌러쓴 모자나 짙은 선글라스가 그녀에게 가로거치지[62] 않았기를. 객석의 저를 알아볼까 봐 얼마나 조마조마했는지 몰라요. 박수 소리는 점점 잦아들더니 환풍기 속으로 사라졌어요. 제 옆에 앉아 있던 매니저에게, 어떤 소원이라도 들어줄 테니 그곳에 있는 사람들이 제가 청맹과니라는 사실을 알아차릴 수 없도록 출입문까지 자연스레 데려가달라고 애원했죠. 성우 씨의 잘못은 결코 아니에요. 네번째 수술도 아주 성공적으로 끝났어요. 하지만 무료한 신들의 주사위 놀이 때문에 제 운명에 우연이 또 개입하고 말았어요. 붕대를 풀었는데도 제가 사물을 구별할 수 없게 되자, 성우 씨는 자신의 전 재산과도 같은 저를 들쳐 업고 대학병원 응급실로 내달렸어요. 병명은 회선사상충증回旋絲狀蟲症. 곱추파리에게 물리면 기생충이 핏속에 들어와서 눈을 멀게 한대요. 하긴, 피그말리온의 수술실에서 제 거울의 방으로 돌아온 다음 날부터 귀선[63] 소리가 들려왔던 것 같기도 해요.

---

59 덜퍽지다: 푸지고 탐스럽다. 60 우꾼하다: 여러 사람이 한꺼번에 소리치며 기세를 올리다. 61 배때벗다: (말이나 하는 짓이) 매우 거만하고 반지빠르다. 62 가로거치다: 앞에서 거치적거려 방해가 되다. 63 귀설다: (처음 듣거나 들은 횟수가 적어서) 듣기에 서먹하다. 귀에 익지 않다.

피로가 누그러지면 함께 사라질 줄 알았는데 오히려 그 소리는 더욱 또렷해지더라고요. 요즈음은 밤새 온몸을 긁다가 아침 녘이 되어서야 겨우 한두 시간 사로자곤[64] 한답니다. 그런데, 중남미나 아프리카의 물가에서 산다는 파리가 어떻게 지구 반대편까지 날아올 수 있었을까요? 그것도 한겨울에? 혹시 이 미스터리도 거울과 관계가 있는 건 아닐까요? 모든 거울은 모든 세상으로 들어갈수 있는 문이라고 들었어요. 심지어 꿈을 비출 수도 있다고 하던데, 그렇다면, 아직도 제가 꿈을 꾸고 있는 건지도 모르겠네요.

나흘 전에 어떤 젊은이가 거울의 방 속으로 절 찾아왔어요. 어떻게 이곳으로 들어올 수 있었는지 궁금했지만 에멜무지로[65] 묻진 않았어요. 고대 그리스인들은 우리가 꿈의 그림자라는 걸 이미 간파했다니까, 살아 있는 사람 한 명쯤 거울 속으로 드나든다고 해도 그리 놀랄 일은 아니지요. 그는 자신을 미술학도이자 재즈 마니아로 소개했어요. 마른 우물처럼 텅 빈 제 눈동자를 보여주며 어제 그 재즈클럽에서 노래를 불렀던 여자는 내가 아니라고 말했지만 그는 귀넘어들었어요.[66] 오히려 우상의 숨겨진 비밀을 혼자 알게 되었다는 기쁨으로 상기되어, 재즈의 부작용으로 눈이 먼 연주자나 청중 들의 이름을 들먹이기까지 했죠. 심안을 뜨기 위해 손으로 육안을 도려내었다는 스님 이야기를 듣기는 했지만 음악 때문에 눈이 멀었다는 이야기는 처음이었어요. 거울의 저주에서 벗어나기 위해 네 번의 성형 수술을 감내한 저였지만 젊

64 사로자다: 염려가 되어 마음을 놓지 못하고 조바심하며 자다. 65 에멜무지로: 결과를 바라지아니하고, 헛일하는 셈 치고 시험 삼아 하는 모양. 66 귀넘어듣다: 주의하지 않고 흘리며 듣다.

은이의 불문곡직[67]한 믿음을 굴복시킬 수는 없었어요. 그래서 하는 수 없이 저는 동생 행세를 해야 했지요. 목소리만으로 짐작하건대 고작 스무 살을 넘겼을 젊은이는 제 팬클럽을 만들어 운영하고 싶다며 소양배양했어요.[68] 자신에게 독점권을 넘기라는 협박이었죠. 성우 씨처럼 말하기도 했어요. 아니, 이제부턴 다시 원장선생님이라고 부르는 게 좋겠어요. 그래야 그때의 상황을 좀더 객관적으로 기억할 수 있을 테니까요. 아무튼 그 젊은이도 이렇게 말했어요. 아직 세상이 발견하지 못한 저의 아름다움을 세상에 홍보해주겠노라고. 미술학도답게 그는 피그말리온의 이야기를 잘 알고 있을 뿐만 아니라, 그 돌장이가 여성혐오주의자이자 인종차별주의자였다는 주장까지 펼쳤어요. 원장선생님마저 폄훼되는 걸 막아볼 요량으로 저는 그가 직접 그린 초상화 몇 장을 보여주었죠. 미인 대회의 심사위원이기에 앞서 오롯한[69] 예술가였다는 사실을 알게 되면 오해의 안개가 걷힐 것이라고 기대했던 거죠. 제가 그랬던 것처럼 그 젊은이 역시 왜 누드모델들에게 눈동자가 없는지 묻더군요. 원장선생님에게 대답을 듣지 못했으면서도 저는 불쑥 이렇게 말했지요. 눈을 뜨게 되면 그녀들은 벌거벗은 자신들이 부끄러워져서 도망치거나 자살하게 될지도 모르기 때문에 이를 방지하기 위해서라고. 그러자 뜨악한[70] 목소리로 그가 중얼거렸어요. 눈동자를 그리면 그녀들이 모두 최면에서 깨어날까 봐 두려워서 일부러 도려낸 것이라고. 순간이지만 그의 해끔한[71] 목소리 속에서 벼린 칼들의 울음소리가 섞여 들렸어

---

67 불문곡직(不問曲直): 옳고 그름을 따지지 아니함. 68 소양배양하다: 나이가 아직 어려 철이 없이 함부로 날뛰다. 69 오롯하다: 모자람이 없이 완전하다. 70 뜨악하다: ① (마음에) 선뜻 끌리지 않다. ② 썩 미덥지 못하다. 71 해끔하다: 빛깔이 조금 희고 깨끗하다.

요. 혈관을 타고 몸의 끝까지 밀려드는 전율 때문에 굼닐지[72] 못하고 있었는데, 갑자기 거울 하나가 박살이 나더니 젖은 발자국 소리가 쓰나미처럼 방 안으로 밀려드는 게 아니겠어요? 막아설 엄두도 내지 못한 채 구석까지 밀려갔죠. 겨우 중심을 잡았을 때 원장선생님의 우레 같은 목소리가 들려왔어요. "이런, 오사리잡놈들!" 그리고 곧 원장선생님의 불된[73] 손바닥들이 저를 붉은 인간으로 변신시키고 있었는데도 제 팬클럽 회장을 자처했던 젊은 이는 그를 말리거나 혼자 도망치지도 못한 채 제자리에 앉아서 울기만 했어요. 이 방의 모든 거울들은 세 사람의 표정과 행동과 감정 들까지 기괴하게 일그러뜨리다가 쓰러진 자들을 일으켜 세우기도 했겠지요. 무끈한[74] 소리를 내며 원장선생님에게 여덟 차례 박히던 칼도 거울 속에서 나온 게 분명해요. 그렇지 않고선 그 방에 그런 반역의 도구가 숨어 있을 리 없으니까. 눈이 멀어 앞을 볼 수 없는데도 그 방 안에서 일어난 일들이 생생하게 떠오르는 걸 보면 저는 이미 오래전에 그런 꿈을 꾸었는지도 모르겠어요. 방 안의 모든 사물들이 흑백으로만 기억되는 게 그 증거지요. 그때 다시 파리의 날갯짓 소리가 들렸어요. 그런데 다시 들어보니 숫돌에다 칼을 벼리는 소리 같기도 하고, 손가락의 굳은살로 베이스의 굵은 현을 훑어 내리는 소리와도 비슷했지요. 그래서 한때는 직립인간이었다가 방금 전 푸줏간의 고깃덩어리로 전락한 원장선생님 위에 걸터앉아서 재즈클럽에서 들었던 동생의 노래를 불러주었지요. 제목이 'But Not for Me'였던가? 노래가 절

72 굼닐다: 몸이 굽어졌다 일어섰다 하거나 몸을 굽혔다 일으켰다 하다. 73 불되다: 강하게 내리누르거나 죄는 힘이 아주 심하다. 74 무끈하다: 좀 묵직하다.

반쯤 흘러가고 있을 무렵부터 그 젊은이는 서럽게 울기 시작했어요. 그제야 제게 일란성쌍둥이 동생이 있다는 걸 믿게 된 거죠. 저보다 동생이 훨씬 노래를 잘 부른다는 건 이미 인정하지 않았던가요? 그 젊은이만 주의 깊게 듣지 않았을 뿐. 하리망당하여[75] 탈출구를 찾지 못하던 젊은이의 발부리에 거울이 박히자 그 속에 숨어 있던 빛나는 칼들이 바닥으로 쏟아졌어요. 그 칼날 위엔 살인자의 얼굴이 섭새겨져[76] 있었을 텐데, 아시다시피 저는 청맹과니이고, 이미 어둠이 들이닥친 뒤여서, 스스로 자신의 삶을 포기하지 않았더라면, 그 젊은이든 저든, 심지어 시체의 주인까지도, 그 잔혹한 살인 사건으로부터 벗어날 수 있는 알리바이를 만들 수도 있었지요. 하지만 아무도 그렇게 하지 않았어요. 젊은 살인자는, 여전히 제가 청맹과니라는 사실을 믿지 않은 듯, 자신의 삶을 정리할 수 있도록 시간을 달라고 애원했어요. 우두망찰하고[77] 있는 저에게 그는 되술래잡듯[78] 소리쳤어요. 한 인간의 죽음에는 적어도 둘 이상의 살인범들이 숨어 있기 마련이라고. 그래요. 동생은 원장선생님에게 독살스런 욕지거릴 내뱉고 발밑에 케이크를 던진 적이 있지요. 그리고 저도 몇 차례 성적 학대를 받았다는 걸 인정하겠어요. 하지만 적어도 우리 둘 중 한 사람에게는 무죄 선고가 내려져야 해요. 왜냐하면 일란성쌍둥이에겐 한 가지의 사건 늘 두 번씩 일어나니까요. 그리고 어차피 판사는 우리 둘의 죄 녕 얼굴조차 제대로 구별할 수도 없을 테니, 저 혼자 가시면 류 을 쓴다고 해도 상관없잖아요?

다음 날 그 젊은이는 약속보다 훨씬 늦게 경찰서에 나타났어요. 하지만 그의 죄는 훨씬 올차게[79] 완성되어 있었죠. 아무도 그를 용서하지 않았지만 성형을 부추기는 세태를 두고 뒤스럭스러운[80] 전문가들의 반성이 이어졌고, 시민단체들이 성형수술의 부작용으로 고생하는 사람들에게 위임장을 건네받아 의료기관과 국가를 상대로 손해배상 청구 소송을 준비하려 한다는 뉴스도 있었죠. 심문이 시작되자마자 두억시니[81] 같던 살인자는, 아니 아직 심문 중이니까 살인 용의자라고 해야겠군요, 마치 최면에서 깨어난 듯 고개를 가랑이 사이에 묻고 울면서 치명적인 처벌에 대한 두려움을 고백하기 시작했어요. 그의 연기는 각본에 따른 것이었지만, 그가 조금이라도 피그말리온 효과의 기적을 의심했더라면 경찰들의 달구치는[82] 심문을 견뎌내지 못했을 거예요. 살해 동기로 인종차별을 내세우다니, 그건 전혀 예상치 못했던 애드리브였어요. 덕분에 미국의 케이케이케이 단원들에게서 격려의 메시지까지 받았지요. 자신들의 혈통적 우위를 주장하는 백색 테러리스트들에겐 유색인들의 피부색을 지우는 성형외과 의사들이 위협적인 존재였나 봐요. 살인 용의자가 유치장 안에서 하루도 거르지 않고 속죄의 108배를 올린다는 기사가 짤막하게 실리기도 했죠. 그리고 당신이 그의 팔뚝에 새겨진 문신을 단서로 동생을 찾아내었어요. 동생은 원장선생님에게, 아, 이제는 피해자라 부르는 게 맞겠네요, 지녔던 적대감을 애써 부정하진 않았지만, 끔찍

79 올차다: 허술한 데가 없이 야무지고 기운차다. **80** 뒤스럭스럽다: 말과 행동이 수선스럽고 부산한 데가 있다. **81** 두억시니: 모질고 사나운 귀신의 하나. 야차(夜叉). **82** 달구치다: 무엇을 알아내거나 어떤 일을 재촉하려고 꼼짝 못하게 몰아치다.

한 소식을 듣고 적잖은 충격을 받아 일주일째 지하 방에 구어박혀[83] 있는 사정을 설명했을 것이고, 당신은 더 이상 그녀의 슬픔을 눈비음[84]으로 의심할 수는 없게 되었겠죠. 그리고 오늘 당신은, 살인 용의자가 그러했던 것처럼 놀라운 능력을 발휘하여, 거울의 방으로 들어와서 저에게 자신을 신문사 사회부 기자라고 소개하시더군요. 그러고는 마치 거울을 통해 살인 현장을 처음부터 끝까지 목격하셨다는 듯이, 어쩌면 이 방 안에서 진행된 저의 개인사를 모두 훔쳐보고 계셨을 수도 있겠지만, 어쨌든 제가 방금 삼킨 음식까지 끄집어낼 기세로 옴니암니[85] 저를 몰아세웠지요. 저는 동생에게서 미리 연락을 받고 당신을 기다리고 있었기 때문에, 침대 위에 앉아서, 돈바른[86] 당신에게 차가운 물을 건네고, 가능한 한 푼더분한[87] 표정으로, 흑백으로 꾸었던 꿈의 내용을 이야기했어요. 그걸 법적인 용어로 진술이라 하던가요? 제 이야기와 행동과 감정 들은 모두 진실이었어요. 그것들을 몸 밖으로 꺼내놓자마자 기갈과 한기가 한꺼번에 찾아들 정도였으니까. 다만, 사건의 전모를 이해하는 데 불필요한 몇 가지 상황들은 빠뜨렸는데 그건 순전히 상상력이 뒤떨어지는 당신을 혼란에 빠뜨리지 않기 위함이었죠. 만약 제가 유죄라면 그건 진실을 지나치게 왜곡했기 때문이 아니라, 정제되지 않은 진실로 당신들을 불편하게 만들었기 때문이겠죠. 하지만 유죄 선고 이후에도 제 운명은 조금도 달라지지 않을 거예요. 눈을 잃어버린 순간, 전 천국과 지옥 사이의 틈새에 봉인되었고, 이미 죽살이[88]의 경계는 무너

---

83 구어박다: 한곳에서 꼼짝 못하고 지내다. 혹은 그렇게 하다. **84** 눈비음: 남의 눈에 들기 위하여 겉으로만 꾸미는 일. **85** 옴니암니: 자질구레한 일에 대해서까지 좀스럽게 셈하거나 따지는 모양. **86** 돈바르다: 성미가 너그럽지 못하고 까다롭다. **87** 푼더분하다: ①얼굴이 투실투실하여 복성스럽다. ②여유가 있고 넉넉하다. **88** 죽살이: ①생사 ②죽고 사는 것을 다루는 정도의 고생.

졌기 때문에 고문 도구나 교화 프로그램이 절 어떻게 할 순 없겠지요. 제가 지은 죄 위에 인과응보의 바벨탑을 세우고 싶으시거든, 죽음이 삶 속에서 꿈까지 완벽하게 걷어낼 수 있다는 사실부터 제게 이해시켜야 할 거예요. 그러려면 우선 거울을 제게서 가능한 한 멀리 치우시는 게 좋아요. 그 안의 회색 지대야말로 완전히 살아 있지도, 그렇다고 완전히 죽지도 못한 사람들이 덜 마른 꿈들을 풀어놓고 방목하는 곳이니까요. 세상에 수직으로 걸린 모든 거울들이 사물들을 무한히 증식시키고 있는데도 시공간이 줄어들거나 가라앉지 않는 걸 보면, 필경 거울들 중 어떤 것들은 항문이 아니라 아가리일 겁니다. 그것을 통해 우리는 이 아수라장을 빠져나갈 수 있겠죠. 하지만 서둘러야 해요. 그렇지 않으면 그날처럼 칼들이 억수처럼 쏟아지며 저의 혀와 당신의 손가락을 잘라놓을 테니까요.

야린[89] 백설공주에게 암상[90] 떨던 계모나, 외로운 계모에게 시뜻했던[91] 공주는 서로 거울 앞에서 마주치는 반사상에 불과했어요. 그러니까 지킬 박사와 하이드 씨처럼 내남없이[92] 한 사람의 다른 두 이름이었던 거죠. 누가 실재한다고 확신할 순 없어요. 그래서 트릿한[93] 왕은 매번 헛걸음만 했던 것이고 횟배[94] 앓은 모녀는 서로를 증오하게 되었답니다. 동화는 계모를 단죄하는 것으로 가무려졌지만[95] 그건 사실과 다를 거예요. 태어나는 순간부터 왕국의 전통을 상속받게 된 공주가, 고작 몸종 몇 명을 거느린 채

---

89 야리다: 의지나 감정 따위가 모질지 못하고 무르다. **90** 암상: 남을 시기하고 샘을 잘 내는 마음. 또는 그런 행동. **91** 시뜻하다: 마음에 언짢아서 시무룩하거나 토라져 있다. **92** 내남없이: 나와 다른 사람이나 모두 마찬가지로. 내남직없이. **93** 트릿하다: 맺고 끊는 데가 없이 희미하다. **94** 횟배: 회충으로 인한 배앓이. 거위배. **95** 가무리다: 남이 보지 못하게 숨기다.

이웃 마을로 시집온 계모보다 권력 다툼에서 훨씬 유리했다는 사실을 간과하지 말아야 해요. 동화작가 역시 왕국의 하위 관리였을 테니까, 상부의 지시에 따라 공주의 악행을 고의적으로 은폐하였을 수도 있죠. 한 인간의 품행이나 능력을 어떻게 피부색만으로 설명할 수 있단 말인가요? 그리고 계모가 마녀의 사생아라는 풍문은 오지랖 좁은[96] 그녀가 하루 종일 거울 뒤에 숨어서 괴이한 상상을 즐겼기 때문에 생겨났을 거예요. 마녀란 사악한 범죄를 유포하는 자를 지칭하는 게 아니라 정체가 모호한 자들을 에두를[97] 때 즐겨 사용되는 단어니까. 하지만 이것도 완벽한 진실은 아닐 거예요. 진실이란 정치적 협상의 결과로 나누어 갖는 기념물에 불과해서 싸움에서 패한 소수에겐 폭력을 행사하기도 하죠. 거울 속에도 도린곁[98]은 있고 거울 속 말하는 정령이 결코 순수하지만은 않다는 저의 생각을, 조울증 환자의 언구력[99] 정도로만 이해하지 않기를. 아직도 저를 피그말리온 살인 사건의 공범자로 확신하고 있는 당신의 전향을 돕기 위해, 방금 몸속에 숨긴 녹음기의 버튼을 누르셨겠지만, 오불관언,[100] 그리고 절 신고 이 방에서 탈출시켜줄 카론에게 뱃삯을 지불하기 위해, 제 옛 이야기 한 토막 더 들려드릴게요. 그럴 시간은 조금 있을 거예요. 각설하고, 정말로 당신은 단 한 번도 거울 앞에서, 자신이 둘로 나뉘어 있다고 상상해보신 적 없나요? 고등학교 시절 저는 미대 입학을 준비했어요. 그래서 동생에게 초상화의 모델을 부탁한 적이 있죠. 하지만 동생은 겨우 이틀 동안 소태 씹은 표정으로 캔버스

96 오지랖 넓다: 쓸데없이 지나치게 아무 일에나 참견하는 면이 있다. **97** 에두르다: 바로 말하지 않고 짐작하여 알아듣도록 둘러대다. **98** 도린곁: 사람이 별로 가지 않는 외진 곳. **99** 언구력: 교묘한 말로 떠벌리며 남을 농락하는 짓. **100** 오불관언(吾不關焉): 나는 그 일에 상관하지 아니함.

앞에 앉아서 시적거리더니[101] 미술실을 뛰쳐나가더라고요. 한참
뒤 벽에 달린 거울을 떼어들고 돌아와서는 그걸 자신의 빈자리에
세워두는 거예요. 그 뒤로 두 번 다시는 제 캔버스 앞에 나타나지
않았죠. 그러니까 동생은 우리가 일란성쌍둥이라는 사실을 늘 머
릿속 한가운데 세워두고 있었나 봐요. 거울 속의 모델이 마치 저
를 감시하기 위해 파견된 교도관처럼 너무 서름해서[102] 제대로 눈
을 마주칠 수가 없었어요. 그런데 윤슬[103] 같던 연필 자국들이 캔
버스 위에서 뒤섞일수록, 거울 속의 모델이 점점 동생을 닮아가
는 거예요. 오른손잡이인 그녀가, 혹은 제가, 거울 속에서도, 거
울 밖에서처럼, 오른손으로 붓질을 하고 있었어요. 제가 표정을
자세히 살피는 것 같으면 흐트러졌던 자세를 바로잡고 숨을 참으
면서 시선이 닿는 곳을 부풀리더라고요. 그러면 저도 덩달아 눈
초리를 세우게 되죠. 어떤 순간에는 캔버스 위의 그림이 거울 속
에 비춰지기도 했어요. 그때 저도 피그말리온의 기도를 들었을지
도 몰라요. 만약 저와 동생이 완벽하게 결합된 캔버스 속 여자를
살리기 위해 제 생명이 필요했다면 결코 머뭇거리지 않았을 거예
요. 참으로 진기한 경험이었죠. 제 작품을 칭찬하느라 미술 선생
님은 침이 마를 지경이었는데도 정작 동생은 초상화 앞에서 한참
동안 실큼한[104] 표정을 지어 보였지요. 제가 재현한 대상은 우리
중 어느 누구도 닮지 않았고, 자의식을 뛰어넘는 재능은 신의 독
약일 뿐이라고, 그녀가 지나가듯 말했던 게 기억나요. 미술선생
님은 달리의 그림에서 영감을 받아 '또는, 화가를 들여다보고 있

---

101 시적거리다: 마음이 내키지 않는 것을 억지로 하다. **102** 서름하다: ① 남과 가깝지 못하
여 서먹하다. ② 사물에 익숙하지 못하다. **103** 윤슬: 햇빛이나 달빛에 비치어 반짝이는 잔물결.
104 실큼하다: 싫은 생각이 있다.

는 모델'이라는 제목을 붙여주셨는데, 그 제목이 너무 오달져서[105] 나중에 정식 화가가 되면 연작 제목으로 써먹어야겠다고 생각했답니다. 하지만 기쁨도 잠시였어요. 미술실 벽에 걸려 있어야 할 그 그림이 그다음 날 흔적도 없이 사라져버렸으니까. 교내 방송국까지 활용해서 행방을 수소문해보았지만 끝내 그림과 범인을 찾을 수는 없었어요. 설마 피그말리온의 갈라테이아처럼 누군가의 기도로 살아나서 캔버스 밖을 빠져나간 건 아니겠죠? 하지만 전 그녀의 다리를 그려 넣지 않은 걸요? 그녀를 부축해줄 조력자가 있었다면 또 모를까. 그 뒤로 자화상을 몇 점 더 그리긴 했지만 반응은 하나같이 싸늘했어요. 한번은 제 뒷모습을 그리려고 두 개의 거울 사이로 들어갔다가 무한히 늘어나는 피사체들에게 등이 떠밀려 거울을 껴안고 넘어진 적도 있었답니다. 만약 그런 방법으로 달의 뒷면을 그리려 했다면 밤하늘은 달들로 가득 차버렸을 것이고 달빛에 가려 우린 밤하늘 속에서 결코 별 하나 찾아낼 수 없었을 거예요. 다행히 제가 화가의 꿈을 접은 덕분에 밤의 질서는 지금처럼 유지될 수 있었으니 당신도 제게 감사해야 하죠. 아무튼 제가 다시 평범한 수험생으로 다시 돌아왔을 때, 동생이 나이를 속이고 라이브카페에서 노래를 부른다는 소문을 듣게 되었지요. 그래서 그녀 몰래 그곳을 다녀왔던 것인데, 그날 이후부터 저는 가수 이외의 다른 미래를 상상할 수가 없었답니다. 동생이 지닌 재능이라면 제게서도 당연히 발견될 테니까요. 하지만 동생은 화가가 되는 게 싫었던 것 같아요. 가난한 화가는 모델 비

105 오달지다: 마음에 흡족하게 흐뭇하다.

용을 아끼기 위해 지겹도록 자신을 그려야 하는데, 자의식 강한 동생에게는 그런 일이 끔찍했을 테니까요. 그러니 언니인 제가 동생의 꿈을 수용할 수밖에.

여기까지 진술했는데, 정말, 아직도 이해하지 못하시겠어요? 제가 바로 일란성쌍둥이이자, 언니가 아니라 동생이에요. 그러니까 제가 지금까지 진술한 이야기는 모두 진실이지만, 당신이 제 이야기를 끝까지 들을 수 있도록 하려고, 동생인 제 이야기를 언니의 생각과 언어로 이어갔던 것이지요. 그러니까 고등학교 때 그림을 그렸던 건 언니가 아니라 동생이었지요. 라이브카페에서 언니의 노래를 듣는 순간, 저의 운명도 결정된 것이지요. 그래서 〈피그말리온 성형외과〉를 찾아가자고 제안한 것도 저였고, 거울의 방에서 네 번의 수술을 받은 것도 언니가 아니었지요. 지하 재즈클럽의 객석에 앉아 울던 청맹과니는 제가 맞아요. 언니는 이악한[106] 피그말리온 성형외과 원장이 저희 자매 중 한 명을 없애려 한다는 사실을 알고 있었어요. 그리고 하나가 없어지면 다른 하나도 사라지게 되어 있다는 사실이 두려웠죠. 그래서 원장을 찾아와 인질을 구하기 위해 여러 차례 협상을 시도했던 것이고, 살인 직전의 상황까지 내몰린 적도 있었죠. 하지만 언니는 결코 그를 죽이지 않았고, 미필적 고의도 없었어요. 그리고 정당방위는 법도 허락하는 게 아닌가요? 단지 언니는 아래에 〈피그말리온 성형외과〉라고 적힌 거울 하나를 깨뜨렸을 뿐이죠. 저흰 백설공주

---

106 이악하다: 이익을 위하여 지나치게 아득바득하는 태도가 있다.

의 계모에게 덤터기 씌운 모든 죄와 벌은 오로지 거울 속 말하는 정령에게로 돌려져야 한다는 데 동의해요. 피그말리온 성형외과의 원장이야말로 거울 속 이미지를 조작함으로써 모든 인간들의 정체성을 조작할 수 있다고 믿는, 거울 속 말하는 정령 같은 존재였죠. 피그말리온 효과는 신들의 주사위 놀이를 조롱하고 인간의 탐욕을 정당화하려는 흑마술에 불과해요. 죽어서 거울 뒤에 박제된 망령이 자신을 살아 있다고 믿게 하기 위해서 저를 암흑 속에 영원히 봉인시켰던 거예요. 하지만 그는 실패했고 저는 다시 일란성쌍둥이의 동생이자 언니로 돌아왔어요. 부모님이 너무 일찍 돌아가신 까닭에 제 가계에 대해 거의 아는 것은 없지만, 저보다 나이 어린 언니나 나이 많은 동생이 더 있었던 것 같기도 해요. 원래는 세쌍둥이나 네쌍둥이였는데 둘은 태어나지 못했거나, 또는 태어나자마자 헤어졌을 수도 있지요. 거울을 보다가 그들을 여러 차례 발견해냈죠. 어떤 정신과 의사의 설명대로라면 저는 시간을 거슬러 유아기로 돌아왔는지도 몰라요. 모든 이들이 저 하나 속으로 몰려드는 느낌, 어떻게 설명하면 좋을까? 그들의 삶을 동시에 살다 보면 불멸하게 되리라는 기대도 갖게 되었어요. 왜냐하면 한 편의 삶을 소진시키는 시행착오와 회한과 기대는, 적어도 두 편의 삶을 동시에 살면서 억제되고 만회될 것이기 때문이죠. 그런 삶은 뫼비우스 띠를 영원히 순환하게 되겠죠. 그걸 가역적인 삶이라고 부르는 건 어떨까요? 그래서 제 삶에서 피그말리온 성형외과 원장의 죽음은 결코 일어나지 않았어요. 그리고 실제로 그는 현실 속의 인물이 아니에요. 보세요, 그의 죽음과 더불어 사라진 게 거울 하나를 제외하고 또 있나요? 비록 팔뚝에 문신을 새긴 젊은이가 살인 용의자로 조사받고 있지만, 검찰은 거울의 방 밖에서는 결코 붉은 인간의 시체를 찾을 수 없을 것이고, 살인죄는 영원히 성립되지 않을 겁니다. 그러니 절 어서 이 방에서 나가게 해주세요. 그 전에 우선 저 음악부터 꺼주시면 안 될까요? 세상에, 이런 순간에도 마이클 잭슨의 노래라니. 회색 인간을 살해한 주치의에게 유죄 판결이 내려지면서 스모그처럼 그를 둘러싸고 있던 소문들은 완전히 걷혔고 그의 미완성 앨범이 불티나게 팔리고 있다는 뉴스를 들었어요. 하지만 인간의 유일한 피부색은 회색이 아니라 붉은색이에요. 아시겠어요? 그렇다고 설마 절 몇 개의 고깃덩어리로 잘라서 프랜시스 베이컨에게 팔아넘기려는 건 아니겠죠? 전 당신이 지독한 여성혐오주의자이자 인종차별주의자라는 걸 잘 알아요. 하지만 당신이 신문기자인 이상 진실을 톡탁치지[107] 않을 것이라고 믿어요. 왜냐하면 당신 같은 기자들에게 푼돈으로 바꾸지 못할 진실이란 단 하나도 없기 때문이죠.

> "내가 들려준 이 두 가지 이야기들은 똑같은 하나의 이야기일는지도 모른다.
> 왜냐하면 신에게 있어 동전의 양면이란 동일한 것이기 때문이다."
>
> ──보르헤스, 「전사와 포로에 관한 이야기」에서

---

107 톡탁치다: 옳고 그름을 가리지 아니하고 모두 쓸어 없애다.

암스테르담 가라지세일 두번째

1. 식사

첫번째 가라지세일의 실패에서 큰 교훈을 얻은 Y는 두번째 가라지세일을 앞둔 금요일 저녁, 퇴근길에 마트에 들러 인도네시아 음식들을 샀다. 하지만 그것들은 토요일 아침 8시가 넘어서야 겨우 일어난 G의 식욕을 자극하기엔 너무 기름지고 이국적이었다. 냉장고 속의 신선한 우유와 바삭한 시리얼로 아침 식사를 해결한 G가 자신이 사용한 그릇들을 씻으려 하자 Y는 급히 막아서며, 중요한 날에는 행운이 집 밖으로 나가지 않도록 청소나 설거지를 하지 않는 인도네시아의 전통에 대해 알려주었다.

"그럼 이것들은 팔지 않겠다는 거야?"

G는 Y를 쏘아보았다.

"이런 상태의 것들도 필요한 사람이 있겠지. 자신의 예상보다도 훨씬 싼 가격일 테니까."

그렇게 대답하고 Y는 삼발 소스가 뿌려진 나시고렝을 꾸역꾸역 삼키면서 G의 몫이었던 바미를 슬그머니 휴지통에 던져 넣었다. G는 찻잔 속으로 점점 퍼져가는 실론 섬의 석양에 정신이 팔려 있어서 Y의 마지막 호의가 몰이해 속으로 비참하게 처박히는 걸 알아차리지 못했다. 붉은빛이 탁해지고 해무 같은 향기가 걷힌 다음에야 겨우 한 모금을 들이키더니 G는 찻잔을 식탁 위에 내려놓았다.

"물론 홍차가 절반만 채워져 있는 찻잔을 선호하는 손님도 있겠지?"

G는 커피포트 속에다 1밀리리터의 연민조차 남겨두지 않았으므로 Y는 하는 수 없이 G가 남긴 홍차에다 인스턴트커피를 섞어 마셔야 했는데, 그 기괴한 맛만큼이나 그들의 추억과 잘 어울리는 것도 없는 것 같았다.

첫번째 가라지세일을 시작하던 날 아침에 Y와 G는 평소와 다름없이, 땅콩버터에 치즈와 초콜릿 가루가 뿌려진 브로트져를 인스턴트커피와 함께 먹었다. 평소와 조금 다른 점이라면 식사의 단계를 엄격하게 구분하고 각 단계마다 시작과 끝을 알리는 의식을 간단하게 치렀다는 것이다. 사용한 그릇들을 정성스레 씻고 마른 수건으로 윤기 나게 닦은 다음, 일일이 가격표를 붙여 찬장 위에 올려놓았다. 하지만 Y가 비바람을 뚫고 동네 어귀의 식당에서 사 온 팬케이크와 크로켓을 신문지 위에 늘어놓고 늦은 점심을 시작하려 했을 때, G는 울컥해져서 결국 찬장에 올려놓은 그 릇들의 가격표를 떼어내고 그 속에다 음식들을 담았다.

"이건 팔지 말고 서로 공평하게 나누어 갖기로 해. 남루한 추억 이지만 적어도 이 정도의 가치는 있지 않겠어?"

Y는 팬케이크 위에 버터를 바르고 메이플 시럽을 뿌리다가 G의 눈 속에서 일렁이는 슬픔을 잠시 들여다볼 수 있었다.

가라지 앞에 늘어놓은 세간을 도둑들에게서 지켜내기 위해서 라도 두번째 가라지세일의 점심 식사는 Y와 G가 번갈아 가며 혼 자서 해결해야 했다. 불콰해진 낯빛에서 Y는 맥주를 마셨고, 소매 에 묻은 케첩 자국에서 G가 감자칩을 먹었다는 사실을 서로 짐작 할 수 있었다. 두번째 가라지세일의 성공에 필요한 노동력과 사고 력을 유지하되 감상 따윈 전혀 자극하지 않는 음식들을 찾아내려 고 메뉴판을 자세히 훑어보았지만 끝내 적당한 위안거리를 발견 해내지 못한 채, 한때 자신들이 가축처럼 부리던 세간 앞으로 허 기를 몰고 돌아와야 했다. 그러고는 가능한 한 적게 움직이고, 적 게 생각하면서 저녁 식사 시간이 되기를 경건하게 기다렸다.

청빈한 칼뱅의 혁명 이후 식도락을 거세당한 네덜란드인들에 게 남아 있는 전통 음식이라곤 청어절임이 전부였기 때문에, 갖 가지 사연으로 자신들의 집에 방문한 손님들을 Y와 G는 매번 실 망시키지 않을 수 없었다. 마트나 식당에서 구입한 음식들 위에 화려한 장식을 덧붙이는 것만으로는 환대의 격식을 완성할 수 없었다. 그래서 G는 매주 수요일 저녁마다 시청 강당에서 열리는 세계 요리 강습교실에 등록해서 프랑스와 독일과 모로코와 인도네시아 음식들의 조리법을 배워야 했다. 나중엔 Y도 참여하였으나, 강사로부터 더 많은 재능을 인정받은 G에게 주방장의 권위를 양보하는 것은 지극히 논리적인 결정이었다. 첫번째 가라지세일을 앞둔 금요일, G는 회사에 휴가를 내면서까지 마지막 만찬을 준비하였다. 그 저녁 식사가 지니는 비장한 의미를 끊임없이 상기하지 않았더라면 Y는 식탁 위에 차려진 프랑스 음식들의 허위를 견뎌내지 못하고 기어이 토악질을 해댔을지도 모른다. 다행히 프랑스산 와인이 Y를 칼뱅의 저주에서 잠시나마 해방시켜주었다.

두번째 가라지세일을 마치고 탈진 직전에 내몰린 Y와 G는 동네 어귀의 식당으로 달려가 그 밤에 준비할 수 있는 모든 음식들을 주문하였다. 그래서 Y의 양팔 사이에는 으깬 감자와 소시지와 양배추와 스테이크와 맥주가 채워졌고, G는 콜라를 마셔가면서 시저샐러드와 에르텐 수프와 팬케이크와 후츠포트를 차례대로 먹어치웠다. 그들은 마치 밀항선을 타고 그날 밤 암스테르담에 도착한 사람들처럼 잔뜩 긴장한 채 대화도 없이 게걸스레 음식을 삼켰기 때문에 옆자리 손님들과 종업원의 의심 어린 시선을 번갈아 받았다. Y가 맥주 한 병을 더 주문할 때 G는 감자커틀릿 두 개를 주문하였는데, 그들은 자신들의 식탁 위에 더 이상 먹어 치울 음식이 남아 있지 않는 순간 영원히 작별해야 한다는 사실을 잘 알고 있었기 때문에, 상대가 근사한 작별 인사를 준비할 수 있도록 시간을 벌어주려는 목적도 있었다. 하지만 그들이 둘 중 누가 유다에 더 가까운지 가늠하지 못한 채 계산대 앞에서 키스 대신 포옹을 나눌 때까지도 맥주와 감자커틀릿을 들고 종업원이 나타나지 않았기 때문에, 아까운 돈을 허투루 썼다는 생각이 그들의 작별을 더욱 비참하게 만들었다.

첫번째 가라지세일의 실패를 인정하면서 Y는 맥주 두 병을 연거푸 비웠고, G는 피자 한 판이 놓여 있던 접시를 깨끗이 비웠다. 임신 중이 아니었다면 G 역시 맥주를 마셨을 것이다. 허기가 사라지고 취기가 돌 때까지 그들은 침묵 속에서 자신들의 불운을 곱씹었다. 하지만 식당 안에 그들만 남게 되자 증오의 격정과 회한의 무력감은 순식간에 휘발하였고, 함께 집으로 돌아갈 수 있는 사람이 있다는 사실에 감격하게 되었다. 그러자 Y는 G가 매주 일요일 저녁으로 만들어주던 감자커틀릿의 맛은 훌륭했지만 자신의 접시 위에 고작 두 개밖에 놓아주지 않아서 늘 아쉬웠다고 고백했다. G는 매번 다섯 개를 만들 수 있는 분량만큼의 반죽을 준비했지만 기름에 튀기는 도중에 하나 정도를 망쳤기 때문에 Y의 접시에 더 놓아줄 수 없었다고 대답하였다. 실패가 인간을 위무하는 시간이 한참 동안 이어졌다.

두번째 가라지세일을 끝내고 Y와 G는 각자의 모텔로 돌아가면서, 조만간 암스테르담 시내의 일본 식당에서 만나 저녁 식사를 하자고 거듭 약속하였으나, 그 약속에는 그 밤의 피로를 견뎌내는 데 필요한 최소한의 죄책감조차 녹아 있지 않다는 사실을 적어도 둘 중 한 명은 감지했다. 모텔 방에 들어서자마자 Y는 초콜릿바를 두 개나 먹었고, G는 삼키지는 않고 입에 머금었다가 뱉어내는 방식으로 맥주 캔 하나를 비웠다.

2. 가격

첫번째 가라지세일에서 얻은 교훈에는, 자신들이 팔려는 상품의 가격에 결코 추억의 가치까지 반영해서는 안 될 뿐만 아니라 물가 상승률이나 희소성을 앞세워서는 손님들의 소매를 결코 붙들 수 없다는 사실도 포함되었다. 중고품의 가격은 폐기 처분할 경우 예상되는 손해부터 감안하여 결정되어야 하며, 상식보다 훨씬 더 높은 감가상각비가 적용되어야 한다. 첫인상을 통해 손님들의 머릿속에 번개처럼 주입된 감정가를 알아내는 게 흥정의 시작이자 끝이다. 그리고 나서 그 가격에다 일단 50퍼센트의 이익을 붙이되 거래 성사 직전에 20퍼센트 수준까지 양보하는 지혜가 필요하다. 그러면 누구도 이익을 얻을 수 있을 뿐만 아니라, 그

상품 속에 봉인되어 있는 추억의 가치까지도 한동안 고스란히 보존할 수 있게 되는 것이다.

그래서 두번째 가라지세일에 전시된 세간에는 가격표가 일체 붙어 있지 않았다. 그렇다고 Y와 G가 그것들의 가격에 대해 미리 검토하지 않은 것은 아니다. 그들은 그저 그것들을 구입할 때의 최초 가격과 그것을 팔아넘길 수 있는 최저 가격을 일일이 확인하고 암기하였다. 그리고 그 가격들 사이에서 최대한의 상술을 발휘하되, 실제 판매 가격과 최저 가격 사이의 차액을 판매한 사람에게 주기로 합의하였다. 손님들의 흥미를 끌지 못하거나 흥정에 실패하여 가라지에 남겨질 세간은 중고품 가게에 넘길 작정이었다. 가격을 매기지 못할 만큼 자신에게 너무 소중하여 이웃에게 헐값에 넘겨주느니 차라리 제 손으로 없애버리는 게 낫겠다고 여겨지는 물건들만을 골라내어 최저 가격을 상대에게 지불하고 자신의 짐 꾸러미 속에 챙겨 넣을 수도 있었으나, 눈 밝은 손님들은 한 시절의 삶이 온전히 반영되지 않는 세간을 거들떠보지도 않을 것이고 결국 두번째 가라지세일 전체마저 실패할 위험이 있다는 Y의 주장에 G가 공감하여, 그들은 각자가 구입할 수 있는 물건의 수량과 합산 가격을 제한했다.

첫번째 가라지세일을 한 달 앞둔 시점부터 Y와 G는 매일 밤 세간을 목록에 추가하고, 기억을 거슬러 올라가 그것들의 구입 가격을 채워 넣어야 했다. 정보의 홍수로 기억이 유실된 것들은 그것과 가장 비슷한 상품의 현재 가격을 인터넷으로 확인하고 물가 상승률과 환율 등을 고려하여 최초의 가격을 추정했다. 그렇게 해서 완성된 가격들에 Y는 감가상각비 등을 일괄적으로 적용하여 현재의 적정 판매 가격을 산출해내었다. G는 그들이 동거를 시작하기 전부터 각자가 소유하고 있던 것들은 판매 목록에서 제외시켜 원래의 소유자에게 돌려주어야 한다고 주장하였으나, 이력과 목적을 Y와 G가 서로 다르게 기억하고 있는 물건들이 많은 데다가 선별 과정에 쏟아부어야 할 시간과 노력이 아깝게 여겨졌기 때문에, 게다가 최초의 소유자와 현재의 관리자가 서로 다른 것들이 끝없이 일으킬 논쟁의 피로감까지 고려하여, 판매 수입을 정확히 절반씩 나눈다는 원칙 아래 결국 동거 전후의 소유자를 구별하지 않기로 결정하였다. 이 결정은 동거 전에 이미 현재의 세간 대부분을 소유하고 있었던 Y와, 동거 이후 그것들을 거의 혼자서 관리해온 G를 모두 만족시켰다. 각자의 방에서 시작하여 부엌이나 거실, 화장실처럼 공동 주거 공간으로 이어진 실물 조사에만 2주일 남짓 소요되었다. 그리고 각자가 완성한 목록들을 교환한 뒤 목록에서 누락되거나 가격이 잘못 기입된 세간은 없는지 확인하느라 또다시 1주일의 시간이 필요했다. 마침내 완성된 판매 목록에 따라 모든 세간에 가격표를 붙이는 일마저도 녹록치 않았다. 식기와 세면도구를 제외하고, 첫번째 가라지세일이 열리는 아침까지 그것들의 사용은 일체 금지되었다.

두번째 가라지세일에 앞서 Y와 G는 일요일 아침마다 집 근처의 공용 주차장에서 열리는 벼룩시장에 들러 중고품들의 가격 추세를 확인하고 상인들의 흥정 기술을 배워야만 했다. 특히 유태인이나 무슬림 출신의 상인들과는 일부러 흥정을 걸어보았는데, 그들에게는 손님의 의도뿐만 아니라 그의 머릿속에 번개처럼 주입된 감정가까지 정확히 알아내는 능력을 지니고 있어서, 충분한 이익을 확보한 뒤에도, 만약 불필요한 흥정으로 자신의 심기를 건드릴 경우 언제든지 좌판을 거둬들일 수 있다는 듯 단호한 태도를 유지하면서 손님의 결정을 재촉했다. 그래서 Y와 G는 은도금 촛대 하나를 시중의 가격보다 두 배나 비싸게 구입하고도 마케팅 수업료치곤 비교적 적은 돈을 지불했다고 자위했다. 촛대는 단 한 번도 사용되지 않은 채, 구입할 당시의 가격으로 두번째 가라지세일의 판매 목록에 포함되었다.

첫번째 가라지세일에서 Y와 G에게 흥정을 걸어온 손님들은 하나같이 상품들의 가격이 터무니없이 비싸다고 투덜댔다. Y는 최대한의 예의를 지키면서 자신이 보관하고 있던 영수증들과 인터넷 쇼핑몰의 가격을 보여주었지만 손님들의 흥미를 더 이상 자극할 수 없었다. 그러면 G는 덩달아 Y의 탐욕과 융통성 없음을 불평하였고, 그들 사이의 긴장감을 감지한 손님들은 현관에서 쭈뼛대다가 발길을 돌렸다. 하지만 자신의 명품 가방이 터무니없이 낮은 감정가격을 받게 되자 G는, Y에게 했던 자신의 언행에 용서를 구할 목적으로라도 더욱 과장되게 분노하며, 손님 앞에서 가격표를 떼어 찢고 거친 욕설까지 퍼붓고 말았다. 그렇게 첫번째 가라지세일의 마지막 손님이 떠나고 곧이어 저주와도 같은 폭우와 바람이 시작되었던 것이다. Y와 G는 그 밤이 끝날 때까지도 손님들의 감정 방식을 도저히 이해할 수 없었다.

"만약 우리가 부자였다면, 더 쉽게 성공할 수 있었을까?"

자신들이 너무 가난했기 때문에 적은 이익을 탐하다가 결국 가라지세일을 통째로 망쳤다는 반성이 Y의 혼잣말 속에 섞여 있었으나, G는 제대로 알아듣지 못한 게 분명했다. 그래서 이렇게 대꾸했다.

"만약 우리가 부자였다면, 가라지세일 따윈 애초에 궁리조차 하지 않았겠지."

두번째 가라지세일에 찾아온 손님들은 세간 어디에서도 가격표를 찾을 수가 없게 되자 더욱 꼼꼼하게 물건들의 상태를 살폈다. 그 사이 Y와 G는 짐짓 다른 일을 하느라 바쁜 척하면서도 연신 곁눈질로 그들의 행동을 관찰하였다. 구매를 결심한 손님들이 다가와 자신이 선택한 상품의 가격을 물었을 때, Y와 G는 마치 그것이 거기 있었는지도 몰랐으며 여전히 가격이 결정하지 못했으니 고민할 시간을 조금 달라는 듯 한참 동안 머뭇거린 다음, 퉁명스럽게, 하지만 자신은 파산한 게 아니라 단지 이삿짐을 줄이고 새집에 어울리는 물건들을 장만하기 위해 지금 가라지세일을 진행하고 있으므로 만약 자신이 제시한 가격을 받아들이지 않을 경우엔 굳이 판매하지 않겠다는 메시지를 분명히 전달하려고 노력하면서, 가격을 건성으로 말해주고는 자신이 하던 일에 다시 몰두하였다. 제대로 가격을 듣지 못한 손님이 다시 묻기라도 할라치면 귀찮다는 듯이 쏘아보면서, 마지막으로 가격을 말해줄 수는 있지만 주의 깊게 듣지 않고 여전히 자신의 일을 방해한다면 그걸 파는 대신 부숴버리겠다고 엄포를 놓듯, 처음보다 20여 유로 정도 낮은 가격을 말해주었다. 그러면 손님은 주인들이 실수한 것이라고 착각하고, 그들이 자신의 실수를 인지하여 가격을 원래대로 되돌리기 전에 흥정을 마무리하려고 허둥지둥 현금을 내미는 것이었다. 손님이 도둑처럼 도망치듯 사라지면, Y와 G는 각자 지니고 있던 판매 목록에다 동시에 표시하였는데, 한 사람의 작은 실수에서 비롯된 오해와 불화가 작별 이후의 일상마저 훼손하는 것을 미연에 방지하기 위한 형식적 절차에 불과했다.

첫번째 가라지세일이 진행되던 오후, 갑자기 시작된 폭우와 바람을 피해 세간을 다시 집 안으로 들여놓으면서 Y와 G는 사는 데 그렇게 많은 물건들이 정말로 필요한 것인지 확신할 수 없었다. 게다가 가격표들마저 비에 젖어 떨어져 나가자 어떤 것부터 지켜내야 하는지 구분할 수도 없었다. 젖은 몸을 말린 뒤에야 비로소 그들은 자신들이 지닌 세간을 크게 세 가지로 분류할 수 있을 것 같았다. 첫번째, 일상의 내용이 되어 매일 소모되는 것들, 가령 음식이나 비누, 속옷, 텔레비전, 자전거, 휴대전화, 침대 등. 두번째, 일상의 외연이 되는 것들, 가령 스웨터나 책, 오디오 시디, 액자, 커튼, 페이퍼 나이프 같은 것들. 세번째는 일상과 관계없이 모호한 기능과 목적을 지닌 채 그냥 존재하는 것들, 가령 옷장이나 보석, 중국식 찻잔, 손목시계 따위. Y는 일상과 관계없이 존재하는 것들이야말로 현실적 쓸모의 제약을 거의 받지 않기 때문에 하나같이 비싸고, 그래서 더욱 중요한 재산이 될 수 있다는 사실을 깨달았다. 그리고 일상의 안팎을 유지하기 위해 필요한 세간의 최소 가격을 합산해보려고 판매 목록을 이리저리 살펴보았다. 홍차를 마시면서 한참 동안 Y를 지켜보고 있던 G는 네번째 부류의 세간이 가장 비싸고 소중한 것들이라고 말했는데, 그것은 Y나 G가 일생을 바쳐도 결코 가질 수 없는 것들, 가령 카리브 해 주변의 별장이나 호화 요트나 고흐의 그림 등이 거기에 속했으며 그것들을 구매하거나 판매할 때 중요한 것은 가격이 아니라 신분이라는, Y가 전혀 이해할 수 없는 말을 덧붙였다.

두번째 가라지세일을 준비하던 Y와 G는 판매 목록에 기록되지 않은 물건들을 발견하고 또다시 말다툼을 벌였다. 처음엔 상대방의 신의 없음을 비난했으나 나중엔 그것들이 첫번째 가라지세일 이후에 구입되었기 때문에 목록에서 누락되었다는 사실을 확인하고 서먹하게나마 화해하였다. 그래서 Y와 G는 세간을 다시 실사하여 목록을 업데이트하기로 합의하였다. 하지만 퇴근 후 이틀을 꼬박 투자하고도 만족스러운 결과를 얻지 못하자, Y는 자진 신고한 물품들만을 목록에 추가하자고 G에게 제안했다. G는 동의하기에 앞서, 새로 추가된 물품들과 가격을 상대가 알아보지 못하도록 판매 목록의 중간쯤에 끼워 넣고 다시 정렬할 수 있어야만 각자가 양심에 따라 자진 신고를 할 수 있을 것이라고 말했다. 새로운 판매 목록이 완성된 이후부터 두번째 가라지세일이 열리는 날까지는 결코 세간을 늘려서는 안 된다고 Y가 명토를 박자, 생존이 아닌 생활을 위해서 세간의 증식은 불가하기 때문에 신용카드의 사용을 전면 금지시키는 것으로 고가의 상품 구입을 막을 수 있으며 첫번째와 두번째 가라지세일 사이에 구입한 세간은 모조리 폐기하는 것으로 충분하다고 G가 맞섰다.

3. 이웃

두번째 가라지세일을 1주일 앞둔 토요일 오전에 Y와 G는 이웃집을 돌아다니면서 인쇄물을 내밀고 작별 인사를 미리 나누었다. Y가 인도네시아로 파견 근무를 나가게 되어서 급히 세간을 정리하는 것이라고 둘러댔다. 가라지세일보다는 인도네시아에 대해 더 열광한 이웃은 자신이 잠옷 차림이라는 사실도 잊은 채 자신의 지식과 환상을 두서없이 떠들어대면서 Y와 G를 현관 앞에 오랫동안 세워두었다. 그래서 여덟 명의 이웃을 만난 다음부터는 G가 대신 나서서, Y가 실직한 이후로 은행 대출 이자를 갚는 것마저 버거워져서 부득이 세간을 처분하게 되었다고 설명했다. 호기심보다는 동정심이 두번째 가라지세일을 성공시키리라고 생각했던 것이다. 하지만 아홉번째의 이웃부터는 Y와 G를 자신의 이웃으로 간주하지 않았기 때문에 불쾌한 표정으로 하나같이 팔짱을 앞으로 낀 채 토요일 오전의 휴식을 방해할 수 있는 권리는 신에게조차 없다는 사실을 강조하였다. 그래서 Y와 G는 초인종을 누르지 않고 그저 우편함 속에 인쇄물을 끼워 넣고 급히 자리를 옮기는 방식으로 스무 세대의 이웃에게 가라지세일을 알려야 했다. 덕분에 예상보다 일찍 귀가할 수 있었으나 또다시 가라지세일에서 실패할지도 모른다는 불안감이 그들을 더욱 무기력하게 만들었다.

첫번째 가라지세일을 1주일쯤 앞둔 토요일 오후, 초인종이 울렸다. 문밖에 선 경찰은 이웃의 신고를 받고 찾아왔다고 말했지만 신고자가 누구인지는 끝내 밝히지 않았다.

"네덜란드 정부는 더 이상 커튼의 길이나 계단의 숫자에 따라 세금을 부과하지는 않지요. 하지만 어떤 이유로 당신들이 갑자기 창문마다 커튼을 치게 되었는지는 알아야 할 의무가 제게 있습니다. 왜냐하면 자신들 스스로는 결코 해결하지 못하여 이웃의 안전을 침해한 사건들이 너무 자주 일어나고 있으니까요. 제가 예고도 없이 불쑥 찾아온 만큼, 당신들이 상의할 수 있는 만큼의 시간은 드리겠습니다. 문 앞에 서 있을 테니 준비되면 말씀해주시죠."

물론 이렇게 친절하고 장황하게 말할 수 있는 경찰은 세상에 거의 존재하지 않는다. 오히려 그들은 짧고 단순한 문장을 사용할수록 시민들에게 존경과 협조를 받을 수 있다고 확신한다. 더욱이 자신을 칼뱅의 충실한 사제로 간주하여 시민들의 고해성사를 강요하는 자들도 많다. 그래서 현관문이 열리자마자 경찰은 다짜고짜 이렇게 물었다.

"뭐가 문제죠? 저 커튼에 대해 설명해보실까요? 오직 용기만이 진실과 용서를 함께 보장해준다는 사실을 기억하십시오."

Y와 G는 자신들이 동거를 끝내고 있다는 사실을 굳이 경찰이나 칼뱅에게도 알릴 이유가 없었다. 그래서 Y는 이렇게 대답했다.

"최근 아내가 임신을 해서 안정이 절대적으로 필요했습니다. 리베라 메."

두번째 가라지세일이 진행되는 도중에 Y와 G는 자신들을 경찰에 신고한 자가 앞집의 노파라는 사실을 알게 되었다. G는 그 노파를 전혀 알지 못했고, Y는 출퇴근길에 마트 앞에서 두어 번 마주치고 가볍게 눈인사를 나눈 게 전부였다. 하지만 그들의 집 안으로 들어온 노파는 자신이 구매하길 원하는 것들이 어디에 보관되어 있으며 언제 어떤 이유로 훼손되었고, 어떻게 수리되었는지까지 정확히 알고 있었다. Y가 노파의 기억을 일부러 부정하며 거짓 정보들을 섞자 노파는 난감한 표정을 지어 보이면서 이렇게 중얼거렸다.

"커튼 뒤에서 많은 일이 벌어졌군."

노파의 혼잣말을 먼저 알아들은 G의 투명한 얼굴이 검붉어지는 것으로 Y는 상황을 대충 짐작할 수 있었다. 그래서 그들은 자신들의 집에서 노파를 내쫓기 위해 그녀의 손이 닿는 세간마다 터무니없이 높은 가격들을 붙였고, 노파는 그들의 이성을 잠들게 만든 각다귀를 흩어놓기 위해 연신 손으로 허공을 휘저으면서 가격을 거듭 확인하였다. 그러더니 결국 패배자의 뒷모습으로 현관을 나서다가 이번엔 Y와 G에게 모두 들리도록 중얼거렸다.

"커튼을 매다는 순간 악마가 태어난다는 속담이 하나도 틀리지 않다니까."

토요일 아침, Y와 G의 가라지 앞에서 방황하던 두 명의 네덜란드인들에 의해 첫번째 가라지세일이 이웃에게 알려졌다. 하지만 폭우와 바람이 시작되기 이전에 그곳으로 찾아온 손님들은 고작 대여섯 명에 지나지 않았다. 나중에 밝혀진 사실이지만, 마수걸이조차 시작하지 못해 초조해진 주인들이 결국 항복의 의미로 파격적인 할인을 시작할 때까지 개별적 방문을 엄격히 금지하되, 우연히 그곳을 지나가게 된 행인들에게 행운이 모조리 찾아가지 않도록 이웃들은 순번을 정하여 한 시간마다 정찰을 하기로 은밀하게 담합했던 것이다. 하지만 그들의 예상과는 달리 첫번째 가라지세일은 너무 일찍, 그리고 너무 갑작스럽게 마무리되고 말았다. 토요일 저녁 동네 어귀의 식당에 삼삼오오 모여 자신들이 눈독 들이고 있던 물건을 두고 가벼운 말다툼까지 벌이던 그들은 Y와 G의 출현에 놀라 일제히 흩어졌다.

Y와 G가 이웃에게 나누어준 인쇄물 앞면에는 두번째 가라지세일이 진행되는 시간——토요일 아침 10시부터 오후 7시까지——과 장소만이 기록되어 있었다. 그리고 Y는 뒷면에, 가라지세일이 끝난 뒤에도 집 안에 남은 세간은 무게를 달아 중고품 가게에 넘길 예정이라는 문구를 적어 넣었는데, 이 사족이 두번째 가라지세일을 성공시킨 게 분명하다. Y와 G는 터무니없이 낮은 가격으로 흥정을 시작하는 이웃에게 화를 내지 않는 대신, 마치 유령을 대하듯 철저히 외면했다. 그러한 대응은 모호한 담합을 가장 먼저 깨는 자만이 가장 많은 이득을 얻게 될 것이라고 이웃들을 부추겼다. 결국 Y와 G의 이웃에 속하지 않은 여자가 갑자기 가라지 앞에 자동차를 세우고 G가 아끼던 우산을 구입한 뒤로 이웃의 연대는 허무하게 깨어지고 말았다. Y와 G는 첫번째 가라지세일의 실패로 떠안게 된 금전적 손해까지 만회할 작정이었다. 그리하여 어떤 물건들은 최초의 구입 가격보다도 더 비싸게 팔 수 있었을 뿐만 아니라 훗날 원래의 주인들이 요구할 경우 그것들을 되판다는 조건까지 덧붙였다. 그 물건들이 모두 자신에게 간절하지는

않았지만 이웃에게 결코 빼앗기고 싶지도 않았기 때문에 손님들은 감정가격보다도 훨씬 많은 돈을 지불하고도 기뻐했다. 실제로 어떤 물건들은 경매 방식으로 팔렸는데, 적대적인 경쟁심에 놀라 Y가 가격의 상한치를 정해주지 않았더라면 두번째 가라지세일이 끝난 뒤에 이웃들은 즉시 두 부류로 나뉘어 30년 전쟁을 또다시 준비해야 했을 것이다. 가라지세일은 누구에게나 언제든지 일어날 수 있는 사건이므로 이웃의 불행이 가져다준 행복 앞에서 최소한 1분 동안이라도 겸양의 태도를 보여주는 게 시민의 의무라고 G는 생각했다.

비록 첫번째 가라지세일은 실패했지만 Y와 G는 자신들이 이 집으로 처음 이사 왔을 때 일손을 거들어주었던 옆집 청년에게만큼은 직접 만나 몌별袂別의 선물을 전달해주고 싶었다. 그래서 가장 적당한 물건을 골라 가격표를 떼어내고 포장을 했다. 하지만 이삿짐을 나르던 청년의 관심을 끌었던 물건이 G의 손목시계였다고 Y는 말했고, G는 Y의 속옷이었다고 기억했다. 손목시계와 속옷의 가격 차이가 너무 컸으므로 결국 Y는 자신이 아끼던 미니스커트까지 추가해야 했다. 초인종 소리를 듣고 현관에 나타난 그 청년의 아버지는, 아들이 자랑스러운 유대인의 전통에 따라 이스라엘 군대에 자원입대하여 복무하고 있다고 짧게 대답하더니 매몰차게 현관문을 닫았다. 선물을 뒷짐에 숨긴 채 집으로 돌아온 Y와 G는, 남자뿐만 아니라 여자에게도 국방의 의무를 동

일하게 부여하는 이스라엘의 헌법이 그 청년의 갱생을 방해할 것
같아 걱정되었다.

4. 아이

　두번째 가라지세일을 마치고 식당에서 마주 앉았을 때 Y와
G가 나누어 가지지 않은 재산이라고는 G의 배 속에서 자라고 있
는 아이뿐이었다. 하지만 그것으로 G가 Y보다 훨씬 나은 미래를
보장받았다고 간주할 수는 없었다. 왜냐하면 아이를 맡아 키우는
쪽이 그렇지 않은 쪽보다 더 많은 기회비용을 지불해야 하기 때
문이었다. 양육을 통해 겪게 될 수많은 시행착오와 자기연민을
극복할 방법이라곤 오직 인내와 망각뿐이라는 사실을 그들은 이
미 이해할 나이가 되었던 것이다. 그래도 G는 결코 Y의 동정이나
배려를 요구하지 않았다. Y도 그걸 매우 고맙게 여기고 있어서,
비록 아이가 성년이 될 때까지 주위에 머물면서 돌봐줄 수는 없
겠지만, G가 출산을 하게 되면 축하 선물을 보내주고 이따금 저
녁 식사에 함께 초대하겠노라고 약속했다.

　거의 매일 아침마다 비가 쏟아지는 계절에 접어들었음에도 불
구하고 첫번째 가라지세일을 강행했던 까닭은 임신 5개월로 접
어든 G의 초조함을 덜어주기 위해서였다. G는 임신 테스터를 이

용하여 임신 사실을 확인한 순간부터 자신이 아이의 미래를 위해 어떤 것을 할 수 있고 어떤 것들을 할 수 없는지를 고민한 끝에, Y와의 이별을 가장 먼저 결정했다. 아이가 태어나기 전에 새로운 양아버지를 찾아주고 넓은 집으로 이사를 하고 육아에 필요한 물건들을 준비하려면 끈적거리는 죄책감 따위에서 허우적거리느라 시간을 낭비해선 안 되었다. 그리고 혼자서 짐을 꾸릴 수 있을 때 가라지세일을 끝내고 싶었다. Y는 가라지세일 당일의 날씨가 몹시 걱정되었지만 G의 제안을 거절할 수 없었다. 자신에겐 부모가 될 수 있을 만큼의 애정과 윤리 의식이 결핍되어 있다는 사실을 Y는 잘 알고 있었다. 게다가 히피 출신의 부모에게서 입은 상처들에선 여전히 인광이 뿜어져 나오고 있었으므로 Y는 조금도 불평하지 않고 G의 계획을 충실히 따랐다. 하지만 동일한 유전자만으로는 더 이상 가족을 규정하고 유지할 수 없는 시대가 되었는데도 여전히 아이가 자신의 삶을 구원해줄 것이라고 믿는 G가 가끔은 측은해지기도 하였다.

두번째 가라지세일이 열리던 토요일 오후에 한 남자가 찾아왔다. G는 그 남자와 팔짱을 낀 채 Y에게 다가와 인사를 시켜주었다. 가라지세일이 끝날 무렵에 Y의 기억 속엔 그 남자의 이름이나 얼굴은 사라지고 나이와 직업만 남았다. 그런 나이와 직업은 아이를 낳는 일보다 기르는 일에 더 적합할 것 같았다. Y는 자신이 지니지 못한 장점을 그 남자에게서 찾아내기 위해 유심히 관찰했다. 하지만 행동이 굼뜨고 말이 어눌했을 뿐만 아니라 취미라곤 가구 조립이 전부인 그가 결코 임신 전의 G를 매혹할 수 없었으리라 확신했다. 벌써부터 아이가 G의 일상을 제한하기 시작한 것이다. 이를 보상받으려는 듯이 G는 자신이 결코 포기할 수 없는 물건 몇 개를 그 남자에게 안기며 계산하도록 요구했다. 그 남자는 가격에 반영된 추억의 가치 따윈 묻지 않고, 가격을 깎으려고 흥정하지 않았으며, 거스름돈을 챙기지도 않았다. 가격표가 붙어 있는 한 그는 말을 아낄 수 있는 사람이 분명했다. 그 정도의 조건이라면 설령 G가 그 남자와 훗날 헤어진다고 해도 세번째 가라지세일을 기획해야 할 만큼 궁상을 떨 필요는 없을 것 같아 Y는 안심했다.

G는 그 남자를 첫번째 가라지세일이 끝난 직후에 만났다. 그러니까 그들은 고작 한 달 동안의 연애 끝에 결혼을 결심하였던 것이고 그 남자는 G의 임신과 무관했다. 하지만 두번째 가라지세일 직전까지도 그 사실을 알지 못했던 Y는 첫번째 가라지세일이 진행되는 동안 G의 새로운 애인, 또는 정자 공여자가 나타나기를 기다렸으나, 첫번째 가라지세일이 갑자기 중단될 때까지 찾아온 대여섯 명의 손님들 중에서 Y에게 낯선 자는 단 한 명도 없었다. 그래서 비록 생명과 자유 이외에 금기라고는 전혀 존재하지 않는 나라의 시민임에도 불구하고 Y는 세 가지 개연성을 상상하지 않을 수 없었다. 첫번째, G가 커밍아웃을 포기하고 전통적인 가족

제도로 회귀하는 중일 수도 있다. 두번째, G가 자신과 동거하는 동안에 이웃 남자의 침대 속으로 가끔씩 드나들었을 수도 있다. 세번째, 자신의 아이를 성인이 될 때까지 지속적으로 양육하려면 한 사람의 능력과 희생만으로는 부족하다고 판단하여 G가 일처다부제를 선택했을 수도 있다. 하지만 자칫 불편한 심기를 건드렸다가는 G의 울대로부터 쏟아져 나올 악어 떼를 감당해낼 자신이 없어서 Y는 차마 입을 열지 못했다. G를 위로하려면 그녀가 견뎌내야 할 몫만큼의 슬픔을 모른 척하는 게 최선이었다.

침대 위에 나란히 누워 두번째 가라지세일에 판매할 세간 목록을 점검하면서 Y와 G는, 살인적인 집세 때문에 자신의 일상보다 늘 좁은 집을 선택해야 하는 암스테르담에서 아이가 자라날 공간을 확보해주기 위해서라도 부모는 세간에 대한 소유욕을 크게 줄이지 않으면 안 된다는 사실에 공감하였다. 그러면서 Y는 자신들의 소유물 중에서 아이에게 해로운 것들이 무엇인지 골라낸 반면, G는 아이에게 유리한 것들부터 챙겼는데—그러니까 Y는 인간이 선하게 태어난다고 믿지만 G는 악하게 태어난다고 믿는다—몇 가지 물건을 두고 그들은 매서운 설전을 벌이기도 하였다. 가령 Y는 성경책이 아이에게 지나친 선민사상과 천국에 대한 환상을 주입시켜 현실감각을 마비시킬 거라고 비난하였으나, G는 인간에 대한 겸손함과 이웃에 대한 소속감을 배우는 데 그것보다 더 나은 교재는 없다고 반박하였다. 소파를 두고도 그것이 가족들을 한곳으로 불러 모아 가족애를 강화시킬 수 있다는 G의 상찬에 맞서, 그것과 어울릴 법한 가구들의 부재를 끊임없이 상기시켜 구매 충동을 자극할 위험이 있으므로 아이의 출산과 함께 책상으로 대체되어야 한다고 Y는 주장했다.

비록 G에게 아이를 잉태시킨 남자가 전적으로 G의 사생활에 속해 있다 해도, 첫번째 가라지세일의 실패는 Y의 사생활에도 큰 영향을 미쳤으므로, 그 남자의 정체를 알아낼 수만 있다면 Y는 내일이라도 그를 찾아가 멱살을 잡고 바닥에 내동댕이치고 싶은 충동에 사로잡혔다. 하지만 그런 행동을 G가 질투로 오해할까 두려워 Y는 혼자서 분을 삭여야 했다. 상대방의 행동과 생각이 자신에게 미치는 영향까지 덤덤하게 받아들이지 않는다면 그들의 관계는 언제든 끝장날 수 있을 만큼 취약한 것이었다. 그래서 각자의 삶에 충실하기 위해 매 순간 최선의 선택을 하되 일단 결정된 사항들은 전적으로 존중하자는 합의가 동거의 첫번째 조건으로 내걸렸다. 그런 다음에야 G는 Y의 집으로 이사를 왔던 것이다. 그리고 Y 역시 G가 임신 사실과 함께 이별을 통보했을 때 덤덤하게 받아들였다. 어쩌면 그들은 동거 기간 내내 이런 방식의 파국에 대비하여 감정과 근육을 단련시켜왔는지도 모른다. 매일 저녁 퇴근하여 현관문을 열고 집 안으로 들어서면서 그들은 상대에 대한 무력감이야말로 사랑의 본질이라고 혼잣말로 되뇌곤 했기 때문이다. 그들의 동거는 자유롭게 사랑하기 위해서가 아니라 오히려 상처받지 않고 이별하기 위해서 시작된 것이 아니었을까. 그래도 G의 갑작스런 임신이 자신과의 동거 생활의 실패를 의미하는 것인지, Y는 G에게 건성으로라도 한 번쯤은 묻고 싶었다.

애증의 개인사가 충실하게 반영된 세간이 눈앞에서 사라질 때마다 G는 아랫배로부터 더욱 경쾌한 태동을 느꼈고, 그것을 희망의 근거로 해석하였다. 반면 Y는 사라진 것들이 남긴 공간을 여생 동안 결코 채울 수 없을 것 같아 허탈해졌다. 그래서 가구처럼 감흥없이 살아가는 것 이외에 별다른 취미가 없었던 Y는 G의 아이와도 같은 존재가 자신에겐 무엇일까 자문해보았다. 하지만 두 번째 가라지세일의 마지막 손님이 떠날 때까지도 Y에겐 아무런 대답도 찾아들지 않았다. 그래서 당분간 혼자 지내면서 자신의 삶을 이끌어줄 북극성을 찾아보기로 Y는 다짐했다. 만약 그것을 찾아내기도 전에 또다시 해일 같은 외로움에 휩쓸려 어느 여자의 무릎 아래에서 발견된다면, Y는 인광이 뿜어져 나오는 상처부터 가장 먼저 치료할 것이다. 스스로 부모가 되는 것도 효과적인 처방전이겠지. 아이란, 신이 인간들의 세상에 비가역적 시간을 삽입하는 방편이 아닐까. 자신의 무절제한 성적 충동 때문이 아니라 오히려 상대방의 낙관주의 때문에 아이가 태어나는 걸 방지하려고, 정관수술로도 모자라 하루 종일 콘돔을 착용하고 지낸다는 회사 동료가 생각나서, 혼자서 모텔을 찾아가는 시간이 Y는 그리 쓸쓸하진 않았다.

5. 세금

첫번째와 두번째 가라지세일 전후로 Y와 G에게 달라지지 않은 게 있다면 그것은 정부에 납부해야 하는 세금이었다. 납세의 의무야말로 암스테르담 시민들에게 남은 유일한 윤리이자, 적과 자신들을 구분해주는 이데올로기다. 모든 암스테르담 시민들은 일생 동안 세무 공무원들에게 감시당하고 있다고 해도 과언이 아니다. 이곳에서 젊음의 반대말은 세금이며, 사랑의 반대말도 세금이다. 심지어 세수稅收를 늘리기 위해, 젊음을 유지하는 신약을 개발하고 있는 제약 회사에 정부가 막대한 자금을 지원하고 있다는 소문까지 나돌았다. 비록 커튼의 길이나 계단의 숫자에 따라 세금을 부과하던 시대는 지나갔지만——개를 운송 수단으로 여기고 세금을 부과하던 전통만큼은 아직까지 남아 있어서, 제 밥그릇 하나 옮기지 못할 정도로 어린 애완견에게도 세금 고지서가 발부된다——오직 국가의 재력만이 암스테르담 시민들의 인권과 자유를 보호할 수 있다고 믿는 위정자들이 여전히 득세하는 한, 기상천외한 명목의 세금들은 얼마든지 발명될 수 있다. 그러니 정작 유럽식 삶을 향유하려면 연금을 수령할 수 있는 나이까지 늙지 않으면 안 된다. 그런 면에서 Y보다는 열한 살이나 어린 G가 더 불행하지만, 정년 연장 법안이 검토되고 있다는 뉴스가 일순간 Y와 G의 불행을 뒤섞고 같은 무게와 부피로 재분

배하고 말았다.

　가혹한 세금 제도에 학대당하지 않기 위해 Y와 G는 동거를 선
택했지만 그렇다고 결혼의 장점을 이해하지 못하는 건 아니었다.
결혼은 마치 입구는 있으나 출구가 없는 미궁과도 같아서, 안으
로 들어가는 방법은 분명하고 간단한데 반해 그것의 밖으로 나
오려면 배우자와 국가를 모두 적으로 삼고 사회적 죽음까지 각오
한 채 새로운 출구를 스스로 만들지 않으면 안 되기 때문이다. 하
지만 미궁 밖은 또 다른 미궁의 안이라는 사실을 깨닫는 순간, 인
생은 어느새 황혼에 젖어 있고 체념과 망각의 습관에 사지가 붙
들려 앞으로 나가거나 뒤로 물러나지 못한 채 괴뢰처럼 제자리에
서만 흔들릴 따름이다. 미궁은 영원한 감금을 위해 고안된 장치
다. 반면 동거는 입구와 출구가 명확히 구별되는 미로에 비유할
수 있을 텐데, 미혹의 고통이야 미로 속이든 미궁 속이든 다를 바
없겠지만, 미로 안에 갇힌 자들은 출구에 대한 믿음이 확고하여,
언제든 그것을 찾아내기만 한다면 상실감은 완전히 극복되고 인
생의 새로운 시공간이 펼쳐질 것이라고 굳게 믿는다. 그래서 폭
우와 바람이 첫번째 가라지세일을 갑작스레 중지시키기 전까지,
Y와 G는 마치 브레이크 없는 자동차를 타고 빙판 위를 함께 달리
고 있는 자들처럼 자신의 결정에 속수무책 끌려가면서도 덤덤하
게 파국의 결과를 기다릴 수 있었다. 그러는 동안 Y는 변호사 친
구에게 전화를 걸어서 가라지세일로 얻은 이익의 몇 퍼센트를 세

금으로 떼어주어야 하는지 물었다. Y의 의도를 단번에 알아차린 친구는, 동거자와 화해하는 게 가장 확실하게 세금을 줄이는 방법이고, 헤어지더라도 변호사를 고용하지 않고 당사자끼리 합의하는 게 두번째 최선이며, 그렇게 할 수 없다면 실제 수익을 관공서에 자진 신고하지 않는 게 세번째지만, 만약 가라지세일 당일 경찰이나 세무 공무원의 방문을 받게 되더라도 끝까지 자선 행사라고 우기면서 몇 푼의 기부금을 약속하면 그만이라고 지극히 사무적인 말투로 알려주었다.

새로운 동거녀의 낡아빠진 추억을 구입하면서도 가격을 깎으려고 흥정하지 않고, 거스름돈마저 챙기지도 않은 남자가 스위스 시민이라는 사실 또한 G를 매혹시켰다. 유럽의 모든 납세자들에게 스위스는 인간이 세운 천국과도 같아서, 세금을 가장 적게 부과하고도 가장 많은 혜택을 제공한다. 또한 중립국인 데다가 사방이 산과 눈과 관광객으로 채워져 있어서 이웃과의 전쟁을 걱정할 필요도 없었으니, 부모나 자식 모두 자신의 일생을 자작나무의 그것으로 간주하고 여러 단계의 목표를 세워 느긋하게 이뤄갈 수도 있다. 스위스 정부는 기하급수적으로 늘어나고 있는 외국인 영주권 신청자들의 자격 심사와 사후 관리를 더욱 강화하고 있긴 하지만, 이국의 연인과 혼인을 서약한 시민들의 로맨스까지 객관적으로 검증할 방법을 발명해내진 못했다. 그래서 G는 그 늙수그레한 남자가 금치산자로 판명되지 않는 한 아이가 태어나기 전에 결혼식을 올릴 것이다. 스위스 시민들은 자신의 결혼 소식을 지역 신문에 1주일 동안 신고 반응을 살펴 자신들의 결혼이 아무런 비극도 일으키지 않는다는 사실을 확인하고 나서야 비로소 관청에 혼인 신고를 하는 전통이 있기 때문에, 아마도 G는 영주권을 발급받기 전에는 결코 Y에게 자신의 결혼 소식을 알려오지 않을 것이다.

따지고 보면 Y와 G는 네덜란드의 가혹한 세금 정책 덕분에 만났다고도 말할 수 있겠다. 그들은 지난한 일상에서 잠시나마 벗어날 목적으로 수년 전부터 코카인을 탐닉하기 시작했다. 만약 네덜란드 정부가 성매매와 함께 마약 사업을 합법화하면서 엄중한 세금을 부과하고 거래를 투명하게 관리하지 않았더라면, Y와 G는 탐욕스러운 마약상들로부터 몇 그램의 저질 코카인을 구입하기 위해서 한 달에 수백 유로씩 탕진해야 했을 것이고, 현실감을 잃고 회사에서 해고당한 뒤로는 노숙자로 전전하다가 갱단이나 경찰의 총탄에 쓰러졌을 수도 있다. 생명과 자유 이외의 금기라고는 전혀 존재하지 않는 나라의 시민들은 카페의 안락한 소파에 앉아서 피로로 무거워진 육신을 몽롱한 환각으로 정제할 수 있게 되었을 뿐만 아니라, 언제든지 정상적인 일상으로의 복귀를 원한다면 무상으로 의료기관의 도움을 받을 수도 있게 되었다. 담 광장 부근의 카페에서 처음 만나 함께 코카인을 들이키면서 가까워진 Y와 G는 코카인보다는 서로의 이야기와 육체에 점점 더 많은 흥미를 느끼게 되었고, Y의 제안에 따라 G가 짐을 옮겨 왔다. 1년여 동안 함께 지내면서 갱생의 의지를 서로 부추겨준 덕분에 그들은 더 이상 환각 없는 일상을 견뎌낼 수 있게 되었다. 첫번째 가라지세일이 열린 시기로부터 반년 전의 일이었다. 하지만 G가 집에서 홀로 저녁 식사를 하거나 자정을 넘겨 귀가하는 날이 많아지는가 싶더니 결국 아이가 그녀의 빈 곳으로 숨어든 것이다.

하긴 Y도 공허감을 어찌할 수 없을 때마다 G에게는 거짓말을 하고 퇴근길에 카페에서 들러 마리화나 연기를 들이켠 뒤 귀가하곤 하였다. 두번째 가라지세일을 끝낸 뒤에도 가끔씩 번개처럼 찾아올 성욕을 해결하기 위해 Y는 자정 무렵 담 광장 부근의 홍등가를 어슬렁거리게 될는지도 모른다. 격렬한 화학반응이 끝나면 칼뱅의 사생아들은 옷매무새를 고치고 간이영수증을 꼼꼼하게 작성하면서 가끔씩은 높은 소득세율에 항의하는 의미로 화대를 깎아주기도 할 것이다. 그러면 Y는 팁을 쥐여줄 것 것인데, 환희의 절정까지 이끄는 데 남자 손님보다 여자 손님이 더 많은 시간과 노력이 필요하다는 그녀들의 불평에 동의하기 때문이다. 하지만 성욕에서 해방되자마자 수치심과 두려움에 정복된 Y는 손님 이상의 인연을 기대하지 않기 때문에 그녀들이 감사의 선물로 건네는 화장품이나 쿠키를 정중하게 거절할 것이다. 혼자서 만끽할 수 있는 코카인으로의 회귀를 생각해보지 않은 건 아니었지만, G의 격려와 도움 없이는 두 번 다시 그것으로부터 일상의 고삐를 되찾아올 자신이 없었다. 그래서 두번째 가라지세일을 끝내고 모텔 침대 위에 운석처럼 처박히면서 Y는 내일 아침 눈을 떴을 땐 이미 연금을 받을 수 있을 만큼 늙어 있었으면 좋겠다고 생각했다.

6. 연대

첫번째 가라지세일을 계획하기 전까지 Y와 G 역시 여느 커플과 다름없이 서로의 욕망과 감정에 민감하게 반응했다. 늪처럼 눅진한 침대 위에서 벌거벗은 채로 만난 그들은 마치 시간을 주관하는 주술사처럼 서로의 몸을 격렬하게 흔들며 밤을 전진시켰다. 오르가슴에 이르러 정수리에서 용암처럼 쏟아져 내리는 호르몬의 세례가 코카인 금단 증상을 완화시킬 수 있다는 의사의 조언 때문이라도 그들은 성교 없이 하루를 마무리할 수 없었다. 그렇다고 성교를 끝낼 때마다 매번 무중력 상태와도 같은 나른함에 빠져드는 것도 아니었다. 그래서 살갗과 관절이 심하게 닳은 어느 밤에 G가 Y에게 아이를 갖자고 제안하였던 것인데, Y는 대답 대신 등을 돌려 모로 뉘면서 최근 부쩍 떨어진 체력을 보강하기 위해서 유산소 운동을 시작해야겠다고 마음먹었다. 하지만 G의 몸에서 흘러나온 슬픔에 미끄러지면서 Y는 가벼운 멀미 증세를 느꼈다. 가까스로 잠의 입구에 도달하기는 했지만 너무 어둡고 조용해서 차마 안으로 곧장 안으로 들어가지 못하고 한참을 서성거렸는데, 신산한 꿈 때문에 한숨도 자지 못했다는 G의 푸념이 갑자기 생각나, 잠의 밖에 있는 G에게까지 들리도록 크게 웃고 말았다.

첫번째 가라지세일의 실패 이후 Y와 G는 성교를 멈추었지만 그렇다고 각방을 사용한 것도 아니었다. 두번째 가라지세일을 앞둔 전날까지도 그들은 늦처럼 눅진한 침대에서 잠옷 차림으로 만나 이런저런 이야기를 나누었다. 성교의 의무가 사라지자 비로소 밤의 축복을 향유할 여유가 생겨난 것이다. Y가 배 위에 노트북을 올려놓고 메일을 확인하거나 블로그에 글을 올리는 동안 G는 출산과 육아에 관련된 책들을 읽었는데, G의 독서가 미혹의 구덩이에 빠져 버둥거릴 때마다 Y는 인터넷 검색 사이트에서 이정표를 찾아주었다. 그러면 G는 다음 날 저녁 태아와 산모에게 좋은 음식들로 식탁을 차리고 Y의 음식에 후추를 쳐주는 것이었다. Y는 이야기가 멈출 때마다 벽난로 속에 장작을 집어넣었고, 식사를 마친 다음에는 음식물 쓰레기봉투를 집에서 백 미터가량 떨어진 수거함에 버리고 돌아왔다. G는 식기세척기를 사용하지 않은 채 설거지를 하다가 Y의 핀잔을 들었지만 끝까지 제 손으로 식기를 닦고 말리는 일을 고집했다. 헛구역질을 하고 있는 G의 등을 두드려주면서 Y는, 그리고 거위침을 삼키고 있던 G 역시, 마치 자신들이 수십 년간의 불안한 동거 생활을 끝내고 합법적인 부부가 된 것 같은 착각에 빠져들기도 하였다. 기묘한 유대감 때문에 불면에 이르는 밤이 종종 찾아왔다.

프랑스 사람들이 시민연대협약PACS · Pacte Civil de Solidarit이라고 부르는 동거를 시작한 지 얼마 지나지 않아서 Y와 G에게는 각자 애인이 생겼다. Y와 G 중 누구에게 먼저 애인이 생겨났는지는 전혀 중요하지 않다. 그들은 질투심에 사로잡혀 경쟁하듯 연인을 만든 게 결코 아니기 때문에 죄책감 따위는 느끼지 않았다. 그들이 전혀 의도하지 않은 곳에서 또 다른 사랑이 발아하였던 것이고, 정작 그걸 깨달았을 때 싹은 잘라낼 수 없을 만큼 웃자라 있었다. 그래서 Y와 G는 각자의 애인에 대해 서로에게 이야기하며 조언을 구했고, 그 조언이 이끌어낸 결과를 공유하였다. 그러는 사이 밤의 상류까지 흘러간 침대를 아침의 회랑으로 되돌리기 위해서 그들의 성교는 더욱 격렬해지지 않을 수 없었다. 격정이 지나간 자리엔 갈증과 허기 대신 청량감과 포만감이 함께 남았으니, 어쩌면 숨겨진 애인들은 Y와 G의 사랑을 더욱 충일하게 만들고 오늘을 내일로 연결시켜주는 은유에 불과했는지도 모르겠다. 그리고 그들의 애인들 역시 자신들의 비극에 그다지 괘념치 않았다. Y와 G는 공통의 추억과 연관된 장소들을 일부러 피해 데이트를 했기 때문에 동시에 마주친 적은 없었다. 하지만 각자의 애인들이 별다른 상처를 남기지 않고 거의 동시에 그들을 떠나갔는데도

Y와 G가 첫번째 가라지세일을 피할 수 없었다는 사실이야말로 암스테르담 특유의 아이러니였으리라.

두번째 가라지세일을 끝낸 집의 살풍경은 마치 물을 뺀 수족관과도 같았다. 3년 동안 그곳을 채우고 있던 사람들이며 사건들이며 공기의 냄새들이 전혀 기억나지 않아서 Y는 몹시 쓸쓸해졌다. 그리고 다시 이곳을 무엇으로 채워 넣어야 할지 막막했다. 전혀 연관이 없어 보이는 사물들도 한자리에서 한사람에 의해 오랫동안 사용되다 보면, 루빅큐브의 조각처럼 그것들 사이에서 순서와 조화가 생겨나는 법이다. 하지만 그 복잡하고 예민한 관계를 이해하고, 불의의 사건들에 의해 흐트러진 그것들의 서사를 능숙하게 맞추는 방법을 터득하려면 기억보다 더 많은 노력과 시간이 필요하리라. 어쩌면 Y의 여생으로는 이미 부족할 수도 있고, G라면 Y의 죽음 뒤에야 겨우 깨닫게 되는 순간이 올 수도 있겠다. 하지만 인간은 자신이 전혀 반박할 수 없을 때에만 비로소 진리를 깨닫는 법. 그 금언을 이해하기에도 너무 늦었다는 생각에 Y는 아찔해져서 현관문을 매몰차게 닫고 말았다. G는 빈집이 태교에 나쁜 영향을 미친다고 여기는지 현관 밖에 앉아서 물을 마시며 세간이나 집도 없이, 목적이나 미래도 없이, 약속이나 구속도 없이, 오직 연대 의식만으로 서로의 삶을 연결시키기엔 그것이 너무 모호하다는 푸념을 연신 늘어놓았다. G와 나란히 길을 걷던 Y는 갑자기 걸음을 멈추고 주머니 속에서 무엇인가를 꺼내어 자신이 걸어온 길을 향해 힘껏 던졌는데, 그것은 비록 3년 전의 그들에게까지는 닿지 않았으나 G가 그것의 정체를 알아볼 수 없을 만큼은 멀리 날아갔다. 동네 어귀의 식당에 거의 도착할 때쯤 G가 Y에게 그것이 무엇이었냐고 물었을 때 Y는 어금니 같은 것이라고 얼버무렸다.

7. 날씨

첫번째 가라지세일이 예정되어 있던 토요일의 날씨를 확인하기 위해 Y는 사설 일기예보 센터에 전화를 걸었다. 여자 안내원은 퉁명스럽게 그날 비가 내릴 확률이 69퍼센트이며 자세한 사항은 인터넷 홈페이지에 들러서 확인하라고 알려주었다. 끊긴 언어의 끝에서 바닥으로 추락하고 있는 신호음을 들으면서 Y는, 한 가지 사실에 확신을 갖기 위해서는 69퍼센트의 확률이면 충분한 것인지, 아니면 여전히 부족한 것인지 전혀 분간할 수 없었다. 그리고 자신이 확신할 수 없는 사실을 G에게 이해시킬 자신도 없었다. 인터넷 홈페이지 어디를 뒤져도 31퍼센트의 희망을 확인해줄 정보를 찾을 수는 없었다. 결국 러시안룰렛에 도전하는 심정으로 첫번째 가라지세일을 강행하였던 것인데, 세간을 가라지 밖으로 겨우 다 꺼내놓았을 무렵, 마치 세상이 우연의 법칙을 버리고 필연의 궤도를 따라 회귀한 것처럼, 백 퍼센트 확률의 폭우가 쏟아지면서 바람이 채찍을 휘갈기기 시작했고, G는 젖어가는 세간을 집 안으로 옮길 생각도 하지 못한 채, 그런 비극이 마치 Y의 변덕에서 시작된 것처럼 비난의 화살을 그녀에게 퍼부어댔다. Y는 혼자서 젖은 세간을 마른걸레로 닦아내느라 일요일 저녁까지 쉴 수가 없었다.

두번째 가라지세일을 앞둔 금요일에도 Y는 사설 일기예보 센터에 전화를 걸어 내일의 날씨를 문의하였다. 첫번째와는 다른 여자의 목소리가 들려왔으나 응답 방식은 한결같았다. 비가 내릴 확률은 23퍼센트이고 자세한 사항은 인터넷 홈페이지에 나와 있다고 말했지만, Y는 홈페이지를 찾아가지는 않았다. 23퍼센트의 확률 역시 그들에게 내일의 날씨를 확신시켜줄 수 없었다. 하긴 1퍼센트의 확률이나 99퍼센트의 확률에도 엄연히 오류와 반전은 내포되어 있을 터이니, 확률의 세계에서 모든 사건은 반드시 일어나는 동시에 전혀 일어나지 않기 때문에 항상 두 가지 경우에 대비하지 않으면 안 된다. 신이 확률을 결정하기 위해 사용한다는 동전은 무한히 많은 면으로 이루어졌을 게 분명했다. 그러니까 인간은 확률 대신 차라리 직관에 의지한 채 사건의 한쪽을 선택하여 맹목적으로 헌신하되, 자신이 기대했던 것과 정반대의 결과를 얻게 되더라도 그것 역시 자신의 선택에서 비롯되었다고 수긍하는 수밖에 없는 것이다. 설령 23퍼센트의 확률 속에서 폭우가 내린다고 한들 자책하지 말자고 Y는 G에게 제안했다. 그래도

Y는 비에 취약한 세간을 가능하면 실내에다 진열하였고, 부득이 가라지로 꺼내놓아야 할 것들은 장례식을 앞둔 주검처럼 비닐로 덮고 노끈으로 단단히 묶어서 만일의 사태에 대비하였다. 구름 한 점 없는 날씨는 결코 Y의 행동을 G에게 이해시키지 못했다.

　네덜란드의 역사는 곧 자연의 불리함을 극복한 인간의 역사와 일치한다. 게다가 전 세계 물류 산업의 수도와도 같은 암스테르담은 날씨의 변덕에서 완벽하게 보호받을 수 있는 온실을 건설해왔다. 그래서 첫번째 가라지세일이 열리기 전까지 그 온실 속에서 살아온 Y와 G는 날씨가 인간의 생활에 미치는 영향에 대해 제대로 이해하지 못하고 있었다. 그도 그럴 것이 Y가 하루 종일 입출고 서류를 처리하고 있는 다국적 기업의 물류 창고나, G가 하루 종일 화장품을 판매하고 있는 백화점 어디에도 창문이 없기 때문에, 출퇴근 시간 사이에 일어나는 날씨의 변화를 거의 감지하지 못했다. 게다가 주말에 그들은 주로 집 안에 머물면서 밀린 집안일을 하거나 파티를 했고, 여름휴가 때에는 스페인이나 프랑스 남부, 이탈리아와 그리스에 있었다. 만약 그들의 일상이 암스테르담의 날씨와 밀접하게 연계되었더라면 서로에게 일어날 수도 있는 사건들의 확률도 대략적으로나마 예측할 수 있지 않았을까. 그래서 그들은 두번째 가라지세일을 1주일 앞두고 인근 공원에서 함께 산책을 하였다. 그걸 두고 시쳇말로 이별 여행이라고 폄하할 수도 있겠지만, 이별과 만남은 서로 다른 확률로 항상 동

시에 일어나는 사건이므로 우울함이나 유쾌함 같은 극단적 감정
에 사로잡히지 않으려고 그들은 진심으로 노력하였다.

변신

낮 동안 짓무르고 엉기기를 거듭한 눈덩이는 새벽이 되자 크고 작은 바퀴들로 바뀌어 겨울 북반구의 별자리를 돌렸다. 고양이처럼 위태롭게 걸어서 출근하던 나는 직립원인들이 건너갔을 역사를 생각하다가 갑자기 무중력 상태로 빠져들었다. 단단하고 뜨거운 것이 목구멍 안으로 굴러 떨어져 숨을 막고 탁한 거위침을 채우는 게 아닌가. 이미 멀리까지 떠내려가버린 침대의 안락함이 간절했으나 적어도 퇴근 전까지는 돌아갈 수 없는 엘리시움 Elysium에 불과했다. 그래서 나는 노동자의 다재다능한 검지를 훑치기 낚싯바늘처럼 구부려 입안에다 밀어 넣으면서 5월의 섬진강을 떠올렸다. 산란기의 은어를 낚는 미끼로는 연적戀敵에 대한 적대감이 활용된다. 윤회를 위한 성스러운 투쟁을 시작하려는 순간 몸 한곳으로 아찔한 비행의 신호가 관통한다. 그러면 허공이

은빛 수박향으로 그을리고 벚꽃 그림자가 수의처럼 일생을 뒤덮는다. 그러니까 나의 모든 습관에 동원되는 검지가 얼마나 치명적인 매력을 지녔느냐에 따라 고통의 무게는 결정될 텐데, 유감스럽게도 목구멍을 틀어막고 있는 것은 눈앞에 흔들리고 있는 유혹에 적대감이나 호기심을 보이지 않았고, 이물감은 더욱 무거워질 따름이었다. 차라리 가로등 아래서 고개를 쳐든 채 북어처럼 입을 벌리고 서서 그 정체불명의 것이 빛의 기원을 찾아 기어나올 때까지 기다리는 편이 더 낫지 않았을까. 늦어도 아침 6시 15분까지는 도착해야 할 버스 정류장에서 시계추처럼 걸어온 노파가 지노귀새남의 장구 삼아 나를 신명나게 두드려주지 않았더라면, 약시의 환경미화원은 염을 하듯 염화칼슘 한 줌을 뿌리고 나의 주검이 녹아내릴 때까지 모퉁이에 앉아 담배를 피우면서 기다렸을 것이다. 1년 남짓 같은 시간 같은 장소에서 마주치면서도 늙은 노파에게 따뜻한 눈인사 한 번 건네지 못한 나의 외곬이 너무 부끄러웠다.

커컥, 캑.

무한한 우주도 그처럼 찰나에, 단단하고 뜨거운 겨자씨 하나가 한없이 무거운 통증을 이겨내지 못하고 발아하면서 시작되었다던가. 빛의 속도로 내 몸속에서 빠져나간 것들은 미증유의 별자리를 이루더니 곧 사라졌다. 반딧불이가 슬어놓은 알이었을까. 어쩌면 그것은 어제 저녁 사무실에서 야근을 하면서 삶의 의무 조항처럼 삼켰던 김밥의 재료였을지도 모른다. 김밥 한 줄조차 모두 삼킬 수 없을 만큼 묽어진 식욕이 역설적으로 나를 살린 셈이다. 하긴 충분히 먹지 못하여 쓰러지는 편이 너무 많이 먹어서 일어서지 못하는 것보다 훨씬 더 인간적이긴 하다. 제 꼬리를 삼키는 뱀에게 가장 중요한 미덕은 삼킨 분량만큼 회복될 때까지 기다리는 인내일 테니까. 죽살이의 경계를 잠시나마 넘어본 사람이라면 겨우 한 시간 늦게 회사에 출근한 것을 두고 죄책감 따윌 느낄 리 없다.

그러다가 오후 2시부터는 모든 소리들이 내 주변에서 완전히 사라졌다. 신제품 출시 일정을 협의하다가 마케팅 팀장이 나의 이름을 부르고 있는데도 나는 전혀 알아채지 못했다. 참석자들 역시 두터운 식곤증 때문에 혼미한 상태였으므로 나를 향해 다가오고 있는 불운을 감지할 수 없었다. 하지만 맹세컨대 나는 결코 졸거나 몽상에 빠져 있지 않았다. 2주일 동안의 야근으로 완성한 보고서를 최종 검토하느라 점심을 거른 데다가 내 이름이 불리는 동안에도 노란 연필을 쥔 채 경마장 트랙을 달리고 있는 기수처럼 내 앞에 놓인 서류들 속 숫자들의 질서를 끊임없이 긴장시키고 있었기 때문이다. 그러면서도 죽비 소리의 개입 없이 화두에 너무 깊이 빠져들었다가 자칫 제 무덤 안에서 깨어나는 걸 경계하여, 나는 연필심을 열 개의 손톱 밑에 차례대로 밀어 넣으면서 백일몽의 자장에서 벗어나기 위해 버둥거렸다. 하지만 팀장의 새된 목소리는커녕 옆구리에 박히는 동료의 버린 삽마저도 함몰

된 내 인식의 갱도를 뚫지 못했다. 나뭇잎의 형상에서 바람의 세기와 방향을 짐작할 수 있는 내가 그들의 입 모양에서 불행의 세기와 방향을 전혀 짐작할 수 없었던 까닭은, 국적 불명의 외국어와 약어를 섞어 쓰는 그들의 언어 습관 때문이었다——그 언어들은 사전적 의미와 관습적 발성 대신 관용적 의미와 개인별 뉘앙스를 파악해야만 비로소 인식 가능한 것이었다——나는 정중하게 대답하였으나 허공에 아무런 파문도 찍어내지 못했다. 더욱이 꽝꽝나무의 나이테 같은 치통이 자라나 내 옆구리를 점점 조여오는 바람에 혀는 더욱 딱딱해지고 눈초리는 더욱 팽팽해졌다. 나는 약지에 침을 묻힌 다음 양쪽 귓속에 밀어 넣고 조용히 기다렸는데, 이것은 서해의 개펄에서 맛조개를 잡는 방법과 같았다. 태초에 하늘을 낳은 대모신이 제 자식의 목소리를 엿듣기 위해 귀밑머리를 쓸어 올리고 수많은 귓구멍들을 드러내는 썰물 때마다, 뭍으로 자식들을 떠나보낸 늙은 어부들은 자신들의 몸에서 긁어낸 소금 자루를 메고 개펄로 찾아와서는 귓구멍 앞에 쭈그리고 앉아 짜디짠 자신의 이야기를 들려준다. 그러면 호기심을 누르지 못하고 해발기준선보다 높이 솟구치는 리듬이 생겨나는데 그것이 맛조개다. 하지만 실내가 너무 밝고 건조한 데다가 회의실의 해발고도마저 너무 높아서 아무런 소리도 낚이지 않았다. 콧잔등을 타고 흘러내리는 식은땀은 나의 무력감을 강조한다. 다시 은어, 즉, 국적 불명의 외국어와 약어가 섞인 언어를 낚아 올리기 위해 검지를 삼켰건만 물소리가 사라진 입천장에다 기괴한 벽화만을 섭새겼을 따름이다. 그때 팀장의 서류철이 죽비처럼 내 정수리 위로 떨어지고 우레 같은 소리의 파편들이 귓속으로 쏟아져 들면서 마침내 갱도가 열렸다.

악.

시간은 외마디 비명에 갇혀 좀처럼 앞으로 나아가지 않았다. 굴욕은 사건이 아니라 경향이다. 규격 종이 위에서 분명한 인과율대로 배열되어 있던 숫자들이 뒤섞이면서 해독할 수 없는 암호가 되었다. 제발, 나는 아직 침실에서 빠져나오기 이전이고, 단한 번도 재현된 적이 없는 현실은 꿈과 다름없기를. 그러나 불행은 항상 수미상관의 법칙을 어기지 않는 법. 경주 같던 회의는 끝내 파국을 맞이했고 기진맥진해진 기수와 성난 관객 들이 모두 떠난 자리에 혼자 남겨진 나는 내 귓속에서 레밍들처럼 바닥으로 뛰어내린 것들을 수습하였다─북구의 신화에 따르면 레밍은 구름 속에서 태어나 비와 함께 땅으로 떨어진다─그 검고 부드러운 것들은 고스란히 허기로 휘발하여 다시 나를 채웠고 주위에 석탄 덩어리라도 실컷 삼키고 싶었다.

봄날 오후 공원 벤치의 고독을 되새김질하면서, 또는 회사 비상계단에 놓인 재떨이의 사교성을 칭송하면서, 또는 화려한 결혼식장의 주기적 혼돈을 자책하거나 재건축 건물을 둘러싼 안전 펜스의 둔감을 걱정하면서, 나는 인간이 상상할 수 있는 모든 것들이─잠의 밖에서 기억할 수 있는 꿈의 외피와, 제목과 작가를 확인할 수 없는 책의 내피까지 포함하여——이미 수천 년 전 지구에 도착한 선조들의 유물에 지나지 않는다는 확신에 사로잡혔다. 수천 년 전 나안시력과 원시적 측량기구만으로 작성된 천문도에서 오늘날 광대무변한 우주가 발견된다는 사실에서, 여태껏 지구의 역사에 등장한 인류는 단 하나의 종뿐이고, 똑같은 범주의 상상력을 지닌 이상 그들을 몇 가지 세부특성으로 구분하는 건 무의미하다는 주장에 수긍할 수 있었다. 그러니까 우리는 실제로 존재하는 별이 아니라 반드시 존재해야 하는 별들만을 찾아내기 위해 우주선을 날려 보내고 있으며, 그것의 목적지는 빛의 개화 속도로 수백만 년을 달려야 겨우 도달할 수 있는 시공간이 아니라 광물의 붕괴 속도로 겨우 수천 년 기어가서 닿은 이곳인 것이다. 심지어 겨우 몇 사람들이 죽살이를 반복하면서 수억 겹의 신기루로 지구를 존재시켰다고 말할 수도 있겠다. 그러니 아직 이곳에서 한 편의 생을 완전히 끝내지 못한 우리에게 기억이란 명백한 과거에 대한 확신이 아니라 모호한 미래에 대한 기대일 수밖에. 그렇다면 오늘 내게 나타났던 징후들을 정신과 의사나 철학자는 무엇이라고 불러야 할까. 불운이 나를 선택한 이유를 알 수 없다면 애써 그것을 거부하거나 부끄러워해야 할 이유도 없는 것이다. 오히려 진화의 부산물인 열등감을 치료한다는 명분으로 원죄의식이나 선민 의식을 동서고금의 역사책에 삽입하려 하거나 분서와 학살을 주도하려는 몽상가들에게 분연히 저항하는 게 우리의 의무다. 그리고도 약간의 여유가 생긴다면, 그때 비로소 나를 삼킨 불운에게 독나나 소화기관이 없어서 하반신을 씹고 있는 동안에는 어쩔 수 없이 상반신을 뱉어내도록 기도할 것이다. 병원에 들러야 한다며 일찍 회사를 나서기는 했지만 지하철역에 들어서자마자 마음이 바뀌었다. 직업병을 치료할 수 있는 곳으로 집의 침실보다 더 적합한 곳이 또 어디 있겠는가.

온기와 정적에 허기진 나는 방의 젖꼭지와도 같은 형광등 스위치를 찾기 위해 벽을 더듬었다. 엊그제의 폭설주의보 이후로 유리창을 뒤덮은 블라인드 때문에 옥탑방의 어둠은 천문대의 그것처럼 솔기 하나 없이 미끈했다. 그래서 마치 수년 만에 돌아온 고향집이라도 되는 양 나는 지금 일회용 라이터를 치켜든 채 어미의 가슴을 더듬고 있는 것이다. 젖꼭지는 추억의 정반대쪽, 그것도 까치발 위에 몸을 곧추세워두어야 겨우 닿을 높이에 매달려 있었다. 벽 속에 유선乳腺을 내리고 있는 그것이 제 힘으로 그곳까지 옮겨갔다기보다는 차라리 네 개의 벽과 두 개의 천장이 자리를 서로 바꾸었으리라는 추측이 훨씬 논리적이었다. 왜냐하면 옥탑방이란 게 고작 블록과 블록을 엉성하게 쌓아올린 상자와 같아서 한여름의 열기로 풍선처럼 부풀어 오르다가도 한겨울에는 장아찌처럼 쭈그러들기 때문이다. 그래서 계절마다 세간들의 위치를 옮겨놓지 않으면 발 뻗고 누울 공간조차 확보하기 어렵다. 나는 곧장 젖꼭지를 물지 않고 라이터부터 껐다. 오래된 현실들이 내 기억의 지도에 따라 제자리로 돌아올 수 있도록 시간을 배려하기 위해서였다. 나와 상관없는 상상들은 환풍기나 보일러 배기통을 통해 빠져나가기를. 하지만 다시 라이터를 켰을 때에도 스위치는 여전히 멀리 붙어 있었으므로 이번엔 라이터 기름의 성분을 의심하지 않을 수 없었다 — 코펜하겐의 성냥팔이 소녀에게 나타난 환각 증세는 성냥 속의 황린 성분이 유발하였다 — 그래서 손바닥으로 호흡기를 막고 공중으로 뛰어올라 젖꼭지를 단숨에 베어 물자, 보호색을 띤 채 천장 위에 천문도를 그리고 있던 나방들이 놀라며 일제히 사방으로 흩어졌고 그것의 날개들에서 떨어지는 형광 가루 때문에 한참 동안 눈을 뜰 수가 없었다. 쥐며느리처럼 웅크린 채 천지창조의 시간을 견뎌내고 겨우 눈을 떴을 땐 방 안의 사물들은 서로의 외곽선을 기차의 레일처럼 잇고 있다가 곧 제 기능에 맞춰 형상을 각각 추슬렀다. 그때 나 역시 잠시 스스로 반짝였을 것이고 실존을 회복한 뒤에도 그 빛의 일부가 몸속에 투과되어 주기적인 불면증을 일으키게 될는지도 모른다. 더욱이 인스턴트식품의 트랜스지방과 남성호르몬이 반응하더라도 결코 형광물질이 생겨날 수 없다는 의학 논문이 발표되지 않은 이상, 그 반대의 가설이 진실일 수 있다. 다시 형광등을 껐지만 방 안은 해파리 몸속처럼 훤히 들여다보였다. 그런데 어제 저녁까지 현관문과 마주하고 있던 거울 하나가 보이지 않고 방고래의 숨구멍 같은 못자국만 선명하게 남아 있었다. 혹시 3년 반 동안 이곳의 입구는 코발트색 현관문이 아니라 그 거울이 아니었을까. 어떤 거울은 사물의 실제 위치보다 훨씬 멀리, 그리고 약간

높게 반영한다고 들었다. 그리고 그것은 분명히 잠과 기억에 적대적이다.

  뜨거운 물로 샤워를 끝내고 몸을 닦으니 인광은 말끔히 사라졌다. 블라인드를 걷어 올리자 네온사인들의 왁자지껄한 수다가 들려왔다. 하야로비 모텔 203호로 광동교회 출신의 예수가 재림하였다든지, 매일 제주도에서 공수되는 최신 휴대폰이 청일수산에서는 킬로그램당 만 원에 팔리고 있다든지, 아름 입시학원 출신의 학생들 서른 명이 세종 노래클럽에 항시 대기 중이고, 24시간 편의점에서 사륜구동 자동차를 예약 판매할 아르바이트생을 모집 중이며, 소천해장국집의 주방장이 다이어트에 성공하여 낭만산부인과 원장에게 연금복권을 강매하였다는 등, 설령 이 도시에서 몇 명의 세헤라자데를 살해한다고 한들 천일야화는 자본주의의 기치 아래서 결코 끝나지 않을 것 같았다. 귀를 데우느라 발가락이 곱는 줄도 몰랐다. 그리고 그 이야기들을 누군가에게 들려주지 않는다면 곧 이어질 분서와 학살조차도 묵인하게 될 것만 같았다. 이러한 전통은 이교도의 도서관을 허무는 대신 그것의 외부에 또 다른 도서관을 건립함으로써 독자들로 하여금 어떤 책이든 반드시 그것과 모순된 책이 존재한다고 가르친 바빌로니아인들에게서 처음 시작되었을 것이다. 마뜩찮은 표정으로 유리창에 음각되어 있던 남자가 블라인드의 밀물에 휩쓸려 사라지자 나는 위장이야말로 인간의 외로움을 가장 예민하게 감지하는 기관이라고 생각하였다. 그렇다고 밥상을 차리기엔 너무 늦은 시간이었으므로 냉장고에서 맥주를 꺼내어 들고 살찐 소파 위에 앉았다. 텔레비전의 리모컨은 소파의 부속품이다. 붉은 버튼 하나를 누르자 사방의 벽은 한 개의 눈과 두 개의 귀와 하나의 입으로 각각 바뀌고 등 뒤로부터 고약한 입냄새가 건너온다. 뉴스처럼 가학적인 프로그램이 또 있을까. 총알이 날아다니고 피가 튀는데도 아나운서는 냉철한 표준어에 스타카토 기호를 빠짐없이 붙여 전지적 작가 시점으로 사건을 재현한다. 채널을 이리저리 바꿔보지만 소외감은 한결같았다. 음량을 줄이고 P에게 전화를 걸면서 오늘의 토픽을 찾아보았지만 수확은 신통찮다. 최근의 전화 통화 내용으로 판단해보건대 우리의 연애는 기승전결 중 세번째 단계쯤에 머물러 있는 것 같았다. 조바심을 보이거나 조심스럽지 않고, 현학적이거나 미래 지향적이지 않으며, 그렇다고 아직은 지루하거나 부담스럽지도 않은, 이런저런 거짓말들로 일탈의 욕망을 숨기면서도 전화로나마 이틀에 한 번쯤은 서로의 존재감을 확인하고 깊이 안도하는 단계. 나는 오늘 두 번씩이나 빠져들었던 무중력 상태에 대해서는 이야기하지 않았다. 대신 광동교회와 청일수산과 아름 입시학원과 소천해장국집을 들먹이면서 열 번쯤은 "내 말 이해하겠어?"라고 물었는데, 순전히 오늘 잠시 작동을 멈추었던 내 혀와 귀의 기능을 확인하려는 게 목적이었으므로 "내 말 잘 들리지?"와 "그게 정말이야?"로 나누어 번역해야 했다. 나의 불행을 짐작할 수 없는 P는 똑같은 톤으로 열 번쯤 대답하였다.

"응."

그 소리가 허기와 공명하는 것 같아서 마지막 한 모금의 맥주가 더욱 아쉬웠다. 연애의 세번째 단계에서 "사랑해"라는 고백은 "네 몸속이 너무 그리워"라는 뜻도 내포한다. 광물의 붕괴 속도로 달려도 겨우 한 시간 안에 도착할 수 있는 장소에서 P가 "나도"라고 말했을 때 나는 갑자기 요기를 느꼈다. 위장의 헛헛함이 아니라 방광의 긴장감에서 비롯된 신호였다. 그래서 전화를 끊자마자 화장실로 달려갔는데 묵직한 통증은 성기 끝뿐만 아니라 항문 끝으로도 몰려들었으므로 나는 어떤 소설가*가 연꽃이라고 불렀던 좌변기 위에 걸터앉아 몸속에 남은 불행의 알리바이를 덜어내려고 애썼다. 하지만 변증법적 물질들은 출구에 가까워질수록 더욱 크고 단단하게 뭉쳐지더니 기어이 멈춰 서는 게 아닌가. 알리바바 대신 동굴에 갇힌 카심처럼, 문을 열 수 있는 모든 주문들을 중얼거려보았으나 통증이 빠져나갈 틈새는 끝내 드러나지 않았고 나는 차디찬 화장실 바닥 위에서 혼절하고 말았다. 새벽에 겨우 정신을 차렸으나 연옥 같은 그곳을 빠져나가기 위해서 119 구급대원들의 도움을 받아야 했다. 악몽의 이력들을 창자 속에서 긁어내던 영웅들은 육식주의자들의 탐욕을 경멸하였을 것이다. 방광에서 발견된 땅콩 크기의 덩어리들은 맥주 몇 병이면 몸 밖으로 굴러 떨어질 것이라고 의사는 말했다. 그리고 진찰실에 둘만 남겨지길 기다렸다가 몹시 난처한 표정을 짓더니, 자신에겐 환자들의 성적 취향에 대해 관여할 권리는 없지만 항문을 포함한

* 밀란 쿤데라(1929.4.1~).

내장의 기능을 제대로 알려야 할 의무가 있으므로, 성적 소도구들을 사용할 때는 내장에 상처를 남기지 않도록 각별히 조심해야 한다고 충고했다. 하긴 내가 의사라고 해도 항문 속에서 네 개씩이나 발견된 호두를 달리 이해할 순 없었으리라.

제왕의 권좌와도 같은 자동휠체어에 앉아 스티븐 호킹 박사는 햄릿을 인용하여 우주의 기원을 이야기한다.

"나는 호두 껍질 속에 갇혀 자신을 무한 공간의 제왕이라고 생각할 수도 있다. 단, 악몽을 꾸지만 않는다면."*

비록 그 점성술사의 직관은 악몽의 형상대로 뒤틀린 육신을 통해 어렵게 발현되지만 그것의 보폭은 범인들의 속도를 압도하여 훨씬 멀리까지 닿는다. 이러한 아이러니는 아르헨티나 국립도서관장이자 노벨문학상 종신 후보였던 장님에게도 똑같이 적용된다. 이 문헌학자가 쓴 몇 권의 책들 속에는 몇 개의 도서관들이 통째로 압축되어 있어서, 그의 책 몇 권을 소장한 자들은 언제 어디서든 도서관을 세울 수 있다고 들었다. 이 두 명의 천재들은 서로 만난 적이 없으나 시간과 공간의 연관성을 정확히 이해하였고 마침내 우주에는 다양한 미래와 여러 개의 역사가 동시에 존재한다고 주장하였는데 나는 거기서 사유를 멈추고 머리를 조아리며 연신 탄복했다. 내가 악몽을 꾼 게 아니라면 나의 항문 속에서 네 개의 우주가 동시에 태어났고 나는 그 속에 각각 들어앉아 무한 공간 대신 무한 시간을 지배하는 제왕이 될 수도 있다── 만약 항

* 스티븐 호킹, 『호두 껍질 속의 우주』, 김동광 옮김, 까치글방, 2001년, p. 68.

문이 무한하다면 우주에 존재하는 모든 생명체들은 영양실조로 아사할 것이다—무한 시간이란 너무 광활하여 빛의 개화 속도로 달려서는 도저히 끝에 닿을 수 없는 공간이 아니라, 오히려 외다리 벼룩조차 서 있을 수 없을 만큼 너무나 무르고 비좁아서 단 하나의 행동, 찰나의 상상이 전체의 섭리에 반영되는 공간을 의미한다. 그러니까 나는 무한 공간에서 단 한 가지도 시도할 수 없는 목적들을 무한 시간 속에서 동시에 실행하고 있는 것인데, 그런 내게 호두 껍질 안의 세상은 너무 조용하고 쓸쓸하다. 무한히 거대한 자궁—자궁의 크기가 무한하다면 거기서 태어나는 것들 모두에게 이름을 부여하는 것은 불가능하다—속에서 별 하나를 빚어내기 위해선 블랙홀과 같은 거대한 통증이 필요하듯이, 항문 속에서 네 개의 호두를 뽑아내는 동안 나는 적어도 네 번 이상의 단말마에 깔려 아찔해졌는데, 그것은 지구 중력의 아홉 배나 되는 우주선 속에서 우주비행사들이 체험한다는 블랙아웃blackout 증상과 비슷했다. 그러나 의사는 그것을 지복의 쾌락으로 진단하면서 어려운 퍼즐을 풀어낸 성취감에 한껏 도취되어 거들먹거리는 게 아닌가. 편견을 마치 심화된 지식으로 간주하려는 사람처럼. 그는 나의 세포 일부를 떼어내어 조직 검사를 의뢰하기 전부터 나에게서 대장암 세포보다는 에이즈 바이러스가 발견될 것이라고 확신했을 것이다. 에이즈 병원균이 최초로 인간의 몸속에서 발견되었을 때, 인류의 도덕적 타락을 경고하는 대천사 가브리엘의 목소리부터 들었던 것처럼. 그리하여 실제로 존재하는 것이 아니라 반드시 존재해야 하는 것들을 찾아내어 확고부동한 진실로서 내게 제시할 것이다.

인간의 영역을 단순히 몸과 마음으로 분리 가능하다면, 뇌사자가 마음을 잃고 몸만 남은 자인 반면 몸은 없고 마음만 남은 자를 식물인간으로 규정할 수도 있지 않을까. 후자보다 전자가 더 환영받는 까닭은 필멸로 귀착되는 인간들의 콤플렉스와도 관련 있을 것이다. 채식 혐오주의자인 내가 식물인간이라는 판정을 받았으니 삐뚤거리며 웃을 수밖에. 그런 진단은 환자 본인이 아니라 그의 가족들에게나 내려지는 종신형 선고 같은 것이기 때문이다. 식물인간이라는 변종 인류는 스스로 물과 음식과 공기를 구하지 못하고 누군가를 늘 옆에 두고 산소통의 잔량과 침대보의 위생 상태와 욕창을 걱정시켜야 하는데, 보시다시피 나는 지금 다리를 꼬고 의자에 앉아서 의사의 설명을 듣고 있을 뿐만 아니라 다음 주 월요일까지 완성해야 할 신제품 홍보 전략 문서에 치명적일 수 있는 알약들을 처방전에서 제외시켜달라고 요구하지 않는가.

"그런데 제가 어떻게 식물인간으로 분류될 수 있는 거죠?"

콜레스테롤 수치를 낮추기 위해서 당장 채식을 시작해야 한다는 충고라면 공감하는 척이라도 했을 텐데, 정작 식물인간 진단을 받고 나니 치료를 위해 뭘 어떻게 시작해야 하는지 막막하기 그지없었다. 게다가 식물들이 채식을 한다는 주장에 나는 동의하지 않는다. 수천 갈래의 혀를 지닌 그것들은 자신이 만들어낸 부산물로 자급자족하는 게 아니라 위대한 엔트로피 법칙에 따라, 우주에 제2영구기관은 결코 존재할 수 없다 ─ 제 서식처 부근에 떨어진 동물의 배설물과 벌레의 사체에서 영양분을 뽑아 올려 허기를 채우고 물과 이산화탄소 ─ 일종의 탄산수 ─ 로 입가심을 한다. 광합성 활동이란 것도 육식 동물들의 호흡 속에 들어 있는 영양분을 걸러내기 위한, 일종의 놀림낚시에 불과하다.

"당신은 일종의 버섯 종균에 감염된 거예요. 그것은 육식을 즐기죠. 동충하초冬蟲夏草라고 들어보셨겠죠? 살아 있는 벌레 몸에서 자라나는 버섯 말이에요. 환경오염으로 숙주가 사라지면서 마침내 인간을 노리기 시작했죠. 그것은 침팬지에게만 나타나던 에이즈 바이러스가 몇몇 인간들의 위험한 호기심에 이끌려 인간의 몸속으로 이동하게 된 역사와 정확히 일치하지요."

노회한 목동 같은 그는 내 안에 방목되고 있는 갖가지 감정들을 내 관자놀이 부근으로 모으더니 서로 살갗을 비비고 비명에 찔려 꼬꾸라지도록 조장하였다.

인간이 버섯으로 변하다니. 프라하에 살던 샐러리맨이 어느 날 벌레의 모습으로 깨어났다가 제 아버지의 사과에 맞아 죽었다는 이야기를 들은 적은 있으나, 권위 있는 학술지에 의해 공인받거나 벌레의 언어를 구사할 수 있는 인간이 나타나 확인해주기 전까진 곧이곧대로 믿을 수도 없다. 그런데 어떻게 버섯 종균이 인간인 나를 숙주로 삼게 되었을까. 가족에 대한 책임감과 애정이 너무 지나쳐서 벌레가 되었다고 믿는 프라하의 샐러리맨은 정작 자신의 비사교적인 성격과 병적인 결벽증이 가족을 괴롭히고 있다는 사실을 미처 깨닫지 못했다. 하지만 나는 이미 오래전에 가족에게서 버림받았다. 아니 그들의 절망감을 알아채고 스스로 자신을 격리하였다는 편이 더 정확하다. 고통을 줄여주는 방법은 가능한 한 멀리, 그리고 오랫동안 떠나 있는 것뿐이었다. 5년 째 무인도에 살면서 나는 가족 없이 잘 살고 있다. 그리고 가끔 그들의 근황이 궁금하여 새벽까지 뉴스 전문 채널을 켜둔 채 잠들기도 한다. 불면증 말고는 고립의 징후는 거의 나타나지 않는다. 수면제와 우울증 치료제를 함께 삼키고 있지만 잠은 여전히 묽고 밝다. 잠으로 채우지 못한 인생을 추가로 소진하기 위해 전쟁광이나 사업가가 될 순 있을지언정 벌레나 버섯으로 전락하는 건 도저히 이해할 수 없다. 그래서 네 곳의 대학병원에서 조직 검사를 받아보았는데 정상 판정이 반복될수록 나는 의사들—내게 버섯 종균 감염을 선고한 항문외과 의사를 제외하고— 에겐 상상력이 치명적으로 결핍되어 있다는 사실을 확인할 따름이었다. 환자의 증상과 일치하는 기록을 찾을 수 없자, 몸은 마음이 부리는 노예에 불과하다는 걸 설명하면서 그들은 하나같이 정신과 치료를 권장하였다. 마치 21세기의 화타가 정신과 전공의라는 듯이. 내 몸속에서 발견된 씨앗들의 정체나 그것들의 이동 경로를 설명할 때에는 각자 고유한 용어와 뉘앙스를 사용하였음에도 불구하고 식물에게 마음이 없다는 맹신만큼은 우열을 나누지 않았다. 차라리 식물학자나 버섯 재배 농부가 더 명쾌한 진단을 내릴 수 있을 것 같았다. 그들은 진시황이 평생 찾아 헤맨 불로초를 누에의 몸속에서 길러낼 수 있게 되면서부터 황제의 열망을 이해하게 되었다. 폭등하는 시장의 수요는 필경 재배 시간을 줄이고 생산량을 늘릴 수 있는 기술 개발을 요구했을 터이고 돌연변이가 몇몇의 공급자들에게 행운을 가져다주었을 수도 있다. 동충하초로 만든 건강보조식품은 아니더라도 호프집에서 기본안주로 제공되는 번데기에 그 몹쓸 운명이 실려 있다가 내게 건너왔는지도 모른다. 그런데 가을의 벌레를 여름에 버섯으로 변신시키는 종균의 성장 속도라면 내게 동물의 시간은 고작 반년쯤 남아 있는 게 아닐까. 우울증 치료제의 부작용인 무기력증이 나를 다시 항문외과 의사에게로 이끌었다. 그는 나를 기다렸다는 듯이 병세의 차후를 묻지도 않은 채 몇 편의 해외 논문들부터 펼쳐 보이면서, 곤충과는 달리 다양한 환경에서도 살아남을 수 있는 인간의 몸속에선 버섯 종균의 성장 속도가 느려지기 때문에 에이즈 바이러스처럼 주의 깊게 관리한다면 여생을 정상적으로 보낼 수도 있다고 나를 안심시켰다. 그런 언급은 인간 모두에게 내재되어 있는 죽음이 개인의 환경과 습관에 따라 전혀 다른 속도로 발현된다는 사실을 설명하기에도 유용한 것이었다. 그리고 그는 내가 버섯이 아니라 나무가 되는 중이라고 덧붙였다.

"버섯이 식물로 구분되지 않는다는 사실은 초등학생들도 알고 있죠. 거미가 곤충류가 아니듯."

인류학자들이 조상들 뼈의 골밀도를 분석하여 기근과 풍년의 주기를 계산해내듯이, 식물학자들에게 나무의 나이테는 가뭄과 홍수의 연대기다.

경주 같던 마케팅팀 회의가 파국으로 끝난 이후 프로젝트에서 완전히 배제된 나는 더 이상 야근을 할 필요가 없었으므로 정시에 퇴근하여 P와의 데이트를 즐겼다. 도중에 이따금씩 숨을 쉴 수 없게 되거나 눈과 귀가 어두워지고 항문 끝과 성기 끝이 도깨비불로 타올랐지만, 다행히 그런 증상들이 한꺼번에 나타나지는 않았으므로 가까운 화장실로 달려가 주머니에서 쇠꼬챙이를 꺼내어 몸속에 밀어 넣고 통로를 막고 있는 씨앗들을 긁어내고 나면 언제 그랬느냐는 듯이 정상으로 돌아와서 데이트를 마무리할 수 있었다. 그래도 업무 시간 동안에 맹인이나 귀머거리가 되었을 때만큼은 적이 당황스러웠는데, 스리랑카 출신의 기인寄人이 콧속에 밀어 넣은 쌀알을 눈물샘에서 꺼내는 장면을 우연히 텔레비전에서 본 뒤로 며칠간의 훈련 끝에 자가 치유 방법을 터득하게 되었다. 기인들이란 희귀병을 앓다가 제 깜냥으로 치료법을 발견해낸 사람일지도 모르겠다. 나는 시간의 바퀴에 가슴을 짓눌리면서까지 결과에 집착하지 않았고 변명을 줄이고 일광욕을 즐겼으며 화식火食을 멀리하여 스낵 몇 개와 우유 한 잔으로 끼니를 해결하기도 하였다. 식물이 동물보다 불멸의 형식에 가깝다면 그것은 훨씬 단순하고 투명한 욕망을 지녔기 때문일 것이다. 식물로의 변신을 막을 수 없다면 계절마다 벌레와 새 들에게서 세상의 풍문이라도 들을 수 있도록 타이가의 침엽수보다 아마존의 활엽수가 되고 싶다. 그늘과 열매와 거름 이외의 쓸모 때문에 벌목꾼의 도끼를 맞는 일이 없도록 이름조차 없는 나무가 되길 기대하지만, 모든 나무는 책과 장작의 운명을 동시에 가지고 태어나기 때문에 쓸모없는 나무란 단 한 그루도 없다. 수십 겹의 비단 혁대를 허리에 두른 사관史官에게 분신보다 더 명예로운 죽음이 있을까. 인터넷으로 검색해보니, 세상에서 가장 나이 많은 나무가 무려 4천 7백 년 동안 캘리포니아 부근에 살아가고 있단다. 이 소나무에 무드셀라라는 애칭을 붙인 것은 청교도들의 순혈주의다──성경에 기록된 이 유태인은 고작 천 년을 살았을 뿐이다──고립된 산림, 그것도 춥고 건조하고 바람 센 곳에서만 태어나 아주 느리게 자라났기 때문에 그 늙은이는 벌레나 곰팡이가 결코 훼손할 수 없는 덕목을 지니게 되었다. 더욱이 미국 산림청의 도움을 받아 그는 평화롭게 숨어 지내고 있다──지구상의 모든 가치를 훼손할 수 있는 유일한 해악은 바로 인간의 호기심이다──인터넷으로 집요하게 그것의 비밀을 추적하다가 무드셀라 증후군이란 용어를 발견해냈다. 아름답고 따뜻한 기억들만 남기고 불쾌한 것들은 빨리 잊어버리는 성향을 일컫는 그것은 천 년 동안 살았던 유태인 남자의 히스테리와 관련 있을 것이다. 하지만 한자리에서 반만 년을 살면서 단조로운 천체 이동에 넌더리가 난 나무는 오히려 따뜻하고 아름다운 기억을 모두 버린 채 그저 죽음과 가장 가까웠던 순간들만 떠올리고 있을지도 모른다. 그리하여 나는 제 의지대로 몸을 움직일 수 있는 마지막 순간에 캘리포니아로 가겠다. 대서양이 내려다보이는 절벽에 몸을 반쯤 묻고 내 몸속에 쌓인 씨앗들이 어떤 순서로 깨어나고 어떤 열매로 갈무리되는지 확인하겠다. 그러고는 곡기와 탄산수를 끊고 햇빛에 몸을 바짝 말리다가 망나니의 칼과도 같은 바람에 맞춰 스스로 몸뚱이를 반으로 꺾을 것이다. 그러려면 우선 공항 출입국 사무소의 엑스레이 검색대부터 무사히 통과할 수 있어야 한다. 멸종 위기에 처한 야생 동식물들을 거래할 수 없도록 국제 규정한 협약이 발효된 이후로, 수출증명서나 수입허가서 없이 씨앗을 가지고 해외여행 하는 것은 불가능해졌기 때문이다.

21세기의 전형적인 국제도시 중 하나인 서울에, 그것도 부르주아지의 성지인 강남 한복판에, 아직까지 누에를 키우는 농가들이 있다는 사실을 이해하려면 잠실蠶室이라는 지명의 유래를 듣는 것만으로도 충분하다. 한때 왕조의 적통을 승인하기 위해 하늘에서 파견되었다던 사신들은 왕조의 몰락 이후 불가촉천민으로 강등되어 수용소 같은 곳에서 비단이 아닌 버섯을 만드는데 동원되고 있다──대신 자본으로 계급을 극복한 사람들이 자신의 적통을 과시하기 위해 고가의 명품들과 기괴한 식도락을 앞다투어 자랑하고 있다──보호 장비 없이 버섯 종균을 배양하다가 그것이 몸속으로 들어가는 바람에 심각한 장애를 앓게 되었다는 사연이라도 듣게 되길 기대했으나, 하루에도 수십 번씩 누에에게 손가락을 물리는 잠부蠶婦들은 민망함도 잊고 매일 밤 찾아오는 성욕의 고통만을 호소했을 뿐이다. 개인의 환경과 습관에 따라 버섯 종균의 성장 속도가 달라질 수 있다는 항문외과 의사의 이야기가 떠올랐다. 전신 노동과 질펀한 대화들이 비극의 극적 전개를 방해하고 있는 게 분명했다. 담석에 좋다는 오디술 한 병을 곁들여 점심을 해결하다가 옆자리 노인에게서 흥미로운 이야기를 들었다.

"무위자연을 설파했던 도교에서는 인간의 몸속에 세 마리의 벌레가 산다고 가르칩지. 그것들은 시체를 무척 좋아한다고 해서 삼시충三尸蟲이라고 불립지. 한 놈은 머릿속에 살면서 생명을 갉아먹고, 다른 한 놈은 오장육부에서 질병을 일으키고, 마지막 놈은 욕망을 관장하기 위해 발에 숨었습지. 그것들의 유일한 목적은 지금의 주인—사실은 노예인데, 인간이 박테리아를 후세에 실어 나르는 숙주에 불과하다는 걸 명심해야 합지—을 쓰러뜨리고 다른 노예에게 옮겨가는 것입지. 그래서 두 달마다 은신처를 빠져나와 옥황상제를 찾아가 그간 노예들이 행한 악덕들을 모두 일러바친다고 합지. 이것은 기독교들이 주장하는 원죄와는 다릅지. 차라리 성악설과 성선설의 차이라고만 해둡지. 아무튼 그 세 작들의 적대감 때문에 사람들은 제 운명의 길이만큼도 살 수 없게 되었습지. 도인들은 하나같이 금욕을 권고하지만 그게 어디 말처럼 쉽습? 그래서 오사리잡놈들이 궁리해낸 묘책이라는 게, 첩자들이 옥황상제와 비밀리에 만나기로 한 경신일마다 집 안팎을 환히 밝히고 뜬눈으로 밤을 지새우며 출입을 감시하는 것이었습지. 이 풍습을 수경신守庚申이라 합지. 나중엔 그마저도 힘들고 귀찮아져서 손바닥에 축문을 적고 이마를 치며 일곱 번 이를 두드려 소리를 내거나——이것을 경신야축시충법庚申夜祝尸蟲法이라 합지——부적을 몸에 지니고 다니면서 씹거나——이것은 거삼시부법去三尸符法——부자附子와 같은 독극물에 흰 비름과 마른 숯을 섞은 가루를 하루에 두 번씩 일주일 동안 복용하는 약물복시법藥物伏尸法이 유행했습지. 그런데 혹시 천문동天門冬이라는 약초에 대해 들어보았습? 이 겨울 약초를 먹으면 하늘의 문을 열 수 있습지. 그래서 천문동이라고 부릅지. 체온을 보호하고 뼈와 폐와 피부를 강하게 합지. 오줌발도 길어질 것이고. 무엇보다도 삼시충을 죽인다고 하니 가히 신선의 약초라고 불러도 손색이 없습지. 야생에서 30년 이상 자란 것을 구경만 하려고 해도 삼대 동안 덕을 쌓아야 한다는데, 천지신명의 오묘한 뜻으로 이 늙은이가 일주일 전에 몇 뿌리를 캤습지. 관심 있으면 우리 집에 함께 가서 구경이라도 해봅습?"

하지만 나는 모든 약재의 효능 뒤에 똑같은 부피만큼 은폐되어 있는 부작용을 걱정하여 그의 제안을 완곡히 거절하였다. 그리고 삼시충을 굶겨 죽이기 위해서는 그것의 양식인 잠부터 공급을 끊는 게 효과적이겠다고 생각했다.

내 몸속에서 겨울을 지낸 씨앗들은 점점 더 검고 단단해져서 발굴되었다. 봄이 오면 그것들을 옥탑방 주위에다 심을 것이다. 국적 없는 생화학 무기가 최소한의 인류애마저 말살시킨 뒤부터 집 밖에다 닭을 키우기 시작한 쿠르드족처럼, 나도 매일 아침 옥탑방의 유리창을 통해 세상이 여전히 나무에게 안전한지 확인할 것이다. 도시의 섬과 같은 이곳에서 어떤 나무들이 태어나고 서로 어떠한 식생을 이루게 될지 몹시 궁금하다. 생선가게에서 얻어 온 하얀 스티로폼 상자의 바닥을 뚫고 아래층 신혼부부의 꽃잠까지 뿌리를 뻗어, 결혼은 연애의 마지막 단계가 아니라 사랑이 길을 잃은 상태라는 사실을 가르쳐줄지도 모른다. 그리고 그들의 절망감을 영양분 삼아 바벨탑처럼 자라나서는 비행기의 항로마저 수정하게 만들 수도 있다. 탄생에 필요한 난수표를 해독하기 위해 나는 헌책방에 들러 목침만큼이나 두꺼운 식물도감을 샀다. 식물적 삶을 이해하지 못한다면, 마치 외국어로 적힌 경전을 읽을 때처럼, 구원은 결코 기대할 수 없다. 그리고 종국엔 구원의 환상마저도 버릴 수 있어야 비로소 순환적 시간으로부터 해방되어 한자리에서 한 세기를 버텨낼 수 있게 되리라. 인간의 고통은 늘 자신과 타인의 분별심에서 시작되므로, 서로의 이름을 짓고 부르지 않는 나무들은 적어도 상대적 박탈감 따윈 결코 이해하지 못하리라. 하지만 목침의 갈피를 자세히 살펴본 뒤에야, 밀림의 한정된 하늘과 땅을 차지하기 위하여 나무들이 얼마나 잔인한 싸움을 이웃과 펼치는지, 심지어 걸어 다니는 나무를 동원하여 청부 살인마저 서슴지 않는다는 사실을 알게 되었다. 인간과 다른 점이라면 보폭과 속도뿐인데 갓난아이나 늙은이의 그것을 떠올리면 인간이 그리 우쭐해할 수 있는 것도 아니었다. 살구나무 씨앗을 베고 자면 불면증이 사라진다는 문장을 읽고 나서 곧장 나는 베갯속을 내 소출들로 채워 넣었다. 몸을 뒤척일 때마다 그것들이 서로 부대끼며 흘리는 자글자글한 소리에 빈방의 체온이 잠의 그것보다 더 높아지는 밤도 있었다. 가끔씩은 알람 시계의 군화 소리를 듣지 못하여 직장 상사에게 구차한 변명을 늘어놓아야 했는데, 자리로 돌아온 뒤에도 여전히 잠이 깨지 않아 화장실 변기를 침대로 활용하기도 했다. 다섯 잔의 커피는 각성 효과를 전혀 일으키지 못했다. 퇴근하여 겨우 세수만을 끝낸 채 소파에 앉으면 잠자리에서 걸어 나온 직후인지 아니면 그곳으로 걸어가고 있는 도중이었는지 분간할 수가 없었다. 나는 언제든 위아래가 뒤집힐 수 있는 모래시계 속에 살고 있는 것 같았다. 그러다가 문득, 한때 불면증 환자였던 내게 모래바람*처럼 찾아온 통잠은 동물적 여생을 한꺼번에 덜어내려는 재앙처럼 여겨졌다. 조급해진 삼시충이 새로운 테러 전술을 개발했는지도 모른다. 그래서 나는 씨앗 포대 같은 베개를 목침 같은 식물도감으로 바꾸었고 그 다음엔 살찐 소파를, 텔레비전을, 거울을, 나중엔 책꽂이까지 없앴다. 그리고 물구나무를 선 채 밤과 대처하였으니 잠시나마 동물적 시간을 몸속에 가둬두기 위함이었다. 거창하게 우주까지 들먹이지는 않더라도, 재래시장에서 행상을 하는 아래층 신혼부부의 지난한 삶을 잠시나마 떠받들어준 적이 있노라고 기억

---

* 사하라에서는 하르마탄harmattan이 동쪽에서 불어오고, 아라비아 반도의 북풍은 샤말shamal, 존다zonda는 아르헨티나로 찾아가는 북풍이다. 오스트레일리아의 사막은 브릭필더brickfielder가, 투르크메니스탄의 사막은 감실gamsil이라는 바람이 완성하였다.

하고 싶었다. 잠을 물고 오는 양 떼들을 쫓아낼 작정으로 찬장을 샅샅이 뒤졌으나 인스턴트 커피 봉지 하나 찾아낼 수 없었다. 그 때 엉뚱한 생각에 붙들렸다. 그래서 나는 베개 속에서 씨앗 한 줌 을 꺼내어 프라이팬에 볶고 믹서로 곱게 갈았다. 한지로 된 편지 지 두 장을 머그컵 위에 겹쳐놓고 씨앗 가루를 엷게 펼친 다음 그 위에 뜨거운 물을 부었다. 냄새는 비단처럼 부드러웠으나 맵싸 한 맛 때문에 한 모금 채 삼키지 못하고 뱉어내고 말았으니 확실 히 매운맛은 미각이 아니라 통각으로 감지되는 게 분명하다. 입 안 전체가 얼얼해지는 그 맛은 부지불식간에 아래층까지 밀려들 어온 봄의 맛이기도 하였다. 그 덕분에 나는 꿈의 개입 없이 자정 을 겨우 넘길 수가 있었다.

하얀 스티로폼 상자처럼 나를 가두는 비릿한 잠 때문에 P와의 연애는 이미 데면데면해져서 기승전결의 세번째 단계에서 첫번 째 단계로, 그러니까 조바심이 나고 조심스러워서 실수와 후회를 많이 하는 단계까지 추락하고 말았다. 무드셀라 증후군은 나타나 지 않았다. 이러다가 우리는 서로를 첫사랑과 같은 신기루로 간 주하게 될지도 모른다—우리가 처음 만났을 때 나는 상처喪妻 중 이었고 P는 둘째 아이를 친정집에 맡기고 출근하던 길이었다— 꼬리뼈처럼 내 몸속에 확실히 존재하나 더 이상 용도를 찾지 못 하여 나중엔 수치스러운 퇴화의 증거로 치부해버리고 말 그것. 빛의 개화 속도로 몇 발짝 걸어 다른 별에서 새롭게 시작할 수 없

다면 당의(糖衣)로 범벅된 거짓말보다 쓰디쓴 진실만이 서로의 존재
감을 회복시키는 데 훨씬 유용하지 않을까. 그리하여 나는 몇 번
이고 전화를 들었으나 P가 머물고 있는 좌표의 마지막 숫자를 불
러내지 못했는데, 나와 그녀 사이에 놓인 어둠이 내가 하는 이야
기를 정반대로 그녀에게 전달할까 봐 몹시 두려웠기 때문이다.
몸속을 채우고 있는 씨앗들 때문에 한동안 전화를 걸 수 없었다
는 이야기를 어찌 믿게 만들 것인가. 게다가 애완동물은커녕 화
분 한 그루에게조차도 자신의 공간을 허락하지 않는 P의 병적 결
벽증은 나의 강박증이기도 하였으니, 인간의 무분별한 애정은 동
식물의 천성을 교란시켜서 결국 그것들을 절멸시킬 것이라고 그
녀는 주장했다. 내가 아마르딜로처럼 상처를 입지 않아서 좋다고
말했다가 그녀는 황급히 번복하였는데 상처라는 단어의 중의적
의미를 깨닫지도 못한 채 나는 그저 아마르딜로의 생김새를 떠올
리려고 애썼을 뿐이다. 상처에 둔감하기엔 나무도 마찬가지 아
닌가. 고무나무나 고로쇠나무처럼 요란하게 반응하는 것들도 있
긴 하지만, 가령 오동나무는 열 번을 베어야 천 년의 동재가 된다
고 하고 질 좋은 코르크 마개를 만들기 위해서 굴참나무 껍질에
수시로 칼집을 낸다고 들었다. 작별의 키스에서 자정까지 이어진
전율을 따라 P에게 건너갈 수만 있다면 그녀의 사랑니 뽑힌 자리
에 뿌리를 내리고 코르크나무로 자라서 아름답고 따뜻한 기억들
을 영원히 몸속에 봉인시켜줄 수 있으련만. 그러나 결국 나는 어
떤 생각도 매무시하지 못한 채 어두워진다. 잠으로 은유되는 무

기력함이야말로 무드셀라 증후군의 전조가 아닐까. 호프집에서 기본 안주로 제공되는 번데기 때문만은 아니었을지도 모르겠다. 흑사병을 옮기는 프랑스 쥐 떼처럼, 잠을 옮기는 박쥐 떼가 아프리카의 늪지에 산다고 들은 것도 같다. 그렇다면 우리 선조들이 아프리카에서 이곳까지 걸어온 길을 따라 그것들도 언젠가 도착하겠지. 정작 인간의 위기는 사랑을 완성시킬 수 없는 결혼제도가 초래하였도다. 사랑은 콘돔 발명가가 경고한 부작용일 뿐이고, 결혼은 성직자들이 신도의 숫자를 늘리기 위해 고안해낸 프로파간다에 불과하다. 그래서 내일 P에게 프러포즈를 하기 전에 항문외과 의사의 소견부터 들어보는 게 좋겠다고 생각했다.

오늘만 서로 다른 세 곳에서 같은 남자를 만났다. 점심 시간 회사 부근의 식당에서 한 번, 퇴근 후 테이크아웃 카페 앞에서 또한 번, 그리고 항문외과 병원을 나서면서 마지막 한 번. 세번째엔 서로의 시선이 교미 중인 뱀의 몸뚱이처럼 얽혔는데도 그는 놀라거나 외면하지 않았다. 영하의 고난 속에서도 미행이 용이하도록 오리털 점퍼와 귀가 덮이는 등산 모자에 목도리를 했으나 마스크로 얼굴을 가리지는 않았다. 하얀 운동화는 그의 민첩함을 더욱 강조하고 있었다. 강단 있는 표정에서 나이와 직업을 짐작할 순 없었다. 항문외과 병원은 나의 회사에서 시내버스로 아홉 정거장이나 떨어져 있었으므로 그와의 계속된 조우를 우연으로 해석할 순 없었다. 더욱이 나의 변신 속도가 예상보다 빨라졌다는 항문외과 의사 소견이 나를 더욱 히스테리컬하게 만들었다. 그간 처방해주었던 알약들이 플라시보 효과를 기대한 가짜였다고 고백하였을 때 나의 주먹이 어찌나 느리게 의사의 얼굴을 향해 날아가던지 그는 책상 위에 놓인 커피 잔을 치우면서 몸을 피했다. 나무는 인간들보다 훨씬 더 큰 중력을 느끼기 때문에 마치 우주선 안의 우주비행사처럼 느리게 움직일 수밖에 없다는 걸 그는 내게 미리 설명해주지 않았다. 그렇다면 오늘 밤 안에 내가 도착할 수 있는 곳이 있기나 한 걸까. 병원 문을 열고 물벼룩처럼 걸어서 계단을 내려왔을 때, 마치 수십만 년 동안 계단 입구에 꼼짝하지 않고 서서 우주의 법도를 감시하고 있는 문지기인 양 근엄한 표정을 짓고 있는 남자가 보였다. 이미 그에게도 항문외과 의사의 진단이 알려진 게 분명했다. 그래서 애써 걸음걸이 속도를 높이지 않고 담배와 햄버거를 즐기면서 아마추어 천문학자처럼 나를 뒤쫓았다──하긴 그의 복장은 천문대에서 만나는 사람들의 그것과도 닮아 있었다──하지만 나는 두려움을 들키지 않기 위해 무의미한 행동들로 길을 채워 넣었다. 택시를 잡아탈 수만 있다면 러시아워의 평균 주행속도로나마 악어의 늪을 빠져나갈 수 있었겠지만, 양다리를 바삐 내저을수록 사건의 지평선horizon of event에 점점 가까워질 따름이었다. 그것은 블랙홀과 같은 통증이 너무나 강렬하여 도저히 인식이 건너갈 수 없는 한계선. 그것은 윤회를 위해서 반드시 몸을 담가야 하는 망각의 강. 갑자기 고개를 돌려 추적자의 시선과 다시 교미를 시작하려는 순간 나의 한쪽 무릎이 꺾이고 중심이 기울더니, 마치 그늘과 열매와 거름 이외의 쓸모 때문에 벌목꾼의 도끼를 맞게 된 나무처럼 쓰러졌다. 하지만 한쪽 뺨에 보도블록의 한기가 박혀들기 전에 추적자가 나에게 도착할 수 있을 만큼 느린 속도여서, 행인들은 걸어 다니는 나무에 대해 여전히 알지 못했다.

P가 사용하는 하늘과 땅과 물과 공기를 나누면서 무드셀라처럼 살아가려면 천연기념물로 지정되는 수밖에 없다. 주인 없이 태어나 엄격한 순리와 익살스런 우연에 기대어 살아가다가 어느 날 갑자기 화석으로 지정되어 보호시설에 갇히게 된다면 한동안 노예에게나 나타나는 질병들을 앓게 될지 모른다. 하지만 굴욕만큼이나 생에 유익한 영양분이 또 어디 있을까. 인간에겐 망각만이 유일한 자유다. 그래서 신체포기각서에 서명하기에 앞서 내가 보장받아야 할 권리들부터 챙겨야 했다. 내 몸의 일부는 우선 국립대학의 생물학과 교수들과 문화재청 소속 공무원들에게 뇌물로 제공되어야 한다. 한약재 상인이나 관광 가이드를 동원하여 나의 상품성을 알릴 필요도 있다. 가령 내 식물성이 탁월한 항암 효과를 지니고 있으며 고대 의서에 불임 치료제의 으뜸으로 지목된 나무의 정체가 몇몇 재야 학자들의 헌신에 의해 마침내 이것—나—으로 밝혀졌다고. 학술명 끝에 코리아라는 단어를 붙여서 민족주의의 맹목을 자극해주기를. 묵시록적 기후변화가 기어이 그것을 레밍의 절벽 위에 세울지도 모른다고 엄살 피울 것.

게다가 세상에나, 1년에 20센티미터씩 빛을 향해 걷는 나무라니! 식물원이나 테마공원이 조성되면 청년 실업 문제를 조금이나마 해결해줄 수도 있을 것이다. 그러면 적어도 자신의 가족들에게 살해당한 프라하의 샐러리맨—또는 학술명에 체코와 독일이 병기되어 있는 벌레—의 불행은 반복되지 않겠지.

"그런데 도대체 누가 내 몸을 사려고 하는 것이오?—그러면 내 마음은 도대체 어디로 가란 말이오?"

한때 맹수 사냥꾼이었으나 조만간 관상식물 관리인으로 신분이 바뀔 남자는 끝까지 의뢰인의 정체에 대해 말하지 않았다. 몰락한 왕조의 유물과도 같은 산삼이 발견될 때마다 전국에서 몰려드는 수천 명의 서복徐福*들로부터 이 땅에 얼마나 많은 진시황족들이 살고 있는지 짐작할 뿐. 지구의 속살 속에 보관되어 있던 식물의 시간들이 자신의 몸속에 쌓이면 그만큼 존엄해지리라는 환상. 하지만 복제양 돌리의 나이는 태어나자마자 제 어미의 그것과 같았고 그리하여 제 어미보다도 일찍 안락사 당하지 않았던가. 몸속으로 틈입해온 이질의 시간들은 아직 사용하지 않은 미래조차 과거로 치부하고 죽음에 이르는 속도를 앞당길 위험도 다분하다.

"설마 내 몸뚱이에 딱 맞는 중탕기가 발명된 것은 아니겠죠?"

하지만 뇌사자와는 달리 식물인간에게서 살아 있는 장기를 적출하는 행위는 엄연히 불법이다. 그런데 신체포기각서는 나를 완전히 죽이지는 않겠다는 뜻으로 해석할 수도 있을까. 천연기념물

* 불로초를 찾아 진시황이 파견했던 그가 빈손으로 돌아간 곳 중 하나가 서귀포다. 그의 생몰은 알려지지 않았다. 아직까지 살아 있다면 2천 2백 살은 족히 되었을 것이다.

을 훼손하면 5년 이하의 징역이나 5천만 원 이하의 벌금을 낸다는 법조항 따위로는 불멸에 대한 인간의 탐욕을 결코 막아낼 수는 없을 것이다. 그도 나에게서 일어난 미묘한 감정 변화를 감지하였는지 건달 특유의 야비한 표정을 지어 보이면서 손등에 가둬놓은 무당개구리 한 마리를 슬쩍 보여주었다. 그것은 버섯들을 먹고 몸속에 치명적인 독을 채우던가. 첫번째 협상이 실패로 끝나려는데 탁자 위에 올려놓은 두 대의 휴대전화 중 하나가 밝아지면서 까마귀처럼 울기 시작했고, 그것이 나에게 절대적으로 불리한 계약서를 완성시키고 말았다. 그런데 어떻게 P는 내 것 이외에 그 남자의 휴대전화까지 울릴 수 있게 되었을까. 꼬리뼈처럼 분명하게 내 몸속에 존재하고 있으나 그 용도를 알지 못하여 나중엔 수치스러운 퇴화의 증거로 치부해버리고 말아야 할 사랑을 드디어 긍휼히 여기게 된 것인가.

아주 깊은 잠을 잤다. 그리고 깨어났을 때는 마치 다시 태어난 것처럼 몸과 마음이 가벼웠다. 얼마나 완벽한 잠이었는지 꿈의 발자국조차 찍혀 있지 않아서 내가 깨어난 곳이 내 안인지 밖인지조차 가늠할 수가 없었다. 사위는 원래부터 평면인 것 같았다. 마치 슈뢰딩거의 고양이처럼 나는 죽거나 그렇지 않았을 수도 있다. 하지만 이것은 상자 밖에 있는 당신들에게나 해당되는 우화다. 상자 안에서는 상자로 들어가기 직전의 상태가 끝까지 유지된다. 살아 있는 것들은 무한히 살아 있고 죽어서 갇힌 것들은 다시 태어나는 게 불가능하다. 내가 평면 밖으로 일어나지 않는 이상 나는 죽거나 나무로 변신하지는 않을 것이다. 그리고 무엇보다도 P를 이해하려고 애쓸 필요도 없다. 지난 며칠 동안의 기억들은 아직 사용하지 않은 미래일 따름이다. 지구상의 역사 속엔 그동안 겨우 몇 사람들만이 존재하였고 그들의 환각이 곧 우리의 부모이자 자식이다. 아프리카 내륙 어딘가에 신성한 나무가 자라고 있다. 까닭 없이 앓거나 불행을 겪는 사람들이 찾아오면 주술사는 그들의 눈을 가린 채 숲으로 들어온다. 환자가 물약을 마시고 나무 그늘 아래에서 사흘을 내리 자는 동안 주술사는 뜬눈으로 밤을 지새우며 나무에게 이야기한다. 그러면 신성한 나무의 보이지 않는 손들이 환자의 몸속으로 들어와 저주의 씨앗들을 꺼내 제 몸속으로 옮겨 온단다. 잠에서 깨어나서 이틀 동안 구토와 설사로 몸을 싹 비우고 나면 마침내 고요가 찾아온다──대신 나무는 물기를 끊고 침묵으로 메마른다──그렇게 되살아난 자는 이전의 기억과 재산을 모두 버려야 한다. 왜냐하면 완벽한 소멸 없이는 새로운 탄생도 불가능하기 때문이다. 그들은 새로운 마을에 집을 지어야 하는데 신성한 나무의 가지들로 이엉을 올려 악마의 재림을 피한다고, 나는 읽었다. 책을 덮고 나니 어쩌면 나역시 그 푹신한 나무 그늘 아래에 누워서 사흘째 잠을 자고 있는지도 모르겠다는 생각이 들었다. 계명성이 들리고 구토와 설사가 시작되면서 내 기억들은 모두 다른 이들에게 무의식의 재료로 흘러들 것이고 더 이상 나는 P와의 연애를 기억해서는 안 될지도 모른다. 하지만 인간에게 여전히 사랑할 수 있는 능력이 남아 있는 한 성선설이든 성악설이든 어느 한쪽이 일방적으로 승리하는 역사는 허락되지 않으리라 나는 굳게 믿는다.

봄의 걸음걸이는 점점 빨라졌다. 하지만 병자호란의 오랑캐들처럼 단숨에 서울까지 쳐들어온 황사 때문에 신성神性의 바로미터 같은 꽃들은 몽우리를 밀어 올릴 용기가 없었다. 빨랫말미나 장작말미에 널리는 것들은 흑백의 그림자들뿐이었다. 옥상에서 방으로 옮겨진 씨앗들은 바람이 틈입해 올 때마다 몸을 부비며 사막의 기원과 종말에 대해 떠들었고 매일 아침 나는 누런 모래 언덕을 헤집으며 깨어나야 했다. 그렇다고 내 모나드monad*를 내버리거나 먹을 수도 없는 노릇이어서 술병이나 세금 고지서를 들고 찾아온 사람들에게 베갯속에 채워 넣으라고 검은 봉투 하나씩 챙겨주었는데, 한때 민중 해방과 조국 통일에 헌신하기로 맹세하였다가 훗날 박물관 학예사로 변신한 남자에게서 은밀한 제안을 받았다. 내가 나누어 준 씨앗들 중 일부에서 베갯속으로 사용하기에는 너무 귀하고 값비싼 가치들이 발견되었다는 이야기를 들었을 때만 해도 나는 천연기념물로 선정될 희망에 부풀었다. 하지만 삼이나 대마 씨앗을 허가 없이 재배, 소지, 수수, 운반, 보관한 피의자의 형량에 대해 전해 듣고 나자 이데올로기 없는 나의 운명이 가련해졌다. 하긴 사형 선고 대신 무기징역을 언도받을 수만 있다면 굳이 천연기념물로 지정받지 않더라도 국민의 세금으

---

* 라이프니츠에게 있어 모나드란 모든 존재의 기본으로서 단순하고 불가분(不可分)한 것이며 "우주의 살아 있는 거울"이다.

로 나의 불멸은 유지될 수도 있을 것이다. 나무에게 무기징역을 선고하는 일이 얼마나 어리석은 일인지 판사나 검사는 결코 상상하지 못하리라. 나는 주술사의 도움이 절실했으므로 신성한 나무 그늘 아래에서의 금석맹약도 깨뜨리고 박물관 학예사에게 그동안 나에게 일어난 사건들을 두서없이 털어놓았다. 그런데 그는 인간이 얼마나 외로운지, 그리하여 언제든지 괴물로 변신할 수 있을 만큼 위태로운 존재라는 사실을 이미 간파하고 있어서 전혀 놀라지 않았다. 그것은 한때 전체주의자였다가 훗날 개인주의자로 퇴락한 사람들에게서 공통적으로 발견되는 성향이기도 하였다. 표정이 풍선처럼 부풀어 오르면서 그는 그 고가의 희귀한 상품들은 인간의 몸속에서 직접 재배되고 수확된 것이기 때문에 안전성 검증은 이미 끝났다고 단언했다. 그러고는 현관문과 유리창을 걸어 잠그고 블라인드를 바닥까지 늘린 채 대마 씨앗으로 요리를 하기 시작했다. 프라이팬에 볶고 믹서로 곱게 가는 과정까진 내가 예전에 시도해본 것이었으나 한지로 된 편지지와 머그컵과 뜨거운 물은 준비하지 않았다. 대신 담배 가루를 섞고 기름종이로 만 다음 끝을 조금 접어 물고 불을 붙였다.

"이것을 스페이스 케이크Space cake라고 부른다네. 지금부터 우리는 우주선을 타고 화성과 목성 사이에 있는 소행성을 향해 날아갈 거야. 중력의 아홉 배가 되는 윤리에서 단숨에 벗어나기 위해서는 누구든 이걸 삼켜야 하는데 제자리로 돌아온다는 보장을 해줄 수 없어 유감이군."

깊게 한 모금을 빨더니 그는 바닥에 누웠다. 그리고 우주선의 조종간을 잡으려는 것처럼 두 팔을 허공으로 뻗었는데 우주선이 빛의 칼날들 사이를 통과할 때마다 표정과 몸을 뒤틀어댔다. 지상을 출발한 지 10여 분만에 평온한 시공간 속으로 들어서면서 그는 자동 항법 장치를 작동시키고 팔을 내려 옆구리에 붙였다. 나도 한 모금 빨아보았으나 지복의 환희를 감지할 수는 없었다. 아마도 몸속에 들어 찬 엽록소들 때문에 외부의 자극은 몸에 쌓이지 않고 산소로 배출되고 있는지도 모르겠다. 그래서 나는 공항의 관제탑처럼 물구나무를 선 채 반짝였다. 오디세우스의 직계 후손이기도 한 박물관 학예사가 지구로 무사히 귀환하여 들려준 이야기는 호두 껍질 속에 들어앉아서도 상상할 수 있는 것이었다. 봄이 지나가기 전에 종로5가 부근에다가 씨앗가게를 열자고 그는 제안했다. 21세기의 사람들은 목화나 뽕나무 씨앗을 지난한 역사의 치부로 여기기 때문에 훨씬 자극적인 상품들이 필요하다. 사업의 성패는 그가 은밀하게 모집해온 고객들을 실망시키지 않을 분량만큼 내가 대마 씨앗을 생산해낼 수 있느냐에 달려 있었다. 그래서 그는 나를 상대로 임상실험이라도 시작할 태세였으니, 어떤 온도와 습도, 조도 속에서 어떤 음식, 소리, 냄새가 대마씨를 잉태해내는지, 만약 꿈이라면 어떤 내용과 연관되어 있는지 알아내는 게 급선무였다. 그래서 나와 그는 회사를 그만두었고 천문대와도 같은 내 옥탑방에서 하루 종일 함께 지내면서 일상의 성분과 생산물 들을 기록하였다. 그런데 봄이 멀어질수록 내 몸속의 식물적 징후들이 점점 희미해지고 있어서 춘수春愁는 더욱 깊어져갔다. 그것은 P와도 관련이 있는 것 같았는데, 은행나무들 사이에 벚나무나 플라타너스를 심으면 그해 은행 수확량이 급격하게 줄어든다는 산림청 연구 결과로부터 완성한 추론이었다.

잠정적인 과오

― '쓰다'의 일곱 가지 쓸모

* "모든 언어는 과오다. 나는 시 속의 모든 과오인 언어를 사랑한다. 언어는 최고의 상상이다. 그리고 시간의 언어는 언어가 아니다. 그것은 잠정적인 과오이다. 수정될 과오. 그래서 최고의 상상인 언어가 일시적인 언어가 되어도 만족할 줄 안다"(김수영, 「가장 아름다운 우리말 열 개」, 『청소년이 읽는 우리수필08 ―김수영』, 돌베개, 2004. p. 197).

1. 쓰다: 머릿속의 생각을 종이 혹은 이와 유사한 대상 따위에 글로 나타내다.* 예) 편지를 쓰다. 원고를 쓰다. ──『고래 사전』 중에서

낸터컷 항구를 떠난 피쿼드 호는 수십 일을 남하하여 에콰도르 키토 부근의 열대 바다에 이르렀고, 흰고래가 나타나거든 허파가 찢어지도록 외치라는 지시가 에이해브 선장으로부터 돛대 꼭대기의 망꾼에게 떨어지자마자, 난데없이 화자인 이슈메일은 고래학 강의를 시작하였다. 그는 고래를 '수평 꼬리를 가졌고 물을 내뿜는 물고기'**라고 정의하고, 독자들의 이해를 돕기 위해 고래의 크기를 책의 크기에 빗대어 2절판, 8절판, 12절판으로 분류하였다. 2절판 고래에는 향유고래, 참고래, 긴수염고래, 혹등고래, 멸치고래, 대왕고래가 속해 있고, 8절판 고래에는 솔잎돌고

* 이하 '쓰다'에 대한 정의는 국립국어원이 발행한 자료에 따른다.
** 허먼 멜빌, 『모비 딕』, 김석희 옮김, 작가정신, 2011, p. 183. 이후 본 소설의 내용은 이 책과 아무런 관련이 없음을 밝힌다.

래, 흑고래, 외뿔고래, 범고래, 상어고래가 포함된다. 만세돌고래, 해적돌고래, 흰주둥이돌고래는 12절판 고래의 대표종이다. 향유고래의 머릿골에서 짠 기름은 구하기가 어렵고 가격도 비싼 탓에 의약품을 만드는 데 대부분 사용되었지만, 부자들은 이 기름으로 만든 양초에서 그을음이나 냄새가 전혀 나지 않는다는 사실을 잘 알고 있었다. 요란한 숨소리를 내고 나타나는 솔잎돌고래는 뱃사람들 사이에서 향유고래의 전령으로 알려졌다. 만세돌고래라는 이름은 독립기념일에 하늘로 모자를 던져 올리는 미국인들의 관습에서 비롯되었다.

하지만 피쿼드 호는 망망대해에 갑작스레 나타난 오탈자誤脫字와 이물이 부딪힌 뒤 가라앉기 시작했다. 모비 딕의 환영 인사로 착각한 에이해브 선장은 세번째 항해*를 위해 작살과 보트를 준비하라고 선원들에게 급히 명령하면서, 돛대 꼭대기에서 허파가 찢어지도록 외치지 않은 망꾼을 혼내주어야겠다고 다짐했다. 평생 고래를 쫓아 세상의 거의 모든 곳에 닿아본 그였건만 그 어디에서도 마주친 적 없는 문자 앞에서 제대로 저항 한 번 하지 못한 채, 신의 저주를 저주하면서 묵묵히 최후를 맞이해야 했다. 새벽까지 이어진 음담패설과 음주와 뱃멀미 때문에 작취미성昨醉未惺의 상태에서 쉽게 빠져나올 수 없었던 선원들은 모비 딕을 최초로 발견한 자에게 스페인 금화 15냥을 주겠다는 선장의 약속을 떠올리고 필사적으로 버둥거렸으나, 자신을 수장시키고 있는 것이 무엇인지 끝내 알지 못했다. 간신히 목관을 붙들고 그 비극에서 살

---

* "내 영혼의 배는 세번째로 항해를 떠난다네. 스타벅"(허먼 멜빌, 같은 책, p. 672).

아남은 자는 다행히 이슈메일뿐만이 아니었다.

피로감에 눅진해진 몸과 마음을 이끌고 그가 두 시간이나 걸어서 집으로 돌아왔을 땐 자정 무렵이었다. 어머니의 장례 이후로 거의 3년 만에 택시를 타려고 2절판 서점 앞 정류장을 기웃거렸으나, 세번째 항해에 대한 기대감으로 잔뜩 고양된 취객들 사이에서 그는 끝내 제 차례를 기다리지 못했다. 꼬리를 물고 이어진 자동차들과 삼원색의 교통신호등 사이에 갇혀서, 일면식도 없는 택시 기사와 한심스러운 대화를 이어가거나 의심 어린 눈초리를 교환하고 있을 상상하니 차마 택시를 멈춰 세울 엄두가 나지 않았다. 그의 몸을 비틀고 있는 울화를 다스리기에도 택시처럼 밀폐된 공간은 결코 적합하지 않았다. 4월 초순의 밤공기는 고양이의 털보다는 확실히 거칠었지만 두릅나무의 어린순들보다는 훨씬 부드러웠기 때문에 보폭이나 숨소리의 리듬만 잘 유지한다면, 비록 단 한 번도 시도해보지 않았을 만큼 먼 거리였지만 집까지 걸어가는 게 아주 불가능할 것 같진 않았다. 밤이 되어야 비로소 미덕을 드러내는 도시에선 어둠보다는 오히려 빛 때문에 사람들이 길을 잃는다. 그래서 그는 눈을 반쯤 감고 귀를 막고 얼굴을 바닥으로 향한 채 걸었다. 그랬더니 밤은 자동 항법 장치가 되어 번개 같은 번뇌와 우레 같은 유혹으로부터 가장 멀리 떨어진 길로만 안내하여 안전하게 그를 집까지 데려다주는 게 아닌가.

하지만 그는 세수를 하고 나서 곧바로 잠자리에 들지 않았다. 개다리소반 앞에 가부좌를 틀고 앉아서 그는 *편지를 쓰기* 시작했다. 오탈자를 방지하기 위해 그는 창문을 열었고 독서등을 켰을 뿐만 아니라 향을 피워 소반 위에 올려놓았다. 커피까지 마시려다가 그만두었는데, 지나친 각성의 상태는 오히려 자신의 감정을 과장시켜 편지의 목적을 흐리게 만들까 봐 두려웠기 때문이다. 글로써 자신의 내면 풍경을 드러내본 적이 거의 없는 그로서는 평정심을 유지하는 게 절실했다. 더군다나 그 편지의 수신인은, 평생 수천 권의 책들을 읽고 그보다 열 배 정도 많은 원고들을 읽었을 뿐만 아니라 그것들 중에서 가장 나은 것을 골라내고 다듬었을 출판사의 편집자가 아닌가.

그래서 고작 두 장 분량의 편지를 완성하는 데 나흘이 걸렸고, 퇴고에서 발송까지 다시 일주일의 시간이 필요했다. 만약 그 사이 그 책에 대한 관심이 사라졌더라면 아마 그는 그 편지를 찢어버렸을 것이다. 하지만 그토록 순수하고 강렬한 충동이 오랫동안 유지될 수 있었던 까닭을 그 스스로도 이해할 순 없었다.

그는 자신을 간략하게 소개하고 『모비 딕』의 첫 페이지를 읽는 순간부터 자신을 사로잡았던 강렬한 인상과 흥분을 설명한 뒤, 갑작스레 등장하여 독서를 강제로 중지시킨 치명적 오탈자를 수정해준다면 그 책을 서점에서 정상적으로 구매할 뿐만 아니라 지인들에게 적극적으로 홍보하겠노라고 약속했다. 실수는 인간의 속성이지만, 에이해브 선장처럼 끊임없이 저항하는 태도만이 인간을 존엄하게 만들 수 있다고 그는 썼다. 지나치게 관념적인 문장인 것 같아 잠시 머뭇거렸지만, 그것은 이미 수백 년 전부터 세상에 존재하고 있었던 문장이었으므로 굳이 주석을 달 필요는 없겠다고 생각했다.

그 편지를 부치고 돌아온 다음 날부터 그는 매일 다섯 번 남짓 우편함을 열어보았다. 일요일에도 딱히 해야 할 일이나 만날 사람이 없었으므로, 오직 우편함을 확인하기 위해 버스를 타고 공방으로 나갔다. 기대가 빗나갈 때마다 편지의 알리바이는 더욱 정교해져갔다. 평소 같으면 2절판 서점에 숨어들어 사냥하듯 책들을 추적하고 수렵물들을 그 자리에서 게걸스레 먹어치웠겠지만, 『모비 딕』의 편집자에게서 회신을 기다리던 두 달 동안에는 자신이 마치 돛대 꼭대기의 망꾼이라도 된 듯 사방의 서가들을 하염없이 둘러보면서 향유고래의 전령이라는 솔잎돌고래가 나타나길 기다렸다. 하지만 번번이 그 책의 개정판을 발견하지 못한 채 항구로 귀환해야 했을 따름이다.

고양이의 털보다 부드럽지만 역한 비린내가 묻어나는 7월 중순의 밤공기 속으로 퇴근하다가 그는 길을 잃고 한참 동안 같은 자리를 맴돌았다. 간신히 빛의 소용돌이 속에서 빠져나왔을 때 자신은 결코 편집자에게서 회신을 받지 못할 것이라는 확신에 사로잡혔다. 아직 읽지 않았어도 마치 오래전에 읽은 것처럼 모두에게 널리 알려져 있는 그 책은 그저 2절판 서점의 허영을 채우기 위한 구색具色에 불과하며, 고작 두 개의 오탈자를 수정하기 위해 초판을 회수하고 개정판을 배포할 만큼 선병질적 결벽증을 지닌 출판사가 살아남기엔 현실이 너무 척박하다는 결론에 이르고 말았다. 도저히 밤의 자동 항법 장치에 몸을 맡길 수 없어서 그는 결국 택시를 타고 관에 매달린 이슈메일처럼 도시 속을 한참 동안 표류하였다.

창문을 열고 독서등을 켜고 향을 피웠을 뿐만 아니라 커피까지 마신 뒤에 개다리소반 앞에 가부좌를 틀고 앉은 그는, 자신이 직접 그 책을 번역하고 싶은 충동에 휩싸였다. 하지만 카페인 때문에 감정이 과장되었다는 사실을 인정하자, 자신에겐 그런 능력은 물론이거니와 그럴 수 있는 권리가 없다는 사실을 자연스레 깨달았다. 게다가 천연두와도 같은 오류는 번역가가 사전을 찾는 도중에, 출판사 편집자가 편집하는 도중에, 인쇄소 직원이 인쇄하는 도중에, 얼마든지 책 안으로 숨어들 수 있었으므로 현재의 상업적 제작 과정을 통해 탄생하는 모든 책들은 생래적으로 불완전할 수밖에 없었다. 작가가 나서서 자신의 원고를 직접 책을 출판하는 방법이 그나마 최선일 테지만, 작가 역시 면역력을 충분히 갖추고 있지 못하고 엉터리 책과 편견 들에 포위되어 있는 한 언어도단言語道斷의 안개 속에서도 그에게 끊임없이 바른 길을 안내해줄 완벽한 책은 절실하다. 하지만 원본을 필사한 자들의 종파와 언어에 따라 전혀 다른 텍스트로 읽히는 경전들은 결코 모두의 길라잡이가 될 수 없었다. 오류나 오독 없이 누구에게나 똑같은 이야기를 할 수 있는 책이라곤 오로지 각국의 국어사전밖에 없다는 생각을 수긍하기까지 그에겐 많은 불면의 밤과 향이 필요했다.

그래서 그는 훗날『모비 딕』의 편집자가 개정판을 준비하게 될 때 조금이나마 도움을 줄 목적으로『고래 사전』의 *원고를 직접 쓰기* 시작했다. 그 사전이『모비 딕』을 독해하기 위한 가이드북은 결코 아니고, 고래라는 생물과 그것에 연관된 인간의 문화를 설명하는 데 필요한 단어들을 국어사전에서 골라내어 가나다 순서대로 정리해놓은 것에 불과하기 때문에, 가령 고래 탐사 관광을 준비하고 있는 사람들이나 또는 해안을 산책하다가 고래의 시체를 발견한 자들에게 필요할 것이다. 그렇다고 백과사전처럼 다양한 정보를 제공하는 것도 아니다. 다만 고래와 관련된 문헌들 속에서 찾아낸 문장들로 단어의 용례를 덧붙여 독자들의 이해를 도우려고 노력했다. 그는 국어사전 속에도 치명적 오류가 포함되어 있다고 의심했기 때문에 10여 년 동안 발간된 모든 사전들을 일일이 대조한 끝에 2004년도 현산출판사에서 발간한 국어사전을 기본 자료로 선정하였다. 그 이후에 새로 추가된 단어들은 훗날『고래 사전』개정판을 만들 때 보충하기로 하고 일단 초판에선 제외하였다.

2. 쓰다: 붓, 펜, 연필과 같이 선을 그을 수 있는 도구로 종이 따위에 획을 그어서 일정한 글자의 모양이 이루어지게 하다.
예) 글씨를 쓰다. —『도장 사전』중에서

『도장 사전』을 만드는 일은 두 가지 이유 때문에『고래 사전』을 만드는 것보다 훨씬 어렵고 시간이 많이 걸렸다. 하나는 그가 『도장 사전』을 만드는 일보다 도장을 만드는 일에 더욱 익숙했기 때문이었고, 또 하나는 그걸 만드는 도중에 사랑의 열병을 앓았기 때문이다. 귀신을 그리는 건 쉬워도 개나 고양이를 그리는 건 어렵다고, 자신에게 너무 익숙한 것들을 날카로운 연필심 끝으로 찍어 원고지 위로 옮기려 하자 어떤 것은 미모사처럼 몸을 움츠렸고 또 어떤 것들은 복어처럼 가시를 드러내는 바람에 예상보다도 더 많은 노력과 시간이 필요했던 것이다. 익숙한 일보다 익숙하지 않는 일을 더 잘 해낼 수 있다는 역설이 비로소 이해되었다. 『도장 사전』을 만들기에 앞서, 그보다 도장을 만드는 일을 시작하기에 앞서 유년기의 기억들과 영원히 결별했던 것이 그나마 도움이 되었다고 그는 생각했다.

그는 힘들게 성인이 되자마자 독립을 선언했다. 두 번 다시 고향으로 돌아오지 않겠다고 다짐하고 그는 야밤에 가방 하나만 챙겨 서울로 향하는 심야 고속버스에 올랐다. 고작 10여만 원의 비상금과 국어사전 한 권, 겨울 점퍼, 그리고 속옷이 재산의 전부였다. 고속버스가 출발하자마자 후회와 두려움으로 몸이 아팠지만 어둠과 피곤이 그에게 재갈을 물렸으므로 비명을 지를 수도 없었다. 새벽 4시쯤 서울의 터미널에 도착한 그는 대합실 의자에 앉아 정오가 될 때까지 새우잠을 잤다. 그러고는 터미널 부근에 있는 도장 공방들을 찾아다니며 다짜고짜 일자리와 잠자리를 구걸하였다. 단 한 차례의 성공만으로 모든 실패는 상처를 남기지 않은 채 단숨에 잊힐 것이라고 생각했다. 하지만 그의 비상한 기억력은 치유에 전혀 도움이 되지 않아서, 20여 년이 지난 지금까지도 자신을 문전박대했던 도장 공방의 위치와 상호명과 주인들의 얼굴과 그들의 말을 똑똑하게 기억할 수 있다. 그러나 도장에 대한 지식과 기술이 전혀 없는 열아홉 살의 소년이 허드렛일을 얻고 자재 창고에 딸린 방에서 숙식을 해결할 수 있게 된 것도 그 능력 덕분이었음을 인정한다. 독립하기 위해서 그는 자신을 버리고 자신 밖의 모든 것을 받아들이며 언제라도 자신의 재주를 증명해 보여야 했던 것이다.

그렇게 20여 년을 보내고 지금으로부터 반년 전에 그는 다시 독립을 선언하였다. 이번엔 가족같이 지내던 공방의 스승과 세 명의 동료들 앞에서였다. 서명만으로도 은행에서 돈을 인출하거나 관공서에서 서류를 발급받을 수 있게 된 지 이미 오래되었고, 도장업자들에겐 마지막 보루라고 여겨졌던 인감서류마저도 본인 서명확인서로 대체되면서 도장의 쓸모는 급격히 사라지고 있다. 그나마 도장이 필요한 손님들마저도 컴퓨터 인장조각기로 1분 만에 도장을 완성해주는 공방을 찾아가거나, 공동 구매나 할인 쿠폰 등을 통해 파격적인 가격을 제안하고 있는 인터넷 사이트로만 몰려들고 있으니, 애당초 유행이나 첨단기술과는 멀찌감치 거리를 둔 채 나무나 돌의 표면에 붓으로 *글씨*를 쓰고 조각도로 깎아서 도장을 만드는 곳은 그리 오래 버티지 못할 것이 분명했다. 하지만 도장을 만드는 일 이외엔 다른 재주가 없는 동료들은 폐허와 같은 그곳을 차마 떠나지 못하고 청소를 하거나 장기를 두거나 신문의 십자말풀이를 하면서 무위의 시간을 힘겹게 견뎌낼 따름이었다. 참다 못한 스승이 나서서 여성용 액세서리를 만드는 공장에서 일거리를 받아오긴 했으나 경제적 궁핍을 해결하기엔 턱없이 부족했다. 해고되지 않기 위해선 스스로 그만두는 수밖에 없었기 때문에 미혼인 그가 가장 먼저 나섰던 것이다. 그는 자신의 전 재산을 쏟아붓고 대출까지 받아 스승의 공방과 마주한 상가 모퉁이에 공방을 차렸다. 작업대 하나와 의자 하나, 전화와 독서등, 그리고 공구함 한 개를 채우고 나니 숨 쉴 공간조차 부족해졌다. 스승은 자신이 목숨처럼 아끼던 조각도 하나를 선물로 주고 말없이 돌아갔다. 그뒤로 세 명의 옛 동료들이 차례로 찾아와 일자리를 부탁해왔을 때 그는 그들에게 굴욕을 각인시키지 않고 거절하기 위해 최선을 다했다.

손님이 거의 찾아오지 않았으므로 그는 혼자서 보내는 시간이 많았다. 점점 자신의 목을 옭죄어오고 있는 파산의 그림자에 초연해지기 위해서라도 그는 『도장 사전』을 만드는 데 더 많은 시간을 쏟아부어야 했다. 하지만 내용이 정교해질수록 더 많은 단어들이 삭제되거나 교체되어야 했으므로 진척은 너무 더뎠다. 이는 마치 측량에 사용된 자의 길이가 짧아질수록 영국의 해안선의 길이는 더욱 길어진다는 프랙털fractal 이론과도 일치했다. 원래의 계획대로라면 『도장 사전』은 훗날 도장을 만드는 재료에 따라 『식물 사전』과 『광물 사전』 『동물 사전』, 그리고 『금속 사전』

으로 나뉠 예정이었으나 끝내 『도장 사전』을 완성하지 못하게 되면서 나머지 사전들마저 존재할 수 없게 되었다. 그는 작업을 하면서 수십 권의 식물도감과 동물도감, 광물도감을 참조해야 했는데, 도장나무라고도 불리는 회양목을 회나무라고 설명하는 책이 있는가 하면, 한눈으로 봐도 흑염소의 뿔로 만든 도장이 분명한데도 아시아 검은 물소의 사진을 실은 책도 있었고, 연옥軟玉을 비취翡翠라고 부르는 책까지 발견하였다. 또한 국어사전에는 상아가 "코끼리의 엄니. 위턱에 나서 입 밖으로 뿔처럼 길게 뻗어 있다. 맑고 연한 노란색이며 단단해서 갈면 갈수록 윤이 난다. 악기, 도장, 물부리 따위의 공예품을 만드는 데 쓴다"라고 정의되어 있지만, '야생동물 및 조류 보호 국제협약'이 발효된 이후 더 이상 인간의 허영심으로부터 코끼리의 생명을 보호하기 위해서라도 상아는 『도장 사전』에 추가할 수 없었다.

3. 쓰다: 힘이나 노력 따위를 들이다.

예) 마음을 쓰다. —『윤리 사전』 중에서

11월 중순, 수요일 오전 11시쯤 공방의 문이 열렸을 때, 그는 웅숭깊은 우물의 바닥으로 굽이 뾰족한 하이힐 하나가 떨어지는 소리를 들었던 것 같다. 작업대 앞에 앉아 도장 대신 『도장 사전』을 만들고 있던 그는 너무 놀라 국어사전을 손에서 놓치고 말았는데, 마치 제논의 화살처럼 아무리 손을 멀리 뻗어도 자신의 생애

동안엔 결코 그것을 붙잡을 수 없을 것만 같았다. 물끄러미 올려다본 여자의 표정은 너무 투명하고 고요해서 그것을 들여다보는 자의 운명까지 비칠 정도였다. 어쩌면 그때 이미 그는 그 연애의 결말을 알아차렸을지도 모른다. 하지만 미리 결말을 안다고 해서 바꿀 수 있는 것은 없었다. 그래서 그는 자신의 표정마저 투명해질 때까지 시선을 피하지도 않은 채 그녀를 뚫어지게 쳐다보았다. 상대방의 얼굴에서 오탈자와도 같은 결점들을 찾아내지 못하여 초조해진 건 그때가 처음이었다. 그의 예민한 감각이 그것들을 발견할 때마다 시한폭탄과도 같은 편집증이 작동하는 바람에, 마흔 살의 나이가 되도록 그는 변변한 연애조차 시작하지 못했던 것이다. 비록 그 여자가 모든 남자들에게 베아트리체로 여겨질 만큼 아름답지는 않았을지라도, 세상의 어느 누구보다도 11월 중순 오전 11시쯤 공방의 출입문과 가장 어울리는 것만큼은 분명했다. 그녀의 화장품 냄새와 그의 살냄새가 서로 섞이면서 몽환을 만들어냈는지도 모른다. 그리고 평일 오전에 혼자서, 컴퓨터 인장조각기로 1분이면 완성할 수 있는 도장을 굳이 도장장이의 조각도에 맡기려고 찾아온 여자의 사연에 그가 미리 카타르시스를 느꼈을 수도 있겠다.

삼십대 중반의 여자는 문을 반쯤 열었을 뿐, 공방 안으로 들어오지 않았다. 너무 오랫동안 자신의 얼굴을 들여다보고 있는 남자 때문이기도 하거니와, 그곳이 도장을 만드는 곳이라기보다는 차라리 헌책방 같다는 인상을 받았기 때문이다. 그도 그럴 것이

거의 한 달여 동안 그는 단 한 개의 도장도 만들지 못했다. 그 사이 작업대 위에선 공구함이 자연스레 치워지고 그 자리를 옛 공방의 동료들 이름으로 도서관에서 빌려 온 책들이 채우고 있었던 것이다. 여전히 그는 한 번 읽은 책의 내용은 거의 완벽하게 기억할 수 있었지만, 사전을 만들고 있는 이상 자신의 기억이 맞는지 반드시 확인해야 했으므로 책들을 곧바로 반납할 수 없었다. 그는 각각의 책을 각각의 단어로 정의한 뒤 가나다 순서대로 쌓아놓았기 때문에 도리아식 기둥의 중간 석재를 뽑아내어 건물 전체의 안전을 위협하는 일 없이 그저 위아래로 누르고 있는 책들의 제목과 내용을 떠올리는 것만으로도 그 사이에 놓인 책의 내용을 충분히 기억해낼 수 있었다.

"혹시 급히 인감도장을 만들 수 있을까요?"

여자가 이렇게 묻지 않았더라면, 그는 그 여자가 『모비 딕』의 편집자이거나 『고래 사전』에 대한 소문을 듣고 찾아온——고래 탐사 관광을 준비하고 있거나 해안을 산책하다가 고래의 시체를 발견한——사람이라고 간주했을 것이다. 그의 시선을 피한 채 작업대 위에 쌓아둔 책들을 눈으로 하나씩 훑어 내려가면서 그녀가 그렇게 물었기 때문에 그의 추정엔 정당한 이유가 있었다. 하지만 그는 급히 책들의 신전을 무너뜨리고 그 폐허 위에다 공구함을 올려놓아야 했다. 손님을 위해 의자 하나를 더 마련해두었어야 했다는 사실도 개업한 지 한 달여 지난 그제야 깨닫게 되었다. 그렇다고 자신의 의자를 내어주고 선 채 도장 작업을 할 수도 없는 노릇이었다. 그는 하루에 도장 두 개 정도는 깎을 수 있었지만 여자에게는 사흘 정도 걸린다고 거짓말을 했다. 혀가 뇌의 통제를 받지 않고 그렇게 말한 이유를 그 자신도 이해할 수 없었다. 공방의 어수선한 모습을 더 이상 손님에게 드러내 보이고 싶지 않았을 수도 있고, 독립을 준비하면서 거의 반년 동안 도장을 깎지 않았기 때문에 무뎌졌을 조각도와 손끝의 감각을 벼리기 위해선 하루 정도의 시간이 필요하다고 판단했을 수도 있으며, 마수걸이 손님에게 감사할 목적으로 좀더 시간과 정성을 들여 도장을 만들어주고 싶었거나, 그저 여자를 한 번 더 만나서 오탈자와도 같은 결점들을 얼굴 안에서 찾아보고 싶었을 수도 있다. 그것도 아니라면 이혼 서류에 도장을 찍을 그녀의 손끝이 위태롭게 흔들리더라도 불행을 서둘러 끝내고 싶은 그녀의 의지만큼은 선명하게 도드라지도록, 그리하여 판사로부터 진위를 의심받지 않을 수 있도록, 이름을 이루는 음각의 모든 모서리들을 날카롭게 돋아 세우고 싶었을 수도 있겠다.

여자는 기다릴 수 있는 시간이 많지 않다고 말했다. 그래서 결국 여자는 내실의 문턱에 걸터앉은 채 그의 작업을 지켜봐야 했고, 그가 허리를 잔뜩 구부린 채 손끝의 칼날과 그 여자의 이름에 온 정신을 집중하고 있는 동안, 방 한쪽에 던져놓은 『고래 사전』의 원고를 몰래 들쳐 보았다. 그러고는 그것을 자신의 가방 속에 슬그머니 넣은 뒤 자리에서 갑자기 일어나더니, 도장을 찾으러 이틀 뒤에 오겠노라고 말하며 공방을 서둘러 빠져나갔다. 그는 자신의 원고가 사라진지도 모른 채 이틀 동안 도장 하나를 완성하느라 온 *마음을 썼다.* 이미 세 개의 벽조목霹棗木──벼락 맞은 대추나무── 을 망가뜨렸는데도 전혀 아깝지 않았다.

이틀 뒤 약속대로 여자가 다시 찾아왔다. 하지만 그는 차마 여자의 얼굴을 들여다볼 수 없었다. 그녀 앞에서 그가 할 수 있는 것이라곤 제 마음보다도 더 무거운 도장을 묵묵히 건네면서, 언젠가 단 한 번만이라도 자신이 여자의 인생 위로 벼락처럼 떨어져 그녀를 기쁘게 해주길 기대할 뿐이었다.

"모두 합해서 얼마죠?"

그는 개업한 뒤 처음으로 찾아온 손님이기 때문에 공짜로 선물하겠다고 대답했다. 여자는 여러 가지 의미들로 해석되기 충분한 미소를 지어 보였다.

"그럼『고래 사전』은 얼마에 파실 건데요?"

대학을 졸업하자마자 전업주부로서 10여 년을 살아온 그녀는 이혼을 하게 되면 위자료만으로는 두 아이를 키울 수 없기 때문에 밥벌이가 필요하다고 말했다. 다행히 대학 선배의 추천으로 조만간 중견 출판사에 근무할 수 있게 될 것 같은데, 만약『고래 사전』에 대한 전권을 자신에게 허락해준다면 자신이 직접 출판사를 차리고 책으로 출판해주겠다고 약속했다. 그러면서 자신이 직접 만든 계약서를 내밀더니 그로부터 건네받은 도장으로 그 계약서 한쪽에 날인하는 게 아닌가. 20여 년 동안 수만 개의 도장을 만들어왔지만 그 순간만큼은 어느 도장도 자신의 기쁨을 온전히 담아낼 수 없다고 판단하여, 그는 도장 대신 엄지에 인주를 묻혀 계약서 위에 눌러 찍었다. 온전히 제 인생을 걸어 그 계약의 의미를 강조하려고 했던 것인데, 너무 오랫동안 조각도를 잡고 살았던 탓에 그의 지문은 더이상 그의 정체성을 확인해줄 수 없을 정도로 희미해져 있었다.

4. 쓰다: 사람을 어떤 일정한 직위나 자리에 임명하여 일을 하게 하다. 예) 사람을 쓰다. ―『주부 생활 사전』 중에서

이혼소송을 성공적으로 마치자마자 여자는 위자료로 받은 자신의 아파트에다 출판사를 차렸다. 그러고는 명확한 이유도 없이 부조리한 상황에 갑작스레 내몰리게 된 사람들이 자신의 현실을 빠르게 이해하고 손쉽게 적응할 수 있도록 돕는 사전을 만들자고 그에게 제안하였을 뿐만 아니라 *사람을 써서* 그의 작업에 필요한 책과 자료를 찾아주겠다고 약속했다. 그때부터 그는 공방의 문을 안에서 걸어 잠근 채 사전을 만드는 일에 하루를 꼬박 쏟아부었다. 사전의 형식을 빌려 기존에 출간된 각종 안내서적들은 하나같이 작가의 편협한 해석이나 부정확한 정보 들을 제공하여 독자들을 혼란스럽게 만들고 있었기 때문에, 그는 국어사전이 다루지 않는 단어들은 결코 사용하지 않았고 다의적으로 해석 가능한 표현 또한 피했다. 『도장 사전』 편집을 중단한 까닭도 낯익은 것들을 다루는 사이에 방심하게 되는 걸 극히 경계했기 때문이다.

여자의 충고가 보태어져 아래와 같은 사전들이 기획되었다.

『주부 생활 사전』은 기혼 남녀가 직장에서 갑작스레 해고되었거나 불의의 사고로 인해 퇴직해야 했을 때 실업의 현실을 빠르게 이해하고 주부 생활에 쉽게 적응할 수 있도록, 동년배 주부들의 지식과 경험, 문화와 유행, 행동과 사고방식, 욕망과 질병 따위에 대한 정보를 제공한다. 우울증이나 희생을 연상시킬 단어들은 제외한다.

『휴일 사전』은 밥벌이의 늪에 빠져 허우적거리고 있는 가장들에게 더 이상 가족들에게 존경받지 못하는 현실을 빠르게 이해시키고 군림하는 대신 존중하는 방식을 빨리 습득할 수 있도록, 가족과 함께 머무는 휴일 내내 필요한 야외활동과 음식, 문화 현상, 교육, 첨단기계와 여행에 관련된 키워드를 제공한다. 대중매체가 세대를 규정짓기 위해 습관적으로 사용하는 단어들은 제외한다.

『남녀 사전』은 몸과 영혼의 암수가 일치하지 않던 사람들이 의학의 도움으로 성별을 바꾸게 되었을 때, 유아부터 노인까지 남녀의 차이점을 빠르게 이해시키는 한편 새로운 성적 정체성과 역할에 쉽게 적응할 수 있도록, 유전적 기질과 행동 성향, 정치와 사회 제도, 정신분석, 역사, 환경, 산업 등의 범주에 따라 다양한 단어들과 범례를 추가한다. 편견과 차별을 정당화하는 단어들은 제외한다.

『도시 생활 사전』과 『도시 생활 바깥 사전』은 질병이나 파산 등의 갑작스러운 사건으로 인해 낯익은 공간을 떠나 낯선 곳으로 이주하게 되었을 때 겪게 될 어려움들을 빠르게 이해시키고 최소한의 시행착오를 통해 새로운 주거 환경에 쉽게 적응할 수 있도록 돕는다. 『도시 생활 사전』에는 건물과 규칙, 생필품, 교통 시설, 세금 등에 대한 설명이 많고, 『도시 생활 바깥 사전』에는 동물과 식물, 자연 변화, 농사와 채집, 낚시와 양식, 수공예, 기계 사용법 등에 대한 설명이 많다. 각자의 사전에는 두 가지 상반된 생활 조건이 독립적으로 유지될 수 있도록 공통으로 사용되는 단어들의 숫자를 최소한으로 허락하고 낭만적 환상을 조장하는 단어들은 제외한다.

『부모 적응 사전』은 부모의 나이가 너무 많아서 시험관 시술이나 대리모 출산과 같은 방법으로 어렵게 자식을 얻게 되었거나, 반대로 자신들의 인생조차 감당하지 못할 나이에 자식을 낳고 부모가 되었을 때, 자식으로 인해 변화되는 부모의 일상을 빠르게 이해시키고 체계적으로 준비할 수 있도록 돕는다. 출산, 수유, 질병, 수면, 이유식, 장난감, 약, 버릇, 교육 등에 필요한 단어들을 아이의 발달 시기에 맞춰 제공한다. 부모에게 박탈감을 조장할 수 있거나 의학적으로 검증되지 않은 민간요법을 부추길 수 있는 단어들은 제외한다.

『성인 사전』은 성인식을 앞둔 청소년들에게 청소년과 성인의 차이점을 빠르게 이해시키고 독립된 인격체로서의 책임과 권리에 쉽게 적응할 수 있도록, 몸의 구조부터 철학, 예술, 정치, 자연, 경제, 지리, 역사, 사회, 의학, 윤리, 기술, 음식, 대화 방법, 상표,

언어 등과 관련된 단어들을 총망라한다. 하지만 이 사전이 다루는 범위가 너무 넓어지면 일반적인 사전과 다를 바 없어지기 때문에, 성인을 연령별로 구분하고 각각의 주된 관심사와 지적 수준에 맞는 정보들만을 골라내어 별도의 사전으로 묶는데, 『오십대의 성인 사전』이 가장 두껍고『팔십대의 성인 사전』가장 얇다. 『이십대의 성인 사전』에는 몸의 구조와 윤리에 대한 단어들이 많이 포함되는데, 성인의 삶을 시작하기 위해 그 단어들은 모유와 같은 역할을 하기 때문이다. 반면 칠십대 이상의 성인 사전에서는 그런 단어들을 극히 제한한다.

『민주주의 사전』은 유전적, 신체적, 경제적, 정치적, 언어적 제약 등으로 인해 차별을 받고 있는 사람들과 갑작스레 이웃이 된 사람들에게 사회에 질병처럼 만연하고 있는 악의 평범성banality of evil*을 빠르게 이해시키고, 상식이 비정상적으로 작동하는 사회에 쉽게 적응할 수 있도록 기획되었다. 변혁과 화합에 필요한 행동 지침에 집중하여 법적 소송과 의학적 치료, 선거, 원조, 개발, 용서, 협상, 전쟁 등에 관련된 단어들을 주로 다루었다. 폭력의 주체와 대상을 구분할 수 없는 단어들은 모두 제외한다.

『알레르기 사전』은 면역 체계가 교란되어 특정한 음식이나 대상, 상황 등에 갑작스레 과민 반응을 보이게 된 사람들에게 그들 주변에 널려 있는 위험들을 빨리 이해시키고 불안한 환경 속에서 쉽게 적응하도록 돕는다. 의학 서적에 등장하는 모든 알레르기들의 원인 물질과 증상, 치료법에 관련된 단어들이 내용의 대부분

---

* "이는 마치 이 마지막 순간에 그가 인간의 연약함 속에서 이루어진 이 오랜 과정이 우리에게 가르쳐 준 교훈을 요약하고 있는 듯했다. 두려운 교훈, 즉 말과 사고를 허용하지 않는 악의 평범성(banality of evil)을" (한나 아렌트, 『예루살렘의 아이히만』, 김선욱 옮김, 한길사, 2006, p. 349).

을 차지하며 환경 파괴을 막고 생태 복원에 필요한 단어들도 추가된다. 합성염료 잉크에 알레르기를 지닌 독자들을 고려하여 천연염료 잉크로 인쇄될 것이다.

『한강 사전』은 한강의 발원지부터 종착지까지 이어지는 수계水系에서 토목공사에 참여한 사람들에게 한강이 식생과 인간 생활에 미치는 영향을 빠르게 이해시키고, 수자원 보호 규정을 쉽게 기억할 수 있도록 가능한 한 쉬운 단어들을 배치한다. 멸종된 어류와 수몰된 마을에 대한 단어들은 포함하였으나 수상구조물이나 유원지, 수상스포츠와 관련된 단어들은 제외한다. 인간이 합리적이고 최소한으로 자연을 관리할 때 비로소 자연이 자정 기능을 발휘하여 인간의 풍요를 돕는다는 교훈을 내포한다.

그리고 그는 여자 모르게 또 하나의 사전을 준비하였는데, 『연애 사전』으로 불러도 전혀 손색이 없을 단어들을 담았으나 나이마흔이 되도록 변변한 연애 한번 해보지 못한 자신에겐 그런 제목을 사용할 자격이 없다고 판단되어 결국 『윤리 사전』이라고 변경하였다. 갑작스럽게 연애 감정에 빠진 자들이 서로를 자세히 이해하고 자신의 욕망에 쉽게 적응하는 데 필요한 단어들을 제공하게 될 것이다. 그리고 그것은 전적으로 그의 진심을 그녀에게 전달하려는 방편으로 활용될 것이다. 그래서 그는 틈만 나면 도서관과 서점을 번갈아 드나들면서 자신의 감정을 완벽하게 담아낼 수 있는 문장들을 찾아내어 중요 단어들의 범례로 덧붙였다. 그런데 쉽게 이해할 수 없는 것은, 연애와 관련된 책 속에서 발견된 치명적인 오탈자들만큼은 결코 그의 독서를 멈춰 세우지 않았다는 사실이다. 그리고 그녀가 영원히 그의 인생에서 빠져나간 뒤에 그 책들을 다시 읽어보았을 때, 마치 알레르기 반응처럼 몸 전체가 가려워지면서 끝내 오탈자를 그냥 넘어갈 수 없었다는 사실 또한 이해되지 않았다.

너무 상투적인 설명이어서 인정하는 게 몹시 부끄럽기는 하지만, 어설픈 연애의 파국이 『윤리 사전』 때문에 시작된 것은 사실이다. 연락도 없이 공방으로 들이닥친 여자의 눈에 정체불명의 원고 뭉치가 들어왔고, 그것이 지니고 있을지도 모를 상품성에 잔뜩 고무된 채 페이지를 넘기기 시작한 그녀의 표정은 시간이 지날수록 점점 어둡고 모호해졌다. 그리고 마침내 그의 예민한 감각이 그녀의 얼굴에서 오탈자와도 같은 결점을 발견한 순간 시한폭탄과도 같은 편집증이 작동하고 말았다. 그는 여자가 무슨 이야기를 시작할지 이미 오래전에 들어서 기억할 수 있을 것 같았다. 하지만 여자는 아무 말도 하지 않고 공방을 나갔다.

이틀이 지나고 다시 예고도 없이 찾아온 그녀는 계약서와 도장, 그리고 붉은 볼펜으로 교정을 끝낸 『고래 사전』 원고를 작업대 위에 올려놓았다.

"이미 출판사는 정리했어요. 그리고 전 다시 한 남자의 아내와 두 아이의 엄마로 되돌아갈 것 같아요. 그러니 이 도장도 더 이상 필요 없겠네요."

둥근 도장의 테두리 속에서 그녀의 이름을 이루는 음각의 모든

모서리들은 한 인간의 동맥을 단숨에 잘라낼 수 있을 만큼 붉게
벼려 있었다.

5. 쓰다: 혀로 느끼는 맛이 한약이나 소태, 씀바귀의 맛과 같다.
예) 맛이 쓰다. —『알레르기 사전』 중에서

그의 인생을 정상 궤도에서 이탈시켰던 사건들의 인과를 곰곰
이 추적해보면, 어머니의 젖꼭지에서 쓰디쓴 맛을 감지했던 순간
까지 거슬러 오른다. 그때 그는 다섯 살이었고, 이유를 알 수 없
는 배고픔과 추위에 늘 시달렸다. 어쩌면 그 징후는 몸이 먼저 감
지하고 마음을 불편하게 만든 것이 아니라, 반대로 마음이 먼저
움직인 뒤 몸의 기능들을 조작한 결과였는지도 모르겠다. 증세는
분명했으나 원인은 모호했다. 그래서 그는 야위었고 이런저런 잔
병치레를 하느라 두 살짜리 동생과 집 안에 머무는 날이 많았다.
언제든지 어머니 품으로 달려들어 저고리 섶을 풀어헤치고 배고
픔과 추위를 해결할 수 있는 동생의 처지와는 달리 그는 늘 유혹
을 견디고 양보해야 했다. 아우를 탄다는 편견에 휘둘리고 싶지
않았다. 하지만 어머니의 젖가슴 안에는 우애를 훼손하지 않을
만큼 충분한 양의 젖이 채워져 있다는 사실을 그는 잘 알고 있었
다. 그저 일주일에 한 번만이라도 자신의 차례가 되어 단 한 모금
의 젖을 삼킬 수만 있다면, 자신을 집 안에 가두던 배고픔과 추위
를 극복하고 부모의 기대대로 자랄 수 있을 것 같았다. 하지만 불

행하게도 그런 목적을 어머니에게 정확히 설명할 수 있을 만큼 그의 사유 능력과 발성기관들은 발달해 있지 않았다. 그래서 그는 그저 표정만으로 자신의 생각을 완벽하게 표현하려고 노력했을 뿐이다. 그리고 마침내 기적이 일어났다. 새참을 준비하러 밭에서 돌아온 어머니가 툇마루에 걸터앉아 옷섶을 헤치더니 동생 대신 그를 품 안으로 부르시는 게 아닌가. 방에서 툇마루까지 어른 걸음으로 고작 일곱 발짝이면 충분한 거리를 걸어 어머니에게 도착하는 데 그의 일생 절반이 소요되었다. 젖꼭지에 묻어 있는 하얀 가루는 그에게만 허락된 초대장이자 선물 같았다. 하지만 그것에 혀가 닿는 순간 시간은 멈추었고, 그는 자신의 일생 절반을 들여 힘들게 걸어왔던 거리를 쥐며느리처럼 굴러서 단숨에 되돌아가고 말았다. 그런데도 어머니는 그의 고통 따윈 거들떠보지 않은 채 무명천에 물을 적셔 대접을 닦듯 제 가슴을 닦더니, 동생에게 그것을 다시 물리셨다. 그러고는 자애로운 표정으로 동생을 내려다보면서 침묵으로 집 전체를 울려 내게 이렇게 말씀하셨다.

"다 큰 녀석이 부끄러운 줄이나 알아라."

배고픔이나 추위를 부끄러워해야 하는 것인지, 형이라는 사실을 부끄러워해야 하는 것인지, 아니면 그 정도의 쓴맛도 참아내지 못한 걸 부끄러워해야 하는 것인지, 이도 저도 아니라면 동생이나 어머니를 부끄러워해야 하는지, 그는 도저히 이해할 수 없었다. 어쨌든 어머니의 그 말은 오래오래 생채기로 남았다. 설상가상으로 금계랍金鷄蠟의 저주에 마비된 혀는 다섯 살 소년의 생각조차 제대로 표현하지 못하여 어른들에게 핀잔을, 또래들에게는 조롱을 받아야 했는데, 이로 인해 영혼의 부피는 불어나지 않은 채 육체의 외피만 두꺼워지는 비극 속에 유폐되고 말았던 것이다.

그는 더 이상 가족과 친구와 스승과 선배를 믿을 수 없었다. 하지만 자신의 내부로 침잠해갈수록 지적 호기심은 더욱 왕성해져 갔고, 그에게 항상 대답을 해준 것은 작은아버지가 고등학교 때까지 사용했다는 국어사전이었다. 그것은 그에게 한 번도 질문한 적이 없었지만, 그의 질문에 대해 단 한 번도 대답하지 않은 적도 없었다. 열두 권으로 이루어진 총천연색의 백과사전을 가질수 없는 현실을 한때 박해로 받아들인 적도 있었으나, 친구의 집에 놀러갔다가 펼쳐보게 된 그것들 속에서 무람없는 오탈자들을 별의 숫자만큼이나 발견한 뒤부턴 박탈감을 극복할 수 있었다. 그도 그럴 것이 외국어와 한국어 사이에서 정확히 교환될 수 없는 의미가 존재하는 이상 오역의 위험은 필연적이었다. 성경이나 불경마저도 이 치명적 결함에서 자유롭지 못한 것 같았다. 결국 그가 스스로 원본의 의미와 번역가의 능력을 검증할 수 없는 이상, 수백 명의 전문가들이 참여하여 만든 국어사전이야말로 그에겐 세상에서 가장 완벽한 책으로 여겨졌다. 그래서 그는 국어사전 읽기에 더욱 집착하였고, 독학으로 속독법까지 깨우치게 되었다. 하지만 속독의 능력과 편집증의 저주를 한 몸에 지닌 자의 고통이라면, 책에서 오탈자나 비문이 발견되는 즉시 독서는 멈추고 알레르기 반응처럼 그 책을 두 번 다시 독파할 수 없게 된다는 사실이었다. 그래서 그가 완벽하게 읽은 책이라곤 국어사전 이외엔 거의 없었다.

어머니 젖꼭지에 흰 설탕처럼 묻어 있던 가루를 금계랍이라고 부른다는 사실도 국어사전을 통해 알게 되었다. 지금이야 '쓴맛'을 정의하기 위해 한약재나 소태, 씀바귀가 동원되지만 오래된 사전에는 금계랍과 소태가 사용되었다. 단맛이나 신맛, 짠맛의 정의는 다른 해석이 불가능할 정도로 명확한 반면—단맛은 설탕이나 꿀에서 느끼는 맛, 신맛은 식초와 같은 맛, 그리고 짠맛은 소금과 같은 맛이라고 정의되어 있다—쓴맛만큼은 너무 모호했다. 씀바귀야 그 이름만으로도 맛을 짐작할 수 있다지만, 소태가 가마솥 밑바닥에 눌어붙어서 검게 탄 누룽지를 뜻하는 게 아니라 암소의 태반이나 소태나무의 껍질을 의미한다는 사실을 사전 없이 어떻게 알 수 있단 말인가. 게다가 금계랍은 염산퀴닌의 통속적인 이름이라고 정의되어 있었으니, 염산퀴닌은 어디서 어떻게 구할 수 있는지 아무도 알지 못했다. 결국 그는 백과사전을 가지고 있는 친구의 도움을 받을 수밖에 없었다.

금계랍은 원래 말라리아 치료제로 개발되었으나 구한말부터 이 땅에 수입되면서 만병통치약으로 알려지게 되었고 1970년대 초반까지도 그걸 가정 상비약으로 비치해두지 않은 집이 거의 없을 정도였다. 아이들이 열이 나거나 체하면 부모는 그걸 물에 개어 숟가락으로 떠먹였는데, 입에 쓴 약이 몸에 좋다는 속담을 증명하듯, 거짓말처럼 열이 내리고 체증이 사라졌다. 아이들 사이에선 그 가루가 돼지 오줌을 정제해서 만든다는 소문이 돌아 경계의 대상이 되기도 하였다. 그런데 어떤 연유로 그 만병통치약이 다 큰 아이에게서 어머니의 젖을 떼는 데까지 사용되었는지는 끝내 알아내지 못했다. 하지만 일단 그것에 혀를 대본 자는 왜 국어사전에 그 기묘한 이름의 가루가 등장하게 되었는지 쉽게 이해할 수 있으리라. 금계랍이 사라진 지금 그것을 간접적으로나마 맛보고 싶은 자에겐 토닉워터를 권장하겠다. 열대지방의 사람들이 말라리아를 예방하기 위해 키니네 나무껍질을 씹는 것을 보고 영국의 군의관이 그것의 가루를 탄산수에 녹여 자국의 군인들에게 공급하게 되면서부터 상품이 되었기 때문이다.

6. 쓰다: 어떤 일을 하는 데에 재료나 도구, 수단을 이용하다.
예) 가명을 쓰다. —『도시 생활 바깥 사전』 중에서

과거엔 흔히 '편집증'이라고 불렸던 질환을 현대의 의학 사전에선 망상장애로 정의한다. 하지만 두 단어에 대한 선입견 때문인지 환자와 보호자의 반응은 사뭇 대조적이다. 편집증이라는 진단을 받게 되면, 프로이트가 '지적인 정신병'이라고 불렀던 것처럼, 왠지 지적 활동을 너무 왕성하게 한 나머지 뇌가 정상상태에서 잠시 벗어나면서 생겨난 질환으로 여기지만, 만약 망상장애 환자로 분류된다면, 마치 현실과 환상을 뒤섞는 일에만 뇌의 모든 기능을 사용하고 있다는 조롱처럼 받아들인다. 그도 그럴 것이 망상장애를 앓고 있는 자들은 미국 정신의학회의 진단 기준에 의거하여 일곱 가지 유형으로 나뉘기 때문에, 일단 특정 유형으로 낙인찍혀 분리수용소에 갇히고 나면 거기서 빠져나오기란 여간 어려운 게 아니다. 그래서 색정형——자신이 누군가에게 부담이 될 정도로 사랑을 받고 있다——이나 피해형——누군가 자신의 성공을 몹시 질투하여 신변을 위협하고 있다——으로 분류된 환자나 그의 보호자들은 진단 결과에 쉽게 수긍하지 못하고 재검을 요청하거나 차라리 혼재형——서너 가지 유형이 복합적으로 섞여 있다——이나 불특정형——여섯 가지 유형 이외의 기타 반응을 보인다——으로 분류해달라며 협상을 시도하기도 한다. 편집증이나 망상장애가 정상적인 사회생활을 완전히 파괴하지 않기 때문에, 이웃이나 동료 들에게 자신의 병명이 알려지지 않도록 조심해야 한다. 하긴 그가 자신의 경제적 상황을 깊이 고려하지 않은 채 충동적으로 공방을 독립하게 된 이유 중에는 문자와 책에 대한 자신의 편집증을 스승이나 동료들에게 들키지 않으려는 의도도 있었다. 그렇다고 한때 갖가지 사전들을 함께 기획했던 여자와의 강렬했던 연애 감정을 색정형 망상으로 규정한 정신과 의사를 결코 용서할 순 없다. 해피엔딩으로 끝나지 못한 연애를 모두 망상으로 간주한다면, 첫사랑의 생채기를 하나쯤 지닌 채 살아가고 있는 모든 어른들에겐 망상장애를 극복할 처방전이 필요하지 않겠는가. 그는 결코 그 여자의 진심을 의심하지 않았다. 그리고 자신에게 생겨난 상처에 대해서도 결코 부끄럽게 생각하지 않는다. 사랑이란 자신의 상처에서 상대방의 상처로 건너가는 행위에 불과할지도 모르기 때문이다. 하지만 어렵게 이별을 통보한 이상 그 여자를 더 이상 괴롭혀선 안 된다는 강박관념이 생겨난 것도 사실이다. 존재를 알리는 것만으로도 잔인한 폭력을 행사하게 되는 경우는 얼마든지 있다.

그래서 그는 여자와의 완벽한 이별을 위해 자신의 기억과 완전히 작별해야겠다고 생각했다. 복덕방에 공방을 내놓았고 옛 스승과 동료들에게 작별을 고했다. 그렇다고 도장 만드는 일을 아예 그만둘 작정은 아니어서 공구함을 처분하진 않을 것이다. 비록 도장 사업은 내리막을 걷고 있지만, 이혼율과 자살률이 세계 최대이고 각종 이권을 둘러싼 송사들이 끊이지 않고 있는 현실을 감안하면, 적어도 그가 죽기 전까지는 도장의 쓸모가 남아 있으리라. 공방을 인수하겠다는 사람이 나타나고 자신이 한 번도 찾아가 본 적 없는 도시로 이사를 하고 그곳에서 새로운 공방을 열 때까지만이라도, 그는 『도장 사전』을 완성하는 일에 집중할 작정이다. 하지만 언젠가 그 여자에게 『도시 생활 바깥 사전』이나 『알레르기 사전』이 필요하게 될지도 모른다고 생각하니, 그는 *가명을 써서* 사전을 만들어야 했다. 그래서 그는 공방의 작업대 앞에 앉아 국어사전을 첫 장부터 펼치기 시작했다. 혹시라도 수요일 오전 11시쯤 문이 열리고 누군가가 찾아올지도 몰랐기 때문에 그는 의자 하나를 옛 스승의 공방에서 빌려다 놓았다.

7. 쓰다: 시체를 묻고 무덤을 만들다.

예) 묏자리를 쓰다. ―『죽은 단어들의 무덤 사전』 중에서

최근에 새로 편찬된 국어사전과 2004년에 발간된 현산출판사
의 그것을 비교한 결과, 국어사전 편찬자들은 자신들의 실수를
인정하는 데 익숙하지 않기 때문에, 새로운 단어들을 추가해야
하거나 사전의 판형을 바꿀 목적으로 개정판을 출간하게 되었을
때 슬그머니 오탈자를 교정한다는 사실을 깨닫게 되었다. 최근에
는 인간의 인지능력을 훨씬 뛰어넘는 고성능 컴퓨터를 사용하여
국어사전을 제작하고 있을 텐데도 여전히 오류가 완벽하게 걸러
지지 못하는 걸 보면, 컴퓨터 프로그램의 논리회로가 잘못 설계
되어 있거나 부정확한 국어사전들을 참고했을 가능성이 높다. 이
유야 어찌되었든 분명한 사실은, 컴퓨터에 권위를 빼앗긴 언어의
장인들이 사전 제작 작업에 배제되면서 점점 국어사전에 대한 그
의 믿음이 점점 더 엷어지고 있다는 것이다.

그래도 그는 가끔씩 자신이 최신판 국어사전에서 찾아낸 오류
들을 출판사에 알려주면서, 그것이 한 인간의 삶과 사회 전체에
미칠 수 있는 부정적인 영향을 강조하였다. 국어사전 편찬 작업
이 공공의 목적을 지녔다고는 하나, 각 출판사별로 판매 실적을
집계하는 이상, 그는 출판사로부터 감사의 회신을 받게 되기는커
녕 2절판 크기의 서점에서도 공식적 대답을 확인할 수 없으리라
고 미리 체념했다. 하지만 한 출판사가 대표 이름으로 공식적인

편지를 그에게 보내어, 어떤 단어들은 오류를 통해 진화하고 있으며, 단어란 한 시대의 생활상과 인간들의 욕망을 담는 그릇과 같아서, 설령 이전 시대에선 비속어이거나 표준말로 대체될 수 있는 은어였을지라도 지금 세대가 그 단어에 새로운 의미를 담아 즐겨 사용하게 되었다면, 표준말을 대체하거나 적어도 병용하게 된 경우가 허다하다는 궤변을 늘어놓았다. 그러면서 어떤 유명한 시인이 썼다는 '잠정적인 과오'니 '수정될 과오'라는 용어를 인용하였다. 하지만 그는 자신이 가지고 있는 어느 사전에서도 그런 범례를 찾을 수 없었다. 그래서 그 출판사가 조만간 잠정적인 과오를 수정하여 개정판을 출판하겠다는 의미인지 아닌지 도무지 분간하지 못했다.

그는 새롭게 등록된 단어들의 쓸모와 그것들을 즐겨 사용하는 사람들에 대해선 거의 알지 못한 반면에, 점점 사라져가고 있는 단어들의 쓸모와 그것들을 즐겨 사용하는 사람들에 대해선 잘 알고 있었다. 왜냐하면 후자들에겐 여전히 도장을 사용하여 문서를 완성하고 그것의 진위를 증명하는 습관이 남아 그가 돌이나 나무 속에 그들의 이름을 새겨 넣는 동안, 시작과 끝이 없고 너남없고 현실과 상상의 경계가 없는 이야기들을 늘어놓았기 때문이다. 그러면 자연스럽게 그는 그들의 언어를 그들의 표정과 함께 이해하게 되었고 나중엔 자신의 언어 속에 포함시킬 수 있었다. 하지만 도장의 소멸과 함께 그들의 언어들도 소멸하고 있다. 그래서 그는 「죽은 단어들의 무덤 사전」이라는 제목의 사전 속에 그것들을 방부처리할 목적으로 오래된 사전과 최신 사전을 비교해가면서 새로 태어난 단어들을 골라내고 있다. 그의 작업은 새로운 세대가 새로운 단어들을 만들어내는 한 계속될 것이다. 빠르고 각박하게 변하고 있는 시대는, 초원의 맹수들이 사냥하는 방식대로, 가장 연약한 인간들부터 무리에서 분리시킨 뒤 그들에게 공포와 무기력을 가르친 다음 서서히 생명의 징후들을 빼앗아갈 것이므로, 그가 만든 사전의 쓸모는 *묏자리*를 쓰려는 자들에 의해 더욱 강화될 것이다. 그러니 비록 돈벌이가 되지 않더라도 눈이 어둡고 손이 떨리기 전까지 오로지 공공의 목적을 위해 자신의 역할을 묵묵히 해낼 것이라고 그는 각오를 다잡는다.

그는 가장 단단한 연필을 고르고 그보다 더 단단한 문구용 칼로 깎아 흑연심을 똑바르게 돋아 세우면서, 더 이상 사람들이 명확한 이유도 없이 부조리한 상황에 갑작스레 내몰리게 되지 않길 바라며, 특히 연애 감정과도 같은 질병 때문에 상처받지 않기를 기원한다. 중세 시대의 필경사처럼, 원문에 충실할 것이며 악마에 의해 길이나 빛을 잃지 않게 해달라는 기도를 덧붙인 다음 그는 단두대 같은 흑연심 끝에 단어들을 하나씩 세운다. 오뚝이처럼 균형을 잡는 것들을 원고지 위에 살며시 내려놓고 그것이 스며들 때까지 숨을 참는다. 그래봤자 하루에 서너 장을 완성하는 게 고작이겠지만, 세월이 쌓이지 않으면 사전도 완성되지 않을 것이다. 처음엔 너무 지겨워져서, 나중에 그 지겨움이 오탈자를 만들어낼지도 모른다는 두려움 때문에, 그는 같은 사전을 열 권

이상 만들지 않을 것이다. 그것들이 가장 필요한 사람에게 가장 손쉽게 해독될 수 있도록, 그리고 쓸모가 사라진 다음엔 가장 빠르게 사라질 수 있도록, 특별한 종이나 잉크를 사용하여 그것들의 가치를 높이려는 어리석음도 경계하리라.

어쨌든 도장을 만드는 공방이 사전을 만들기에도 적합한 공간인 것만은 그에게 분명했다.

주석본: 아주 오래된 여자

1.

「죽음과 소녀」를 연주하던 손가락으로

전자 양피지에 써 내려간

곧은 자음 둥근 모음

"지금 유서를 쓰고 있는데 당신 이름도 넣어줄까?"

걷기 속에서 멈춰선 발자국은 더욱 얇아지고

풍문을 읽지 못하여 물구나무선 나무들

죽음 뒤에도 소녀는 계속 자라서

오, 한때는 나의 심장, 희열과 고통의 대위법

초산리草山里 푸른 서리를 긁어내던 닷새 동안

하루에 한 편씩 완성된 알리바이

"선택한 메일을 영구히 삭제하시겠습니까?"

원형의 시간이야말로 신이 발명한 최고의 경전이건만

영원히 사라질 수 있다고?

최초로 유서를 발명한 자에겐 죽음이 거세된 고통을!

(겨울의 나무들은 감각기관을 모두 잘라내고 일제히 물구나무를 선 채 지구를 받들고 있다. 닷새 동안 초산리 유적지의 붉은 살을 파헤치다가 월요일 아침 사무실로 돌아온 나는 커피 한 잔을 완전히 들이키며 컴퓨터로 이메일을 확인하려다가 신원 증명을 요청받는다. 대여섯 차례나 아이디와 비밀번호를 바꾸어 입력한 끝에 겨우 드러나는 사바나. 건기의 풀뿌리를 탐하느라 맹수의 등장을 눈치채지 못한 염소 한 마리 붙잡아 목줄을 매었더니 유목민의 임시 축사 같은 전자메일함으로 안내한다. 또다시 나는 내 신분 정보가 거짓이 아님을 확인시켜준다. 그러자 비로소 홀로 남겨진다. 축사 안은 썩기 시작한 스팸메일로 가득 차 있어서 눈을 뜨기는커녕 숨 쉬는 것조차 버겁다. 쓰레기를 불태우고 겨우 찾아낸 편지 중에는 다음과 같은 문장뿐인 것이 다섯 통이나 섞여 있었다. "지금 유서를 쓰고 있는데 당신 이름도 넣어줄까?" 닷새 동안 매일 같은 시간에 메일을 보내온 여자의 이름이 혀끝에서 맴돌았으나 쉽게 붙들리지 않았다. 그러다가 한때 그녀가 슈베르트의 「소녀와 죽음」을 연주했다는 사실이 갑자기 떠올라 염소의 목줄을 놓치고 말았다. 지평선 부근에서 간신히 붙잡아 끌고 온 그것을 다시 축사에 가두었더니, "선택한 메일을 영구히 삭제하시겠습니까?"라고 울부짖고, 박물관의 임시계약직에 불

과한 나는 영구하다는 시간의 길이를 가늠하려고 물구나무를 시
도해보았다.)

2.

낡고 얽은 탁자가 득도하며 진양조장단으로 뱉는 소리
"사람이란 뭘까?"
굽은 손가락을 낚싯바늘처럼 물고 허공에 매달려 있다가
"사랑이란 뭘까?"로 알아듣고
덜 마른 꽁치도 사랑니를 드러낸 채 염화미소
"아내를 더듬기에도 너무 추운 날씨예요."
갑자기 휘모리, 난파된 밤에서 흘러내리는 맑은 진물
"그곳도 한때는 초원이었을 테지."
미처 터파기 공사를 끝내기도 전에 유예된 꿈을 좇아
유적 발굴단 주위로 매일 몰려드는 난폭한 구호들
미처 접근 금지의 울타리를 치기도 전에
행여 원형이 무너져 내릴세라 삽 대신 붓을 들고
유목민들은 조상의 등 위에 자신의 무덤을 싣고 다닌다는데
"그들은 왜 한곳에서 겹게 죽었을까?"
붉은 옹관 속에서 발견된 두 구의 마른 뼈들
눈먼 늙은이들은 젊은이의 이야기를 전혀 믿지 않고
그저 자신의 것 아닌 이빨 자국을 씹고 놀라며

"살이 없는 한 사랑을 증명하긴 어렵겠죠."
그도 사랑을 사람으로 알아들었는지
살은 가지런히 발라내어 빈 술잔을 먹이고
뼈는 윤회를 지탱하도록 넓게 펼치고

(막걸리 없이는 하루를 마무리할 수 없는 사내들의 욕지거리 때문에 얼굴이 얽은 나무 탁자는 빈 막걸리병 두 개와 꽁치 한 마리를 받쳐 들고 있기에도 버거워 보였다. 지평선이 시작된다는 초원에서 석 달 전 붉은 옹관을 발견한 윤 형은 중앙 분석실의 회신이 도착하기도 전에 장대한 서사를 완성하였다. 조상이 환생한 가축 위에 요강을 싣고 다니다가 죽으면 자신의 뼈를 그것에 담는다는 유목민의 전통이야말로 그의 확신을 지탱해주는 버팀목이다. 하지만 젓가락으로 꽁치의 살을 바르고 있던 나는, 윤 형의 "사람이란 뭘까?"라는 화두를 "사랑이란 뭘까?"로 알아듣고 음란한 상상으로 곧장 미끄러진다. 닷새 동안의 고독한 겨울밤은 아내의 육체를 더욱 관능적으로 만들었을 것이고 그 정도의 리비도라면 한 달쯤 한뎃잠을 잔다고 해도 끄떡없을 것 같았다. "아내를 더듬기에도 너무 추운 날씨예요"라고 말했던 까닭은 "너무 추워서 오늘은 더 이상 안 되겠어요"라고 말하고 술자리를 끝내기 위해서였다. 약국이 닫히기 전에 콘돔을 사고 싶었다. 하지만 집과 아내가 없는 윤 형을 맹수 같은 자괴감이 아무런 상처도 입히지 않고 지나쳐갈 때까지는 함께 있어주어야 했다. 더군다나

자신들의 일생을 바쳐 겨우 분양받은 아파트를 문화재청에 빼앗길까 봐 노심초사하여 잠시도 발굴 현장을 떠나지 못하는 입주자들과 실랑이를 벌이느라 닷새를 완전히 소진해버린 그에겐 술기운보다 더 푹신한 잠자리는 없을 것 같았다. 그는 목침 같은 술잔을 내려놓으며 "그들은 왜 한곳에서 검게 죽었을까?"라고 중얼거렸는데, 꽁치의 뼈와 살을 완벽하게 분리해낸 나는 문득, 사람의 알리바이를 증명하는 게 뼈라면 사랑의 그것을 증명할 수 있는 건 살이라는 대위법에 사로잡혔다. 적어도 콘돔 속에 담기는 몇 그램의 카타르시스가 없다면 아내는 무엇으로 나의 고독을 이해하고 어떻게 생의 의무를 내게 충전시킬 수 있을 것인가.)

3.

우아에얍Uayeyab, 너무 불길해서

마야의 달력엔 결코 기록되지 않은 닷새

영매들은 비석의 행간 속으로 숨고

행운조차 불운의 배후가 되면 어쩌나

그림문자의 닳은 모서리를 채워 넣기도 전에

바람의 혀는 박물관 유리벽마저 핥아대는데

타국으로 떠난 친구들의 이름으로 도착하는 음란 메일들

그들도 사람일까? 그들도 사랑을 할까?

사랑은 살에 대한 앎이고

삶이란 살의 부피가 불어나고 줄어드는 역사
우디 앨런의 영화에서
"나는 20년 동안 굶주려왔어."
스물여섯번째 생일이 되어서야 비로소
내게 첫번째이자 네번째인 여자의 밝은 일갈
균형 잡힌 성욕과 식욕으로 되살아나는 화석들
"왜 세상 사람들은 뼈를 드러내는 일에만 열광하는 걸까?
상상해봐, 당신 아래에서 출렁거리는 욕망의 바다를."
살이 쪘다는 이유로 해고당했다가
공분公憤에 힘입어 복귀한 러시아의 발레리나*처럼
드가의 그림 속에서 그녀를 볼 수 있길 바랐는데
더 이상 먹어치울 것이 사라졌는지
저주받은 그리스의 왕**처럼 자신을 먹어치우겠다고
급하게 완성되었을 어느 식도락가의 추천서

(아직까지 마야의 그림문자는 완벽하게 해독되지 않았지만 고
고학자들은 비석에 새겨진 달력으로부터, 마야인들이 1년 중 불
행이 들이닥치는 닷새를 침묵 속에 묻어두었다는 사실을 알아내
었다. 그 발견은 낙관론자들에게 닷새 동안의 고통만으로 한 해
를 버텨낼 수 있도록 만든 반면, 비관론자들은 닷새 동안의 고통
이 너무 무겁고 사나워서 치유하는 데만 꼬박 1년이 걸릴 수도 있
다고 경고하였다. 닷새 동안 매일 같은 시간에 도착한 메일들을

* 볼쇼이 발레단은 "프리마 발레리나 아나스타샤 볼로츠코바가 발레리나에겐 금기 식품인
  아이스크림을 매일 먹는 등 체중 조절에 실패했다"며 그녀를 해고하였으나, 모스크바 법
  원은 이 조치가 불법이므로 그녀를 재고용하라고 판결했다. (2003.11.26.)
** 그녀의 딸은 게걸병에 걸린 아버지를 위하여 매일 아침 가축으로 변신하여 빵이나 고기와
   교환된 뒤 밤이면 스스로 고삐를 풀고 집으로 돌아왔다.

모두 확인한 뒤 닷새가 지난 아침 나는 잠에서 깨어 한 편의 악몽을 닷새 동안 나누어 꾼 것 같은 착각에 빠졌다. 그리고 여섯번째 날 결국, 기억의 뒤란에 쑤셔 넣어둔 네거티브 필름을 꺼내어 현상하기에 이르렀다. 크게 기대하지 않았건만 놀랍게도 그 여자의 표정과 냄새와 촉감과 목소리가 완벽하게 재현되었다. 우디 앨런의 영화를 함께 본 저녁에 그녀도 자신이 20년 동안 굶주렸다는 사실을 털어놓았다. 발레는 오선지 위의 음표처럼 뼈를 세우고 굽혀서 연주하는 수화였다. 스물여섯 살에 첫사랑을 시작하면서 그녀는 드가의 그림에서 걸어 나와 무용복을 벗고 지퍼 없는 살을 입었다. 그녀는 '사람'과 '사랑'과 '살다'라는 단어가 모두 '살'에서 나왔다고 주장했다. 그리고 뼈가 드러나는 육체에만 열광하는 세태를 비난했다. 처녀지를 향해 떠난 모험가이자 그녀를 항해한 네번째 뱃사람인 내가 담배를 스노클처럼 물고 몽환의 바다 위를 헤엄치고 있는 동안 여자는 냉장고를 닻 삼아 둔감의 오니 속으로 자신을 가라앉혔다. 그래서 가끔 나는 그녀의 식탐을 훔쳐보려고 돈을 지불한 핍쇼의 관객이거나 그녀가 남긴 음식쓰레기를 치우기 위해 기다리고 있는 청소부가 된 듯한 열패감에 사로잡히기도 하였다. 나의 가난한 육체보다 통닭의 살찐 다리살이 전해주는 오르가슴이 사라지면 그녀는 다음 끼니에 먹어치울 음식들의 기원과 요리법을 이야기하곤 했는데, 부모의 막강한 재력에도 불구하고 요리사나 음식점 주인이 되겠다고 직접 나서지 않는 게 이상했다. 그래서 향후 계획을 물었을 때 그녀는, 살

이 졌다는 이유로 볼쇼이 무용단에서 해고되었다가 팬들과 법원
의 도움으로 무대에 돌아온 발레리나에 대해 장황하게 이야기했
을 따름이다.)

4.

바로크 왕조의 전통 건축양식에 따라
국립 박물관 초입에 건축된 〈성〉이라는 러브호텔
연인들의 성욕을 자극하고
이웃들의 저항감을 누그러뜨리기 위해
만약 주인이 책보다 벽돌의 현학을 숭앙하는 자라면
초대장을 지니고도 끝내 성안으로 들어가지 못하는 K의 비극
을 알지 못하거나
음습한 서재의 고독을 즐기는 낭만적인 서치書癡라서
임검 나온 경찰들이 빠져나올 수 없는 미로를 동경했을 텐데
닷새 동안 벽 속에 갇혀 압제자의 이름을 흐느끼다가
자신의 어머니에게 발견된 검은 고양이*
보온도시락에 꾹꾹 눌러 담아 온 느꺼움은 궁금해하지 않고
왜 세상의 모든 아내들에겐 첫사랑의 그림자가 투영되는가?
사방의 거울 때문에 변태를 끝내지 못한 알몸들
융숭한 목구멍에 굽은 손가락을 쑤셔 넣어
밤마다 흐물거리는 노란 신음을 꺼내주자

* 애드가 알랜 포는 그것을 플루토pluto라는 이름으로 불렀다.

한 움큼의 살은 해독할 수 없는 마야 문자로 가득 차고
열여덟 평의 꿈에 들어맞지 않을까 봐
주택부금 만기일까지 다이어트를 계획한 아내 앞에서
목젖이 보이도록 게걸스레 헛배 채우다가 문득,
초식동물은 어금니가 많아서 침묵에 유리한 걸까?
"주말에 서울로 출장을 다녀와야 해."
아내는 환멸을 보충하기 위해 다시 옷을 벗은 채 빈집에 들고
성욕과 식욕 사이에서 간신히 균형을 잡은 자 앞에까지
천천히 굴러온 시지포스의 바위

(점심시간 무렵 아내가 도시락을 들고 박물관으로 찾아왔다.
그래서 우리는 적나라한 태양의 감시를 피하기 위해 〈성〉이라는
기괴한 이름의 러브호텔로 숨어들었다. 초대장을 받은 자조차 안
으로 들어갈 수 없던 곳을 이제는 누구나 3만 원이면 두 시간 동
안 머물 수 있다. 그마저도 성욕과 식욕 사이에서 균형을 잡는 데
한 시간이면 충분하였고 남은 시간엔 서로의 입속에 손가락을 넣
어주고 목에 걸린 욕망을 게워낼 수 있도록 도와주면 그만이었
다. 점점 낯설어지는 아내와 대화를 시작하기 위해서라도 우리는
성교라도 시도하지 않으면 안 되었다. 멀리서 밀려드는 전율이
자신의 살들을 찌를 때마다 아내는 벽 속에 산 채로 매장된 고양
이처럼 울어댔는데 기쁨 때문인지 슬픔 때문인지 구분할 순 없었
다. 그러니까 내가 아내의 살 위에서 카프카를 읽는 동안 아내는

내 살 아래에서 포의 괴기한 소설에 열광하고 있었던 것이고 우리는 모두 허망한 결말에 대해 잘 알고 있었다. 그래서 나는 대담하게도 첫사랑의 이름을 부르기까지 하였는데, 다행히 아내는 자신의 이름을 잊는 순간이 많았으므로 절정의 순간을 방해받지는 않았다. 힘겨운 대화가 끝나고 내 앞에 도시락이 펼쳐졌을 때, 고작 열여덟 평의 아파트에 제 소박한 일상을 끼워 넣기 위해 다이어트를 시작한 아내가 몹시 측은해졌고, 주택부금 만기일은 빛의 광년으로 달려도 우리의 일생 안에 도달할 수 없는 미래처럼 여겨졌다. 눈물이 떨어질 것 같아 차마 보온도시락을 향해 고개를 숙일 수가 없었다. 하지만 고개를 돌린다고 한들 사방을 가득 채운 사악한 거울의 감시 때문에 그 방에서의 변태는 불가능했으므로, 날개가 생겨나기 전까지 우리는 몸을 웅크릴 수밖에 없었다. 시지포스의 바위 같은 음식을 겨우 반쯤 삼킨 다음, 내가 주말에 서울로 출장을 다녀와야 한다고 말했을 때, 아내는 주섬주섬 입고 있던 옷을 다시 벗기 시작했다. 마치 빈집을 채우는 가장 완벽한 재료가 아이의 울음소리라고 확신한 듯.)

5.
사적 기록은 풍문처럼 휘발하고
뼈에 새겨지는 건 사람의 공적 정보일 뿐
중앙 분석실에서 발송된 팩스에는

'DNA검사' '모계 혈통이 같은' '단순 화재로' '오누이 추정'
형광 밑줄을 따라 정맥까지 흘러드는 허탈감
'인신공양으로'라든지 '부부'라는 단어가 발견되었던들
오후쯤 박물관장은 중간 보고서를 읽었을 것이고
금줄 두른 초산리엔 상서로운 울음소리와 꼬리 긴 춤사위가 그
득했을 텐데
낙심한 자의 담배 연기는 강철그물처럼 급히 가라앉고
그의 성급한 확신이 시대의 풍속을 앞선다는 건 인정하더라도
분석실 연구원의 소견에도 물질적 증거는 부족하여
"아직 녹지 않은 살을 찾아오겠어."
'진실의 순간 The moment of truth'*을 준비하는 투우사처럼
절치부심 벼린 삽으로 오후의 심장을 겨누며
자코메티의 작업실을 나서는 206개의 단단한 뼈들

(중앙 분석실의 DNA 분석 결과가 도착하기도 전에, 붉은 옹관
속에서 발견된 두 구의 선조들은 인신공희로 희생된 근친혼 관계
의 부부였다는 중간 보고서를 완성한 윤 형은, 중앙 분석실에서
보내온 팩스를 형광펜으로 밑줄까지 그어가면서 읽었다. 하지만
그의 기대와는 달리 'DNA검사' '모계 혈통이 같은' '단순 화재
로' '오누이'라는 단어들만이 1등성처럼 반짝이자 크게 낙심하
였다. 초산리 유적 발굴 팀장의 확신이 한반도 후기 구석기 시대
의 풍속보다 너무 앞섰다고 생각했던 학예사들은 자신들의 승리

* 제의를 끝내야 하는 투우사가 칼을 들고 신성한 소의 정수리를 겨누는 순간을 스페인어로
'Moment De La Verdad(진실의 순간)'이라고 부른다.

에 안도하였으나 팀장의 데스마스크 앞에서 침묵을 포기할 수 없었다. 강철 그물 같은 담배 연기를 허공에다 연거푸 펼쳐대던 윤형은 백일몽 한 덩어리라도 낚아 올리게 되었는지 담뱃불을 급히 끄고 마른세수를 하였다. 그리고는 이틀 전 술자리에서 내가 풀어놓았던 이야기 얼레에 줄을 이으려는 듯 "아직 녹지 않은 살을 찾아오겠어"라고 말한 뒤, 마치 단검을 든 채 핏빛 황소와 마주친 투우사처럼, 세상의 모든 진실의 목격자인 태양을 향해 한참 동안 모종삽을 겨누더니 혼자서 초산리로 떠났다. 그의 결연한 뒷모습은 앙리 브레송의 사진에서 나온 게 분명했다. 뼈를 쓰러뜨리지 않을 만큼 살을 발라내어 사람의 실존을 위태롭게 만들던 칼잡이 자코메티가 트렌치코트의 깃을 세운 채 오후의 횡단보도를 서둘러 건너가고 있었다.)

6.

약속 시간보다 한 시간이나 늦게 나타나서

소장품 대여 계약서는 읽지도 않고

늦둥이 아들로 보상받고 있는 자신의 여생을 자랑하다가

내일 돌잔치에 들러 점심이나 먹고 가라며 초대장을 건네는

남자와의 협상이 고단해질 것을 간파한 뒤에

"친정에서 며칠 느긋하게 기다리는 게 낫겠어."

수화기 속에서 아내의 목소리를 긁어내고 나니 비로소 아찔한

어둠

  옛사람들 무덤 위에서 오늘날 사람들이 밭을 간다고* 하지만

  몇 대째 제 이름으로 집 한 채 갖지 못한 자들을 위해

  폐총廢塚에 불과한 박물관은 언제쯤 죽은 자들을 내쫓고 도시개

발과에 귀속될 것인가

  미래란 아직 오지 않은 게 아니라 이미 도착했으나 소외된 것**

  하물며 과거를 돌보는 일은 젊은이들에게 수치스럽다며

  고시원이나 영어학원 주위를 기웃거리다가

  명함의 안락함을 얻고 너부데데해진 사내들

  「남도 도자기 5천 년 역사 특별전」 초대권은 내밀지도 못한 채

  순배가 늘어갈수록 점점 멀리까지 달아나는 말들

  취한 혀를 도굴범의 연장 삼아

  굳은 생채기 아래에서 부장품 하나 꺼내왔을 때

  어째서 그들은 아무것도 기억하지 못하는 걸까?

  첫사랑이 밝히는 수만 광년의 우주

  그리고 겨자씨만 한 구멍 속에 담기는 몇 겹의 슬픔

  아폴론의 사랑을 의심한 시벨레***를 위해

  진실이 불탄 자리에서 사리를 수습해줄 자는

  아직, 살아 있을까?

  (국보급 백자 태항아리를 소장한 사업가는 약속 시간보다 한

시간이나 늦게 나타나서는 대여 계약서는 훑어보지도 않고 늦둥

  * 고인총상금인경(故人塚上今人耕).
  ** 기억나지 않은 니체의 책에서 인용.
  *** 시벨레는 자신의 연인에게서 미래를 예언하는 능력을 얻었으나 유감스럽게도 논리를 얻
     지 못해서 사람들에게 늘 의심을 받았다.

이 아들 키우는 재미만 쉼 없이 늘어놓다가, 빈 물컵과 돌잔치 초대장을 남긴 채 사라졌다. 거절의 이유를 제대로 듣지 못했다는 게 내가 다시 그를 만나야 할 구실이었는데 그사이에 계약서의 내용은 수정되어야 했다. 내가 눈앞의 고난에 대처하는 첫번째 단계는 소금 창고 같은 처가로 아내를 옮기는 일이다. 그래야 발목에 차고 있던 모래주머니를 풀어놓는 것처럼 몸은 가벼워지고 정신은 맑아진다. 아내와의 전화 통화를 마치자 아찔해지고 어두워지는 까닭은 코발트블루의 황혼 속에 포함되어 있는 중금속 때문이거나 마주 보고 있는 도돌이표 속에 갇힌 소음 때문일 수도 있었다. 콘크리트 나무들의 탯줄 같은 보도에 올라서자 몸속의 안개가 비로소 걷혔다. 4년 만에 돌아온 서울은 폐총 속 과거를 돌보는 자에겐 거대한 콤플렉스였다. 어쩌면 그 기괴한 자기 방어 기제에 이끌려 우왕좌왕하는 게 인생일지도 모른다. 그리운 이름 몇 개를 전화로 되살리려다가 길이 길어졌고 나는 추억에 가장 늦게 도착한 자가 되었다. 미래로부터 소외되지 않기 위해 고시원이나 영어학원 주위를 기웃거렸던 대학 동기들은 하나같이 빛나는 명함을 얻고 너부데데해져 있었다. 가장 많이 살찐 자가 쌓아올린 미래와, 뼈가 가장 많이 도드라진 내가 파헤치고 있는 과거 사이에는 악어의 입속보다도 더 깊은 암흑이 놓여 있는 듯했다. 하지만 현자의 금언들이 점자로 섬새겨져 있는 술잔들을 쌓다 보면 어느새 미래와 과거의 경계는 모호해지고, 남루한 현재만이 식감 좋은 횟감으로 남는다. 그러니 서로가 살고 있는 세

계를 한 줄로 꿰기 위해서라도 맹렬하게 술병을 비울 수밖에. 그
런데 그 밤에 도저히 이해할 수 없었던 사실은, 내가 자살 소동을
벌이면서까지 기억하려 했던 첫사랑의 생채기를 그들이 전혀 기
억하지 못했다는 것이다. 죽은 자들의 육체와 정신을 너무 사랑
한 나머지 도굴과 서음을 일삼는 네크로필리스트^necrophilist*였다
고 증언하는 자도 있었다. 그래서 양복 안주머니에 넣어둔 「남도
도자기 5천 년 역사 특별전」 초대권들이 살갗을 쓸며 주홍글씨를
새기고 있는데도 차마 꺼내놓을 수 없었다.)

7.

나를 모독하고 싶어진 게로군
외로움을 허기나 피로로 여기고
귀환할 등대마저 쓰러뜨리면서
내가 너무 쉽게 새로운 살에 정착했다고 비난하는가?
아니면 고매한 문상객들 사이에서
비루먹은 개처럼 슬퍼하다가 멱살잡이라도 벌일까 봐 두려워
거짓과 망각을 동원하여 협박하려는가?
박물관 학예사는 '환영받는 사교 클럽'의 소속이 아니니까
기억과의 불륜으로 얻은 애정의 배다른 형제가 증오라면
그것에서 파멸의 냄새를 걷어낼 수 있는 자는 오직 우리!
나무널 안을 울리던 망치 소리가 사라지기 전에

* 죽음이나 시체를 의미하는 'necro'에 사랑의 'philla'를 합성한 necrophillia는 일반적으로 시
체를 사랑하는 이상 성욕을 가리키는데 'necro'를 추억이나 잊힌 사람들로도 해석할 수 있기
때문에 추억에 지나치게 집착하는 사람을 'necrophillist'라고 규정할 수도 있다.

죽은 자는 가장 먼저 눈을 빼앗기고

귀가 가장 나중까지 남아 소리의 뼈를 뒤지는 까닭은

산 자들의 변덕스런 침묵이 두렵기 때문이니

부음을 듣자마자 경찰서로 달려가

당신의 모든 애인들 중 가장 깊숙이 나의 성기가

당신의 살을 찌르고 청산가리를 쏟아 넣었다고

설령 한낮의 조롱거리가 되더라도

교수형이나 종신형을 구걸하면서

아무도 지고지순했던 우리의 사랑을 의심할 수 없을 때까지

어느 누구보다도 자세히 당신의 살에 대해 설명해야 할까.

안식을 기대할 수 없는 죽음은

다음 태어날 자들을 기르는 숙주宿主일 뿐

나의 요구 사항은 지극히 간단하여

당신의 죽음 뒤에 내 스스로 알리바이를 증명할 수 있도록

부디 내 이름을 빠뜨리지 않기를

그리고 완성된 유서 한 부 아래의 주소로 보내주길

레퀴엠의 후렴구는 오직 "리베라 메Libera me"*

당신이 스스로를 구해낼 수 있을 거라 확신했는데

마지막 남은 액세서리마저 빼앗기지 않으려고 서둘러 버리려
고 하는군

(그리하여 나는 위와 같은 이메일을 완성해서 한 통씩 닷새 동

* 모차르트의 레퀴엠은 미완성이어서 '나를 자유롭게 해주소서'라는 악장이 없으나 베르디의
그것에는 있다.

274

안 그 오래된 이름 앞으로 보냈는데 아래의 서정시를 대학 졸업 후 10여 년 만에 다시 읽고 난 직후였다.)

8.

위험한 지식이 담긴 책들을 공개적으로 불태워버리라고
이 정권政權이 명령하여, 곳곳에서
황소들이 끙끙대며 책이 실린 수레를
화형장火刑場으로 끌고 왔을 때, 가장 뛰어난 작가의 한 사람으로서
추방된 어떤 시인이 분서 목록을 들여다보다가
자기의 책들이 누락된 것을 알고
깜짝 놀랐다. 그는 화가 나서 나는 듯이
책상으로 달려가, 집권자들에게 편지를 썼다.
나의 책을 불태워다오! 그는 신속한 필치로 써 내려갔다. 나의 책들을 불태워다오!
그렇게 해다오! 나의 책들을 남겨놓지 말아다오! 나의 책들 속에서
언제나 나는 진실을 말하지 않았느냐? 그런데 이제 와서
너희들이 나를 거짓말쟁이처럼 취급한단 말이냐! 나는 너희들에게 명령한다.
나의 책을 불태워다오!

——베르톨트 브레히트, 「분서焚書」

(『살아남은 자의 슬픔』, 김광규 옮김, 한마당, 1999, p. 90)

9.

안개의 나이테 사이에서 마침내 찾아낸 살 한 점

모시 홑이불 위에서 성합 중인 남녀

신성한 임무를 띠고 죽은 자들이

가을에 풍성한 결실로 되돌아오길

냉철한 가설과 치열한 집념의 승리

그는 책상 앞에 사진 한 장 붙여두고

「한반도 후기 구석기의 유목 문화──초산리 유적을 중심으로」

최종 보고서의 결론을 완성하였는데

문화재 보호구역 신청서를 심사하기에 앞서

실물 검증을 요구하는 중앙 분석실의 팩스 한 장

박물관장의 채근에 탁한 소리로 중얼거리며

언 손이 닿는 순간 부스러져서, 또는 부끄러워져서

고운 가루조차 남지 않을 만큼 안전하게 풍장風葬되었다고

고고학계의 심드렁한 반응을 거슬러 강행된 기자회견

초점이 없는 증거 사진으로 입주자 대책 위원들은 술렁이고

회식 자리에서 영웅을 쓰러뜨린 건

비밀리에 터파기 공사가 재개되었다는 소문

(모시조개 껍질 안에서 성합 중인 남녀는 무덤의 주인이 누구이고 그들이 무엇을 찾으러 명계로 떠났는지 분명하게 말해주고 있었다. 초산리 붉은 살 속에서 그것을 발견한 윤 형의 카메라가 심하게 떨리고 있어서 네 장의 사진들은 하나같이 초점을 잃고 뚜렷한 윤곽을 재현해내지 못했으나 윤 형의 설명을 이해할 수 있을 만큼의 증거로는 충분하였다. 이쯤 되니 그의 확신이 시대의 풍속보다 너무 앞서 있다고 생각했던 학예사들은 승리의 도취감을 반납하지 않으면 안 되었다. 하지만 중앙 분석실은 초산리 유적을 문화재 보호구역으로 지정하기 위해서는 사진이 아닌 실물에 대한 정밀 검증이 필요하다는 이유를 들어 윤 형의 결론을 끝까지 수긍하지 않았다. 그런데 윤 형은 실물을 공개하여 '하케 마테!'*를 외치는 대신 「한반도 후기 구석기의 유목 문화——초산리 유적을 중심으로」라는 최종 보고서의 퇴고만을 거듭하다가 기자회견 이틀 전에 박물관장으로부터 다급한 호출을 받았다. 거기서 그가 고백하기를, 너무도 감격한 나머지 발굴의 기본 절차도 잊어버린 채, 그것을 언 땅에서 억지로 뽑아내려다가 원형을 복구할 수 없을 정도로 부스러뜨리고 말았다는 것이다. 윤 형을 문책하기는커녕 언론사가 요구한 자료를 만들어 보내기에도 시간은 턱없이 부족했으므로, 고대인들의 근친혼에 의한 왕위 계승 전통을 밝히는 기자회견은 예정대로 강행되었다. 하지만 학계의 권위자들은 빈 의자들의 숫자만큼 반대 의사를 강력하게 표현하

* 체스에서 최후의 결정타인 스페인어 '하케 마테jaque mate'는 아랍어로 "샤를 죽여라"라는 의미를 지닌 '샤하크 마아트shah'akh maat'에서 왔다(카를로스 푸엔테스, 『라틴 아메리카의 역사』, 서성철 옮김, 까치, 2003, p. 92).

였고 회견이 끝나자마자 박물관장에게 문책성 경고 메시지가 수
렴되었다. 그날 저녁 대취한 윤 형은 사창가의 공동화장실에서
산 채로 발견되었다. 그리고 며칠 뒤 건설회사가 법원의 허가 없
이 터파기 공사를 재개하였다는 소문이 들려왔다.)

10.

일요일 한낮의 경찰서로
명예로운 이름들의 은밀한 회합
실패한 사랑 때문에 더욱 찬란하게 빛나는 젊음
진술서 아래 차례대로 서명한 뒤
통성명쯤은 해야 할 것 같아서
지하 술집에 간이분향소를 차리고
침통한 표정으로 철 지난 유행가를 듣다가
가장 먼저 빈정댄 자는 그녀의 마지막 애인
애면글면 대답에 가장 궁색했던 자가 아니었던가!
"살아남은 사람들은 희생자가 될 수 없다니."
추임새처럼 불어나는 취한 상소리에
상복이 발목 아래로 흘러내리는 줄도 모르고
같은 부대를 거쳐온 까까머리 군인들처럼, 가령
애인으로 삼기엔 너무 나이가 많았을 여섯번째 남자:
"헤어지는 순간에도 푸딩 스푼을 물고 있는 게 아니겠어요?"

공평하게 분배된 뒤 일제히 폐기되는 금기 사항들
거름 익는 냄새에 문상객들의 슬픔은 끊기고
"왜 그녀는 발레를 그만둔 거죠?"
두번째 남자로부터 도미노처럼 밀려온 수수께끼
광대에게나 어울릴 광대뼈가 도도록해지며
"섹스를 할 때마다 그녀의 뼈가 너무 깊게 찔러왔거든요."
첫번째 남자를 신고 다니는 건 동물 문양의 문신들
비만은 야만 시절로의 퇴행이라면서도
살냄새에 불콰해져서 사창가로 몰려가기 전에
세번째와 다섯번째 남자 사이
1년 반의 공백을 알아차리고
"자네를 남김없이 먹어치우기 위해 위장을 비웠던 거야."
칭찬으로 알아들은 남자가 시무룩해진 남자에게
"제 빈자리를 당신이 채워줘서 영광일 따름이에요"
그들의 평화는 숭고한 인류애의 발현
그런 순간에도 나는 맹인 악사처럼 아내를 더듬으며
살은 온음 뼈는 반음
아직 완성되지 않은 악보를 연주하였으니

(아주 오래된 여자에게서 전자 유서를 전달받은 남자들이 일
요일 한낮에 경찰서로 소환되었다. 용의자가 아닌 참고인의 자격
으로 그들은 거기서 서로 처음 만났고 한 여자의 일생에 따라 자

신들의 진술 순서가 결정되었다. 그들의 말랑말랑한 혀는 "사랑이 항상 안전한 것만은 아니지요. 그리고 둘 중 더 사랑하는 자가 죄를 짓는 법이지요"라고 말하면서, 여자에게 죽음이 도달한 과정에 대해선 결코 묻지 않았다. 진술서에 차례대로 서명을 하고 나니 그들은 서로 통성명도 하지 않았다는 사실을 깨달았고, 누가 먼저라고 할 것도 없이 지하 술집으로 몰려갔다. 간이 분향소는 향냄새 대신 고기 굽는 냄새로 채워졌고 누군가의 휴대전화에 저장된 유서가 영정사진을 대신했다. 철 지난 유행가는 그들을 낭만적으로 만들었다. 처음엔 죽은 자에 대한 죄책감 때문이었겠지만 나중엔 자신들 사이에 매겨진 순서가 불만스러워 사내들은 들썩거렸다. "살아남은 사람들은 희생자가 될 수 없다니." 그녀의 마지막 애인이 가장 먼저 상복을 벗었다. 그러자 상소리들이 추임새처럼 따라 나왔다. 몇 순배가 돌자 그들은 자신들이 그녀의 애인이었을 때 결코 알아내지 못했던 진실들을 서로에게 묻기 시작하였고, 퍼즐이 완성될수록, 마치 같은 부대를 거쳐온 까까머리 군인들처럼 흥겨워졌다. 섹스할 때마다 뼈가 자신을 너무 깊게 찔렀다는 첫번째 남자의 불평에 따라 여자는 두번째 남자를 만나기 전에 발레를 그만두었고, 세번째 남자와 다섯번째 남자 사이에 1년 반의 공백을 두어 훗날 그들이 서로를 존경할 수 있게 만들었으며, 자신이 버림받고 있다는 사실을 깨닫지 못하게 위해 여섯번째 남자 앞에서 푸딩 스푼을 물고 있었다는 사실이 밝혀졌다. 그런데 왜 그들은 네번째 남자인 나에 대해선 궁금해하지 않

앉을까. 숫자 4에 대한 맹목적 금기. 홀가분해진 그들은 삼삼오
오 사창가로 떠나고 나는 아내가 벌거벗고 있는 빈집으로 숨어들
었다.)

11.

정교한 손을 발명해낸 주기적 허기
사각 주춧돌을 깎고 둥근 씨앗을 모으면서
운명은 별자리 아닌 손바닥에 기록되고
옹관이 태항아리로 가벼워진 까닭은
죽은 자에 대한 슬픔보다 태어난 자에 대한 기쁨을
무른 땅속에 봉인하기 시작했기 때문
나이 마흔넷에 겨우 이어 붙인 문장紋章이
몇 걸음 중심을 세우기도 전에
하마터면 단말마로 깨어질 뻔했다고
국보를 없앤 자들을 처벌할 수 없는 국보법
한 세기의 흉터를 가리기엔 턱없이 모자란 변명들
팸플릿을 다시 인쇄할 때부터 불길하더니
혹사병처럼 중앙 신문까지 번져간 혹평 때문에
계획보다 두 달이나 일찍 멈춰 선 「남도 도자기 5천 년 역사」
지하 수장고에 처박히어 번질거리는 치욕을 닦다가
태항아리 속에서 탯줄 대신 발굴해낸 현대적 유물 한 점

그것은 누가 보아도 엉성한 음모

싸구려 자개장에서 떼어 왔는지

체위를 바꾸어도 매번 같은 얼굴을 비추는 거울

왜 그에겐 오래되지 않은 거짓이 필요했을까

성마른 신기루가 사막을 늘린다는 소문쯤은

더 이상 어느 누가 들어도 식상한 상식

(마흔네 살에 낳은 아이의 첫걸음이 국보급 백자 태항아리 위로 떨어졌을 때 소장자가 먼저 안위를 살핀 것은 죽은 자들의 고결한 정신보다 태어난 자의 순수한 육신이었다. 살기 어린 모서리를 드러낸 이상 태항아리는 더 이상 아이와 함께 지낼 수 없었으므로 그는 잠재적 살인 도구를 창고 속에 쑤셔 넣었다고 말했다. 내가 어렵게 수정하여 우편으로 보낸 소장품 대여 계약서는 찢어 불태웠단다. 카페에서 30분 동안 마치 나를 처음 만난 것처럼 데면데면하게 굴다가 그는 찻값을 지불하고 국보법에 쫓기는 자처럼 서둘러 자리를 떠났다. 그의 일방적인 계약 파기로 「남도 도자기 5천 년 역사 특별전」의 흥행이 크게 위협받을 수 있었지만, 국보로 지정되지 않은 개인 소장품을 훼손한 자를 처벌할 법적 근거는 없었다. 하는 수 없이 전시 팸플릿을 새로 인쇄하여 전시장에 배치하였건만 불길한 예감은 어김없이 불행을 이끌고 나타난다. 전시회가 시작된 첫 주말에만 초대 관람객들로 북적였을 뿐, 꽃샘추위와 더불어 언론사들의 혹평이 이어지면서 결국 한

달도 채우지 못하고 전시물들을 철수해야 했다. 나는 지하 수장고에 처박혀 번질거리는 치욕을 닦으면서 불행의 알리바이를 살폈다. 그러다가 우연히 백자철화포도문호의 안쪽에서 현대적 유물 한 점을 발견했을 때 나는 또다시 불안해지지 않을 수 없었다. 그것은 최근에 잡아 올린 모시조개의 껍질에다 성합 중인 남녀를 음각한 음화(淫畵)였는데, 풍화의 순리를 재현하기에는 화학 처리 방법이 너무 조악하였다. 형광불빛의 방향을 바꾸어가면서 비추어 보아도 그들은 체위를 바꾸지 않았을 뿐만 아니라 부스러지거나 부끄러워하지도 않았다. 나는 윤 형이 자리를 비운 사이 그의 책상 앞에 여전히 붙어 있는 네 장의 사진들과 그것을 일일이 대조하였다. 물론, 발굴의 기본 절차를 따랐으며 만일의 사태에 대비하기 위해 마스크와 장갑을 착용하였다.)

12.

굳은살과 물렁뼈가 너나들이 없이 둔감해져서
더 이상 충만한 공허를 찬미할 수 없기 때문에
그리고 당신들의 백태 낀 위선을 조롱하고 싶어서
그래도 좀더 서둘러야 했는데
지난밤과 함께 삼켰던 독약이 잘못 되었는지
나는 이미 거울보다도 어두워져 있어서
늦게 도착한 당신의 편지를 읽고 답장해줄 길동무를 구하느라

이정표 몇 개를 지나친 건 사실이지만

당신의 유용한 충고를 받아들여

귀마개 한 쌍을 준비해두긴 했는데

발음기관 아닌 것들에서 비명이 새어 나올까 몹시 두려워

유서에 불린 이름이 명예롭다고?

나는 죽어간다는 사실도 잊고 한참을 웃었어

내가 유서 속에다 아껴둔 당신의 이름이

스스로를 죽이지 못하도록 당신에게 종신형을 선고해줄 거야

왜냐하면 당신은 죽거나 사라진 것들에 관심이 많으니까

진실을 명예로 삼을 줄 아는 유일한 나의 애인

비극의 행간을 자유롭게 드나들 수 있는 권위자로서

살찐 무덤 속에서 뼈만으로 반세기를 버틴 내게

곱게 무두질한 연애 이야기 한 편 지어 입히고

사람과 사랑을 구별할 수 없을 만큼

나는 너무 오래되었기 때문에 나를 대신 해서

마지막 일곱번째 남자에게 고백해주길

나는 인과율 밖에서 영원히 죽어 있을 것이라고

당신은 내 무덤을 실어 나르는 신성한 가축

벌로써 당신의 삶을 지켜주고 싶었을 뿐이야

(오래된 여자에게서 위와 같은 메일이, 그녀의 모든 애인들이
경찰서에서 회동하기 전날에 도착하였다. 그것은 낯선 남자의 이

름으로 스팸메일함 속에 음란한 전단지와 함께 섞여 있었으므로 하마터면 발견되지 못한 채 영구히 사라져버릴 수도 있었다. 적어도 그녀의 마지막 길동무가 여전히 살아 있는지 궁금해졌지만 답장을 보내지는 않았다. 왜냐하면 진실을 명예로 삼을 줄 아는 사람이자 비극의 행간을 자유롭게 드나드는 권위자로서 네번째 남자만큼은 처벌로부터 지켜주고 싶어 했다는 그녀의 고백을 나는 굳게 믿었기 때문이다. 무덤을 실어 나르는 신성한 가축이라면 낙타가 가장 적합할 것 같았다. 무엇보다도 주기적으로 물이나 음식을 챙겨줄 필요가 없다는 게 매력적이다. 게다가 두 겹의 눈꺼풀을 지니고 있어서 투명한 속꺼풀을 감은 채 모래바람을 헤쳐 나갈 수도 있을 뿐만 아니라 성마른 신기루에 현혹되지도 않을 테니까. 그런데 낙타가 낙타의 주검을 들여다보면 죽는다는 소문은 사실일까. 낙타에게 집으로 돌아오는 길을 각인시키기 위해 주인은 그것의 새끼를 죽여 집 앞마당에 묻는다는 이야기도 들었다. 그런데 그녀가 마지막까지 걱정했던 일곱번째 남자는 도대체 누구일까. 그에 대한 특별한 언급이 없었던 것으로 보아 혹시 내가 이미 알고 있는 사람은 아닐는지.)

13.
살과 뼈를 나누어 주고 환갑 전에
골다공증으로 주저앉은 어머니를 위해 울면서

아내는 뼈를 채우는 재료들로 도시락을 준비하고
정형외과 의사가 되었을 친구의 명함을 찾다가
폐기된 법전 같은 결혼 앨범 사이에서 발견한
본인 사망 시 최고 5억 원까지 보상해주는 생명보험 증서
쉽게 이해할 수 없는 사악한 문장들
불법 자살자만큼은 지급 대상에서 완전 제외, 그 아래
오랫동안 불리지 않아서 틈새가 벌어진 아내의 이름
매번 불운만을 확인시키는 복권*을 대신해
죽음은 우리가 기대할 수 있는 마지막 우연
남편보다 아내의 평균 수명이 더 길다는 통계에도
사망할 자는 왜 내가 아니고 아내인지
그것도 내가 '환영받는 사교 클럽' 소속이 아니기 때문일까?
자신을 긁어낸 자리에다 집을 세우고 있는 아내 몰래
육면체의 벽이 일제히 귀를 막을 때까지 소매를 썹으며 울다가
초대장을 지니고도 끝내 안으로 들어가지 못하는 K는
또한 나의 명예로운 이니셜이 아니던가
준동하는 허기가 갑자기 최종 수혜자의 이름을 묻는데
태몽 속에다 겨우 터잡은 아이 역시 완전 제외

(뼛속에 들어찬 바람구멍들 때문에 쓰러진 어머니의 허기를 돌
보기 위해 아내가 멸치볶음을 만드는 동안 나는 정형외과 의사가
된 친구들의 명함을 찾다가, 폐기된 법전 같은 결혼 앨범 사이에

* "복권이란 세계의 질서에 우연을 삽입시키는 것이며, 실수를 받아들이는 것은 우연에 배치
되는 게 아니다"(호르헤 루이스 보르헤스, 「바빌론의 복권」, 『픽션들』, 황병하 옮김, 민음사,
1994, p. 109).

286

서 생명보험 증서를 발견했다. 자살처럼 계획적인 해프닝이 아니라면, 극적인 죽음이 유족들에게 최고 5억 원까지 환금될 수 있다는 문장 이외의 약관은 도무지 이해할 수가 없었다. 죽음을 팔려는 자가 내가 아니라 아내라는 사실도 마찬가지였다. 어쩌면 아주 오래된 여자가 자신의 애인 목록에서 나를 누락시킨 이유와 같을지도 몰랐다. 〈성〉이란 이름의 모텔에서 두 차례의 벌인 사랑의 축제 중 단 한 차례만이라도 서로의 살 속에 윤회의 수레바퀴를 이식할 수 있었던들 우리는 죽음 이외의 비상구를 찾았을 수 있을 텐데. 자신을 긁어낸 자리에다 가족을 세우려는 아내가 느꺼워져서 소매로 입을 틀어막고 낙타처럼 울다가 젖은 벽이 힘없이 쓰러지는 걸 보고 급히 멈추었다. 최종 수혜자는 법적 상속인으로만 표기되어 있었다. 그래서 나는 적어도 아내가 최근에 태몽을 꾸었다는 사실을 알게 되었다.)

14.

서양의 사람은 물의 어원을 지녔다지
살이 뼈를 세우는 열 달 동안의 홍수
뼈가 살을 뚫는 닷새 동안의 가뭄
귓속에 사막砂膜*이 살아 있다는 사실을 알고 있나?
우리를 세우고 있는 건 순막 위의 모래들이라네
방부제를 주식으로 하는 현대인에게

---

* 평형사막(平衡砂膜). 사하라사막 같은 모래벌판이 아니고 평형사라는 탄산칼슘 결정들이 들러붙은 얇은 꺼풀이라는 뜻이다. 하지만 모래 같은 알갱이들이 끊임없이 움직이면서 균형을 잡고 있다는 점에서 두 단어는 동음이의어 이상의 관계를 지녔다.

소멸의 시간은 좀더 주어지겠지만
남편이자 아버지에게 뒤쫓기는 자신의 운명을 위해
손톱 크기만큼의 살점조차 허락하지 않은 자들
질문에서 제외된 단 하나의 단어가 결국 정답일 수밖에
최근 며칠 사이에 나의 모든 역사가 무너져 내리는 소리를 듣고
더 이상 과거를 뒤져 '잃어버린 고리'*를 찾지 않기 위해
거짓은 정반대 영역에서의 진실
나는 소설가가 되기로 마음먹었지
초산리 발굴 보고서야말로 나의 첫 장편소설
그런데 부탁이 있어
관계자 외 출입금지 구역을 드나들 수 있는 동안
내 여동생을 초산리 유적지에 숨겨주면 안 될까?
그곳은 물이 잘 빠지는 곳이니까
사랑하지 않는 자들은 결코 죽지 않는다는데
역사상 단 한 차례도 일어나지 않은 자살이 아닌 죽음
어떤 이의 유서 속에서 가끔 자네의 이름도 불릴 테지
살아 있는 자들에 대한 존경으로
또는 사랑하지 않는 자들에 대한 경고의 의미로

(나는 윤 형에게 이와 같이 들었다.)

* 도슨의 새벽인간은 '잃어버린 고리'에 대한 고고학자들의 강박관념에서 태어난 신기루였지
만 그것이 진실을 말할 때까지 80년을 기다려야 했다.

2003년 줄리엣 세인트 표류기

에코페미니즘을 주창하는 여성단체가 여성의 날을 기념하여 미국에서 활동하고 있는 한국계 포르노 배우인 줄리엣 세인트의 초청 강연회를 갖겠다고 발표했다. 그 짧은 뉴스는 다음과 같은 반응들을 일으켰다. 첫번째, 줄리엣 세인트의 신상이 알려지면서 최대 입양아 수출국의 오명에서 벗어나야 한다는 자성이 이어졌다. 두번째, 세인트라는 성을 두고 기독교 단체가 발끈하였다. 그들은 서울 도심에 모여 혼전 순결을 서약하는 서명 캠페인을 벌였다. 세번째, 줄리엣 세인트가 출연한 포르노 영화를 긴급 입수했다는 스팸메일이 전국에 대량으로 살포되었다. 네번째, 성적 윤리의 시대적 역할을 주제로 내건 공개 토론 프로그램이 방송되었다. 다섯번째, 엑스트라에 불과한 그녀를 마치 성공한 페미니스트인 양 추어올리는 것은 황색 저널리즘에 불과하다며 다른 여성단체에서 항의 성명을 낭독하였다. 여섯번째, 행사를 주관하는 단체 사무실로 줄리엣 세인트의 방한 스케줄을 묻는 전화가 폭주했다. 일곱번째, 마치 그녀의 입국을 기다리고 있었다는 듯이 동성애자들이 일제히 풍기 문란한 치장을 하고 거리로 뛰쳐나왔다가 전원 입건되었다. 여덟번째, 음지에서 공공연히 거래되고 있는 음란물들을 효과적으로 단속하기 위해 정부 차원의 대책을 서둘러 마련해야 한다는 사설이 주요 일간지에 실렸다. 아홉번째, 러시아와 필리핀 정부는 자국에서 밀입국한 윤락녀들의 인권 보호를 요청하는 외교문서를 접수했다. 열번째, 성인 전용 극장 설립을 촉구하는 영화 종사자들이 가두서명을 시작하였고, "음란한 문서, 도화, 기타 물건을 반포, 판매, 임대하거나 공연히 전시한 자는 1년 이하의 징역 또는 40만 원 이하의 벌금에 처한다"는 형법 제243조 때문에 고통받았던 예술가들도 명예 회복 차원에서 국가를 상대로 손해배상 청구 소송을 준비하였다. 이상의 히스테릭한 반응들로 곤혹스러워진 행정 당국은 공금 횡령과 탈세 혐의로 그 단체의 대표를 고발하기에 이르렀고 강연회를 불허하였다. 그리고 줄리엣 세인트는 입국을 거부당했다. 그녀가 국가 전복 자료들을 소지했다는 게 이유였는데, 그녀의 짐 속에선 사회주의 이념서적은커녕 도색 사진 한 장 발견되지 않았다. 당연히 무리한 법 적용을 비난하는 여론이 들끓었다. 설령 한여름에 목에서부터 발목까지 덮는 코트를 입고 대중 앞에 나타났더라도 주홍글씨가 내비치는 이상 줄리엣 세인트는 미풍양속을 해친 혐의에서 자유로울 수가 없었을 것이다. 포르노 배우의 도발성은 오히려 옷을 입고 있을 때 극대화될 수 있다는 행정 해석조차 가능해 보였다. 미국과 같은 기회의 땅에 입양되었으면서도 고작 한국인 최고의 포르노 배우로 자라서 돌아온 그녀를 모국의 위정자들은 감추고 싶은 마마 자국처럼 여기는 게 분명했다. 입국 수속을 하지 못하고 국제선 대기실에서 공항 직원들과 실랑이를 벌이고 있는 그녀의 모습이 카메라에 찍혀 인터넷을 떠돌았다. 그녀는 곧 아마존의 이미지를 껴입고, 어머니의 나라가 아직도 매카시즘의 망령에서 헤어 나오지 못하고 있기 때문에 인권을 음란한 상태로 매도하고 있다고 단언했다. 매카시즘을 매저키즘 혹은 마조히즘으로 잘못 알아들은 사람들은 음탕한 미소를 베어 물었다. 여성적 시각에 충실한 포르노 영화를 만들고 싶다는 계획을 말하다 말고 그녀는 기어이 울음을 터뜨렸다. 그러다가 갑자기 입고 있던 옷을 벗기 시작했는데 그것은 관능적인 퍼포먼스라기보단 차라리 과격한 정치적 시위와도 같아서 무정부주의자들마저 감동시켰다. 속옷 차림으로 그녀는, 마치 프랑스 혁명군을 이끌고 있는 들라크루아의 여신처럼, 미국 정부가 발행한 여권을 머리 위로 치켜들고 뒤를 한 번 힐끔 돌아보더니 입국 심사대 쪽으로 달려갔으나 여독에 지친 군중들을 자극하진 못했다. 특수 경찰들의 일사불란한 군화 소리만 그녀를 뒤쫓았다. 한 시간 후에 그녀의 이름은 일본행 비행기의 탑승객 명단에서 발견되었다. 그러는 동안에도 중국산 비만 치료제 수백 정을 성기와 항문 속에 숨겨서 입국하던 삼십대의 여자가 붙잡혔고, 국내에서 처음으로 열리는 이종격투기 대회에 초청된 외국 선수들이 공항 로비에서 조촐한 환영 행사를 마치고 서둘러 공항을 빠져나갔다.

시합을 포기하자고 제안하였을 때 그는 가쁜 숨을 멈추고 나를 칩떠보며 힘없이 웃었다. 그것은 완고한 거부의 표현이자 완곡한 조롱이었으므로 나는 심판에게 조금 더 지켜보자고 귀띔했다. 부러진 코뼈를 세우고 찢어진 눈두덩을 깁기 위해서라도 그는 패배자의 신분으로 2라운드 만에 링을 내려올 순 없었다. 천장에 매달린 형광등은 그의 살에 푸른곰팡이처럼 박힌 상대 선수의 주먹과 발등 무늬를 살균하고 있었다. 자신의 사지가 닿는 곳에 적은 없고 자신의 가난한 기억과 무기력한 상처뿐이었다. 완전한 패배자가 결정되기 전까지 링 아래의 사람들은 참고 기다려야 한다. 나는 눈을 감고 시간의 보폭을 가늠한다. 산부인과 출신의 링 닥터가 관중들에겐 전혀 미덥지 않다. 패자에 대한 주제넘은 동정심이 자신들의 카타르시스를 방해하는 순간 폭동이라도 일으킬 기세다. 하루 종일 여자들의 가랑이 사이나 들여다보고 있는 주제에 부러진 뼈와 찢긴 피부에 대해서 뭘 알겠느냐며 선수와 운영위원조차 빈정댔을지 모른다. 하지만 내가 여기 앉아 있는 건 그들의 간절한 부탁 때문이 아니었던가. 그저 나는 새로 집에 들인 운동 기구의 사용법이나 배우고자 헬스클럽을 찾아갔을 따름이다. 그곳은 아내가 무려 8킬로그램을 감량한 곳이기도

했다. 그 헬스클럽에서 복싱 회원들까지 모집하고 있다는 건 나중에 알았다. 하지만 내게 운동이란 무료하게 반복해야 하는 자기 수련일 뿐, 무 자르듯 상대와 승패를 나누는 일이 결코 아니었으므로 타인을 향한 무작위적 적의로 자신의 근육을 버리고 싶지 않았다. 「파이트 클럽Fight Club」이란 영화가 동시대 사람들의 심리 상태를 정확하게 짚어내었다는 평론가들의 평가도 간단히 외면해버렸다. 인간의 한계에 도전한다는 기록경기 역시 내겐 변태적 자기 학대 이상의 의미가 없어 보였다. 차라리 정해진 시간 동안 규칙 안에서 동료들과의 협력을 통해 상대와 대결하되, 설령 패배하더라도 다음에 만회할 수 있는 기회가 있는 그룹 스포츠—축구나 야구, 농구, 럭비 등—에 잠시 열광한 적은 있었으나, 도박사들이 유포시킨 숫자들에 오염된 뒤부턴 심드렁해졌다. 그러니까 내게는 요가나 명상만이 알맞은 운동이다. 그런 운동은 투쟁으로 한계를 극복하려는 인간들의 습관을 교정해준다. 하지만 우리 부부가 매주 다니는 불임클리닉의 여의사는 나의 형편없는 체력이 임신을 방해하고 있다고 지적했다. 그래서 아내는 나와 상의도 없이 러닝머신을 집 안에 설치하였고 헬스클럽 회원권을 끊었다. 부모님의 성화에 못 이겨 일요일 교회에 나가야 했던 유년기의 기억에서 겨우 벗어났나 싶었는데 이번엔 아내에게 등을 떠밀리어 매주 월요일과 목요일 저녁 식사를 굶은 채 두 시간씩 젖은 옷을 입고 있어야 했다. 아내는 헬스클럽에 전화를 걸어 출석 여부를 확인하는 것 같았다. 가끔은 그녀가 직접 찾아오기도 했다. 그리고 그런 날엔 새벽까지 격렬한 성교가 이어졌다. 기름기가 완전히 사라진 아내의 몸뚱이는 밤의 격랑을 타고 넘기엔 너무 비좁고 불편했다. 헬스클럽에서 권투까지 가르쳐준다는 사실을 알게 된 아내는 남자란 모름지기 제 가족의 안위를 위해서 최소한의 폭력은 사용할 줄 알아야 한다고 나를 설득했다. 간신히 아내의 고집을 꺾고 권투 용품들을 환불받긴 했지만 그렇다고 내가 완전히 승리한 것도 아니어서, 헬스클럽을 어슬렁거리는 동안 나는 운동기구 사용법보다는 권투 규칙을 더 많이 알게 되었다. 부끄러움을 모르는 여자들이 운동기구를 독점하거나 민망한 동작들을 스스럼없이 선보였기 때문에 수줍음 많은 남자들은 자연히 권투 연습장 부근으로 모여들게 되었던 것이다. 그리고 거기서 매일 혹독하게 자학의 기술을 수련하고 있는 남자와 친분을 쌓게 되었다. 권투를 시작하거나 계속하기엔 나이가 많아 보이는 그도 나처럼 의사의 저주에서 벗어나기 위해 애쓰고 있는 거라 생각했다. 권투 선수가 아니라 이종격투기 선수라는 사실을 그는 우연한 술자리에서 알았다. 헬스클럽의 트레이너이자 국내 미증유의 이종격투기 대회를 준비하고 있는 단체의 운영위원이기도 한 그는 술잔을 건네다 말고 내게 링 닥터를 제안했다. 몇 번을 거절하다가 마지못한 듯 수락한 까닭은 이종격투기의 세계가 나의 남성성을 덩달아 강화하여 불임 시술에 도움이 될지도 모른다고 기대했기 때문이다. 술기운이 유대감을 과장했을 수도 있다. 묵묵히 해장국 그릇을 비우며, 자신이 때려눕힌 상대의 패배를 의학적으로 증명해줄 수 있는 사람이라면 전공이 무엇이라도 상관없다는 듯 비껴 쳐다보는 그의 공허한 눈빛이 내 무기력한 일상을 초라하게 만들었던 것도 사실이다. 하지만 전직 레슬링 국가대표였다는 심판은 내 판정에 권위가 없다는 걸 눈치채고는 일방적으로 경기를 중지시키더니 외국인 선수의 손을 들어주었다. 패배자가 들것에 실려 나가자 잘 훈련된 행사 진행 요원들이 링위로 뛰어올라와 폭력의 무늬들을 말끔히 닦아내었다. 겸연쩍은 표정을 누그러뜨리기 위해서 나도 모르게 찬송가 한 소절을 읊조렸던 것 같다.

황색 저널리즘에 중독된 언론들은 줄리엣 세인트의 몸에 기묘한 구멍 하나가 뚫려 있다는 기사를 앞다투어 배포하였다. 그리고 그녀가 숨기고 있던 개인사를 파헤치기 시작했는데 이민법을 제정하고 인종차별을 묵인하던 미국의 역사까지 함께 드러났다. 카메라 앞에서 발가벗고 성기 속의 내장까지 드러내 보이는 그녀는 금기와 허위의 갑옷 속에 갇힌 대중들을 조롱하기 위해 동원된 배우에 불과하다고 어느 문화평론가는 신문에 썼다. 그러자 그녀를 입국시켜서 치료하고 부모를 찾아주어야 한다는 여론이 준동되기 시작했다. 실제로 한두 단체들은 가두서명을 받고 탄원서를 발송하였다. 그러나 행정 당국은 한 개인의 불행에 개입할 명분을 찾을 수 없었으므로 침묵해야 했다. 그 대신 종교 단체의 고소장을 받아들여 당국의 허가 없이 국제 규모의 이종격투기

대회를 개최한 단체를 수사하였다. 그런 폭력적 스포츠가 미풍양속을 해치고 인명 경시 풍조를 조장하여 궁극에는 인류를 파괴할 위험이 다분하다는 게 이유였다. 그 종교 단체는 게임이나 영화 수입업자들까지 피고소인으로 지명하였지만 받아들여지진 않았다. 대회를 처음부터 준비한 운영위원들이 먼저 검찰에 소환되었고 참고인 자격으로 한국 초대 챔피언도 밤샘 조사를 받았다. 헬스클럽의 트레이너는 검찰청 입구에서 내게 전화를 걸어와 내 자신의 변호에 유용할 진실들을 미리 준비해두는 게 좋을 것이라고 귀띔해주었다. 하지만 그때 나는 이미 전직 검사 출신이자 대학 선배인 변호사와 함께 진술서 초본을 완성한 뒤였다. 오히려 나는 소환 순서를 이해할 수 없었다. 그도 그럴 것이 이종격투기 대회와 관련하여 대회 운영위원장과 초대 챔피언을 제외하면, 나보다 더 많이 언론과 인터뷰를 한 사람도 없었건만── 산부인과 의사 출신의 격투기 선수이자 링 닥터로 나는 소개되었다 ── 검찰의 주목을 거의 받지 못한 것이다. 의사협회에서 윤리 위원회에 출석하라는 통보가 먼저 도착했다. 검찰의 조사 결과를 기다리겠다는 의미에서 윤리위원회는 내 병원을 일주일간 영업 정지시키는 것 이외에 중징계를 유보하였다. 다음 날부터 나는 변호사 사무실과 병원장실을 오가며 진술서를 고치고 또 고쳤다. 일주일에 한 번씩 들러 정기 검진을 받아야 하는 불임클리닉엔 아내 혼자서 다녀와야 했다. 신변에 위협을 느낄수록 생물들의 가임 기간은 늘어나고 세대 간격이 줄어든다는 어느 생물학자의 주장이

옳다면 우리 부부가 아이를 갖는 데 지금보다 더 좋은 기회는 없을 것 같았다. 하지만 내 살갗에 돋아난 가시에 찔려 아내는 매번 침대에서 벌거벗은 채로 굴러떨어졌고 끝내 기어 올라오지 못했다. 이불만 한 소환장을 덮고 자다가 잠에서 깬 적도 있었다. 그런 날이면 병원 홈페이지는 몽마夢魔가 남긴 흔적들로 어지러웠다. 내가 미처 알고 있지 못한 의학적 지식들을 장황하게 설명하면서 시합을 중지시킨 내 의학적 소견을 비난하는가 하면, 직설적인 표현으로 당국의 수사에 분노하고 나를 치켜세웠다. 하지만 그들이 홍위병을 자처하고 요란하게 기세를 불릴수록 사냥꾼의 호승심을 더욱 자극하여 그 중심으로 내몰린 수렵물의 안전을 더욱 위태롭게 만들 뿐이었다. 어쩌면 그들이 내게 원하는 이미지는 고대 로마의 기독교 순교자에서 나왔는지도 모르겠다. 종교나 정치는 역설적이게도 폭력과 희생을 통해서 진보하지 않던가. 이미 나는 선악과를 삼켰기 때문에 그들이 강요하는 윤리를 거부할 순 없었다. 소명 의식이 투철한 의사를 흉내 내고 얻은 명성과 금전적 이익은 어느 순간 벌거벗은 임금님의 보이지 않는 옷이 되고 말았다. 낚시 바늘에 걸려 수면 위로 끌어 올려지면서 나는 은근히 고통의 쾌감을 기대하기도 한다. 화술에 관한 책을 읽다가 잠깐 잠든 사이, 내게서 낙태 수술을 받았다는 여고생의 글이 호수 바닥에 숨겨놓았던 시체처럼 게시판에 떠올랐다. 그러자 기다렸다는 듯이 몰이꾼들이 몰려들며 자아비판을 선동했다. 여고생의 진술은 대부분 사실일 것이다. 부득이한 경우 낙태와 안락사는 인권을 지켜낼 최후의 방편이 될 수 있다는 걸 나는 인정한다. 늘 불행은 떼로 몰려온다지만 매번 그것의 시의성時宜性과 목적을 의심하지 않을 순 없다. 필연의 부재不在가 우연이 아니라, 우연의 중첩이 필연인 게 분명하다. 무명無名 속에서라면 가벼운 벌금과 한시적 자격 정지만으로 단죄될 것이 덧없는 명성의 무게 때문에 훨씬 가혹한 형벌을 추인할 것이다. 링 밖에 숨어서 소문과 분파를 동원하여 다수를 파괴하는 소수의 폭력에 비해, 링 안에서 상대의 숨과 근육을 제압하기 위한 폭력은 얼마나 유치하고 보잘것없는지 변론한다면 정상 참작이 될 수도 있지 않을까. 열여섯 시간 동안 조사를 받고 귀가한 헬스클럽의 트레이너에게 불기소 처분이 내려지고 이종격투기 초대 한국 챔피언이 심야 토크쇼에 출연하자 나는 그다음 날 병원 문을 열고 산부인과 진료를 재개하였다. 그날 태어난 두 명의 사내아이는 나의 속죄양이었다.

한 남자가 오후에 원장실로 직접 전화를 걸어와 병원 진료 시간을 물었다. 그리고 저녁 9시가 다 되어서야 여자를 데리고 병원에 나타났다. 아마도 간호사들이 퇴근하고 의사 혼자 남겨지는 시간을 기다렸던 것 같다. 나는 그들을 알아보지 못했다. 그러니까 적어도 그들은 연예인이거나 정치인이거나 유명한 운동선수는 아니었다. 그렇다고 그들의 관계를 의심할 만큼 나이 차이가 많다거나 차림새가 다르지도 않았다. 정식 부부들처럼 손을 잡고 찾아와서 서로 살갑게 대화를 나누지 않는 건 이상했다. 그래서 나는 그들이 낙태 시술을 부탁하기 위해 머뭇거리고 있다고 생각했다. 임시 휴업을 하고 침울해 있던 며칠 사이에 검찰관들은 내 영혼의 지하실로 사무실을 몰래 옮겨놓고 자의식이 잠들지 못하도록 고문을 하고 있었다. 눈앞의 수상한 남녀는 용의자를 조사하기 위해 부부로 위장하여 파견된 비밀요원들처럼 보였다. 그런데 달리 생각해보면 검찰청에 소환되지 않고서도 소명할 기회가 생겨난 셈이기도 했다. 나의 무의식적 일상이 범법의 개연성에서 완벽하게 격리되어 있다는 사실을 증명해 보인다면 향후 번거로운 송사를 피할 수도 있을 것 같았다. 어떤 위협에도 절대로 물러서지 않으리라 다짐한 뒤 사무적인 표정으로 상담 서류를 준비하면서 의자를 가리켰다. 여자는 나를 마주 보고 앉았으나 남자는 안절부절못하고 서 있다가 기어이 문을 걸어 잠그고 돌아왔다. 이해하지 못할 자신의 행동을 스스로 해명할 때까지 말없이 기다려주었더니 그는 주위를 살피고 무겁게 입을 열었다. 그는 의료 기계를 만드는 벤처기업을 운영하고 있다고 자신을 소개했다. 하지만 나에 대해 아는 게 너무 많았다. 심지어 소녀들에게 낙태 시술을 해주고 그녀들이 낳은 미숙아들을 안락사 처리한 이력까지 알고 있었는데, 마치 아이의 무덤과 유전자까지 파헤쳐본 듯했다. 평면과 단색의 그림자 속에 눌려 있던 두려움이 갑자기 부풀어 올랐다. 그러나 굳은 표정을 애써 무두질하며 심호흡을 했다. 약점을 드러내는 순간 그들의 독니가 몸에 박히며 내게 끊임없이 노예의 자리를 강요할 것이다. 뻔뻔스러운 불운의 방문에 미리 대비하여 요가나 명상 훈련을 받지 않은 걸 후회했다. 여유를 되찾은 남자는 자기 옆의 여자를 알고 있느냐고 물었다. 바닐라 아이스크림처럼 흘러내리던 여자가 간신히 몸 전부를 의자 위에 올려놓는다. 자신의 명성을 시험하려는 것 같아 불쾌했지만 나는 자세를 고치며 그녀를 한참 동안 뜯어보았다. 그녀의 아랫배는 낮고 고요하다. 화장기가 짙고 미니스커트에 하이힐을 신은 것으로 보아 현재 임신 상태는 아닌 게 분명하다. 불임 치료를 받으러 온 것일까. 하지만 나는 정상적으로 임신에 성공한 부부들만 환자로 삼고 출산에 필요한 습관들을 관리해주고 있을 따름이다. 난임 부부에겐 전문 병원을 찾아가라고 나 대신 간호사가 추천한다. 혹시 고가의 불임 치료 장비를 팔기 위해 찾아온 것일까. 여자는 자신의 정체를 알아차리지 못하는 나의 반응에 점점 지쳐갔다. 하지만 대중매체에 의해 대량 생산되고 소비되는 이미지들은 한 인간을 온전하게 기억하는 걸 불가능하게 만들었다. 이미지란 익명의 대중들이 무심코 던지는 시선만 닿아도 몸에서 떨어져 나가는 투명 비늘 같은 것에 불과하다. 그런데 내 뜨악한 표정에 남자는 오히려 안심한 듯 엷게 미소까지 지어 보이는 게 아닌가. 그러고는 그 여자에게 영어로 무슨 말을 건넸는데 그제야 여자는 경계심을 풀고 우아한 몸짓으로 악수를 청하며 아주 서툰 우리말로 늦은 인사를 해왔다. 경직된 내 혓바닥 위에서 짧은 영어 한마디가 튀어 올랐고 그 여자는 이 나라에서 의사 신분이라면 간단한 영어 회화 정도는 가능할 것이라고 생각했는지 갑자기 머금고 있던 말들을 쏟아내기 시작했다. 하지만 난 그녀의 말을 절반도 알아듣지 못했고 여자는 적이 당황했다. 남자가 빈정거리는 투로 통역해주었다. 나는 상담 서류를 적어 내려가다가 환자의 이름을 남자에게 물었다. 그러자 남자는 여자를 쳐다보았고 여자는 줄리엣 세인트라고 한 음절씩 끊어서 천천히 말했다. 소리 나는 대로 한글로 적고 나는 몇 가지 질문을 이었다. 그때까지도 그녀의 이름을 기억해낼 수 없었던 것이다. 그러자 남자는 여자의 이야기를 옮기다 말고 내가 불임이라는 사실을 상기시키면서 치료의 목적으로라도 이 여자가 출연한 영화를 본 적이 없느냐고 물었다. 나는 그 여자의 얼굴을 힐끗 쳐다본 뒤, 최근까지 구설수에 휘말려 홍역을 치르느라 느긋하게 영화관을 찾을 만한 여유가 없었고 성형외과 의사도 아니기 때문에 여배우의 얼굴 따위는 주의 깊게 보지 않는다고 말했다. 그러면서도 단호한 어조로 이곳에서 더 이상 낙태 시술 같은 불법 의료 행위는 일어나지 않을 것이라고 명토 박았다. 남자가 참았던 웃음을 터뜨렸고 영문을 알지 못하는 여자는 나와 남자를 번갈아 쳐다보았다. 간신히 남자가 대답하긴 했는데 어쩐지 그가 하고 있는 말이 자신의 웃음에 대한 진실은 아닌 듯했다. 그 여자를 검사대 위에 눕혀놓고 가랑이 사이를 들여다보았을 때야 비로소 그녀가 출연한 영화의 장르를 짐작할 수 있었다. 검찰 수사에 대한 여론의 추이를 확인하기 위해 틈만 나면 인터넷 사이트를 뒤지고 있었지만 당국이 한국계 포르노 여배우의 입국을 허락했다는 뉴스를 접하진 못했다. 아마도 미국으로 돌아가지 않고 일본에서 체류하다가 당국의 감시가 느슨해진 틈을 타서 입국한 것 같았다. 의료기를 만드는 벤처기업 사장과 포르노 여배우의 관계도 짐작할 수 없었다. 혹시 그 남자가 어린 그녀를 미국으로 팔아넘긴 가족 중 한 명은 아닐까 조심스레 짐작할 따름이었다. 그 뒤로 매일 같은 시간에 그들은 병원에 나타났고 내가 그녀의 환부를 살피고 있을 동안 그 벤처기업 사장은 내 사무실에서 누군가와 오랫동안 전화 통화를 했다. 그래서 나는 그가 모르는 곳에 감시 카메라를 설치했다. 전직 대통령의 아들이 남성의학과 원장실을 밀실 정치의 아지트로 사용하다가 언론에 알려지는 바람에 수감되었던 사건이 떠올랐기 때문이다. 남근 정치는 낡은 정치의 현재 진행형 분사다.

젊은이들이 이종격투기에 열광하는 까닭은 선수들의 거친 숨소리와 선홍빛 상처 뒤엔 어떤 불순한 배후 세력도 숨어 있지 않다고 생각하기 때문일 것이다. 미국의 프로레슬링의 경우 2백여 명의 시나리오 작가들이 링 위에서 선수들 사이에 오가는 언어와 동작을 설계하고 리허설을 통해 수정한다. 자신들의 스포츠는 엄연히 법적 보호를 받아야 하는 창작물이므로 어린이나 노약자들처럼 입장료나 시청료를 지불할 수 없는 자들은 절대로 따라 해서는 안 된다는 경고문 아래에서만 쇼는 진행된다. 군사독재 시절에 유년기를 보낸 대부분의 사람들은 흑백텔레비전의 영웅들이 어떻게 정권 유지에 동원되었는지 알아차리지 못한 채 발육부진을 경험했다. 용케 환각에서 벗어날 수 있었던 자들은 거리로 몰려나와 3S정책의 철폐를 요구하다가 범법자로 낙인찍히기도 했다. 시대가 바뀌어 그들의 문신은 자랑스러운 백신 접종 자국으로 여겨지지만 아직도 적나라한 진실들은 금기로 묶여 있고 용서와 이해 없는 화해만이 장려되고 있다. 이런 모순투성이인 어른들의 세계가 요즘 젊은이들에겐 끔찍할 따름이다. 하지만 그들은 비난하는 것보다 빈정대는 게 더 즐겁고 새로운 것들만이 순수한 가치를 지녔다고 믿는다. 과장된 근육을 흔들고 다니면서 보수주의자들의 영웅 행세를 하는 프로레슬러보단, 덜 마른 생채기 위에 공포를 섞새겨 넣으면서도 불완전한 패배를 완강하게 거부하는 이종격투기 선수들이야말로 21세기의 시시포스인 것이다. 예술적으로 연출된 포르노보단 조악하기 그지없는 몰래카메라가 그들을 자극한다. 이웃의 침실을 엿보고 어른들의 윤리에 침을 뱉는다. 상대를 완전하게 인정하지 않는다면 자신의 생각을 강요하지 말라고 항변한다. 이런 이야기를 한국계 미국인 포르노 여배우는 전혀 이해하지 못했다. 필경 그녀의 양부모는 타인의 사생활을 보호해주는 일에서 자신의 자유가 시작되며 자신의 욕망을 감추는 위선이야말로 명백한 범죄라고 가르쳤을 것이므로, 이 나라 사람들의 이중적 사고와 행동이 그녀에게 커다란 충격을 주었을 게 분명했다. 나는 모국어로만 이해되는 진실을 어떻게 세계 공용어로 번역해야 하는지 막막했다. 포르노와 이종격투기를 결합한 영상물의 상품성을 알아차린 벤처기업 사장은 내 이야기를 애써 통역하지 않았다. 대신 그는 틈만 나면 자신의 뒤에 버티고 있는 거물 정치인에 대해 암시하곤 했는데 내가 검찰에 소환되는 시점은 전적으로 자신의 의지에 달려 있다는 사실을 으스대고 싶었으리라. 줄리엣 세인트의 입국과 치료는 철저하게 비밀에 붙여져야 한다는 이유로 그는 나의 통화 내역과 인터넷 접속 현황까지 매일 확인했다. 국내 이종격투기 협회의 공식 홈페이지가 폐쇄된 뒤부터 정치적 망명객이 된 마니아들은 내 병원 홈페이지로 숨어들어 반정부 운동을 벌이기 시작했다. 오불관언, 긁어 부스럼을 만들지 않겠다는 생각으로 나는 병원 홈페이지에 일체 접속하지 않았다. 그랬더니 언제부턴가 줄리엣 세인트의 비디오를 파격 세일한다는 스팸메일들이 매일 격문들 사이에 끼어들기 시작했다. 이 먹먹한 현실에서 빠져나가는 방법이라곤 줄리엣 세인트를 완치시키는 것이 유일했다. 그녀의 겨드랑이에 생긴 구멍은 커지거나 줄어들지 않았다. 의학 서적을 뒤져보고 여기저기서 조언을 구해보았건만 원인이나 치료 방법을 알아낼 수 없었다. 줄리엣 세인트를 미군 전용 술집에서 보았다는 증인까지 인터넷에 등장한 마당에 그녀를 동료 의사에게 내보이는 건 위험했다. 게다가 환자의 정체를 알게 된 이후로 나는 치료에만 집중할 수 없었는데, 언어의 장벽에도 불구하고 그녀의 표정과 음성은 쉴 새 없이 내 안의 욕망을 성기 끝으로 모아 갔기 때문이었다. 진찰대에 누운 그녀의 환부를 들여다볼 때마다 오히려 내가 포르노를 보면서 불임 시술을 받고 있다는 착각에 빠져들었다.

시험관 아이는 포르노 배우들의 20인치짜리 평면적 육체에서 태어난다. 사랑은 없고 번식을 위한 이종 간의 거래만 있을 뿐이다. 줄리아 세인트 역시 나의 복잡한 심리 상태를 어렴풋이 짐작했을 테지만 자신의 육체에 열광하는 노새들을 어떻게 다뤄야 하는지 잘 알고 있었다. 나의 뇌관이 폭발하기 직전에 이르렀다 싶을 때면 그녀는 자신의 불행한 유년기에 대해 이야기했다. 그러면 언제 그랬냐는 듯이 뜨거웠던 몸은 싸늘히 식고, 고해성사가 이어지며, 정상적 환경에서의 갱생을 돕겠다는 약속으로 치료를 끝내는 것이다. 나는 영어 회화 책을 사서 틈만 나면 읽고 외웠다. 비밀스런 환자에 대해 전혀 알지 못하는 아내는 이종격투기의 링 닥터가 되기 이전의 자리로 돌아온 남편이 대견스러웠지만 시체와 나란히 누워서 할 수 있는 일은 더 이상 남아 있지 않았다. 불임 치료를 거부하고 있는 남편을 대신해줄 취미 활동이 필요했다. 그래서 그녀는 호스피스 양성 교육 프로그램에 등록했다. 낙태와 안락사를 인도적인 처방으로 인정하는 내게 항의하는 것 같아서 화가 났지만, 아내의 전향이 고마운 것도 사실이었다.

줄리엣 세인트가 글을 읽고 쓸 수 없다는 사실은 충격적이었다. 그것이 그녀가 컴퓨터를 전혀 사용하지 못하는 이유이기도 했다. 대사가 많지 않은 포르노 영화야말로 그녀에게는 더 없이 잘 어울리는 장르였던 것이다. 그래도 시나리오를 이해하는 게 어렵지 않으냐고 물었을 때 그녀는 머리와 가슴을 연달아 가리켰다. Understand everything sincerely without any help of memory. 자신들에게 중요한 것은 모두 마음속에 새기기 때문에 종이가 필요하지 않다던 어느 인디언 추장의 고백이 문득 생각났다. 여자의 차도差度는 더뎠고 남자의 사업도 큰 이익을 내지 못하고 있었기 때문에 어느 순간부터 남자는 여자를 병원 앞에 내려놓기가 무섭게 차를 몰고 사라졌다. 그러고는 술에 취해 병원으로 돌아와서 술집 작부를 다루듯 그녀를 강제로 택시에 태우는 날도 많았다. 그런 날이면 여자는 너무 수치스러워서 끝까지 내 쪽으로 고개를 돌리지 않았다. 그러면 나도 취해서 귀가했고 성교 도중에 아내에게 상처를 입히기도 하였다. 며칠 동안 여자가 나타나지 않자 마침내 나는 문맹이 그녀의 불행을 비육했다는 결론에 이르렀다. 그녀를 포르노 배우로 만들기 위해서 누군가 일부러 문자를 공급하지 않았던 것이리라. 문자는 사유를 위한 뼈대다. 하지만 포르노 배우는 뼈보단 살을 드러내 보이는 직업이고 언제든지 바꾸어 입을 수 있는 이미지가 필요한데, 살과 말 대신 뼈와 문자가 체내에 쌓일수록 이미지는 메마르고 단순해진다. 현실을 고발하는 포르노 배우는 비극 배우보다도 더 쓸모가 없다. 그러니 포르노 배우가 된 이후로 그녀는 굳이 읽고 쓰지 않아도 조금의 불편도 느낄 수 없었던 것이다. 남자의 통역 없이도 간단한 의사소통은 가능해졌으므로 나는 그녀에게 알파벳을 가르쳐주기로 마음먹었다. 사전을 끼고 몸짓을 섞으면 어렵진 않을 것 같았다. 스물여섯 개 조각들을 배열하는 규칙만이라도 이해하게 된다면 갈기를 휘날리며 지나치던 소리들이 잘 길들여진 말처럼 그녀의 신호에 따라 멈춰 서서 제 발바닥에 박힌 편자를 들어 보여줄 것이다. 초등학교 졸업이 학력의 전부였던 내 어머니도 자신이 알고 있는 평범한 단어들의 마디를 하나씩 풀어헤쳐가며 내게 천자문을 가르쳐주셨다. 물론 까막눈을 벗어났다고 해서 글이나 말을 능숙하게 사용할 수 있게 되는 건 결코 아니다. 말과 글은 암수 한 몸의 살아 있는 유기체와 같아서 둘을 한꺼번에 단련하지 않으면 어느 것도 제구실을 하지 못하게 된다. 수도자들은 마음이 마음을 다스릴 수가 없기 때문에 몸의 수련을 통해 마음을 다스린다고 들었다. 말의 몸인 글과 글의 마음인 말이야말로 한 인간을 정의하는 모든 것이라고 말한다면 지나친 비약일까. 헬스클럽에서 군살을 덜어내고 있는 줄리아 세인트 옆에서 누군가 매일 연예잡지라도 읽어주었던들 그녀가 자신의 운명과 세상에서 소외되는 일은 결코 일어나지 않았을 것이다. 이런 이야기를 여자에게 전달할 수 없는 까닭 역시 내가 글의 마음인 말을 능숙하게 다루지 못하기 때문이다. 참회하는 심정으로 그녀를 가르치는 데 나는 더욱 몰입했다. 남자가 내 사무실에서 전화를 하고 있는 순간에도 진찰대 위에 누운 여자에게 알파벳을 보여주며 발음하고 설명했다. 그녀는 내 입속에 손가락을 넣기도 하고 자신의 성기 속에 내 손가락을 집어넣어주기도 하였다. 그러다가 우리는 짧은 시간 동안 아주 격렬하게 성교를 했는데 놀랍게도 그 여자는 자신의 겨드랑이에서 성장을 멈춘 구멍을 성기처럼 사용할 줄 알았

다. 자궁이 없는 구멍은 윤리의 삼엄한 감시를 피해 순수한 감정
만을 발산하는 데 매우 유용했다. 성교가 끝나면 여자는 심한 기
갈을 느끼는 듯 게걸스레 글의 몸을 혀로 더듬었고, 나는 내 영혼
의 미개간지까지 몸의 영역을 넓혀갔다. 치료 행위라고는 성병
에 걸리지 않도록 구멍 주위를 소독하는 게 고작이었다. 그리고
매일 나는 불치병 환자처럼 아내 옆에 꼼짝하지 않고 누워 아내
가 낮에 배운 통증 완화 마사지를 실습할 수 있도록 도왔다. 아내
가 잠결에 겨드랑이를 들어 올릴 때면 가끔씩 한 아이가 그 속에
서 걸어 나와 알아들을 수 없는 언어로 내게 소리치곤 하였다. 그
러고는 침대 아래로 사라졌는데 이불 위에 연꽃처럼 남은 문자를
읽을 수는 없었다. 불립문자, 교외별전.

　검찰의 섣부른 개입과 지지부진한 수사는 고소장을 접수시켰
던 시민단체의 기대와는 달리 이종격투기를 인기 스포츠로 격상
시키고 말았다. 이종격투기 협회의 공식 홈페이지가 다시 열리자
산부인과 병원 홈페이지에서 권토중래를 모색하던 망명객들은
격문을 챙겨 서둘러 귀국하였고 스팸메일들만 변태를 끝낸 갑각
류들의 허물처럼 어지럽게 널렸다. 헬스클럽의 트레이너는 '사
단법인 대한 통합무술협회의' 사무국장이 되었다. 검찰에 소환되
지 않았기 때문에 나는 링 닥터라는 감투를 반납해야 했다. 협회
는 유명 대학병원을 공식 병원으로 지정하고 정형외과장에게 링
닥터를 맡겼다. 이미 나는 가룟 유다가 되어 있었다. 내 이미지마

저 불임이 되어버렸다는 사실을 알아차린다면 벤처기업의 사장은 더 이상 줄리엣 세인트를 데리고 병원에 나타나지 않을 것이고 유예된 선고를 내게 집행하려 할 것이다. 권력에 의해 징발된 몸에는 무거운 금기만 남는다. 이 사회가 겪고 있는 혼란의 배후로 매카시즘의 망령을 지적한 포르노 여배우의 혜안에 새삼 놀란다. 이제야 조금이나마 그녀를 이해하게 되었는데 함께할 시간이 거의 끝난 것 같아 너무 안타깝다. 내 의도와는 달리 그녀는 알파벳보다 우리말을 더 빨리 배워갔다. 혀끝에 맴도는 이야기를 종이 위에 한 자씩 눌러 적어가다가도 답답해지면 서툰 우리말을 내뱉곤 하였다. 그럴 때마다 나는 주의를 주었다. 온몸이 성기인 남자들에게 더 이상 이용당하지 않으려면 적어도 자신이 빌려 쓰고 있는 말의 몸에 대해선 알고 있어야 한다고, 나는 그렇게 영어로 적고 천천히 읽어주었다. 인터넷이 시공간을 축소시킨 요즘엔 자신의 의견을 글로 표현하는 능력이 예전보다 훨씬 중요해졌다는 사실을 이해시키려고 애썼다. 반면에 한 문자에서 다른 문자로의 몸 바꾸기는 기술의 발달로 대단찮은 일이 될 것이다. 그런 건 당신이 대신 해주면 되잖아? 여자가 더듬거리며 중얼거렸다. 그 짧은 순간만큼 그녀의 이미지는 아마존에서 나왔다. 아마도 여자는 윤리까지 불필요하다고 생각하는 모양이다. 아내를 여전히 사랑하고 있다고 확신할 순 없지만 만약 우리 부부에게 아이가 생긴다면 좀더 먼 미래의 영토를 얻기 위해 현재의 삶에 더욱 집중할 수 있을 것이고 그 사이에서 통역사가 해야 할 일은 없을 것이다. 우리는 한두 해 전에 고아원에서 사내아이를 입양하려다가 그만두었다. 청춘을 바쳐 금지옥엽으로 키운 아이가 어느 날 갑자기 부모를 찾아 떠날 것 같아서, 또는 우리와 이웃하여 살던 그의 친부모가 뻐꾸기처럼 갑자기 찾아와 양육비를 한꺼번에 지불하고 아이를 되찾아갈 것 같아서 두려웠다. 피를 나눈 가족이란 어떤 상황에서도 긍정할 수밖에 없는 강박관념이 아니던가. 나는 아내가 돌보고 있는 반송장 늙은이에 대해 이야기해주었다. 10여 년간 병상에 혼자 누워 있으면서도 그는 자신이 버려졌다는 사실을 깨닫지 못했다. 그가 입에 침이 마르도록 자랑하는 교수 아들의 뺨이라도 갈기려고 아내가 대학교를 찾아간 적이 있다. 그런데 그곳에서 아들을 만날 순 없었다. 늙은이의 호적을 확인하고 나서야 그의 외아들이 아홉 살에 죽었다는 사실을 알게 되었다. 아내가 먼저 서럽게 울었고 줄리엣 세인트도 따라 울었다. 나는 그녀를 다독거리며 알파벳 공부에 집중한다면 가족을 찾을 수 있도록 돕겠다고 약속했다. 글자를 배우는 것이나 가족을 찾는 일은 사라져버린 자신을 복구한다는 점에서 결코 다르지 않다. 그러나 종이 위에 화석처럼 굳은 글자를 삼킬 때마다 여전히 이물감을 느끼는지 그녀는 손톱으로 혀끝을 긁기도 하고 바닥에 연신 침을 뱉어대기도 했다. 그러다가 무안해지면 아주 관능적인 몸짓으로 팔을 들어 겨드랑이에 생겨난 구멍을 살짝 드러내곤 하였는데, 어제까지만 해도 뜨거운 리비도를 퍼 올리는 우물이던 것이 오늘은 포르노 영화 밖의 그녀를 감시하기 위해 뚫어놓은 창문처럼 보였다. 여자가 삼킨 문자들은 몸속에 쌓이지 않고 그 구멍을 통해 몸 밖으로 새어 나오고 있는지도 몰랐다. 동정심은 나를 반성하도록 채근했다. 그래서 나는 여자의 겨드랑이에 내 성기를 밀어 넣는 짓을 그만두기로 맹세하였고 단호한 의지를 증명하기 위해 항생제와 연고로 우물을 메웠다. 묵묵히 참고 있던 줄리엣 세인트는 또다시 이물감을 느끼는지 연신 헛구역질을 하더니 손가락으로 구멍을 후비면서 새된 비명을 질러댔다. 혹시 여자가 긁어낸 것이 연고가 아니라 내 정액은 아니었을까. 내가 종이 위에 처방전을 적는 사이에 그녀는 중학생용 영어 교과서를 바닥에 집어 던지며 진찰실을 뛰쳐나갔다. 그 책을 끝내면 「바람과 함께 사라지다」의 시나리오를 선물해주겠노라는 내 약속도 함께 사라졌다. 줄리엣이라는 예명은 그 영화에 출연했던 유일한 아시아인 여배우의 이름에서 시작되었다고 그녀는 고백했던가. 세인트는 우리말에서 성聖과 동음이의어 관계인 성性의 오역誤譯인지 모른다. 하지만 고백하건대, 그녀가 글자를 배우기 시작한 이후로 그녀에게서 관능미가 눈에 띄게 줄어들고 있는 것만큼은 부정할 수 없었다.

줄리엣 세인트가 비밀리에 입국했다는 소문에 신빙성 있는 증거들이 덧붙여질 때마다 진위를 확인하려는 전화가 에코페미니즘을 주창하는 여성단체로 빗발쳤다. 하지만 그녀와 연락이 닿지 않는 이유를 아는 이가 그곳에는 없었다. 설태 긴 의혹 속에서 매카시즘이라는 단어를 누군가 겨우 기억해냈다. 때마침 노회한 보수 정치인들이 청소년 보호와 미풍양속 보존을 명분 삼아 인터넷 사이트의 검열을 강화하는 법안을 상정한 직후였으므로 줄리엣 세인트와 관련된 소문들은 곧 정치적인 성격을 띠게 되었다. 익명의 견유학파犬儒學派 논객들이 보수 정당의 홈페이지에 오물을 쏟아붓기 시작했고, 그 여성단체를 포함한 시민단체들의 반대 성명이 이어지면서 입안자들은 위기감을 느끼지 않을 수 없었다──소수들의 의견을 자유롭게 표현할 수 없는 상황은 에코페미니즘과도 정면으로 충돌하였다──그리하여 의결 정족수를 채우지 않는 방법으로 자신의 실책을 슬그머니 폐기시키기에 이르렀다. 승리감에 도취된 여성단체는 인터넷을 통해서라도 강연회를 강행하기로 결정하고 미국에 사람을 보내어 줄리엣 세인트의 행방을 수소문하였다. 그러나 전권대사는 아무런 수확 없이 돌아왔다. 그러는 동안에도 목격자들은 끊임없이 나타났는데 국내의 어느 산부인과에서 그녀를 찍었다는 사진까지 등장하였다. 그리고 어떻게 찾아왔는지 내 병원의 홈페이지에도 수배 전단이 내걸렸다. 하지만 그런 전단쯤이야 컴퓨터 앞에 앉아서 넉넉잡고 한 시간만 투자하면 서울의 모든 산부인과에 배포할 수 있으므로, 과민반응을 보이지 않는 한 조급한 유목민들은 호기심 많은 가축들을 몰고 다른 곳으로 옮겨갈 것이 분명했다. 그런데 누군가 내 아이디를 도용하여 병원의 공식 반박문을 게시판에 올리면서 유언비어를 유포한 네티즌들을 끝까지 찾아내어 법적 책임을 묻겠다고 엄포를 놓았다. 곧 수배 전단은 내려졌으나 병원 고객들과 질의응답한 글들마저 사라졌다. 그날 이후로 줄리엣 세인트는 병원에 나타나지 않았다. 벤처기업 사장으로부턴 한 통의 전화도 없었다. 이틀쯤 지나자 고통스런 편두통이 시작되었다. 지극히 정상적인 일상은 오히려 불안감을 키웠다. 책꽂이에서 오래된 책을 찾다가 감시 카메라를 발견해내고는 그것이 나를 향해 스멀스멀 다가오고 있을 불운을 막아줄 부적인 것 같아 조금은 안심이 되었다. 하지만 캐비닛에 보관되어 있어야 할 테이프들이 모조리 사라지고 없는 게 아닌가. 중학생용 영어 교과서까지 찾을 수 없었다. 기억의 한 부분이 이미 오래전에 예리한 칼로 정교하게 도려져 나갔는데도 나는 전혀 눈치채지 못하고 있었던 것이다. 다음 날 병원 문을 닫고 홈페이지도 폐쇄하였다. 행복한 죽음을 준비하고 있는 늙은이를 위해 음식을 준비하면서 아내는 내게 이유를 묻지 않았다. 어쩌면 그녀는 그 늙은이의 기억 속 교수 아들과 나를 헷갈리고 있는지도 몰랐다. 내가 보기에도 거울 속 나는 유령보다 낯설다. 전화선을 뽑아두고 하루 종일 집 안에만 틀어박혀 있었다. 저녁에 초췌해져 돌아온 아내를 쓰러뜨리고 성스러운 폭력으로 패배감을 극복하려 하였으나 침대에서 빠져나온 자는 내가 아니라 그 늙은이었다. 눈두덩에 상처가 생겨난 것도 아닌데 눈물이 멈추지 않았다. 다음 날 우리 부부는 정성스럽게 외출 준비를 했다. 생의 다른 마디에서부터 새로 시작하자는 의미로 2년째 다니던 불임클리닉 대신 아내의 호스피스 동료가 추천해준 병원을 찾아갔다. 그곳은 불임 여성보단 불임 남성들을 전문으로 치료한다고 들었다. 아이가 없는 부부의 대부분이 남편에게 문제가 있다는 걸 산부인과 의사인 내가 모를 리 없다. 다만 드러내놓고 인정하지 않았을 뿐이고 아내는 자존심이 강한 남편을 설득할 용기가 없었던 것이다. 새로운 담당 의사에게 내 직업을 정치인이라고 말했더니 어떤 원인보다도 스트레스가 임신에 최대 걸림돌이 될 수 있음을 지적했다. 임신한 간호사가 방사실紡絲室까지 나를 안내했다. 그 방에 혼자 들어갈 때마다 강제적으로 실을 뽑아야 하는 누에가 된 듯 한 자괴감에 사로잡히기 때문에 나는 정액 추출실을 그렇게 부른다. 그러고 보니 방사라는 단어에는 여러 뜻이 담겨 있고 어떤 의미는 내게 전혀 어울리지 않았다. 방사실 한가운데에는 홍등가의 흑인 창녀 같은 검은 등받이 의자가 누워 있고 그녀의 사생아인 듯한 텔레비전이 그 앞에 웅크리고 앉아 제 어미를 지켜보고 있다. 성인 전용 인형들이 구비되어 있기도 했다. 전희前戱 과정 없이 바지만 내린 채 제 어미에게 달려들자 그녀의 아들은 어미의 고단함을 덜어주기 위해 포르노 배우들의 이력서를 급히 펼쳐놓는다. 그러면 이 좁은 방은 벌거벗은 채 물결치는 인간들의 율동과 소리로 가득 찬다. 조악한 화면의 영화는 중간부터 시작되었다. 하긴 포르노 영화는 관객들의 성욕이 바닥날 때까지 같은 장면들을 지루하게 반복하기 때문에 어디서부터 시작하든지 항상 시작과 끝은 만난다. 청소년들에게 포르노 영화를 보여주는 퇴폐 여관의 주인들에게도 나름의 소명

의식은 있어서, 어린 관객들이 방을 뛰쳐나가 행인들을 상대로 성스러운 폭력을 행사하지 못하도록 비슷한 내용의 영화를 서너 편 연달아 상영한다고 들었다. 영화가 모두 끝난 뒤에도 몸을 빠져나가지 못한 성욕이 아침의 열기와 화학반응을 일으켜 방사실을 연옥으로 만든다. 검은 등받이 속으로 가라앉고 있던 온몸이 성기에 매달렸다. 엷은 졸음 때문인지, 산부인과 병원을 몰래카메라 형식으로 찍은 영화 속에 등장하는 인물들의 몸짓이나 대화는 하나같이 불투명하다. 그 뿌연 간유리 사이를 자유롭게 드나들 수 있는 건 시력이 퇴화해버린 상상들뿐이다. 몇 번의 전율이 발가락 끝에서 끊어지자 내가 들고 있던 플라스틱 용기는 선조들의 불투명한 꿈으로 가득 찼다. 그걸 선반 위에 놓아두고 옷을 추스르면서 방을 나오려는데 해웃값을 떼인 흑인 여자가 아들과 합세하여 내 뒷덜미를 잡아 당겼고, 그들을 매몰차게 뿌리치기 위해 뒤돌아보았을 때 진찰대 위에서 줄리엣 세인트와 내가 변태적인 성교를 하고 있었다. 불쾌한 꿈에서 벗어나기 위해 나는 몇 번이고 팔뚝을 꼬집었지만 명징한 감각들이 꽃처럼 더욱 상기될 따름이었다. 방사실을 관리하고 있는 간호사에게 그 테이프의 입수 경로를 추궁하였더니, 줄리엣 세인트라는 한국계 미국 포르노 배우가 처음으로 주연을 맡았다고 해서 유명해진 영화인데 불임 치료를 목적으로 미국에서 정식 수입되었기 때문에 형법 제243조항의 간섭을 받지 않는다고 나를 안심시켰다. 벤처기업 사장이란 남자가 의료기계 이외의 새로운 사업을 시작한 게 분명했다. 그

비디오를 본 후에 태어날 불임 환자들의 모든 아이들은 인종과 유전자 배열의 차이를 막론하고 나와 줄리엣 세인트의 이미지를 상속받게 될 것이고 나는 그들에게서 저작권과 같은 권리를 제한적이나마 행사할 수도 있으리라. 담당 의사는 미국에서 새로운 불임 시술 방법이 임상 실험을 완료했기 때문에 우리 같은 부부에게도 곧 희망이 생겨날 것이라며 그때까지 내가 일상생활에서 준수해야 할 십계명을 천천히 읽어주었다. 병원을 나서면서 아내는 어제 꾸었던 상서로운 꿈에 대해 이야기했는데, 그것은 마야 부인의 겨드랑이에서 태어나자마자 일곱 발짝을 걸어간 뒤 천상천아유아독존天上天下唯我獨存을 중얼거렸던 석가모니의 일화와 많이 닮아 있었다.

병원에 다녀온 지 한 달쯤 지난 뒤에 줄리엣 세인트를 다시 만났다. 해외 입양자들의 성공 수기를 모은 에세이가 발간된 기념으로 대형서점이 주최한 팬 사인회에 그녀가 참석한 것이다. 그녀의 글은 성주리라는 작가의 이름으로 책 중간쯤 실렸다. 그렇다고 그녀가 가족을 만났거나 한국 이름을 되찾은 건 아니다. 성주리란 이름은 줄리엣 세인트를 우리말로 음역한 것에 불과했다. 20여 년 만에 다시 밟은 모국의 지명을 따서 제주를 본관으로 삼았다는 에피소드로 짐작해보건대 일본으로 추방된 그녀가 유력 정치인의 도움을 받아 밀입국한 곳이 제주항이었으리라. 귀화한 외국인들조차 한 가계의 시조가 되는 마당에 결혼하지 않은 여자라고 해서 새로운 성을 부여받지 못할 이유는 없다는 게 여성단체들의 오래된 주장이었다. 팬 사인회가 열리던 시간에 나는 컴퓨터 앞에 앉아서 진료 기록들을 정리하고 있었다. 행사장이 한산할 것을 염려한 서점 측에서 성주리에 대한 정보를 슬그머니 흘렸고 순식간에 그녀의 이름은 인터넷 공간에서 범람했다. 나는 진실을 직접 확인하기 위해 예약 환자와의 약속도 취소하고 행사장으로 서둘러 차를 몰았다. 그녀가 벌써 자신의 생각을 원형 그대로 옮겨 쓸 수 있게 되었다고는 믿지 않는다. 출판사의 부탁을 받은 대필 작가가 그녀의 이야기를 채록하고 각색했을 것이다. 만약 영어가 의사소통의 수단으로 부적절했다면 벤처기업 사장이란 남자가 끼어들었으리라. 줄리엣 세인트는 보수 정치집단의 선거 홍보원으로 투항하고 말았다. 그래서 어떤 외국 작가는 이데올로기를 내포한 이미지 묶음을 이마골로기imagologie *라는 새로운 단어로 정의했다. 내가 도착했을 때 서점은 독자들 대신 구경꾼들로 가득 차 발 디딜 틈도 없었다. 언론사 고로가 찍힌 카메라가 그녀를 겨누고 있었고 낯익은 예술가들도 여럿 보였다. 검은 정장 차림으로 그녀 옆에 나란히 서 있는 여자들 중 일부는 그녀를 초청하여 강연회에 세우려고 했던 여성단체의 직원들이리라. 어떤 젊은이들은 그곳이 공연장이 아니라 서점이라는 것도 잊고 주먹을 하늘로 찔러대며 그녀의 이름을 연호했는데, 처음엔 갑작스런 소란에 당황하던 그녀도 점차 자신감을 회복하고는 시상식에 초대받은 여배우인 양 그들을 향해 우아하게 손까지 흔들어주

* 밀란 쿤데라, 『불멸』, 김병욱 옮김, 청년사, 1992, p. 149.

었다. 멀리서도 그녀가 훨씬 가볍고 투명해졌다는 사실을 알아차릴 수 있었다. 진주처럼 빛나던 관능미도 거의 회복한 듯했다. 그녀에게서 문자가 완전히 소독된 게 분명했다. 나는 카메라 플래시에 가려 그녀의 주목을 끌지 못했다. 대신 이종격투기 초대 챔피언과 눈이 마주쳤다. 그는 모든 단련된 몸에 직접 경의를 표현하지 않고선 못 배기는 성격의 소유자일까. 무례하기 이를 데 없는 무리 속에서 발을 빼다가 벤처기업 사장을 발견했다. 그의 비열한 웃음소리는 닫힌 입술 사이로 새어 나온다. 갑자기 남자란 모름지기 제 가족의 안위를 지켜낼 수 있을 만큼의 폭력 정도는 능숙하게 사용할 줄 알아야 한다는 아내의 말이 떠올랐다. 온몸의 신경 섬유들을 더위잡아보았으나 단련되지 않은 육체는 분노를 한곳에 모으지 못하였다. 누군가 나를 알아보고 수첩을 내밀었다. 고작해야 중학생에 불과할 소년은 경기장에서 나를 보았다고 말했다. 그 소년이 이해할 것 같지는 않았지만, 어려서부터 난폭한 스포츠에 열광하다 보면 내 나이가 될 때까지 발육 부진을 겪게 될 것이라고 의사답게 충고해주었다. 아내와 호스피스 활동을 같이 하고 있다는 여자도 알은체를 해왔다. 사방에서 감시받고 있다는 생각으로 섬뜩했다. 어쩌면 나와 줄리엣 세인트가 등장하는 두번째 불임 치료용 영화가 비밀리에 촬영되고 있는지도 몰랐다. 계획했던 시간이 지났는데도 음란한 지지자들의 수는 조금도 줄어들지 않아서 서점 측은 난감해졌다. 서점 지하에 입주해 있는 패스트푸드 가게에서 즉석 강연회를 열어보자고 먼저 제안한 쪽은 줄리엣 세인트였다. 미국에 본사를 둔 그곳을 그녀는, 미국 시민권자라면 설령 밀입국자일지라도 신변 보호를 요구할 수 있는 대사관 정도로 착각했던 것은 아닐까. 크렘린 광장이 미국식 패스트푸드 가게의 영업을 처음으로 허락했을 때 그곳엔 배고픈 자들보다 정치적으로 박해받는 자들이 더 많이 찾아왔단다. 칠판이 준비되자 줄리엣 세인트는 성적 성향이 불분명한 청중들을 대상으로 강의를 시작했다. 여성단체 회원 한 명이 통역을 자청했다. 미국인 강사가 서툰 우리말을 사용할 때마다 객석에서 박수가 터졌다. 그녀는 자신이 강조하고 싶은 말을 직접 칠판에 적기도 했는데, 미리 준비하지 않고서야 복잡한 개념의 단어들을 그렇게 정확히 쓸 순 없었을 것이다. 그녀는 남성들의 위악적인 성적 윤리를 파괴하기 위해 매카시즘 대신 매저키즘 혹은 마조히즘이 장려된 점과 1970년대 산업화 논리가 발명해낸 호스티스 문화를 격렬하게 비판하였다. 그런데 그녀는 호스티스라 말하고 호스피스라 칠판에 썼다. 그때 아내와 함께 호스피스 활동을 하는 여자가 자리에서 일어나 줄리엣 세인트의 이야기를 가로막더니 칠판 위에 적은 단어의 철자를 수정해줄 것을 요구했다. 격한 감정만큼은 통역의 도움 없이도 이해할 수 있었는지 줄리엣 세인트는 적이 당황했다. 그러고는 칠판지우개를 들고 칠판을 응시했는데 한참을 그런 자세로 꼼짝하지 않았다. 칠판에는 이미 너무 많은 글자들이 마치 짝짓기 중인 벌레들처럼 몸을 섞고 있어서 어느 것을 지워야 하는지 알 수 없었던 것이다. 청중들은 술렁였다.

그 순간 그녀가 나를 부르는 소리가 들렸다. 그 소리는 입이 아닌, 그녀의 겨드랑이에 숨은 구멍에서 흘러나왔기 때문에 나 이외에는 아무도 알아들을 수 없었다. 하지만 이종격투기 초대 챔피언이 막아서고 있어서 나는 그녀가 빠져든 곤경 주위로 다가갈 수 없었다. 그는 자신이 멱살을 쥐고 있는 자를 전혀 기억하지 못했다. 벤처기업 사장이라는 남자는 어딘가로 전화를 하느라 나를 놓아주라는 명령도 내리지 않았다. 그러는 동안 줄리엣 세인트는 칠판지우개로 연신 칠판을 두들기다가 그걸 떨어뜨리자 손바닥으로 칠판을 문지르기 시작했다. 물컹한 것들이 터지며 이상한 냄새가 피어올랐다. 경찰들이 몰려와 출구를 발견해낼 때까지 아무도 그녀의 검은 울음을 멈추게 할 수 없었다. 다음 날 일간지 사회면에 그녀의 사진이 실렸다. 그녀는 미국 대사관의 도움을 받아 일본으로 출국하였다. 그녀의 수기를 대필했다는 작가의 양심선언이 있은 뒤로 더 이상 아무도 그녀를 두려워하지 않게 되었다. 그해 연말쯤 미국에서 발간되는 권위 있는 의학 잡지에 재미있는 논문 한 편이 실렸는데, 신체의 어느 곳에나 이식할 수 있는 인공 자궁의 도움으로 불임을 극복할 수 있는 시대가 머지 않았다는 내용이었다.

소행성 A927

만약 우주가 1년 동안에 만들어졌다고 가정한다면, 은하는 4월 1일에 탄생하였고 태양계는 9월 9일이 생일이다. 12월 19일쯤 최초의 어류가 지구상에 나타났고 20일에는 최초의 식물이 발견되었으며 최초의 파충류는 23일, 최초의 포유류는 26일부터 활동하기 시작했다. 공룡은 24일에 태어나서 28일에 전멸하였다. 그리고 인류의 역사는 모두 12월 31일 밤에 이루어졌다. 22시 30분에 최초로 태어난 인간은 23시 59분 50초가 되어서야 이집트에 문명을 세웠고 23시 59분 55초에 이르러 르네상스를 맞이하였다. 빅뱅 이론을 완성하고 우주탐사를 시작한 시간이 자정이다.*

그렇다면 우리는 언제쯤 만났던 것일까.

* 트린 후안 투안, 『우주의 문명—빅뱅과 그 이후』, 백상현 옮김, 시공사, 2001, p. 128 발췌.

은행 대부계 대리이자 아마추어 천문학자이기도 한 K가 지난 주 토요일 저녁 소백산에서 콜렉트콜을 해왔다. 그의 목소리는 흥분으로 떨리고 있었다. 한동안 그렇게 거친 숨소리만 내고 있다가 마침내 자신이 6개월간의 추적 끝에 미기록의 소행성 하나를 발견했다며 몇 가지 귀찮은 서류들이 완성되는 대로 세계 소행성센터에 등록을 마칠 수 있을 것이라고 말했다. A612. 그가 발견한 소행성의 이름은 이랬다. 그러나 그때 나는 수면 바로 아래에서 유영하다가 지느러미에 낚시바늘이 걸려 현실로 끌려나온 직후였기 때문에 자신의 일인 양 축하해주는 것도 잊고 귀찮다는 듯이 가라앉은 목소리로, 왜 발견자의 이름 대신 의미 없어 보이는 그런 숫자들을 사용했는지 물었다. 그런데 그에겐 예상 밖의 질문이었던 것 같았다. 그는 한참을 머뭇거렸고 그가 발견한 소행성이 망원경의 렌즈 속을 빠져나가고 나서야 간신히 목소리를 내었다. 그곳에서 보면 어린 왕자가 살던 B612 소행성이 마주 보이기 때문이지. 나는 전화를 끊고 부끄러움 때문에 쉽게 수면 아래로 가라앉을 수 없었다.

나는 B동 927호에서 아내와 살고 있다.

문을 열고 들어섰을 때 아내는 하얀 침대보를 머리까지 뒤집어쓰고 있었다. 불길한 예감이 스쳐 하마터면 손에 들고 있던 것들을 떨어뜨릴 뻔하였다. 아직 준비가 되지 않은 것이다. 그러나

다행히 이불 속에서 미동을 감지하고는 놀란 가슴을 쓸어 내렸다. 약 기운 때문에 아직까지 아내는 잠들어 있는 것이리라. 건조한 날씨가 계속되고 있었으므로 그렇게 침대보를 뒤집어쓰고 자는 것이 환자에게 좋을 리 없었다. 게다가 아내가 우기는 바람에 2인 병실에서 5인 병실로 옮겨온 것인데 그곳엔 고작 한 대의 가습기가 있었을 뿐이었다. 나는 아내의 얼굴을 뒤덮고 있는 침대보를 조심스럽게 어깨까지 벗겨내려 했다. 그러나 아내가 끝자락을 붙들고 있었기 때문에 그마저도 쉽지 않았다. 아내가 자신의 감정을 드러내 보인다는 것은 그만큼 희망도 있다는 증거가 아닐까. 한참만에 아내가 얼굴을 드러냈다. 그녀는 울고 있었다. 침대보 여기저기에 검버섯처럼 드러나 있는 자국들은 눈물이 넘쳤을 때 샘이 생겨났던 곳이었으리라. 밤새 울었을까. 간병인도 없는 병실에 누워 유방암 환자와 함께 밤을 보냈을 아내가 눈에 밟히기 시작한다. 혼자선 화장실조차 갈 수 없게 된 아내. 그래서 아내는 내가 복도를 걸어오는 소리를 밤새 기다렸을 것이다. 나는 아내의 희멀건 얼굴에 차마 입을 맞출 수는 없었다. 꽁꽁 언 얼음과자나 엷은 서리가 덮인 유리창에 입술을 대면 얼얼해질 때까지 좀처럼 떼어낼 수 없어서 곤욕을 치르곤 했던 어린 시절 기억이 갑자기 아내의 창백한 얼굴 위로 떠올랐기 때문이다. 대신 침대보 속에 손을 넣어 아내의 아랫배를 쓰다듬는다. 자궁을 뒤지는 수술 도구들에 여러 번 자지러졌던 아내 역시 차가운 감촉들을 그 순간 기억해내고는 나의 손길마저 경계했다. 걱정하지 마.

우린 아무렇지도 않아. 와이셔츠를 바꿔 입으려고 집에 들렀다가 소파에서 잠깐 졸았던 것뿐이야. 다음부턴 절대 혼자 있게 하지 않을게. 그런데 화장실은 다녀왔어? 그러면서 나는 옆 사람들을 깨우지 않고 조용히 상체만을 숙여 아내를 안았다. 그렇게라도 하지 않으면 어떤 거짓말들이 꼬리를 물고 튀어나올지 알 수 없었으므로. 아내가 지난밤 사지를 뒤트는 고통에 숨을 헐떡거리며 나를 부르고 있을 때 나는 귀를 막고 술집 여급이 건네주는 술잔을 비우고 있었다. 누군가 나를 위로하기 위해 만든 자리였는데 나는 고작 두 번 사양하고는 그들을 따라나섰고, 그들의 기분까지 망치고 싶지 않았기 때문에 그들보다 먼저 취해주었다. 취한 뒤에야 그들이 하루만 더 늦게 나타났더라도 스스로 폭발해버렸을 나를 위로하게 되었다. 물론, 아내를 사랑하지 않게 된 건 결코 아니다. 다만 잠시 쉬고 싶을 뿐이었다. 아내야 누워서 다른 사람들의 도움을 받으며 오로지 자신의 병원균들과 싸우기만 하면 되지만 내 처지는 결코 그렇지 못하여 끊임없이 설명하고 도움을 구걸하고 설득해야 했다. 나도 할 만큼은 하고 있었다. 그런데도 더 이상 버텨낼 자신이 없다. 이는 순전히 피로 때문이다. 숨구멍이 트이면 나는 다시 아내를 사랑하게 될 것이다. 자궁이 없다고 한들 무슨 상관이랴. 수술 시간 내내 수술실 앞에서 나는 아무나 붙잡고 아내의 목숨만을 구걸하지 않았던가. 그런데 하루나 이틀 정도 K를 따라 소행성을 찾아 나서는 것이 아내를 정말 실망시키는 일일까. 회사에 도착해서야 나는 미안하다는 말을 끝내 꺼내지 않았음을 깨달았다.

소행성 A927을 처음 발견한 때는 거리에 노랗고 빨간 발자국이 널리는 10월의 어느 늦은 저녁, 혹은 이른 새벽이었다. 그때 나는 몹시 취해 있었는데 눈을 감은 채 걷고 있었던 것인지 건물을 잘못 찾아들고 말았다. 그러나 문을 두드리고 있을 때까지도 나는 상황을 전혀 눈치채지 못하였다. 그도 그럴 것이 같은 평수의 아파트들은 모두 같은 구조로 되어 있고 똑같은 형태의 문패가 잇달아 붙어 있기 때문에 취객이 어지간한 주의력을 유지하지 않고선 구별해낼 수 없게 되어 있다. 가령 엘리베이터에 적힌 낙서라든가 복도에 나와 있는 장독 따위는 유용한 이정표가 될 수도 있을 터인데 거기엔 그런 것조차 없었고, 은빛 십자가나 열쇠집이나 짜장면집의 스티커가 붙어 있지 않은 문까지도 내가 드나들던 것과 똑같았다. 단지 어제까지 잘 맞던 열쇠가 그날따라 잘 들어가지 않을 뿐이었고 여태껏 단 한 번도 집을 잘못 찾아 들어간 적이 없었으므로 단순히 취기 때문이라고 간주할 수도 있었다. 그래도 나는 옆집 사람들까진 깨우지 않으려고 노크 소리를 소매 속에 감추었다. 그런데 한참 만에 문을 열고 나온 여자는 보라색 잠옷을 입은 아내가 아니라, 가슴 부근이 깊숙하게 파인 검은 드레스를 입고 있는 여자였다. 평상시 같으면 아내든 그 여자든 문을 열기에 앞서 인터폰으로 문 밖에 서 있는 사람을 확인하였을 테지만 다짜고짜 문부터 여는 것으로 보아 그 여자도 누군가를 기다리고 있는 것이 분명했다. 그 여자가 입고 있는 것을 잠옷이라고는 할 수 없었으므로 나는 그 집에 무슨 기념할 일이 있는 것이라고 생각했다. 그런데도 그 문을 매일 드나들던 누군가는 어느 술집에 끝까지 남아서 기억을 다 쏟아버리고 있을지도 모른다. 나는 갑자기 주위 사람들의 생일이나 약속 따위를 혀끝으로 뒤지기 시작했고 그러는 동안 어색한 정적은 제법 멀리까지 흘러갔다. 그런데 이해할 수 없는 건 그 여자의 반응이었다. 새벽 2시가 다 되어서 문을 두드린 낯선 남자에게 소리라도 질러야 하지 않았을까. 그러나 그녀는 내게 비시시 미소까지 지어 보였다. 마치 그런 일들이 자신에겐 늘 일어나고 있어서 당황하지 않고 대처하는 방법을 알고 있다는 듯이. 나 역시 그렇게 서 있었다. 그리고 그 여자가 조심스럽게 뒷걸음쳐서 물러나고 있었을 때 어렴풋이 거실에 놓인 피아노를 보았다. 그래서 어쩌면 그 여자가 중요한 연주회를 앞둔 피아니스트여서 그 시간까지 연습을 하고 있는 중이라고 생각을 바꿨다. 끝내 나는 아내의 생일을 기억해내지 못했고 아내에게 하듯 닫힌 문에 대고 계속해서 미안하다는 말을 했다. 엘리베이터 안에서도 희미하게나마 피아노 소리를 들었던 것도 같다. 다시 927호의 문이 열리고 아내는 보라색 잠옷의 끝자락을 흘리며 서재로 들어가 문을 걸어 잠겄다. 정확히 2주일 뒤에 나는 아내가 쓰러졌다는 926호 여자의 전화를 받았다. 그때까지 나는 A동 927호의 그 여자와 마주친 적이 없다. 물론 그 여자에 관해 들은 바도 없다. 베란다에서 정면으로 보이는 곳

에 그녀의 집이 있었건만 나는 오랫동안 베란다에 나가보지도 않
았던 것이다.

　통증이 어느 정도 사라지자 아내는 퇴원할 궁리를 하기 시작하
였다. 나흘째 입고 있는 와이셔츠와 김치와 계란 프라이뿐인 나
의 아침상이 구실이었다. 번번이 나의 반대에 부딪혀 그만두어야
했지만 가끔은 짜증이 날 정도로 고집을 피우는 적도 있었다. 그
날 아침에는 유방암에 걸린 여자가 밤새 자신의 옆에서 앓는 소
리를 내는 바람에 한숨도 못 잤다며 내가 문에 들어서자마자 투
덜대었다. 그래도 당신은 운이 좋은 편이야. 하소연을 들어줄 남
편이라도 있으니까. 2주일간의 병원 생활에 나는 어느덧 의사처
럼 말하고 있었다. 그러자 아내는 내 두 손을 붙잡더니 밤새 붙들
고 있었던 연애 시절의 기억들을 한꺼번에 게워내기 시작했다.
밤새 당신이 몹시 그리웠어. 그건 여기에 손을 대보면 알 수 있
지. 그러면서 자신의 봉긋한 두 가슴에 내 손을 하나씩 가져다 대
었다. 나는 당황하여 유방암에 걸린 여자를 쳐다보았다. 아침이
다 되어서야 잠들었던 것인지 미동조차 없다. 인생살이 어디엔가
숨어 있을지도 모르는 낙원 따위엔 더 이상 미련을 두지 않게 된
듯한 얼굴. 꿈을 꾸고 있는 표정은 한없이 평온했다. 우리가 마지
막으로 관계했던 때가 도대체 언제였지? 다시 나는 얼굴 아래까
지 고개를 끌어다둔 아내를 쳐다보았다. 여전히 얼굴에 병색이
그득한데도 볼께엔 홍조가 마른 낙엽 위로 불길이 지나듯 번진

다. 관계라니. 아직까지도 그 단어에선 음험한 긴장이 느껴진다. 그런데 주 3회 정도로 정해져 있는 부부 사이의 성교도 그렇게 부를 수 있는 것일까. 어떤 날엔 단지 깊은 잠에 빠져들기 위해서 버둥거리지 않았던가. 아내를 품은 채 악몽을 꾸기도 했다. 문득 나는 유방이 없는 여자와 자궁이 없는 여자 중 어느 쪽이 성교에 적합할까라는 엉뚱한 생각에 빠져들었다. 욕망만을 배설하려 한다면 그 누구와도 상관없을 것이다. 하지만 아내와의 성교의 목적이 고작 그것뿐이었을까. 그러니 자궁이 없는 여자는 아이를 낳을 수 없다는 사실에서 아내로서 부적합하다. 유방이 없는 여자야 기껏해야 모유를 먹일 수 없을 뿐이니까. 그러니 자궁이 없는 여자를 아내로 선택한 나는 세상의 모든 아버지들을 흠모하다가 죽어가게 되어 있다. 아니면 자궁이 있어야 할 자리까지 욕망으로 가득 채운 채 주 5회의 관계를 요구하는 탐욕스러운 아내를 살해하게 되거나. 아내의 언 가슴 위에 달라붙은 손을 쉽게 떼어낼 수 없었다.

나는 내가 해결해야 할 업무들을 더 이상 미룰 수 없었다. 그래서 야근을 하는 날이 많아졌고 병실은 하루 종일 장모나 처제, 그리고 어머니가 번갈아 지켜야 했다. 출근하는 길에 잠시 들러 안부를 묻는 것이 고작이었건만 그것도 곧 시들해지고 말았다. 아내의 병세는 나빠지는 것도 그렇다고 딱히 좋아지는 것도 아니었다. 그에 반해 유방암에 걸린 여자는 하루하루 퇴원할 날만을 기다리고 있었다. 아내는 점점 불안해지기 시작했다. 조그마한 일에도 쉽게 짜증을 냈으며 수면제 없이는 잠들지 못할 지경이 되었다. 환자복 대신 티셔츠를 입고 있다가 간호사의 핀잔을 듣기도 하였다. 급기야 아내는 나와 한마디 상의도 없이 시집도 가지 않은 처제를 집으로 들이고 말았다. 나는 여행 가방을 밀고 들어서는 처제에게 버럭 화를 냈다. 아무리 좋게 생각하려 하여도 아내가 나의 일거수일투족을 감시하기 위해 처제를 보냈다는 생각을 떨쳐버릴 수가 없었던 것이다. 그러나 곧 처제에게 사과해야 했는데, 그녀라고 세 살 터울밖에 나지 않는 형부와 한집에서 단둘이 지내야 한다는 사실을 흔쾌히 받아들였을 리 없기 때문이다. 게다가 빨래나 반찬 준비를 하느라 남자친구와의 약속 장소에 번번이 늦을 위험도 다분했다. 하지만 어머니의 지원을 등진 아내의 고집을 나와 처제는 꺾을 수 없었고 될 수 있는 한 환자가 안정을 취할 수 있도록 도와주어야 한다는 의사의 말에 물러서고 말았다. 하지만 그 뒤로 아내의 병실에 가는 일은 더욱 뜸해졌다.

토요일 오후 병실에 들렀을 때 아내는 어떤 여자들로 둘러싸여 있었다. 그 속엔 926호 여자도 있었는데 그녀는 성경의 어느 페이지를 읽고 있었고 아내를 비롯해서 나머지 여자들은 고개를 숙인 채 그녀가 읽어가고 있는 곳을 눈으로 따라가고 있었다. 그래서 그녀들은 내가 들어서고 있는 것을 보지 못했던 것 같다. 나는 조용히 뒷걸음쳐서 그곳을 빠져나왔다. 그리고 복도 끝의 난간으로 나가서 담배를 빼어 물었다. 연기는 그리 멀리까지 뻗지 못하고 들숨에 다시 폐 속으로 들어와 정신을 흐린다. 여태껏 단 한 번도 예수나 부처를 믿어본 적이 없는 아내는 내가 모르는 사이에 크리스천이 되어 있었다. 하긴 한 이불을 덮으면서도 나는 아내가 암 환자가 되어 있다는 것도 전혀 모르고 있질 않았던가. 어쩌면 아내는 기적을 바라고 있을지 모른다. 더 놀라운 기적을 보여준다고 한다면 자신이 조아리고 있는 대상이 예수가 아니라 사교 집단의 교주라 해도 괘념치 않았을 것이다. 혹시 아내는 무던한 의사들이 감지할 수 없는 무엇인가를 감지하기 시작한 건 아닐까. 그러나 불행은 마음의 균열에서 시작되는 법. 의사는 분명히 차도가 있으므로 좀더 인내심을 가지고 지켜보자고 하였다. 그러면서 병원에서 실시하는 건강 강좌 같은 것에 참여해보는 것도 나쁘지 않을 것이라고 귀띔해주었다. 나는 그 이야기를 전해주려고 했던 것인데 이미 아내는 건강 강좌보다도 더 유익한 일을 하고 있었다. 기적이 필요한 자들에게 믿음은 그것을 가져다줄 수도 있을 것이다. 하지만 나는 아내가 퇴원한 이후에는 크리스천으로 남지 않기를 바랐다. 적당히 저항하고 타락하여서 입원 전 우리에게 익숙했던 일상을 절대 털어버리지 않기를. 병원의 무균실 같은 곳에서 살게 된다면 그리 오래지 않아 나에게서도 암이 발견될 것 같았다.

화요일쯤 퇴근하다가 나는 은색 십자가 스티커가 문 한가운데에 붙어 있는 것을 발견하였다. 그리고 몹시 불쾌해졌다. 손톱으로 벗겨내려고 했지만 쉽지 않았다. 그때 문득 926호의 여자가 생각났다. 누구는 그 여자를 권 집사님이라고도 불렀다. 아내를 크리스천으로 만든 이도 그녀일 것이다. 그러니까 그녀는 새로운 신도가 생길 때마다 그 사람이 살고 있는 집의 대문에다가 이를 테면 아벨의 표시 같은 것을 붙여주는 모양이다. 다른 교회나 종교 집단들이 찾아와 포교하지 못하도록. 아니면 기적을 부릴 수 있는 자가 쉽게 찾을 수 있도록. 그러다가 어쩌면 A동 927호 여자일지도 모른다는 생각에 사로잡힌다. 술에 취하더라도 내가 집 문을 두드리지 않도록. 검은 드레스와 피아노가 궁금해졌다. 그래서 나는 손톱으로 은색 십자가를 떼어내는 것을 그만두고 집 안으로 들어서자마자 베란다의 유리문부터 열었다. 처제가 들어온 후로 설거지나 빨래가 밀리는 일은 거의 없어졌지만 여전히 아내의 빈자리는 가려지지 못하여 특히 베란다 여기저기서 아내의 손길을 목말라하는 것들이 발견되었다. 이미 춘란의 잎은 더 이상 봄을 피울 수 없을 정도로 누렇게 말라 있었으며, 일주일 넘게 열려 있는 유리창 사이로 빗방울들이 드나들어 여름옷을 넣어둔 종이 상자들을 우글쭈글하게 만들었고, 빨래들은 바람에 날려 바닥을 뒹굴고 있었다. 재떨이에는 언제 피웠을지 모르는 담배꽁초들이 그득했다. 나는 조심스럽게 발을 내딛으며 반쯤 열려 있던 유리창을 마저 연다. 9층까지 올라온 밤바람에 온기가 남아 있을 리 없다. 담배를 물고 고개를 들어 시선을 멀리 던지자 마주 서 있는 A동이 들어온다. 밑에서부터 불이 켜진 아홉 칸을 새고 다시 우측에서부터 세 칸을 센 뒤 멈춘다. 안방엔 불이 켜져 있지 않다. 그러나 누군가 거실을 거닐고 있다. 그 여자이거나 그 여자가 새벽 2시까지 기다렸던 어떤 사람, 혹은 둘일 것이다. 텔레비전을 보고 있거나 식사 중일지 모른다. 아니면 그 여자가 피아노를 치고 있거나. 연주회는 잘 끝났을까. 나는 다시 주말마다 소백산에서 자신이 발견한 소행성을 관찰하고 있을 K를 생각한다. 이건 피로 때문이다. 숨구멍이 트이면 나는 다시 아내를 사랑하게 될 것이다. 그러나 차마 그를 따라 나설 순 없었다. 대신 이곳에다 간의 천문대를 만들면 어떨까. 상자들을 정리하고 빨랫줄을 치고 묶고 바닥에 장판을 깐 뒤 작은 책장을 옮기고 유리창까지 닦다 보니 자정을 훌쩍 넘겼다. 토요일쯤 중고시장에 들러 천체망원경을 살 것이다. 잠자리에서 언뜻 문이 열리고 닫히는 소리를 들은 것 같다. 그러나 처제에게 굳이 일찍 다니라고 말하고 싶진 않았다. 만나고 헤어지면서 느끼는 애틋한 감정만이 사랑의 전부일지도 모르니까.

저녁을 라면으로 때우고 있는데 문 두드리는 소리가 들렸다. 나는 처제라고 생각했다. 그래서 메리야스 차림이라는 것도 잊고 문을 열어주었다. 그런데 문 앞엔 처제 대신 정장 차림의 926호 여자가 옆구리에 두툼한 성경책을 끼고 서 있었다. 아내에게 가는 길인지도 몰랐다. 그래서 우리 집에 들러 병원으로 보낼 것들을 챙겨 가려 하는 것이리라. 저녁을 해결하는 대로 들러볼 생각을 하고 있었는데 그 여자를 보자 생각이 싹 가시고 말았다. 나는 마치 자신이 잘 알지 못하는 사람의 병문안을 가는 사람에게 말하듯이 내 아내의 병세를 물었다. 그리고 그것이 특히 권 집사님의 관심과 기도 덕분이라는 말을 했다. 잘 떨어지지도 않는 은색 십자가를 주인의 허락도 없이 문에 붙인 것을 트집 잡아 아내의 병실로 가고 있는 그 여자의 선의를 망치고 싶진 않았다. 926호 여자는 우쭐해져서 마치 기적을 부릴 수 있는 자라도 되는 것처럼 아내가 곧 자리를 털고 일어날 것이라고 위로하였다. 나는 더 이상 그 여자를 상대하고 싶지 않았기 때문에 지금은 식사 중이라 상을 치우는 대로 뒤따라갈 것이라고 응수했으나 그 여자는 아내의 병실로 가는 길이 아니라고 했다. 수요 예배가 있거든요. 부인께서 남편분을 대신 교회에 데려다 달라고 신신당부를 하셔서 이렇게 늦은 시간에 들른 거랍니다. 걱정 마세요. 병실은 처제가 지키고 있으니까. 시간에 맞추려면 좀 서두르셔야겠네요. 하마터면 나는 오물거리는 것들을 뱉어낼 뻔하였다. 결국 아내는 나에게까지도 기적을 원하는 것이다. 하지만 나 역시 단 한 번도 교회에 가본 적이 없질 않는가. 그렇다고 드러내놓고 거절할 수도 없는 노릇이었다. 아내에겐 기적과 말동무가 절실하다. 그리고 더 생각해보니 그러는 편이 병실에 앉아서 졸고 있는 것보다는 나을 수도 있을 것 같았다. 나도 어딘가에다 죄책감을 버려야 했으므로. 썩 내키지 않았으나 나는 상도 치우지 않고 와이셔츠만 갈아입은 채 그 여자를 따라나섰다. 내가 매일 드나드는 아파트단지 후문 근처에 그토록 거대한 십자가가 세워져 있었건만 그것을 알아채지 못했던 것이 이상하기만 했다. 926호 여자는 앞자리를 권했다. 그러나 사람들의 관심이 부담스러워서 나는 아무도 앉지 않은 맨 뒷줄을 택했다. 그런데도 처음 만나는 목사는 멀리서 나를 알아보았다. 그것도 오지랖 넓은 926호 여자의 소행일 것이다. 목사는 아내를 이선아 자매님이라고 불렀다. 그리고 아내를 위해 기도를 시작한다. 그것이 끝나자 사람들은 고개를 돌려 나에게 눈인사를 하며 마치 자신도 나의 아내를 위해 기도하였다고 말하는 것이었는데, 마치 내 아내가 창녀라도 되어버린 것 같아 수치심까지 들었다. 그래서 나는 두 손을 모으고 어서 빨리 이곳을 나가게 해달라고만 기도했다. 30여 분 계속되던 설교가 끝나자 사람들이 자리에서 일어나 피아노 반주에 맞춰 찬송가를 부르기 시작했다. 물론 나는 앉아 있었다. 아마도 주님의 은총이 간절해진 내가 쉽게 기도를 끝내지 못하는 것이라고 생각했던 것인지 어느 누구도 나서서 나를 일으켜 세우려 하진 않았다. 그들이 서 있는 동안 나는 연단 위에서 피아노를 치고 있는 사람을 알아볼 수 없었다. 그러나 그들이 하나둘씩 자리를 빠져나가고 연단까지 내 시선이 나아갔을 때 가슴 부근이 깊숙하게 파인 검은 드레스를 입은 채 피아노 앞에 앉아 있는 그 여자가 보였다. 그래서 예배가 끝났는데도 한참 동안 나는 자리에서 일어서지 못하고 있었고 그런 나를 마침내 그 여자도 쳐다보았다. 연결된 시선을 통해 기억들이 흘러가고 흘러왔다. 그 여자가 내게 목례하였다. 물론 다른 교인들이 내게 보냈던 예의와 똑같은 것일 수도 있었다. 하지만 나는 그렇게 생각하고 싶진 않았다.

소행성은 작고 어두운 별이기 때문에 고배율의 망원경을 사용하더라도 점으로밖엔 보이질 않아. 게다가 망원경만으로 발견할 수 있을 만큼 밝은 것들은 이미 다 발견되어서 새로운 걸 찾는다는 건 정말 하늘에서 별 따기일지도 모르지. 하지만 아직까지 발견되지 않은 소행성들이 많다는 사실만큼은 분명해. 한 해에도 수천 개씩 발견되고 있다니까. 일단 의심이 가는 부근의 별자리들을 하나도 빠짐없이 기록해두는 것이 중요해. 그다음엔 일정한 시간을 두고 같은 천체를 관찰하는 거지. 인내만이 성공을 보장해줄거야. 나중에 사진들을 분석해보면 위치를 바꾸는 것들을 발견할 수 있을 텐데 그게 바로 소행성이야. 하지만 그게 네가 처음 발견한 것인지는 알 수 없어. 그래도 그 소행성을 찾아낸 사람이 너를 포함해서 고작 몇이 안 될 테니까. 그것만으로도 충분히 의미가 있어. 말하자면, 넌 외로운 누군가의 이야기를 들어주고 그것이 계속 빛나도록 격려해준 셈이니까.

그리하여 나는 아마추어 천문학자 겸 크리스천이 되었다. 아내는 기적을 함께 구걸해줄 사람이 생겨 기뻐했다. 그러나 중고 천체 망원경을 샀다고 했을 땐 잠시 표정이 일그러졌다. 소행성 따위를 찾아서 도대체 뭘 하려는 거야? K라면 그런 우문을 듣고 가만히 있진 않았을 것이다. 그런데 정말 그 이유가 나 역시 궁금해졌다. 자신의 이름도 아닌 알 수 없는 숫자로 명명한 소행성으로 그는 무엇을 할 수 있다는 것일까. 그러나 그렇게 물을 순 없었다. 또 비웃을 것이므로. 그야 우리의 별에게 기적을 비는 것이지. 간신히 나는 아내에게 그렇게 대답했다. 하지만 조심해야 돼. 그런 곳에서 망원경을 사용하다가 자칫하면 오해를 사기 쉽거든. 특히 A동 사람들에겐. 내 말이 무슨 뜻인지 알지? 그러나 나는 아내가 무슨 의도로 그런 이야기를 하는지 전혀 이해할 수 없었다. 나는 처제와 926호 여자를 번갈아 생각했다.

퇴원하는 날 아내가 제일 먼저 한 일은 교회에 들르는 일이었다. 가족들의 만류도 아내의 고집을 꺾진 못하였다. 퇴원 후에도 아내는 여전히 일주일에 두 번씩 병원에 들러 두 시간씩 치료를 받아야 하는 신세였지만 자신의 귀가를 기적으로 믿었다. 그래서 교회 사람들에게 예수가 자신을 택하여 특별하게 보여준 것들을 자랑하고 싶었으리라. 926호 여자는 교회 안으로 들어서는 나와 아내를 알아보자마자 주위의 사람들을 몰고 다가왔다. 그들은 어느새 나를 박선우 형제님이라고 부르고 있었고 아내는 그런 그들에게 더욱 살갑게 인사를 했다. 그러고는 목사의 손을 잡은 채 울기 시작했다. 6주 동안의 병원 생활로 아내의 감정 상태는 지탱할 기둥 하나 세울 수 없을 만큼 황폐해졌고 북받쳐 오르는 것들을 더 이상 참을 수 없게 되었다. 아내 주위로 몰린 사람들의 눈시울이 덩달아 붉어졌다. 나는 웃음을 참으려고 고개를 숙였던 것인데 목사에게는 그런 행동이 신앙심을 표현하기 위한 것으로 보였을 수도 있었다. 목사는 아내를 위한 기도를 제안했고 아내 주변의 사람들은 일제히 중얼거렸다. 아내는 울면서도 제법 능숙하게 기도문을 외우며 찬송가를 따라 불렀다. 아내는 박수를 받았다. 그리고 나까지 엉겁결에 자리에서 일어나 그들을 향해 인사를 해야 했다. 피아노 앞에 앉아 있는 A동 927호 여자가 눈에 들어왔다. 어쩐지 그 여자가 오랫동안 거기에 앉아서 나를 쳐다보고 있었을 거라는 생각이 들어 부끄러워졌다.

나는 연주회를 가듯 교회에 갔다. 그렇지 않았더라면 일주일에 세 번이나 교회에 가는 아내를 참아낼 수 없었을 것이다. 아내의 건강은 많이 좋아져서 밥 짓는 것과 청소 정도는 혼자서 할 수 있게 되었지만 여전히 성교처럼 힘들고 격한 운동은 할 수 없었으므로 팔짱을 끼고 교회에 가는 것 말고는 달리 아내와 함께할 일이 없었다. 어쩌면 아내는 또 기적을 바라며 교회에 매달리고 있었을지도 모른다. 그런데 불경하게도 성교를 할 수 있게 해달라고 기도하다니. 얼굴이 화끈거려 나는 진지한 표정으로 기도문을 외우고 있는 아내를 오래 쳐다볼 수가 없었다. 그래서 자꾸 피아노 주위만 기웃거렸다. 그 여자는 목사의 설교 내내 성경 대신 악보를 보고 있었는데 그건 그녀에게만 허락되는 듯하였다. 어쩌면 그 여자가 보고 있는 악보는 찬송가가 아니라 바흐나 베토벤의 피아노곡일지도 모른다는 상상을 했다. 찬송가 정도는 악보 없이도 그 여자에겐 가능할 것이다. 가슴 부근이 깊숙하게 파인 검은 드레스를 입고 카네기홀이나 시민회관의 연주회장에서 다양한 기교를 뽐내며 변주곡이나 즉흥곡을 연주하고 있어야 할 것 같은 여자. 어쩌다가 이곳으로 떨어져 붙박이별이 되었을까.

12월 28일 공룡들은 지구상에서 완전히 사라졌다. 그때 무슨 일이 있었을까. 궤도를 벗어난 소행성이 지구로 곤두박질쳤다. 먼지가 하늘을 뒤덮고 불길이 지상을 휩쓸었고 파도가 해안을 덮쳤다. 지구는 속수무책이었다. 그중에서도 생태계의 상부에서 군림하던 공룡들에겐 끔찍한 사흘이었다. 그리하여 단 한 종도 그 재앙에서 살아남지 못했다. 오랫동안 이 추론은 가설에 불과했다. 하지만 카리브의 해저에서 지름이 3백 킬로미터가 넘는 운석 구덩이가 발견되면서부터 가설의 상부에 군림하게 되었다. K가 말하길 궤도가 알려진 소행성만 5천 개 정도이고 확인되지 않은 것은 그 열 배쯤 된다고 하였다. 어쩌면 고작 지름이 수십 킬로미터에 불과한 A612가 지구에 처박히는 날이 있을지도 모른다. 그러면 12월 31일 22시 30분에 지구에 도착한 우리는 고작 한 시간 30분 정도 머물다가 떠나게 될 것이다. 그런데 왜 그것들은 자신의 궤도를 버리고 지구로 찾아오는 것일까. 아무것도 기억할 수 없을 만큼 놀라운 속도로.

고배율의 망원경 안으로 소행성 A927은 잘 잡히지 않았다. 지루해질 때쯤이면 변광성처럼 잠깐씩 불빛을 발산하며 자신의 위치를 알리긴 하였으나 대개는 커튼과 같은 얇은 막을 뒤집어쓰고 있었으므로 그곳에 누가 어떻게 살고 있는지는 전혀 알 수가 없었다. 은색 십자가나 열쇠집이나 짜장면집의 스티커가 붙어 있지 않은 철문과, 피아노 한 대와, 가슴 부근이 깊숙하게 파인 검은 드레스를 입고 있는 여자가 살고 있다는 것이 내가 알고 있는 전부였다. 그리고 한 가지 더. 교회를 나서면서 우연히 듣게 되었는데 926호 여자는 그 여자를 마리아 자매님이라고 불렀다.

암은 아직도 그 직접적인 원인을 알 수 없는 병이다. 그래서 완치는 매우 어렵다. 다만 얼마나 빨리 발견해서 적절한 치료를 하느냐에 따라 결과는 확연하게 달라진다. 그러나 역학 조사를 통해 간접적인 원인을 추론할 수는 있다. 자궁경부암의 경우 첫째, 성적인 접촉과 관계가 있어서 미혼녀보다는 기혼녀가, 기혼녀 중에서도 일찍 결혼한 경우, 또 어릴 때부터 성교를 시작한 여성에게 발병률이 높으며, 문란한 성생활을 하거나 성병의 경력이 있는 경우와 임신이나 출산 횟수가 많은 경우에도 그렇지 않은 경우보다 높게 나타난다. 둘째, 사회적 경제적 환경에도 주목해야 한다. 저소득층이나 교육 정도가 낮은 여성일수록 발병률이 높아지는 결과는 아마도 불결한 생활환경에 원인이 있는 것 같다. 셋

째로는 전통적으로 포경수술을 하는 유태인과 회교도 들의 사회에서 다른 문화권에 비해 발병률이 상대적으로 낮으며, 접촉하는 남성이 문란한 성생활을 하고 있는 경우 발병률이 두드러지게 높아진다는 통계가 있다. 이상으로 미루어 짐작하건대 결국 남녀 간의 불결한 관계에서 태어난 어떤 공통된 인자가 암세포를 파종하는 듯하다.

주 3회 정도였던 관계마저 대개는 깊은 잠에 빠져들기 위해 버둥거린 것에 불과하였건만 어떻게 그런 불순한 병원균이 아내의 자궁으로 드나들 수 있었을까. 미처 덜어내지 못한 암세포들이 아내를 부도덕하게 만들고 있어서 아내를 견뎌내는 게 점점 더 힘들어졌다. 그래서 대개는 정신을 가눌 수 없을 정도로 취해 돌아와서는 아무 곳에서나 무너지듯 쓰러졌고 취하지 않는 날엔 베란다에서 망원경을 들여다보거나 서재의 책을 뒤지다가 앉은 채로 잠들곤 하였으며 그런 날이면 아내는 안방에서 밤새 성경을 읽다가 아침을 준비하였다.

만약 그런 날에도 비행기가 뜰 수 있었다면 그것이 뚫어놓은 구멍 속으로 주먹만 한 눈덩이들이 살기를 품으며 곤두박질칠 것 같은 하늘이었다. 시내버스에서 내렸으나 나는 집으로 곧장 가지 않고 길 위에 떨어뜨린 무엇인가를 찾고 있는 사람처럼 두리번거리며 느리게 걷고 있었다. 그때 투명한 비늘 같은 것들이 날리기 시작하였다. 그래서 나는 황급히 몸을 움츠리고 막 지나쳐온 술집에 발길을 들여놓는다. 눈은 다소의 악의를 지닌 소나기와 전혀 달라서 딱히 피할 필요까지는 없는 대상이지만 그렇다고 어깨를 늘어뜨린 채 홀로 걸어 들어가고 싶지도 않은 것이다. 그리고 취하지 않고선 도저히 아내를 볼 자신이 없기도 하였는데 아내는 예배가 없는 오늘 하루 종일 베란다에 서서 첫눈을 기다리고 있었을 것이다. 아직까지 아내에게 써먹지 않은 구린 변명이 내게 남아 있을까. 나는 독한 술을 주문하였다. 그리고 벽 쪽으로 걸어가 눈에 잘 띄지 않는 자리를 잡으려고 하였다. 그런데 놀랍게도 피아노 앞에나 앉아 있어야 할 그 여자가 거기에 앉아 있는 것이 아닌가. 양감이 섞이지 않은 벽화처럼, 혼자 맥주를 마시면서. 그 여자 역시 눈을 피해 온 것일까. 그러나 나는 멈춰 섰다. 그 여자가 지금 누군가를 기다리고 있는 중일지도 모르며 나를 알아볼 수 있을 거라고 자신할 수도 없었다. 설령 나를 알아보더라도 내게 아내가 있다는 것까지 기억하게 될 테니까 기껏해야 눈인사 정도 나눌 수 있을 것이다. 게다가 그곳은 우리가 살고 있는 곳에서 매우 가까웠으므로 우리를 알아본 누군가의 눈에는 마치 첫눈을 기다려 만난 사람들처럼 보일 터이고 불륜의 역한 냄새를 맡게 될까 두려웠다. 그래서 이렇게 돌아서려는 순간 그 여자가 나직이 벽을 보며 말하는 것이고, 마치 그곳에 나밖에 없는 것처럼 똑똑히 내게 들려왔다. 사자자리 부근에서 눈이 내리기 시작했대요. 그것도 발자국이 남을 정도로 많이.

아내가 퇴원 한 후에도 나는 두 번이나 그 여자가 살고 있는 소행성을 찾아갔다. 물론 너무 취해 있었기 때문에 아무것도 기억나지는 않는다. 한번은 그 여자가 아내에게 전화를 걸어준 적도 있다. 나는 현관에 주저앉은 채 아내가 올 때까지 그 여자에게 무엇인가를 주절대고 있었는데 대개는 별자리에 관한 것들이었다. 그 여자는 그때 자신의 집이 소행성 A927로 불리고 있다는 사실을 알게 되었다. 그래서 커튼을 열어둘 수가 없었던 것이다. 그런데 나의 망원경 덕분에 자신의 집 안에다 숨겨놓고 잊어버렸던 것들을 찾아낼 수 있었다고 말했다. 그것은 「어린왕자」에도 나오는 이야기였다. 우물을 숨기고 있는 사막에 대한 이야기. K도 비슷한 이야기를 했다. 소행성을 감추고 있는 천체에 대한 이야기. 그때 아내는 기적을 찾아 신이 내려앉은 곳을 헤매고 있었을 것이다. 나는 무엇을 찾고 있었던가. 그러나 그 여자에게 술잔을 빼앗길 때까지 나는 고개를 숙인 채 아무 말도 할 수 없었다. 왜 926호 여자가 그녀를 마리아라고 부르는지 물으려다가 참았다.

전 모레쯤 운주사에 가볼까 해요.
운주사라면……
하룻밤 사이에 천불천탑이 세워졌다는 곳이죠.
왜 거기에 가려는 거예요?
그곳에 제가 찾고 있는 우물이 있을지도 모르니까.

하지만 당신은 크리스천이잖아요.

아뇨. 전 그저 찬송가의 반주를 연주하는 연주자에 불과해요. 목탁이나 법고를 칠 수 있었다면 불교신자가 될 수도 있었겠죠. 그건 제게 전혀 중요하지 않아요.

전 당신이 바흐의 피아노곡을 연주했으면 좋겠다고 생각했어요.

아주 오래전에 악보를 읽는 방법을 잊어버려서 불가능할 거예요.

여기서 몇 시간이나 떨어져 있을까요, 그곳?

아주 멀리. 어쩌면 돌아올 수 없을 만큼. 하지만 여전히 12월 31일 자정이 되겠죠.

제가 취해서 그런 이야기까지 했군요.

운주사 뒷산에는 두 구의 불상이 금슬 좋은 부부처럼 나란히 누워 있대요. 그것들이 일어서는 날 미륵이 세상에 오기로 되어 있다죠. 그러고는 살아서 6만 년, 또 법으로 6만 년 동안 머물면서 인생살이 일체의 고통을 몰아내고 우리를 구원하게 된대요. 그런데 얼마나 기다려야 하는지 아세요? 자그마치 56억 년이에요. 우주의 나이를 1년으로 셈하면 앞으로 4월까지는 기다려야 한답니다. 그때까지 도대체 우린 몇 번이나 더 태어나고 죽기를 반복해야 하는 걸까요? 그리고 태어날 때마다 어떻게 서로를 알아볼 수 있을까요?

당신에게도 구원이 절실하다는 게 믿어지지 않는군요. 저같이 삶에 완전히 지쳐 있는 사람들만 그런 몽상을 하는 줄 알았는데.

당신이 믿지 않을 말을 하나 더 해볼까요? 방금 전 당신이라면 함께 그곳에 가도 상관없을 거라는 생각을 했어요. 물론, 당신의 뜻을 물어야겠지만.

그건 안될 말이죠. 왜냐하면 만약 당신과 함께 길을 떠났다가 눈이라도 만나게 된다면 세상 사람들이 가장 증오하는 불륜에 빠지게 될 테니까.

두려운가요?

아내나 저는 전혀 두렵지 않죠. 하지만 당신은 그럴 겁니다.

그건 왜죠?

늘 당신은 다시 태어날 준비를 할 테니까.

그렇다면 눈은 오지 않을 거예요.

그걸 어떻게 알죠?

우린 아주 윤리적인 사람들이니까요.

그 밤 울고 있는 아내를 나는 위로할 수 없었다. 나 역시 이미 그런 방법을 잊어버렸기 때문에. 끝내 내리지 않은 첫눈 때문이었을까.

예배 시간이 시작될 때까지도 그 여자는 보이지 않았다. 그래서 음대를 다니고 있다는 어떤 젊은 여자가 대신 피아노 앞에 앉아야 했다. 그날 따라 목사는 힘이 없어 보였고 설교는 전혀 감동적이지 않았다. 더 이상 나누어줄 구원의 약속들이 바닥난 것처럼. 목사는 서둘러 연단을 내려갔다. 대신 나의 아내가 연단으로 올라가 간증을 시작했다. 아내는 이제 자신의 투병을 원죄 때문이라고 여기게 되었다. 그래서 오로지 회개만이 몸과 마음의 치료에 도움이 될 수 있다고 말하는 것이었고 북받쳐 오르는 감정을 누르기 위해 간간이 말을 멈추고 고개를 떨구었다. 나는 거의 듣지 않고 있었다. 대신 연단 위의 아내가 감정을 추스르는 사이에 앞에 앉은 926호 여자에게 A동 927호 여자에 대해 지나가는 말처럼 조용히 물었다. 아, 마리아 자매님 말씀하시는군요. 어제 밤새 내린 비로 감기에 걸리셨다나 봐요. 그래서 오늘 목사님도 덩달아 우울하신 거죠. 오늘 저녁에 예정되어 있던 집행부 모임도 취소하셨답니다. 아마 목사님 부부처럼 금슬 좋은 부부도 세상에 몇 쌍 없을 거예요. 모두가 하나님의 깊으신 뜻이겠지만. 갑자기 성경책이 바닥으로 떨어졌다. 그리고 지극히 짧은 순간이었지만 기적이 일어났다. 책갈피 속에 찔러두었던 사진 한 장이 공교롭게도 의자 다리 사이로 끼어 들어갔는데, 운주사의 와불 부부가 머리를 곧추세운 채 일어서 있는 게 아닌가. 필경 어디선가 구원이 시작되었을 것이다. 그리고 누군가 새 생명을 얻고 내가 살고 있는 세상으로 왔겠지. 그런데 떠난 자들은 어디로 가는 것일까. 혹시 별 하나가 더 생겨나는 건 아닐지. 정작 기적이 필요한 아내는 그 광경을 보지 못했다. 하긴 왜 그것이 기적이 되는지 아내에게 설명할 수도 없는 노릇이었다. 갑자기 박수 소리가 쏟아져 내렸다. 아내는 그것을 헤치고 돌아오느라고 잔뜩 상기되어 있었다. 그리고 자리에 앉자마자 남들이 눈치채지 못하도록 나의 손을 꼭 잡았다. 나는 차마 소리를 지를 수 없었다. 교회를 나설 때까지도 아내는 손을 놓으려 하지 않았다. 예배가 시작되고 있을 때까지 내리고 멈추기를 반복하던 가랑비는 잠시 멈춰 있었다.

눈이 내린다. 그러나 그 여자는 감기에도 불구하고 분명 떠났을 것이다. 그 여자가 운주사로 떠난다는 날 나는 하루 종일 집에 있었다. 회사에다가는 아내의 병시중을 핑계로 댔다. 그랬더니 팀장은 아내의 몸조리에 신경 쓰라며 선뜻 결근계를 승인해주었다. 그만큼 아내는 모든 이들에게 아주 괜찮은 여자인 것이다. 어제도 나는 소행성을 찾다가 소파 위에서 잠이 들었다. 아내는 웅크리고 자는 내 위에 솜이불을 덮어준 채 일찍 교회에 갔다. 천년의 마지막 크리스마스를 준비하느라 크리스천들은 눈코 뜰 새 없이 바빴다. 크리스천이 되고 처음 맞는 크리스마스여서 그런지 아내는 아이처럼 들떠 있었다. 하긴 선물을 기다리는 아이나 기적을 기대하는 아내는 다를 바 없을 것이었다. 아내가 차려두고 간 밥상으로 점심까지 때우면서 방 안 이곳저곳을 뒹굴다가 베란다로 걸어 들어가 A동 927호에 망원경을 맞춘다. 커튼은 모두 걷혀 있다. 아마도 자기 아내가 지금 달려가고 있는 곳이 어디인지 전혀 알 리 없는 목사는 일어나자마자 제일 먼저 오랫동안 닫혀 있던 커튼을 열어젖혔을 것이다. 텅 빈 거실이 사막처럼 넓고 황

량해 보였다. 운주사에도 눈은 내릴까. 눈이 오면 그곳의 불상들은 어떻게 하고 있을는지. 혹시 바위나 처마 밑에 숨어서 눈을 피하고 있진 않을까. 적어도 하늘을 향해 누워 있는 것들은 눈이 내리는 방법을 알고 있겠지. 그리고 하늘 위에 몇 개의 별이 반짝이고 있으며 그들 중에서 어느 것이 어떤 이유 때문에 지구로 올 것인지도. 그리고 미륵과 함께 가장 마지막으로 올 것들을 향해 합장을 하고 있을 것이다. 나는 저녁때에 맞춰 아내가 있는 교회로 가려고 준비했다. 아내와 나란히 눈이 내리는 길을 하염없이 걸어볼 작정이었다. 자궁이 없는 아내에게서 다시 사랑이 고일 수 있는 우물을 발견할 때까지. 설령 그 밤에 운주사를 지나고 있더라도 멈춰 서진 않을 것이다. K가 오후에 전화를 해왔다. 이제서야 아내의 입원 소식을 들었던 모양인데 호들갑을 떠는 그를 막고 다짜고짜 나는 그가 발견했다는 소행성에 대해서 물었다. 그런데 그는 일정한 목소리로 자신이 발견했던 소행성이 2주 전부터 보이지 않는다고 내게 말하는 것이다. 나는 그렇게 큰 것들이 어떻게 사라질 수 있는 것인지 물었다. 그건 간단해. 내가 발견한 건 별이 아니라 빛의 덩어리였거든. 그것들은 하룻밤 사이에도 수천만 킬로미터를 이동할 수가 있으니까. 그렇다고 사라진 건 아냐. 우주 어딘가에 잠시 머물고 있겠지. 내 생각인데 누군가의 시선을 느끼면 그것들은 슬그머니 자리를 옮기는 것 같아. 그러니 다시 기다리는 수밖에. 차마 나는 K에게 내 망원경에 대해 이야기하지 못했다. 그리고 전화를 끊고 나서부턴 아내의 말대로 그것을 처분하는 게 좋겠다는 생각을 했다. 이곳에서 망원경을 사용했다가는 분명 오해를 살 위험이 있다. A동의 윤리적인 사람들에겐. 특히 성운교회 목사 부부를 포함하여. 그런데 그 여자는 고작 다섯 시간 달려간 길을 하룻밤 사이에 반대로 달려 돌아올 수 있을까.

김솔표 소설 공방

김형중

1. 장인의 출사표

비유컨대 작가 김솔은, 알 수 없는 어딘가에서 이미 오랜 견습
생활을 마친 후(사람이었건 책이었건 그의 스승들은 훌륭했으리
라), 낯설지만 볼수록 정밀하고 세련된 세공품 몇 개를 들고 소
설 업계에 혜성처럼 등장한 신성 '장인'(특히 조형을 주종으로 삼
은 장인)과 같다. 그리고 그가 들고 와 느닷없이 우리 앞에 내던
진 '물건들'(우리는 아주 흉한 것들뿐만 아니라 자주, 아주 훌륭한
것들에게도 이런 표현을 쓴다)로 보건대, 이 장인은 신념과 자부심
에 있어서는 아주 꼬장꼬장하고 기예에 있어서는 이례적일 정도
로 출중한 자임에 틀림없어 보인다.

이런 비유로 작가 김솔을 맞이하는 것은, 그가 신인이라고는

믿기지 않을 만큼 정교한 구성력을 가지고 있고, 동서고금의 정전들과 학문에 대한 지식도 해박하며, 이질적인 기원을 가진 다종의 문장들을 자유자재로 구사한다는 이유 때문만은 아니다. 문단 입성의 출사표이자 작가 자신이 쓴 소설론으로 읽히기도 하는 「잠정적 과오」로 미루어 보건대, 실제로 그는 소설 쓰기를 일종의 '브리콜라주'(손재주)로 이해한다. 그에게는 소설 쓰기 역시, 몇 가지 도구들을 사용하여 한정된 재료들을 이리저리 붙이고 덧대어 뭔가 그럴듯한 것을 만들어내는 일종의 '짜깁기 공법'과 같다. 그의 소설 쓰기는, 우리 시대의 소설 작품이 오래전 사람인 누군가의 비유와는 달리, 내부에 진기한 지혜와 신비한 영감을 가득 담은 '잘 빚어진 항아리'일 수 없다는 사실을 글쓰기의 선험적 제한 조건으로 받아들임으로써 시작한다.

오류나 오독 없이 누구에게나 똑같은 이야기를 할 수 있는 책이라곤 오로지 각국의 국어사전밖에 없다는 생각을 수긍하기까지 그에겐 많은 불면의 밤과 향이 필요했다.

그래서 그는 훗날 『모비 딕』의 편집자가 개정판을 준비하게 될 때 조금이나마 도움을 줄 목적으로 『고래 사전』의 원고를 직접 쓰기 시작했다. 그 사전이 『모비 딕』을 독해하기 위한 가이드북은 결코 아니고, 고래라는 생물과 그것에 연관된 인간의 문화를 설명하는 데 필요한 단어들을 국어사전에서 골라내어 가나다 순서대로 정리해놓은 것에 불과하기 때문에, 가령 고래 탐사 관광을 준비하고 있는 사람들이나 또는 해안을 산책하다가 고래의 시체를 발견한 자들에게 필요할 것이다. 그렇다고 백과사전처럼 다양한 정보를 제공하는 것도 아니다. 다만 고래와 관련된 문헌들 속에서 찾아낸 문장들로 단어의 용례를 덧붙여 독자들의 이해를 도우려고 노력했다.

—「감정적 과오」, pp. 230~31

인용문의 화자는 지문이 닳도록 도장 파는 기술만 연마하며(정체성을 보장하는 물건을 만들다가 스스로 정체성의 표지를 상실한다는 이 고도의 아이러니!) 평생을 보낸 장인이다. (어머니의 간계로) 말더듬이를 얻은 대신 국어사전의 세계로 도피한 그는 일종의 편집증자인데, "책에서 오탈자나 비문이 발견되는 즉시 독서는 멈추고 알레르기 반응처럼 그 책을 두 번 다시 독파할 수 없게"(「잠정적 과오」, p. 248)되는 것이 그의 증상이다. 몰두가 심하고 자부심이 강한 장인들이 자신이 만드는 공예품에 대해 흔히 그런 태도를 취한다는 사실을 염두에 둔다면, 그가 도장 파는 일(일찍이 어머니 가슴의 금계랍이 깨우쳐준, 사라져가는 진정함과 정확함을 새기고 보존하는 작업)을 직업으로 삼은 것도 어느 정도 이해가 된다. 도장이야말로 어떤 서류나 사물이 원본임을 확인하거나, 어떤 계약에 부정이 없음을 보장하거나, 내 마음에 변함이 없을 것임을 약속하는 데 사용되는 물건이기 때문이다.

오류와 거짓이 없는 책에 대한 집착은 크지만, 그러나 여러 차

례의 독서 경험은 그를 항상 좌절로 이끈다. 결국 그는 모든 책에
는 어떤 방식으로든 오류가 끼어들게 마련이라는 사실, 그래서
항상 수정되는 과정에 있을 수밖에 없다는 사실을 인정하게 되는
데, 이런 사태를 지칭하는 말이 바로 '잠정적 과오'다. 그리고 바
로 그 과오를 바로잡기 위해 그가 택한 것이 '사전 제작'이다. 그
런데 흥미로운 것은 그가 사전을 직접 쓰는 것은 아니라는 사실
이다. 그가 기획한 '고래 사전'은 전혀 자신의 창작물이나 이론
적 저술이 아니다. 마치 브리콜뢰르가 한정된 재료들을 여기저기
서 수집하여 손작업을 하듯이, 그 역시 국어사전이나 고래와 관
련된 여러 문헌들의 문장들을 수합하여 그것들을 재배치하고 재
구성할 따름이다. 그렇다면 그는 브리콜뢰르, 곧 장인이 맞다.

그런데 만약 우리가 저 기지 넘치는 우화 속에서 '국어사전'이
나 '고래 관련 문헌들'이 실은 동서고금의 정전들(이나 그냥 보통
의 책들)에 대한 비유임을 인정한다면, 인용한 구절은 그대로 작
가 김솔의 '소설 작법'이 된다. 그는 자신이 하는 일이 이미 어떤
선험적 '한계' 속에서 시작될 수밖에 없다는 사실을 피할 생각이
없다. 완벽한 책, 유례없이 잘 빚어진 항아리 같은 것은 없다. 사
태를 완벽하게 지시하는 절대 언어 같은 것도 없다. 다만 유한하
게 주어진 재료들만이 있을 뿐이다. 소설을 '쓴다'(그러나 이 '쓰
다'라는 말의 용례 또한 이 소설의 구성이 보여주는 것처럼 최소한
일곱 가지는 넘는다. 돈도 쓰고, 힘도 쓰고, 마음도 쓴다)는 것은 다
만 용례들이 너무 많아 모호하기 그지없는 이차 언어에 불과한 문

자들을 가지고, 또 하나의 이차적 가공물을 '만들어내는' 일이다.

게다가 우리는 이론적으로도 문학사적으로도 이미 그가 받아들인 이와 같은 한계가 거스르기 힘든 성질의 것이란 사실도 알고 있다. 그러니까 작가 김솔은 1950년대의 소위 '언어적 전회'가 소설에 부여한 한계(언어는 결코 대상 세계를 정확하게 지시하지 못한다), 데리다의 '차연'이란 개념이 언어에 대해 부여한 한계(화자가 경험한 사전 속 말들의 미끄러짐, 그것을 이론적으로 지시하는 용어가 '차연'이다), 제임스 조이스와 프란츠 카프카 이후로 깨진 항아리들의 부속들만으로 작업할 수밖에 없었던 무수한 작가들이 인정한 한계(모레티는 그들의 소설을 정확히 '브리콜라주'라고 부른 적이 있다) 속에서 작업할 수밖에 없는 자신의 위치에 대해 철저히 고민한 후에, '그럼에도 불구하고' 조각도를 든 장인이다. 그런 점에서 소설 속 도장 파는 화자의 마지막 몇 마디는 장엄할 뿐만 아니라 믿을 만한 데가 있다. 그의 말이 아름다워 길게 적는다.

그는 가장 단단한 연필심을 고르고 그보다 더 단단한 문구용 칼로 깎아 흑연심을 똑바르게 돋아 세우면서, 더 이상 사람들이 명확한 이유도 없이 부조리한 상황에 갑작스레 내몰리게 되지 않길 바라며, 특히 연애 감정과도 같은 질병 때문에 상처받지 않기를 기원한다. 그러고는 중세 시대의 필경사처럼, 원문에 충실할 것이며 악마에 의해 길이나 빛을 잃지 않게 해달라는 기도를 덧붙인

다음 그는 단두대 같은 흑연심 끝에 단어들을 하나씩 세운다. 오뚝이처럼 균형을 잡는 것들을 원고지 위에 살며시 내려놓고 그것이 스며들 때까지 숨을 참는다. 그래봤자 하루에 서너 장을 완성하는 게 고작이겠지만, 세월이 쌓이지 않으면 사전도 완성되지 않을 것이다. 처음엔 너무 지겨워져서, 나중에 그 지겨움이 오탈자를 만들어낼지도 모른다는 두려움 때문에, 그는 같은 사전을 열 권 이상 만들지 않을 것이다. 그것들이 가장 필요한 사람에게 가장 손쉽게 해독될 수 있도록, 그리고 쓸모가 사라진 다음엔 가장 빠르게 사라질 수 있도록, 특별한 종이나 잉크를 사용하여 그것들의 가치를 높이려는 어리석음도 경계하리라.

어쨌든 도장을 만드는 공방이 사전을 만들기에도 적합한 공간인 것만은 그에게 분명했다.

— 「잠정적 과오」, pp. 255~56

2. 재료들

도장을 만드는 공방이 사전을 만들기에도 적합한 공간이라고 소설 속 화자도 말했거니와, 「잠정적 과오」의 도장 파는 장인은 여러 권의 사전들(그중 마지막 사전의 제목이 가장 문학적인데, 그것은 '죽은 단어들의 무덤 사전'이다)을 기획한 바 있다. 기왕에 장인을 소설가의 비유로 읽었으니 이제 그 사전들이 소설 텍스트라는 사실까지도 받아들일 수밖에 없을 듯하다. 죽은 단어들의 무덤이 텍스트가 아닐 수는 없을 것이다. 그렇다면 남은 것은 그 사전들을 이루게 될 문장들, 그러니까 재료들이 무엇인가 하는 점이다. 그 재료들의 방대함에서도 작가 김솔은 일반적인 신인의 울타리를 훌쩍 뛰어넘는다.

우선 정전으로는 카프카가 있다(「변신」). 보르헤스도 등장하고(「소설 작법」), 미시마 유키오(「은각사隱刻寺」)도 등장하고, 멜빌(「잠정적인 과오」)과 생텍쥐페리(「소행성 A927」)도 등장한다. 구전된 것으로는 피그말리온 신화와 백설공주 이야기가 나오는가 하면(「피그말리온 살인 사건」), 확인되지 않은 유적 속 오누이 근친 결혼 설화(「주석본: 아주 오래된 여자」)도 등장한다. 그러나 차용된 것이 '이야기들'뿐이라면 우리가 소위 '패러디'라 부르곤 하는 기법을 즐겨 사용하는 이즈음의 다른 작가들과 김솔을 차별화하기는 힘들 것이다. 그러나 그에게는 해박한 지식도 있다.

인류학(「주석본 : 아주 오래된 여자」)과 천문학(「소행성 A927」)과 생물학(「2003년 줄리엣 세인트 표류기」)과 지역학(「은각사隱刻寺」의 일본, 「암스테르담 가라지세일 두번째」의 네덜란드)과 문헌학(「은각사隱刻寺」)과 미학(「소설 작법」)과 향장학(「피그말리온 살인 사건」)과 심리학(「잠정적인 과오」) 등등. 그리고 거기에 각주를 단 채로, 혹은 달지 않은 채로 등장하는 무수한 인용들: 밀란 쿤데라, 장자, 라이프니츠, 한나 아렌트, 니체, 에드거 앨런 포, 빅뱅이론, 모차르트, 카를로스 푸엔테스, 도슨, 진시황 전설, 수호지, 다종의 무협지, 네덜란드와 인도와 스페인의 풍속지, 인터넷 관련 정보들, 각종의 신화들……

　그러나 브리콜뢰르의 자질은 물론 그가 차용해온 원재료의 우수성에 의해서가 아니라, 그것들을 재구성해 새로운 생산품으로 만들어내는 그의 기예에 의해 판별될 일이다(게다가 최근 한국 문학은 소위 '정보조합형 소설'이라 불러도 좋을 어떤 '장르' 하나를 개척해놓고 있기도 하다). 그러나 이 점에 있어서도 김솔의 텍스트들은 탁월하다 할 만한데, 가령 그의 「변신」은 체코발 카프카의 「변신」을 뛰어넘는다고 말하기는 힘들겠지만(뛰어넘지 못해서가 아니라 정전을 받드는 이들의 반발이 두려워서) 한국적으로, 그리고 정신병리학적으로 변형시키는 데에 완벽하게 성공한다. 물론 그런 성공적인 변형에는 재료의 출중함보다 작가가 발휘한 기예의 출중함이 더 크게 작용했다. 이를테면, 지적인 이들이 주로 걸린다는 편집증 장애를 앓고 있는 환자의 의식 상태를 표현하기 위해 그는 모국어 문장을 이렇게 다듬는다. 그의 말이 (러시아 형식주의자들의 문학에 대한 정의만큼이나) 낯설어 길게 적는다.

　내 몸속에서 겨울을 지낸 씨앗들은 점점 더 검고 단단해져서 발굴되었다. 봄이 오면 그것들을 옥탑방 주위에다 심을 것이다. 국적 없는 생화학 무기가 최소한의 인류애마저 말살시킨 뒤부터 집 밖에다 닭을 키우기 시작한 쿠르드족처럼, 나도 매일 아침 옥탑방의 유리창을 통해 세상이 여전히 나무에게 안전한지 확인할 것이다. 도시의 섬과 같은 이곳에서 어떤 나무들이 태어나고 서로 어떠한 식생을 이루게 될지 몹시 궁금하다. 생선가게에서 얻어온 하얀 스티로폼 상자의 바닥을 뚫고 아래층 신혼부부의 꽃잠까지 뿌리를 뻗어, 결혼은 연애의 마지막 단계가 아니라 사랑이 길을 잃은 상태라는 사실을 가르쳐줄지도 모른다. 그리고 그들의 절망감을 영양분 삼아 바벨탑처럼 자라나서는 비행기의 항로마저 수정하게 만들 수도 있다. 탄생에 필요한 난수표를 해독하기 위해 나는 헌책방에 들러 목침만큼이나 두꺼운 식물도감을 샀다. 식물적 삶을 이해하지 못한다면, 마치 외국어로 적힌 경전을 읽을 때처럼, 구원은 기대할 수 없다. 그리고 종국엔 구원의 환상마저도 버릴 수 있어야 비로소 순환적 시간으로부터 해방되어 한자리에서 한 세기를 버텨낼 수 있게 되리라.

—「변신」, pp. 208~09

관념적이고 사변적인 어휘들, 원관념과 보조관념의 거리가 아주 먼 비유들, 그러면서도 자조적이고 웅대한 어조 탓에 "외국어로 적힌 경전을 읽을 때처럼" 낯선 저 문장들은, 지극히 효과적으로 지적이면서도 동시에 과대망상적이어서, 먼 데 있는 전혀 이질적인 것들 사이에까지 현실 적부심을 통과하지 못한 인과적 그물망을 부여하는 편집증자의 의식 자체를 재현한다. 아니 정확하게는 '재현'하는 것이 아니라 '모사'한다. 인물이 편집증적일 뿐만 아니라 작품 자체가, 문장과 어휘 자체가 편집증의 증상으로 변한다. 우리는 이 작품을 통해 편집증자의 의식 세계를 관찰하는 것이 아니라, 편집증을 '경험'하게 되는 셈이다.

그러는 와중에 한편으로 병인으로서의 한국적 모더니티가 얼마나 각박하고 기괴한지가 예리하게 드러난다. 말하자면 고도로 계산된 세태소설 한 편이 탄생한다. 그리고 이런 일은, 김솔의 소설들 중 '세태소설'의 경향을 보이는 작품들에서 매번 일어난다. 피그말리온 신화와 백설공주의 거울 모티프를 패러디해서 한국의 외모지상주의와 대중문화의 외설성을 통쾌하게 폭로하는 「피그말리온 살인 사건」, 보르헤스의 「끝없이 두 갈래로 갈라지는 소설」이라는 가상의 작품을 패러디해서 한국의 출판계와 독서시장을 풍자하는 「소설 작법」, 그리고 육체와 관능에 대한 과도한 관심으로 특징지을 수 있을 한국 사회의 '생명정치화' 경향에 대한 경고로 읽어도 좋을 「2003년 줄리엣 세인트 표류기」 등이 그런 계열에 속한다. 이 작품들은 공히 원재료의 출처를 밝히되, 작가의 기예를 유감없이 발휘하여 그것들을 한국의 상황 속에 적절하게 변형·삽입한다. 물론 그럴 때 그의 문장들은 무슨 천변만화의 도술을 연마하기라도 했다는 듯이, 병리적이었다가 풍자적이었다가 지적이었다가 노골적으로 상스러워진다.

3. 그의 기예

행여 '해설'이라는 글쓰기의 특성상 과찬을 의심하는 독자가 있을 듯도 하여, 여기 작가 김솔의 '문학적 언어'에 대한 고도의 자의식을 웅변적으로 보여주는 작품 하나를 인용해본다. 그의 말이 정밀하여 다시 길게 적는다.

사적 기록은 풍문처럼 휘발하고
뼈에 새겨지는 건 사람의 공적 정보일 뿐
중앙 분석실에서 발송된 팩스에는
'DNA검사' '모계 혈통이 같은' '단순 화재로' '오누이 추정'
형광 밑줄을 따라 정맥까지 흘러드는 허탈감
'인신공양으로'라든지 '부부'라는 단어가 발견되었던들
오후쯤 박물관장은 중간 보고서를 읽었을 것이고
금줄 두른 초산리엔 상서로운 울음소리와 꼬리 긴 춤사위가 그득했을 텐데
낙심한 자의 담배 연기는 강철그물처럼 급히 가라앉고
그의 성급한 확신이 시대의 풍속을 앞선다는 건 인정하더라도
분석실 연구원의 소견에도 물질적 증거는 부족한 듯
"아직 녹지 않은 살을 찾아오겠어."
'진실의 순간The moment of truth'을 준비하는 투우사처럼
절치부심 벼린 삽으로 오후의 심장을 겨누며

자코메티의 작업실을 나서는 206개의 단단한 뼈들

—「주석본 : 아주 오래된 여자」, pp. 268~69

이 정체불명의 문장들은 시인가? 아니면 꿈을 문자로 기록한 것인가? 이미 작품을 읽은 독자들은 알고 있겠지만 언뜻 난해해 보이는 저 문장들은 해독 불가능하지 않다. 왜냐하면 작가가 저 시도 같고 꿈도 같은 문장들 바로 아래에 '주석'을 달아놓았기 때문이다. 주석에 따르면 사정은 이랬다.

초산리에서 발굴한 남녀의 유골에 대해 동료인 '윤 형'은 DNA 분석 결과("뼈에 새겨진 사람의 공적 정보")가 나오기도 전에 중간 보고서를 작성한다. 그 보고서에 따르면 두 구의 시신은 인신 공희로 희생된 남매 근친혼 관계의 부부였다(윤 형이 왜 이토록 두 사람의 사적 관계에 집착하는 지에 대해서는 소설 말미에 그 해답의 실마리가 주어진다. 죽은 여자, 곧 화자의 옛 애인이자 일곱번 째 남자가 윤 형이고, 윤 형은 그녀의 오빠다. 참으로 절묘한 구성이 다). 중간 보고서를 작성한 후에 팩스를 통해 분석 결과가 당도 하자 윤 형은 자신의 중간 보고와 일치하는지의 여부를 확인하기 위해 그것을 형광펜으로 밑줄까지 그어가며 꼼꼼하게 읽는다. 그 러나 거기엔 자신의 보고와는 달리 근친상간과 인신공양 추정은 빠진 채로 '단순 화재로'라는 말만 씌어져 있다("사적 기록은 풍 문처럼 휘발하고" "단순 화재로"). 만약 윤형의 추정이 맞았다면 박물관은 환호성으로 난리가 났을 것이지만(" '인신공양으로'라든지 '부부'라는 단어가 발견되었던들/오후쯤 박물관장은 중간 보고서를 읽었을 것이고/금줄 두른 초산리엔 상서로운 울음소리와 꼬리 긴 춤사위가 그득했을 텐데") 학예사들은 그런 추정이 시대의 풍속과 맞지 않았다고 판단했던 것이다. 낙심한 채 연거푸 담배를 피우던 윤 형("밑줄을 따라 정맥까지 흘러드는 허탈감" "낙심한 자의 담배 연기는 강철그물처럼 급히 가라앉고")은 마른세수를 한 후 "아직 녹지 않은 살을 찾아오겠어"라고 말하며 유적지로 표표히 떠나는데, 화자의 눈에는 그것이 마치 칼잡이(조각가!) 자코메티가 트렌치코트의 깃을 세운 채 오후의 횡단보도를 서둘러 건너가는 모습처럼 단호하게 보인다("'진실의 순간The moment of truth'을 준비하는 투우사처럼/절치부심 벼린 삽으로 오후의 심장을 겨누며/자코메티의 작업실을 나서는 206개의 단단한 뼈들").

말하자면 우리는 이 작품을 읽으면서 주석에서 보고하고 있는 실제 사건이 작가의 기예를 통해 어떤 방식으로 '문학적 가공'을 겪는지를 추체험하게 된다. 과감한 생략과 적절한 비유, 잦은 행갈이와 주관적인 기억의 삽입을 통해, 문장들은 시처럼 변한다. 물론 이를 프로이트의 꿈의 형성 논리에 따라 잠재몽과 외현몽의 차이라 불러도 무방하겠다. 그리고 프로이트 또한 그 차이를 장인의 기예에 비유하면서 '가공 작업'이라 불렀다는 사실도 거론할 수 있겠다. 요컨대 나는 저토록 정밀하고 자의식적으로 자신의 가공 작업을 관찰하고 누설하는 언어의 장인을 최근 만나본 적이 별로 없다.

예를 들자니 이 작품이었지만 「소설 작법」에서도 「잠정적 과오」에서도 (그리고 다음 장에서 살펴보게 될 다른 작품들에서도) 그의 기예는 스스로를 드러내면서 빛난다. 소설이 만들어지는 과정을 고스란히 보여주면서, '포스트 전태일' 시대에 관한 소설 한 편을 탄생시키는 작품이 바로 「소설 작법」이다. 완전한 책의 불가능성에 대해 말하면서, '쓰다'라는 말의 느슨한 용례에 따라 스스로 일곱 번을 미끄러지는 텍스트가 바로 「잠정적 과오」다. 그러나 작가 김솔을 그저 '기예에 능한' 장인이라고만 부를 수 있을까? 그럴 수 없다. 만약 이 작가가 푸코의 '저자의 죽음'에 대해 몰랐다면 쓸 수 없었을 작품이 또한 「소설 작법」이다. 소설의 말미가 다음과 같았음을 우리는 기억한다.

작가 지망생들이 떠나고 종이 상자에 남은 책들을 챙겨 사무실로 돌아와서야 비로소 나는 내 첫번째 소설책을 살펴볼 수 있었다. 그런데 그 책을 쓴 작가의 이름이 마사오가 아니라 노병규가 아닌가. 그것이 로버트 뱅크스를 음차音借한 이름이란 걸 단번에 알아차릴 수 있었다. 마사오 역시 내 본명은 아니지만, 노병규라는 이름으로는 이곳에서 석 달 동안 지켜왔던 나의 정체성과 역사를 전혀 설명할 수 없었다. 그것은 차라리 도메크에게 어울리는 것 같았다. 노인을 만난 그가 구술한 이야기를 나는 대필 작가처럼 받아 적었을 따름이므로.

─「소설 작법」, pp. 73~74

마찬가지로 만약 이 작가가 데리다의 '차연'이나 '산종' 같은 개념들이 지시하는 바를 의식하지 않았다면 쓸 수 없었을 작품이 또한 「잠정적 과오」다. 이 소설의 한가운데에 다음과 같은 구절이 있었음을 우리는 기억한다.

> 여전히 그는 한 번 읽은 책의 내용은 거의 완벽하게 기억할 수 있었지만, 사전을 만들고 있는 이상 자신의 기억이 맞는지 반드시 확인해야 했으므로 책들을 곧바로 반납할 수 없었다. 그는 각각의 책을 각각의 단어로 정의한 뒤 가나다 순서대로 쌓아놓았기 때문에 도리아식 기둥의 중간 석재를 뽑아내어 건물 전체의 안전을 위협하는 일 없이, 그저 위아래로 누르고 있는 책들의 제목과 내용을 떠올리는 것만으로도 그 사이에 놓인 책의 내용을 충분히 기억해낼 수 있었다.

—「잠정적 과오」, p. 237

정확한 언어란 없다. 다만 누적되는 문자들만이 있다. 데리다의 '차연' 개념에 대한 가장 적절한 조형물을 나는 저 책 더미 형상에서 보는데, 작가 김솔이 그저 기예에만 능한 소설가는 아니라는 점은 다시 강조하고 싶다. 그는 스스로를 언어를 재료처럼 다루는 장인으로 여기고 있음에 틀림없지만, 또한 그는 충분히 고심한 끝에 장인이 되기를 결심한 장인이고, 그런 이유로 아주

지적이고 자의식적인 장인이기도 하다.

4. 언어적 조형술의 탄생

　풀어가다 보면 소설 읽기가 흥미로워지는 수수께끼들을 많이
담고 있는(앞서 언급한 윤 형과 자살해버린 여자와의 관계도 그중
하나다) 작품 「주석본 : 아주 오래된 여자」에 대해서는 한 가지
할 얘기가 더 남아 있다. 작가는 왜 소설을 그런 방식으로, 그러
니까 수수께끼 같은 시문들이 앞서 있고, 그 뒤에 주석을 다는 형
태로 주조한 것일까? 주석 달기란 이미 존재하는 문장에서 누락
되었거나 잊힌 부분을 복원하고 다시 채우는 일이다. 그러고 보
면 윤 형이 하고 있는 작업, 즉 유적에서 당대의 상황과 사건을
유추해내는 일이 또한 바로 그런 일이다. 윤 형은 두 구의 시신
에 주석을 달고 싶다. 그런데 또 한편으로 생각해보면 화자 자신
이 하고 있는 작업 또한 여기서 그리 멀지 않다. 그가 주석을 달
고 있는 텍스트는 '아주 오래된 여자'(와의 연애)다. 오래전 사랑
했던 여자로부터 날아온 유서, 그것에 주석을 닮으로써 그는 이
작품의 주제에 대한 세번째의 변주를 완성한다. 물론 완벽한 주
석은 허구에 불과하다. 여자의 옛 애인들이 일곱번째 남자에 대
해 모르듯이, 윤 형이 유적을 가공함으로써 자신의 욕망을 해석
에 덧입히듯이…… 그런 의미에서라면 이 작품은 '해석학적 순

환'을 주제로 하고 있다고 볼 수도 있다.

그런데 흥미로운 사실은 이 작품의 주제와 형태가 완벽하게 일치한다는 점이다. 인물들은 주석을 달고, 그들의 이야기를 담은 소설은 주석의 형태로 주조되어 있다. 말하자면 이것은 조형술이다. 주석에 '대해' 이야기하거나, 주석을 다는 사람들을 '묘사'하는 것보다 더 나아가 아예 스스로가 주석의 형태로 '되기', 이것은 확실히 언어 예술보다는 조형 예술의 논리에 가깝다. 내내 작가 김솔의 기예가 놀랍다는 말을 해왔지만 실은 앞서의 말들은 어쩌면 그 기예의 양적인 탁월함에 대한 이야기에 불과했는지도 모른다. 그러나 이 작품을 포함하여 상세한 이야기를 미뤄 둔「은각사隱刻寺」「암스테르담 가라지세일 두번째」「피그말리온 살인사건」에 대해서라면 그렇게 말하기 힘들다. 이 작품들에서 그는 한국 문학(최소한 소설 장르)에서는 그 유례를 찾아보기 힘든 어떤 실험을 행한다. 그것을 다소 무모하게 '언어 예술의 조형 예술화'라고 불러도 무방할 듯하다. 가령 이런 식으로 말할 수도 있겠다. '「은각사隱刻寺」는 벚꽃처럼 생겼다.' '「암스테르담 가라지세일 두번째」는 네덜란드다.' '「피그말리온 살인사건」은 보톡스 주사를 맞은 아이돌 가수의 얼굴이다.' 이 말들은 '「은각사隱刻寺」라는 작품은 벚꽃 피는 일본을 무대로 삼았다'라거나 '「암스테르담 가라지세일 두번째」란 작품은 네덜란드인들의 생활 풍속을 정밀하게 묘사하고 있다'라거나 '「피그말리온 살인 사건」은 외모지상주의에 빠진 한국인들의 왜곡된 욕망을 폭로하고 있다'는 식의 말들과는 완전히 다르다.

작품을 이미 읽은 독자들은 알고 있겠지만 「은각사隱刻寺」는 여러 개의 단장들로 이루어진 작품이다. 그리고 매 장은 '하지만 그보다 앞서'라는 어사와 함께 끝난다. 뒤의 장에서 일어난 사건이 앞의 장에서 일어나는 사건보다 선행하는 역순의 구성이다. 즉 이 소설은 정확히 가장 마지막에 있는 단장에서 역순으로 읽어야 한다. 따라서 우리는 (보통의 순서대로 순차적으로 읽을 경우) 일어난 사건의 결말, 그러니까 충동적으로 집을 나와 젊은 적군파들이나 된 것처럼 '금각사'(미시마 유키오의 원작에서와 달리 절이 아니라 고작 소설책)에 불을 붙여 방화 사건을 일으키려다 실패하는 다섯 소녀 소년들의 아름답고도 용감한 해프닝이 졸렬한 결말을 맞는다는 사실을 이미 알면서 독서 행위를 이어가게 된다. 그러니 벚꽃이 흐드러지게 날리는 날, 벚꽃처럼 피어난 이 아름다운 반항이, 종래에는 벚꽃처럼 허무한 결말을 맞을 줄을 우리는 안다. 그것은 마치 채 봄이 다 가기도 전에 저 눈부신 벚꽃들이 어쩔 수 없이 지고 만다는 사실을 알면서 보는 꽃구경과 유사하다. 게다가 이 벚꽃의 모양을 닮은 소설 안에는 벚꽃과 조응하는 이미지 계열체들이 마치 꽃잎들처럼 마구 날린다. 불꽃, 젊음, 어리숙한 성, 적군파, 실패한 혁명, 그리고 무모한 소녀 소년들의 자기 파괴 열망 같은 것들…… 심지어 그 안에서는 모든 것들이 벚꽃 주위로 모이고 벚꽃의 원인이나 결과가 되고, 벚꽃 그 자체가 된다. 여기 그 벚꽃 잎파리들이 있다.

우리는 철학의 길 위를 어슬렁거리면서 교토의 모든 범죄가 벚꽃 때문에 우발적으로 일어난다는 범죄학자들의 주장에 동조하지 않을 수 없었다. 벚꽃의 개화로 촉발된 상실감은 결코 자기 파괴의 열정만으로는 극복되지 않는다. 교토의 벚꽃이 사흘을 넘기지 못한다는 믿음은, 벚꽃이 사람들 마음속에 남기는 화인花印 또는 화인火印의 유효기간까지 고려하지 않은 편견에 불과하다. 철학의 길 위을 걸었던 사카모토 료마坂本龍馬나 도조 히데키東條英機, 니시다 기타로西田幾多郎, 미시마 유키오, 시오미 다카야鹽見孝也의 영혼 속에 주기적으로 역사적 책무감을 주입하던 이론가들도 벚꽃이었을 것이다.

——「은각사隱刻寺」, p. 99

유사하게 「암스테르담 가라지세일 두번째」는 이 작품이 다루고 있는 네덜란드인들의 세밀한 생활상(이 작품은 마치 지역학적 지식을 소설화하기라도 한 것처럼 그들의 식사 습관, 유럽식 유머, 칼뱅주의적 윤리, 얄미운 더치페이, 동성애에 대한 관용, 이웃에 대한 무관심, 금기 없는 개인의 자유, 세금 제도의 냉혹함, 코카인에 대한 관대함, 변덕이 심한 날씨 등등을 차례차례 묘사한다) 때문에 만 네덜란드적인 것이 아니다. 이 작품의 특이한 점은 아예 소설 자체가 네덜란드어로 씌어진 후에 한국어로 번역한 듯한 형태의 몸피를 입고 있다는 사실에 있다. 가령 아래의 구절은 한국어인가 네덜란드어인가?

그들은 마치 밀항선을 타고 그날 밤 암스테르담에 도착한 사람들처럼 잔뜩 긴장한 채 대화도 없이 게걸스레 음식을 삼켰기 때문에 옆자리 손님들과 종업원의 의심 어린 시선을 번갈아 받았다. Y가 맥주 한 병을 더 주문할 때 G는 감자커틀릿 두 개를 주문했는데, 그들은 자신들의 식탁 위에 더 이상 음식이 남아 있지 않는 순간 영원히 작별해야 한다는 사실을 잘 알고 있었기 때문에, 상대가 근사한 작별 인사를 준비할 수 있도록 시간을 벌어주려는 목적도 있었다. 하지만 그들이 둘 중 누가 유다에 가까운지 가늠하지 못한 채 계산대 앞에서 키스 대신 포옹을 나눌 때까지도 맥주와 감자커틀릿을 들고 종업원이 나타나지 않았기 때문에, 아까운 돈을 허투루 썼다는 생각이 그들의 작별을 더욱 비참하게 만들었다.

—「암스테르담 가라지세일 두번째」, pp. 150~51

한국어에서는 잘 사용하지 않는 많은 절들과 순수 우리말이라고는 찾아볼 수 없는 개념어들, 그리고 마치 번역하기 힘든 것을 어쩔 수 없이 늘여서 우리말로 옮겼다는 듯이 길어지는 문장, 성경에서 차용한 비유, 이별하는 와중에도 음식 값을 걱정하는 칼뱅주의적 깍쟁이들의 감수성, 말하자면 지금 저 식당은 네덜란드다. 게다가 위의 경우와는 반대로, 설사 국어사전에서 공들여 찾아낸 순수 우리말들이 텍스트 곳곳에 널려 있다고 해서 그것이 꼭 '언어 예술의 조형 예술화'라는 김솔식 소설 공방의 모토에 위배되는 것 같지도 않다. 「피그말리온 살인 사건」은 순 우리말이 '토속적 감성의 표현'이나 '자연스러움' '개연성' 등의 효과와는 완전히 무관하게 사용될 수도 있다는 사실, 심지어는 잘못 시술된 성형수술 후의 안면에 남아 있는 보톡스의 흔적처럼 사용될 수도 있다는 사실을 여실히 보여준다.

　감각기관들이 잘려 나간 고깃덩어리를 이젤 위에 걸어놓고 그는 시망스럽게 '십자가'라는 제목을 붙였더군요. 원장선생님의 그림이 생각나서, 한때는 성우 씨라고 불렀지만, 서점에 진열된 화첩에서 몰래 몇 장을 찢어와 그에게 보여주었죠. 제가 저지른 죄는 미워해도 그 그림만큼은 좋아할 줄 알았는데, 성우 씨는 눈을 곧추뜨더니 손바닥으로, 마치 영혼 속의 내용물을 확인하려는 듯, 제 등을 내리치기 시작했어요. 에부수수한 상아 조각들이 비늘처럼 쏟아져 내리는데도, 그가 공들여 세운 코끝이나 이마는 오히려 더욱 도도록해졌어요. 소파 위로 널브러진 저를 왁달박달 파헤치며 텅 빈 중심 속으로 파고 들어오는 그에게 고해성사를 하듯 한참 동안 중얼거렸던 것 같아요.

　　　　　　　　　　　　　—「피그말리온 살인 사건」, pp. 119~20

작중 성우 씨는 성형외과 의사이자 연예기획사 사장이다. 화자는 그의 피그말리온, 그러니까 수차례의 성형수술로 얼굴이 많이 변했을 아이돌 가수다. 그러나 굳이 그 얼굴을 묘사하지 않아도 될 것이, 지금 저 문장들이야 말로 화자의 얼굴 그대로이기 때문이다. 그 자체로는 생생하고 팔팔 뛰고 희귀한 고유어들(시망스럽다, 곧추뜨다, 에부수수하다, 도도록하다, 왁달박달)이 표면에 부상하자 문장들은 차라리 읽기 힘든 난문이 되고, 비례가 맞지 않는 조각상처럼 변한다. 우리는 종종 보톡스 부작용에 시달리는 여성 연예인들의 얼굴에서 저런 문장을 읽을 때와 유사한 감정을 느끼곤 하는데, 보톡스를 맞은 부위와 그렇지 않은 부위의 부조화, 그 일그러지고 그로테스크한 욕망의 민얼굴을 저 문장들은 언어 예술이 아니라 조형 예술의 논리에 따라 표현한다.

요컨대 작가 김솔은 언어를 재료로 다루되 조형 예술의 논리에 따라 다룬다. 그리고 이런 식의 기예는 그간 많은 이들이 금과옥조로 여겨온 '내용과 형식의 조화', 그 식상한 유기체론의 '진화'가 아니다. 그것은 일종의 '변이'(진화란 항상 변이의 산물이다)에 가깝다. 왜냐하면 소설이라는 장르가 또 한 번 (인접해 있지도 않은 장르와 조우함으로써) 변태를 일으키려는 장면을 우리는 지금 목도하고 있기 때문이다.

이 공방의 소식이 마치 무슨 경고문이나 선언문처럼 여러 공방에 순식간에, 널리, 감탄과 논란을 (시기와 질투도) 불러일으키며, 파다해졌으면 좋겠다.

D에게.

내 블로그에서 소식을 들어 잘 알고 있겠지만, 며칠 전 페루의 리마로 향하는 버스 안에서 노트북과 사진기를 도둑맞았다. 총천연색 사진과 함께 각 꼭지의 첫 문장이 『금강경』처럼 "나는 이렇게 읽었어요"라고 시작하는 남미 여행기를 반년 동안 준비하고 있었는데, 그 책이 세상에 존재할 가능성을 완전히 거세당하고 말았다. 도둑이 내 배낭을 뒤지고 있는 순간에도, 나는 아침에 이카 사막에서 찍은 사진에 붙일 문장을 생각하고 있었다. "책의 악덕 중 하나는 기억력을 약하게 만든다"라는 플라톤의 충고는 수정되어야 할 것 같다. 늘 기록하던 자가 기억 보조 장치를 잃자마자 치매를 앓게 된다는 건 정말 수치스러운 일이다. 도대체 반년 동안 난 어디에서 뭘 한 것일까. 이곳에서 급히 노트북과 사진기를 마련하여 걸어온 길을 거꾸로 돌아가보자고 생각하지 않은 건 아니었으나 그간 겪었던 시행착오의 신산함 때문에 선뜻 엄두가 나지 않았다. 그저 벽에 머리를 찧고 울고 싶었다. 그래서 이틀 동안 술을 마시며 방바닥을 뒹굴었다. 그리고 리마에서 가장 크다는 전자상가 주변을 비에 젖은 개처럼 이틀 동안 떠돌았다. 그리고 술기운이든 치매 증세에서든 간신히 벗어났을 때 그나마 남은 것들이라도 챙겨야겠다는 생각이 들어 나는 다급해졌다. 그때 네 애인이 생각났다. 내가 넉 달 전쯤 과테말라 안티구아의 〈카페 콘데사〉에서 단편소설 한 편을 완성하였는데, 그 소설의 마지막 단락을 네 애인에게 보내는 엽서에다 옮겨 적었다. 네 애인에게도 엽서를 보내주겠노라고 약속은 했지만 막상 무슨 내용을 써야 할지 몰라 고민하다가, 소설이란 게 누구나 읽을 수 있을 뿐만 아니라 자신의 인생을 투영시켜 해석할 수 있는 것이기 때문에 그걸 옮겨 적는다면 너와 너의 애인에게 오해를 일으키지 않을 것이라고 생각했다. 자살과 뼈와 사랑에 대한 이야기였는데, 첫 문장은커녕 제목조차 기억나지 않는 게 나로서는 수치스러울 따름이었다. 그러니까 네 애인이 내게서 받은 엽서 한 장이 사라진 소설에 대한 유일한 알리바이란 말인데, 귀국 비행기에 오르기 전에 그걸 복구하고 싶구나. 해서, 그 소설의 첫번째이자 유일한 독자인 네 애인에게, 그 엽서에 적힌 이야기들을 내 메일로 보내 달라고 부탁해다오. 그건 나에겐 아주 중요하다. 돌아

가서도 당분간 할 일이 없을 테니 올겨울 신춘문예에라도 응모해
야겠다. 서둘러주길 바란다. 그러면 내가 귀국 환영회 때 너와 네
애인 술잔에 페루산 피스코를 그득 채워주마. 가능한 한 빨리 답
장해다오. 아울러 귀국 환영회 참석 여부에 대한 회신도 기다리
겠다.

2005년 5월 30일
페루에서 김 솔

수록 작품 발표 지면

내기의 목적 2012년 『한국일보』 신춘문예

소설 작법 『문학과사회』 2012년 가을호

은각사隱刻寺 〈웹진 문장〉 2012년 7월

피그말리온 살인 사건 『현대문학』 2012년 4월호

암스테르담 가라지세일 두번째 『21세기문학』 2013년 여름호

변신 『현대문학』 2014년 1월호

잠정적인 과오 〈웹진 쉼표마침표〉 2014년 4월

주석본: 아주 오래된 여자 『한국소설』 2012년 7월호

2003년 줄리엣 세인트 표류기 『문학과사회』 2014년 여름호